[ 鹿 小 姐 书 系 ]

**图书在版编目（CIP）数据**

泛鹿庄园 / 乔维安著. --南京：江苏凤凰文艺出版社，2020.6

ISBN 978-7-5594-4576-6

Ⅰ.①泛… Ⅱ.①乔… Ⅲ.①长篇小说—中国—当代 Ⅳ.①I247.5

中国版本图书馆CIP数据核字（2020）第033328号

泛鹿庄园

乔维安 著

---

责任编辑 丁小卉

特约编辑 乔 木 石 慧

装帧设计 袁 芳 李映龙

责任印制 刘 巍

出版发行 江苏凤凰文艺出版社

出版社地址 南京市中央路165号，邮编：210009

出版社网址 http://www.jswenyi.com

印　　刷 湖南凌宇纸品有限公司

开　　本 880mm×1230mm 1/32

字　　数 270千字

印　　张 10

版　　次 2020年6月第1版 2020年6月第1次印刷

书　　号 ISBN 978-7-5594-4576-6

定　　价 39.80元

---

# 目录 CONTENTS

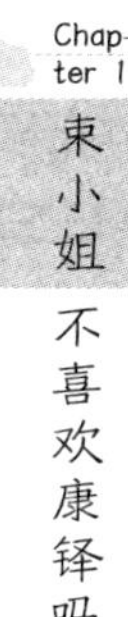

# Chapter 1 束小姐不喜欢康铎吗

康铎费尔德康沃国际机场。

热闹的、熙攘的、气味混杂的机场，不知为何，蓁宁却觉得它永远散发着一种空旷荒凉的气息。

下飞机的时候，蓁宁抬头看了一眼玻璃窗外的长空。

巨大的航站楼外，天高云淡，晴空碧蓝，远处是泛鹿山山脉，尽头飘着一抹淡粉色的云彩。

这是十月份的康铎。

蓁宁将护照翻到了贴有签证纸的那一页，入境游客资料的英文签注用的是深紫色的印彩油墨，签注上面盖了一个花朵图案的入境署签章，这个图案是墨撒兰君主共和国久负盛名的斩金花。

墨撒兰，首都康铎城，被国家地理杂志评为世界上最值得去的五十个旅游胜地之一，旅游手册上写着：一个以盛产石油和花卉而富庶的国家，一个受到神明眷顾的人间乐园，一个存在于二十一世纪的童话国度。

因为母亲是墨撒兰人，蓁宁随同家人来过墨撒兰数次，每一次来，都觉得身心分外舒适。

海关的柜台前疏落的队伍慢慢向前移动，终于轮到她了，她将手上的护照递过去，玻璃窗后的工作人员在她的护照上盖了一个章，隔着玻璃露出职业化的可亲笑容："欢迎来到墨撒兰。"

蓁宁潇洒利落地笑道："谢谢。"

从阆曼转机到康铎的航班有两个多小时，蓁宁落地时依然精神十足，丝毫没有因飞行而产生的倦意。她喜欢飞行，高中开始就独自去英国读书，每一年有十几个小时的长途往返航程，但她在飞机上丝毫不觉得闷，每次坐飞机都兴致勃勃。

除了大学毕业回国的那一次。

那一次她心情郁闷，于是丧心病狂地把攒的零花钱全部拿出来买了头等舱机票，上机后她就开始喝酒，把自己喝晕了埋头猛睡，落地时空乘还特地来问她需不需要帮助，实际上她清醒得很，自己去取了行李，在出境口狠狠地跺了跺脚，把所有的沮丧踩碎了留在身后，走出机场大厅时看到了三哥，三哥把醉醺醺的她扛回了家。

这是过去的事情了。

她拖着行李走出去，远远就看到写着她名字的牌子，一个长发、棕色皮肤的女孩子跳起来冲她招手："束小姐！"

来接她的是表姐的助理爱琳，她此行来墨撒兰，是为了参加表姐姬悬的婚礼，姬悬是姨母的女儿，是墨撒兰皇家爱乐乐团的一名长笛演奏家。

爱琳帮她推箱子，两个人上了车子，车往城中开去，爱琳问："束小姐来过墨撒兰吗？"

蓁宁点点头。

爱琳一边开车一边和她聊天，这个国家的人都有一种天生的热情和开朗。

车行驶了四十分钟，到了市区的中心，穿过绿树成荫的大道，鸽群在喷水池边振翅飞起，夕阳照射在一排尖尖的金色宫殿屋顶，庄严肃穆的金色皇宫，一长排的屋顶和夕阳交相辉映，凝固成一片炫目的美景。

"束小姐，那是卡拉宫殿。"爱琳自豪地指了指窗外。

“嗯，美极了。”蓁宁顺着她的手势，侧了侧脸望向窗外，宫殿上方悬挂着白狮蓝盾的君主旗，这说明国王今日在宫殿内办公。

车子正在摄政大道上等红绿灯，爱琳扭过头看了看，发现邻座的女孩目光有点忧郁，爱琳有点伤心地问了一句：“束小姐不喜欢康铎吗？”

蓁宁愣了一下，伸手拍了拍她的肩膀，笑了笑说：“爱琳，我以前喜欢过你们国家的一个男孩子。”

爱琳好奇地瞪大了眼睛：“真的吗？后来呢？”

蓁宁耸耸肩：“他没看上我，跑了。”

当天夜里在姐妹们的单身派对上，姬悬拉着蓁宁的手笑着道：“各位女士，来来来，这是我的表妹，束蓁宁。”

蓁宁身形高挑纤瘦，有一张清丽英气的脸，形象气质跟表姐迥然不同，但姬悬乐团的那些艺术家仍旧笑嘻嘻地打趣：“姬悬，原来你家小妹美貌比你更胜一筹。”

姬悬扬眉一笑，神采飞扬地说：“随你说，反正我要结婚了。”

众人哄笑起来。

第二日的结婚仪式庄重完美，宾客们先在城区的教堂里参加了新人的传统婚礼，而后众人返回酒店休息，等着参加晚上的婚宴派对。

蓁宁下午睡了一个小时，然后在酒店花园的咖啡座闲坐，待到夜幕降临了，才起身回房间，回去时正好经过旋转楼梯大厅，几个音响师在调试一架钢琴，夜晚的狂欢才真正准备开始。

口袋里的手机忽然开始振动，蓁宁不动声色地朝四周望了一眼，手在屏幕上轻轻一按遮住了来电，走到人少一些的地方才接了起来，低声一句：“喂。”

“琉璃。”那端是一个男人的声音，透过变声器传来，没有一丝辨识度。

束蓁宁听到这个名字，背部肌肉瞬间绷紧，她小心地观察周围的环境，声音却还是平稳的：“是。”说话间她已转身朝楼上的套房走去。

那端的声音说：“今夜卡拉宫内恐有变故。”

蓁宁的心轻轻地一跳，迅速反应过来："具体情况？"

"还未有确切消息，事情紧急，你有临时任务。"

蓁宁进了酒店的房间，关上门，伸手取下了耳边的珊瑚耳饰，然后套上一件黑色风衣，用单手迅速地把腰间的带子系紧了。

几分钟后，一辆车从酒店驶出，直奔市政大道。

蓁宁端坐在驾驶座上，把控着方向盘，神色专注，脚下紧踩油门，一路急驶，终于穿过了市政广场，远远地看到了那排尖顶的金色宫殿群。

卡拉宫的深夜和白日截然不同，巨大的宫殿群在夜色中非常的静谧。

一辆车从广场大道缓缓驶向大门，那是王室厨房总管的车辆，穿着黑色制服的士兵上来检查证件，瞳孔探测仪对准司机发出"嘀"的清脆响声，今晚的士兵似乎有些慌张，急急忙忙地挥手放行。

车子驶入宫内，停在了皇家宴会大厅门口，司机单调无波的声音压得很低："我在这儿等您。"

一道人影从后座的车门悄无声息地跃下，钻进了路边的玫瑰花圃，纤细的影子一闪而过，随后在夜色中消失了。

蓁宁脚步灵巧得如一只猫，悄无声息地穿过长廊，进入国王居住的西翼宫殿。

整座宫殿里安静得有些诡异，甚至连楼下的王室侍从也消失了，遥远的宫墙深处似乎有人影飘忽，蓁宁在脑海中复现了一遍国王寝宫的地图，迅速地倒转脚步，贴着墙壁飞速跑上二楼，推开了房间的门。

蓁宁迅速在房内扫视了一圈，整个寝宫被翻得乱七八糟，所有的柜子都被打开了，华美的水晶吊灯危险地倾斜，茶具翻倒在地毯上，天鹅绒的窗帘被扯了下来，她的目光停在了窗帘下躺着的男人身上，呼吸骤然顿了一下。

蓁宁朝着地毯上倒着的男人跑去，跪在地板上伸出手指探他的脉搏，跳动得很剧烈，他还活着，蓁宁着急地问："陛下，公主殿下呢？"

男人华贵的丝绸睡袍被揉出一团皱褶，脸上是扭曲的痛苦表情，用尽全力地指了指沙发后的一面墙。

蓁宁迅速跳上沙发，检查那面墙壁，墙上贴着名贵的墙纸，她伸手敲了敲，是空心的。

蓁宁跳下来开始搬沙发，名贵的意大利胡桃木家具十分沉重，蓁宁心里焦急不堪，咬着牙吃力地挪开了一道缝隙，随即挤了进去，侧身用肩膀撞开了那个暗门。

那是一个小小的密室，透过昏暗的光线，蓁宁看到了一个穿着月牙白蕾丝睡裙的女孩。女孩闭着眼，似乎睡着了，蓁宁撞门而入的动静也没有吵醒她，蓁宁俯身检查了一下，呼吸和体温都是正常的，应该是昏睡了。蓁宁随即将她抱了出来，回到了她父亲的身边。

蓁宁又看了一眼国王的全身，身上并没有明显外伤，只是脸色发黑，唇角有一丝不明的淡青色液体，蓁宁跪了下来，托起他的头："国王陛下？"

男人看到平策，溃散的眼神微微一闪。

他的喉咙像是被人撕扯着，发出抽搐一般的声音："你是风家的小女儿？"

蓁宁点头："宫内可还有您的侍卫？"

国王浮起一丝惨笑："他们清理了一切……"

蓁宁大脑飞快地运转："我设法带您离开。"

国王摇摇头："带平策走……"

他将一枚印鉴给她，瞳孔缓缓扩大，喉中挤出残破的气息："转交给你父亲，退位文件我已签署，只要平策安全，一切……"

话没说完，他咽下了最后一口气。

这位在二十世纪七十年代末即位，带领墨撒兰在八十年代世界市场经济中成功转型成为一个繁荣富裕的现代化国家，却在近年来因为纵容王室奢侈过度、在经济体制改革中维护权贵家族垄断利益而引发民众不满的君王，就这样惨淡仓促地结束了他的一生。

蓁宁抱起平策公主，从屋后长窗绕出，站在廊柱的阴影下，仔细地观察了一遍周围的环境，随即贴着墙迅速地穿过宫殿长廊。

外面传来脚步声，伴随着“噗”的一声轻响，那是消音手枪子弹出膛的响声。

入侵者越来越近了。

蓁宁在黑暗中一路狂奔，怀里抱着一个十多岁的小女孩，她的喘息声渐渐加重了，翻越西翼宫殿的栏杆时，差点摔下去，幸好她及时拽住了一根圆柱。

她终于回到了宴会大厅，那辆黑色的车辆仍停在原处。

卡拉宫的大门禁卫森然，看不出任何异常，车辆在门口停了一下，守卫对着车子行了一个军礼。

跟平时在游客簇拥时华丽的换岗表演相比，那个敬礼的姿势太犀利了。

黑色轿车无声无息地开出了卡拉宫，穿过灯火通明的游客区，停在市政广场东侧的一个小巷子里。

蓁宁抱着平策下车，回到自己开来的那辆车上，男人一言不发地跟着，替她打开车门，待她们上车之后又将车门合上。

蓁宁对着后视镜里的男人郑重地点了个头，随后一脚将油门踩到底，车子掉头，朝着康铎的北城区飞奔。平策在副驾驶座上苏醒过来，蓁宁对她露出一个笑容：“亲爱的，你爹地遇到了麻烦，我们要送你到安全的地方去。”

平策天真的眼睛里带了点惶恐，但人还是安静的。

轿车开了半个小时，驶入了康铎城郊区，蓁宁看着导航上的红色标注，车灯照耀下，道路的尽头，高尔夫球会的棕色石头大门隐隐可见。

蓁宁抬手按喇叭，一长两短，高尔夫球场的大门悄无声息地开了，蓁宁踩着油门将车驶了进去，一直到了球场深处的一幢两层楼的建筑旁才停车，楼顶有手电筒杂乱的光线。

黑暗中传来巨大的螺旋桨的轰鸣声。

蓁宁牵着平策的手下车往里面走，西侧二楼的停机坪上，一架直升机已经开好了引擎。

直升机上跳下一个男人："嗨，蓁宁！"

蓁宁未想到会遇到故人："戴纳！"

戴纳是大哥的好友，蓁宁与他有数年未见了，他们彼此有任务，好几年也难得见一次。

戴纳将平策接过来："嘿，我们得走了。"

蓁宁点点头，侧过身去，将国王印鉴悄无声息地放进戴纳的外套口袋，戴纳对她点了点头。

蓁宁用脸贴了贴公主的脸颊，说："保重，宝贝。"

平策紧紧地拉着蓁宁的手，她的身体因恐惧而微微发抖。

蓁宁飞快地抱了抱她，然后松开她的手，安慰道："别担心，戴纳叔叔会照顾你。"

入夜后的康铎洲际酒店灯火璀璨。

蓁宁下车之前迅速取下手套、扯下脚上的鞋套、脱去外套，将衣物塞入手袋，露出里面穿着的灰色长裤和白色衬衫。

下车之后，蓁宁俯身仔细地检查了一遍，确认车内并未留下一丝痕迹后，用手肘轻轻一碰，将车门合上了。

身材纤长的女子姿态娴雅地步入了酒店中心的观光电梯。

蓁宁抬腕看了一眼时间，康铎时间晚上十点零二分，酒店的观光电梯正在上行，待升到高处，可看到远处刺眼的灯光，一排一排闪烁的警车从不远处的高速道路上飞驰而过。

回房间换好了礼服，蓁宁踏入晚宴的大厅。侍者检查了她的邀请函，然后推开宴会厅的门，热闹的音乐和谈笑声顿时传了出来。侍卫微笑道："晚上好，女士。"

蓁宁悠然自如地理了理头发，含着笑走进去。

新娘子在舞池的中央，周围都是宾客，蓁宁顺手拿过一杯酒，坐在一旁的椅子上，清爽的气泡酒一喝下去，淡淡的果糖甜味在唇齿间蔓延，她缓缓地放松下来。

一杯气泡酒刚刚喝完，酒店的长廊外就传来了喧闹声，夹杂着轻声短促的尖叫，但瞬间又安静了下来，然后是整齐沉重的脚步声，朝着大厅而来。

宴会大厅的门被一推到底，屋顶的数盏水晶吊灯被全部打开，原本昏暗暧昧的晚宴大厅瞬间灯光大亮，那一瞬间，白光刺眼，照得满座宾客几乎睁不开眼。

军靴沉重地踏在地板上的声音从走廊深处由远及近地传来，整齐排列的士兵从敞开的宴会厅大门鱼贯而入，士兵们手上的枪械反射着刺眼的光，映照着宴会长桌上的大束白色玫瑰，寒冷的光芒一闪而过。

一名穿着军装的男士彬彬有礼地道："晚上好，女士们、先生们，抱歉打扰各位的雅兴了。"

一位穿着燕尾服的中年男子叼着烟斗，同那名军官打了声招呼："伊奢上尉，发生了什么事？"

上尉目光转到发声处，随即脱帽微微致意："晚上好，博尔侯爵阁下，临时征调，我们奉命配合警察厅执行公务，请各位留在大厅，等候检查。"

音乐早已停下，宾客们在士兵的指挥下站成一排。

蓁宁不慌不忙地搁下酒杯，跟随前面的女士顺从地往大厅的中央走去，她低垂着头，避开了墨国军人的视线，她在心底暗自估算了一下时间，看这个大规模搜索的情况，公主应该暂时摆脱了追踪。

蓁宁悄无声息地躲在人群后，用余光悄悄打量着大厅的情况，包括每一个安全门的出口，酒店楼道的分布……这时身旁不远处的士兵忽然目光一闪，蓁宁的目光跟着动了动，瞬间一愣，然后猛地挺了挺脊背。

下一刻蓁宁骤然抬头，睁大眼盯着大厅的入口。

宴会大厅的门口正缓缓走入一个身形高挑的男人，两列整齐排列的士兵身后，一道冷冽锐利的目光一扫而过，如电如炬。

蓁宁几乎是在一瞬间，便捕捉到了那道目光。

她的呼吸急促起来。

队伍前的宾客一个一个地接受了士兵的检查，轮到蓁宁了。

最先说话的那名军官站了出来，看到了独自立在香槟酒塔前的女孩，她穿着纺纱紫色礼服裙，短发清丽，香肩微露。

他对着蓁宁敬了一个礼，公事公办地道："抱歉，女士，请把手举起来，转一圈。"

蓁宁完全不理会他，固执地把目光投向士兵的身后。

姬悬在对面着急地轻声唤她："妹妹！"

伊奢上尉往前踏了一步，脸色变得严肃起来："女士？"

这时一个低沉的声音传来，语气极淡，说的是墨国传统语言宗密语："伊奢，可以了。"

他的声音传入耳膜，蓁宁的目光忽然抖了一下。

伊奢立刻停住了动作，士兵退开，露出了站在人群后的那个年轻男子。

初秋的天气，他穿着一件卡其色薄款风衣，身形颀长，脚上穿着一双棕色短靴，他并没有穿正式军装，外套上也没有任何军衔标识，但男人身上散发着那种冷漠而锋利的气息，毫无疑问是一位军方的领导者。虽然作为一个军人，他的脸色有些白皙，但冷硬的轮廓和刚毅的气质已经说明了一切。

蓁宁的身体开始微微地发抖，但很快又被她控制住了。她只是站在原地，一动不动地望着他，目光突兀而愤怒，连男子身边的侍卫都注意到了，戒备地动了动步伐，挡在了他的身前。

一开始蓁宁还怀疑自己认错了人，直到她听到了他的声音。

他熟悉的声音穿越了悠长的时光，低沉而有磁性，带着一点陌生尖锐的违和感，仿佛一枚钉子猝然而暴烈地刺入她的身体，钉住她最柔软的那一根骨头，令她全身动弹不得。

他和她说过华文，说过英文，没有说过宗密语，但他的声音，她忘不掉。

恍恍惚惚间，空气变得像雾一般，浓稠湿润，朝她侵袭而来。她晕晕乎乎地想起来——那是一个大雨过后的午后，在纳菲尔德学院的图书馆，暗棕色的桌面带着凉意，身后是长排的书架，空气中带着图书馆特别的气味，她翻着一本侦探小说昏昏欲睡，后来不知不觉趴在他的手臂上睡着了。

她醒来时听到的也是这个声音，只是带着一点点笑意："快点起来，你把口水蹭我衬衫上了。"

这样的身份，这样的阵势，太像一场失真的梦境，蓁宁不是没有见过他不笑时的样子，却是第一次见到他不笑时如此凌厉的样子。

领头的军官转身后退几步，对他敬礼，低声报告："殿下，这里没有问题。"

男子听到了，脸色冷峻地环视了一圈，目光并未作任何停留，点了点头，转过身，大步离去。

蓁宁愣了半晌，抬起头来看到军队已离去，她咬了咬唇，气得伸手狠狠地拍了一下桌子。

桌面上堆叠着的酒杯一阵哐当作响。

身旁一位年长的女士赶忙扶住她的手臂，问道："亲爱的，你没有受到惊吓吧？需要喝一杯酒吗？"

蓁宁接过身旁的女士递过来的酒杯，咕噜咕噜地灌下一杯白兰地。

大厅又恢复了奢华，客人在低声交谈，乐队重新演奏起来。

蓁宁坐在桌子后面的昏暗角落里，旁边几个女孩子凑在一起，开始窃窃地谈笑。她们说的是纯正英式英文，应该是城中王公贵族家的女眷，交谈声隐隐传来——

"发生了什么事？"

"谁知道呢，不过那位英俊的先生是谁？"

"伊奢上尉吗？他可是众多小姐的追逐对象。"

女孩子的口吻略带娇俏："真的吗？那后面那位呢，那位神秘先生是谁？"

"大殿下吗？"

"谁？"

另一个女孩子咯咯地笑了，故作神秘地答："你没见过他吧，我告诉你……"

女孩子贴近同伴的耳边窃窃私语。

“是他！”一声压不住的尖叫冒了出来。

女孩子捂着嘴笑：“别轻易勾引他，那可是天之骄子，是国家最珍贵的人，别说我没有告诉你，全墨撒兰没有一个女孩子能讨好他，他的脾气出了名的坏。”

蓁宁手一抖，琥珀色的液体在玻璃杯中轻轻一晃。

她听到了。

她们说的大殿下，全名Bochin Dovear，墨国现任首相梅杰为首的内阁重要成员，墨撒兰皇家空军指挥部高级将领。

墨国这一代王室子嗣不多，拓摩四世仅有一位女儿平策公主，杰弗里亲王育有两子还未成年，除此之外能称为殿下的，只有宗亲杜沃尔家族中均已成年的长子和次子。

她记得在佛德读书时，别人都叫他Du，她何曾料想到他竟有一个如此尊贵显赫的家族姓氏。

蓁宁当然知道这个姓氏，只是她不知道这个姓氏竟然属于她在佛德喜欢的那个穿格子衬衣赶论文的普普通通的亚裔男同学而已。

他就是个该死的骗子。

蓁宁一杯接着一杯地喝酒，有些微醺的恍惚，脑中有景象一幕一幕地涌来，她没有想过，还有机会见到他。

那一年伦敦的冬天冷极了，她从苏格兰回来，却发现那间公寓干净得如雪后的齐尔维河，恍恍惚惚地过了一个多星期，她终于彻底接受了他消失无踪的事实。

他们认识后的很长一段时间里，蓁宁从未关注过他的身份，一开始她甚至以为他是一个华国人，墨撒兰富有的华国人的后代不少，加上他又会说华文。直到有一次，她看到来接他的车，是挂英国王室牌照的路虎车。

唯一的一次，他被她逼得实在没有办法了，他对她说：“我没有办法保证未来。”

蓁宁终于问了一句：“你是谁？”

他当时也纵容着她，任由她天马行空地猜，不承认，也不否认。

其实也不太意外，他对自己真实身份讳莫如深的时候，蓁宁就猜到了一些，但他骤然离去，切断了一切线索。

蓁宁后来想，也许他当时已经知道他很快会离开她，所以由着她胡闹。转念想一想，也许他今晚根本就没认出她来，估计早已把她忘了。

蓁宁自嘲地笑了笑。

凌晨一点，蓁宁离开了宴会。尽管发生了一次小小的意外，但参会的艺术家们似乎没有受到太大的影响，一场派对下来，人们依然兴致盎然。她缓缓地踏上台阶朝楼上走去，她在任何情况下都会让自己保持清醒，但今夜破例喝了很多酒。

在走上旋转扶梯的那一刻，她回头看了一眼，华丽的大厅内鲜花凋谢，杯盏交错，一派奢靡的颓败艳景。

这个国家也许在明早就会翻天覆地，今夜人们却依旧沉醉在梦乡。

酒店房间里的电话是凌晨四点多响起来的。

蓁宁喝了酒，没有醉，头却痛得不行，一直睡不着。她拾起了电话，听到酒店前台礼貌的声音："束小姐，您有访客的电话。"

蓁宁沉默了几秒。

"接进来吧。"

电话那端安静了几秒，然后蓁宁听到他的声音，仿佛一个老朋友般熟稔地说着："睡了吗？"

电话那头男人的声音听起来仍然像在梦境一般，那么不真切。

"我在楼下，西侧的花园里。"

蓁宁起身换了件外套，捋了捋头发，出门。

蓁宁远远地就看到了他，身材颀长的男人站在草地上，手插在风衣的口袋里，身形笔直如剑，微微拧着眉头，还是带着那种拒人千里之外贵族式的冷漠。

几乎是同时，杜柏钦也看到了她，他没有动，只静静地看着她径直向他走来。

蓁宁扫了一眼他的身后，立刻若无其事地收回了目光，树林暗处有人。

侍卫长伊奢上尉站在几步之遥的夜色里，看着那个年轻的女子一步一步地走近殿下，而柏钦殿下脸上的冷峭开始消融，眼神渐渐柔和起来。

侍卫长心里警铃大作。

这位女士对他们的警备工作将会是一个极大的隐患。

蓁宁站在杜柏钦的面前，毫不客气地问："大殿下，尊驾何事？"

杜柏钦一听她的称呼就明白了："你已经知道了。"

"是的，几个小时前，十分震撼。"蓁宁说，"皇室宗亲，银翼飞官，闪闪发亮的头衔。"

她话语里有嘲弄的意味。

杜柏钦放低了声音："我不是故意瞒着你的。"

蓁宁脸上没什么表情："想想我在你面前说过的那些蠢话，殿下，您当时心里乐坏了吧？"

杜柏钦抿了抿嘴，知道现在不是笑的时候，立刻忍住了："没有。"

蓁宁想打人了。

杜柏钦声音有些沙哑："我刚刚结束工作，实在等不到天亮，想先来看一下你。蓁宁，好久不见，你好吗？"

他还是跟过去一样，把她名字的发音读得十分标准。

蓁宁心底一震，终于仰起头，细细地看着他的脸。

他的脸仍是她记忆中的样子，一张华国人的面孔，黑发，鼻梁很挺。蓁宁最喜欢的就是他的眼睛，白皙的内双眼皮，眼尾略微下垂，有一种东方式的含蓄美感。

此时那双眼睛的眼底发红，细细的血丝蔓延，想必是一夜未睡。

蓁宁转移了目光，敷衍道："好极了，你呢？"

杜柏钦却坚定地望着她的脸："我也很好，你毕业后去了哪里？回华国了吗？"

蓁宁不想再跟他进行社交式的寒暄了，说道："殿下，有事吗？没事三更半夜来找老同学叙旧？"

杜柏钦愣了好几秒，才说："我以为我们至少还是朋友。"

蓁宁拍了拍衣服，转身要走："我可没这么想，没什么事我回去睡觉了。"

"蓁宁……"杜柏钦匆忙地拉住她，他终于说，"我知道，我当时不告而别……"

蓁宁忽然回头，一脚踹向他的膝盖，恶狠狠地说了一句："朋友？这就是你那样对待朋友的下场！"

杜柏钦没有闪躲，那一脚正正踹在他的小腿上，下一刻两道黑色的人影瞬间闪出："殿下！"

杜柏钦比侍卫的动作更快，伸出手把她护在怀里，沉声道："没事。"

黑色的影子又退了下去。

蓁宁从他怀里挣开，杜柏钦说："还不解恨，再踢一脚？"

蓁宁翻了个白眼："滚蛋。"

杜柏钦轻声地笑了一下，还是那么粗鲁而可爱。

杜柏钦说："今天太晚了，明天我看看有没有时间，明天整个首都的飞机都飞不了，你不要乱跑，嗯？"

蓁宁打了个哈欠，冲着他摆摆手，回去睡觉了。

清晨，蓁宁拉开窗帘，从几十层高的酒店窗户看过去，浓浓的大雾锁江，整座城市都是白茫茫的一片。

酒店工作人员提醒客人，墨撒兰已于今晨宣布封锁首都全部的港口和机场。

下午，墨撒兰国家广播公司的早间新闻播出了一个震惊全国的消息——国王昨夜身体不适，入院治疗，但抢救无效，已于今日凌晨逝世。

电视屏幕里，卡拉宫殿上方飘扬的白狮旗帜正缓缓降下。

随后宫廷医生宣布了国王的死因。

首都的民众顿时陷入了巨大的恐慌和哀戚之中。

蜂拥而至的媒体聚集在市政大道一号，首相紧急召开内阁会议，政要大臣出入皆是神情肃穆。

“二十个小时，迟了二十个小时。”蓁宁望着电视，默默地想。

将国王死亡的消息延后了将近二十个小时才公布，这二十个小时之内，想必各方势力定是在全力搜索失踪的王位继承人，直到不得已才将消息公之于众，而平策公主极有可能已经顺利离开了墨撒兰。

蓁宁在酒店套房内看新闻，房门被敲响，姬悬陪着姨母来看望她。

姨母一见到她就拉着她的手哭道：“我们没有把你照顾好。”

蓁宁赶紧抱住她：“放心吧，我过得很好。”

两个人都换了素服，手里拿着玫瑰，姬悬说：“我陪妈妈去教堂。”

与她们说了一会儿话后，蓁宁便把姨母和表姐送出了房间，然后继续回来看电视。只见民众涌上街头和市政广场，宫殿前白色的鲜花堆成了汪洋大海。

下午，蓁宁下楼时，一位年轻男士已在大堂候她多时，蓁宁认出他是那位上尉先生。

伊奢上尉依然穿着一身军装，微微躬身向她致意，十分客气地说：“束小姐，我是柏钦殿下的侍卫，奉殿下的命令，诚意邀请束小姐到信嘉公寓一叙。”

蓁宁似笑非笑地问道：“我有拒绝的权利吗？”

伊奢上尉依然毕恭毕敬：“我将难以交代。”

蓁宁看到门外笔直站立的司机，又看了一眼战战兢兢立在大堂的酒店经理，耸了耸肩往外走。

伊奢上尉替她拉开车门：“非常感谢您，束小姐。”

车子在街道上飞驰而过，首都康铎的很多商店陆续换下了色彩缤纷的广告牌。在等绿灯的间隙，蓁宁看到一个年长的妇人携着孩子，一老一小的手上都持一朵素色花朵，从对面的人行道默默地走过。墨撒兰王室不执政，而且近年来内部各种政派争斗不休，但在普通民众心中，王室依然承担着他们美好的寄愿。

她终于明白为什么这些年从未在报上见过他的消息，因为他不是出席王室社交场合的那一类王室后裔。他为国家服役，需遵守保密原则，而且他应该很少出现在王室的公开场合，因此这些年来他甚至没有在媒体上留下过任何影像资料。

他日常出入的是掸光大楼，那是国防部大楼，墨撒兰的军机重地，那片区域在康铎地图上一片空白，二十四小时均由军队把守。

车子驶入信嘉花园大道。

这一带是外使馆区，一路皆是独门独幢、开阔恢宏的欧式建筑。

这一条街区是封闭的，游客在两个街区之外就会被禁止进入。

蓁宁看到一排一排的雕花大门寂静无声，只有大狗在花园中慵懒地散步，车子一路顺畅地进入了街区深处。

轿车转过一个弯，在街区深处的一幢白色房子前停了下来，随后车门被人拉开："束小姐，欢迎您。"

蓁宁下车，一个年约四十岁的穿着传统墨撒兰宽袍的男子朝她鞠躬行礼："我是柏钦殿下的侍从，敝姓司。"

蓁宁对他点了点头："司先生。"

蓁宁随着他穿过门廊，往屋子里走。

司三对她说："殿下十五分钟后回来，束小姐请稍等。"

女仆上来斟茶后又退了下去，周围安静下来了，蓁宁这才抬头打量环境。

这是有些年份的房子了，但装饰得硬朗大气，家具也都是现代的，走廊的墙上挂有一张黑白色调的老式墨撒兰航空图。

原来他真正的家是这样的。

他们认识差不多一年后，蓁宁进过他在佛德时住的公寓，她记得那间高档公寓，设施齐全，有河景和花园，可里面绝对没有跟航空有关的任何东西，她一直认为他是一个普通的物理系学生，跟他周围一起做实验赶报告的同学没什么两样，唯一比较明显的区别就是他从来不戴眼镜，视力特别好。

现在想起来，他原本就是打定主意在英国低调完成学业后立刻回国，没想到遇上了一个麻烦精，当初她那么缠着他，难怪他说她莽撞。

撣光大楼空军指挥部办公室。

开阔的办公室圆形长桌前，国家情报专员詹姆斯递给杜柏钦一份报告。

杜柏钦搁下了手中的笔，翻动手上的文件，抬头问了一句："怎么样？"

詹姆斯耸耸肩："监控录像一切正常，当晚所有进出过卡拉宫殿的车辆都接受了首轮调查，没有发现可疑人员进入。公主殿下失踪后，我们查过整个康铎的出入境资料，没有找到可疑的人，但有一件事引起了我们的注意——当晚九点三十八分有一架私人直升机过境。"

杜柏钦抬头望了他一眼。

詹姆斯马上答："直升机登记在环球高尔夫球场名下，目前这个高尔夫球会正在接受我们的调查，如果球场没有这架飞机，那么证件很有可能是伪造的。"

杜柏钦用笔在纸上画了一个圈。

詹姆斯敲了敲桌面："头儿，能悄无声息地将公主殿下带出去，对方人应该很少。"

杜柏钦点点头："甚至可能只有一个。"

詹姆斯笑了笑："一场完美的表演。"

坐在桌子后的男人浓眉微皱，思索了一会儿才开口："调查国王办公室和私人电话一周来的联络记录，尤其是海外记录。"

詹姆斯点点头，正要领命而去，杜柏钦又接着说："请让丽贝卡进来见我。"

詹姆斯回头，用略带调侃的语调道："嘿，首相先生在门外等着呢。"

杜柏钦头也没抬："让秘书给他多倒一杯咖啡，请丽贝卡先进来。"

十分钟之后。

会议室的大门被强行推开，一个立在桌边、穿着军服的美艳女子回过头："首相先生……"

杜柏钦朝她示意："你先出去。"

墨撒兰现任首相梅杰走了进来，他一只手解开西服外套的第一颗扣子，一只手拿着文件夹对着杜柏钦警告性地点了点，然后转身在沙发上坐了下来。

杜柏钦合上了手中的档案，起身坐到了他对面。

首相大人将手中的文件推给他："死亡调查报告出来了。"

杜柏钦将结果翻了翻，脸上并无意外，只淡淡地说："看来这个消息，只能被永远埋藏了。"

梅杰耸耸肩，燃起了一根雪茄："国王的健康状况已经令那位野心勃勃的阴谋家虎视眈眈多年了，只是找不到公主，此事很难对民众交代。"

杜柏钦说："公主找不到，周一议会将提交一份报告，针对此次卡拉宫内的变故进行处理，如果处理结果不太坏的话，首相要出席众议院质询会议。"

梅杰的脸色顿时有些难看："你有什么条件？"

杜柏钦看了他一眼，一字一句道："调阅国家档案室七十八号档案。"

梅杰愣了一下，随即了然地点点头："你还是要做这件事。"

杜柏钦的眸中浮现的是刀锋林立般的冷霜，看着梅杰没有说话。

梅杰并没有思考很久："既然第四代王室已经成为历史，那我已经没有办法阻止你……"梅杰看了他一眼，"那么，周一的议会将没有那份报告了。"

杜柏钦面容稍稍缓和："成交。"

梅杰望了他一眼："消失的公主怎么办？"

杜柏钦将手上的调查报告一合，他并不太关心皇室内部的倾轧："对民众宣布公主年纪尚小，将送她回母系家族抚养。亲王这一手玩得不错，只可惜最后一步出了差错，公主竟然成功逃脱了他的掌控，看来他唯一能够实现的愿望，只能是搬进他梦寐以求的卡拉宫殿的国王寝宫了。”

梅杰掐灭了烟站起来，拍了拍他的肩膀：“无论谁担任首相，应该都比不过你，连续四十八小时高强度工作之后，竟然还能算得准确精密至此。”

杜柏钦说：“既然这样，明早的会议我不去了。”

梅杰挑挑眉：“你什么时候去过？”

杜柏钦站起来，似笑非笑地说：“咖啡不错？那再坐一会儿。”

说完，他取了外套，径直往门外走去。

杜柏钦走出电梯，伊奢正等在楼下：“束小姐已经在公寓了。”

杜柏钦点点头，接过伊奢递给他的一份文件。

停车场的士兵双脚并拢，利落地向他行了一个军礼，电子门“嘀”的一声，地下二层的停车位缓缓移上来。

杜柏钦坐进车中，翻开了那份关于束蓁宁的调查报告。

根据她的签证和护照资料，她是华国籍，亲生父母是旅居联合王国的墨裔科学家，二十二年前在一次地质调查意外中逝世，而后她被目前在华国的父母收养，她此行来墨撒兰是为了参加一场婚礼，新娘于姬悬的母亲和束蓁宁的亲生母亲是姐妹，这一对表姐妹均家世清白，束蓁宁持固定旅游签证，周五乘飞机抵达康铎。

这和多年前她告诉他的身世并无任何出入。

杜柏钦将调查报告放入车前的置物柜里，随后发动车子。

灯光依次在缓缓降临的夜幕中亮起，傍晚时分似乎下过一场雨，窗外车水马龙的风景在缓缓后移，他默默地看着这在路面水光倒影之中的繁华都市，这几年冷硬如铁的心脏，此刻也不禁有了一丝陌生的柔软。

他有多久没见过她了？

四年？

也没有满四年，确切地说是三年十一个月二十七天，他离开伦敦是在圣诞节前的一个星期，到现在已经过去了三个圣诞节。

这几年来他都是处于随时随地待命的工作状态，几乎全年无休的高强度和充满紧迫感的服役生活，令他每日累得倒头即眠，再没有心思追忆往昔。

一年之中有一个月左右的疗养假期，他会回康铎，住在泛鹿庄园，有时在深夜醒来，就在书房的小沙发上喝半杯酒，想起最初在佛德大学认识她，恍然感觉已经过了半生。

他始终记得他们分别时，她跟同学乘火车去北部高地旅行，出发前还和他反复强调让他一定要等她回来一起过圣诞节。

他尽量不让自己去想象她回来时，发现他已彻底消失会是什么反应。

只是每一年的圣诞节，他都会想起第一次见到她时的样子。

他在布罗姆利滑雪中心，看到一个穿着黄色滑雪衣的身影一路尖叫着失控地飞速滑过去，然后四仰八叉地狠狠摔倒在雪地中。

那个黄色人儿狼狈不堪，在雪地里扑腾了几下仍然起不来，一直拼命地用华文大叫救命。

她半个头埋在了雪堆中，还能叫得那么大声，真是丢人。

他难得参加一次同窗活动，发了一次善心，走过去将她一把拎起，然后冷着脸，用华文说了一句："好了，别叫了！"

束蓁宁晃着脑袋将一头的雪摇落，抬起头瞪了他一眼。

杜柏钦这才看清楚，这个华国女孩有一双如星星般闪烁的眸子。

后来他们做了一段时间的朋友，但没谈过恋爱，因为他不敢。

再后来，墨撒兰国内形势变幻莫测，家族命运随之浮沉，他也身不由己，深陷其中。这四年来，在停机坪的跑道上一次又一次的升起降落中，他几乎已经不认识原来的自己，唯一没有忘记的，是她身上那一缕如阳光般的气质。

杜柏钦将外套递给廊下的用人，低声问了一句："我的客人呢？"

用人礼貌而恭谨地应答："司先生正招待着，在图书室。"

杜柏钦跨进大厅，看了一眼走廊深处的图书室，脚步却在沙发旁迟疑了。

司三正从内厅走出，见到他："殿下。"

杜柏钦点了点头，抬手松了松领带，手掌微微泛湿。

司三转身将一杯冰水搁在茶几上，看了看他的神情，然后说："难得见您这样。"

杜柏钦抬头淡淡地瞥了他一眼。

司三微微笑了笑，躬身走开了。

杜柏钦俯身端起茶几上的水杯，索性坐在沙发上，慢慢地喝了一口。

他握着玻璃杯子，一丝冰凉蔓延开来，他不禁微微摇头，露出了一丝自嘲的微笑，没想到他竟然会情怯至此。

蓁宁听觉一向敏锐，庭院外车子开进来的时候，她瞬间屏住了呼吸，听到他走进屋子，低声吩咐了几句，然后就静默了。

这静默显得无比漫长。终于，男人的脚步声往图书室而来。

房间内的灯光很暗，推开门的一瞬间，他立刻就捕捉到了站在窗前的她："蓁宁。"

在一盏落地灯的光线之中，蓁宁回过头，他深蓝色的外套已经脱了，浅蓝色衬衣笔挺，衣领上的三颗星星闪闪发亮。

蓁宁看着他脸上的神色，这是他在公开场合时的状态，他不笑的时候，眉宇之间总是透着一丝冷漠。

蓁宁转过头，脸上神色比他还冷："杜沃尔殿下，我持合法签证来贵国旅行，阁下并无权利限制我的自由。"

杜柏钦静静地看了她两秒，拧着眉头的他总会让人有种压迫感。

过了好一会儿，杜柏钦的右手按在了左手手腕上，缓缓地说："你长大了。"

蓁宁挺直了脊背，语气生硬地道："别跟我套近乎，我认识你的时候已经成年了。"

杜柏钦轻轻地笑了一下，摘下了腕表，难得好脾气地问："我们可以先吃晚餐吗？"

一楼餐厅的窗帘被拉起来，落地窗却开着，花园里红蔷薇醉人的香气随夜风飘了进来。

杜柏钦没留用人在餐厅里，自己动手给蓁宁倒了半杯酒，蓁宁则在吃沙拉。

“这几年你在忙什么？”杜柏钦问。

“毕业一年多后，回家乡开了一间小店铺，做了几款精油。”蓁宁托着头想了想，感叹了一句，“时间过得真快啊，你呢？”

“换了几个基地，今年刚刚调回康铎。海岸、戈壁、森林，还有边陲的小镇，整个国家的防线，从空中看，一半是蓝色的，一半是灰色的。”

蓁宁心驰神往，却没忘记一件重要的事情。

下一刻，杜柏钦先问出了口：“你安定下来了吗？”

蓁宁暗暗紧张，面上仍然不动声色。她缓缓地铺开餐巾，说：“你呢？”

杜柏钦十分坦诚地答：“你看到了，我的房子没有女主人。”

蓁宁坐着过山车的心回到了原位，她搁下叉子，摸了摸酒杯，慢悠悠地说了一句：“活该，欺骗我的下场。”

杜柏钦眼睛里的光暗了几分，声音有点低：“我回过一次学校，你早已离开了。我想，你或许结婚了，我不能再打扰……”

“等会儿……”蓁宁手一挥打断他的话，“什么叫或许？我为什么不能已经结婚了？”

杜柏钦看了她一眼，无奈地道：“你申办墨国签证时使领馆核实过你的婚姻状况。”

蓁宁的脸立刻垮了，撇撇嘴：“没劲。”

杜柏钦细细地看了看她的表情，问了一句：“这么说……也没有男朋友？”

蓁宁手里的刀狠狠地戳向盘子里的肉：“我不告诉你！”

杜柏钦抿了抿嘴，忍住了笑意，伸手把一份切好的牛排搁在她面前，又把叉子塞到她手里：“来，吃饭。”

晚饭过后，蓁宁要走，杜柏钦便驾车送她回酒店。

摄政大道的十字路口灯光闪烁，杜柏钦忽然打转方向盘，车子掉转一个方向，往城外开去。

杜柏钦在车流之中一路加速，车子飞快地驶出市区，西郊半山的树木在灯光之中摇曳，有清凉的风从车窗吹了进来。

在西郊半山的雾锁康铎，是这座城市的一个知名胜景。

车子绕过夜游的熙攘人群，转入一处僻静车道，躲开了几个喧闹的观景点，继续开了一阵。蓁宁看到眼前只剩下大片的开阔平原，平原上空星光低垂，仿佛探手便可触摸。

杜柏钦把车停了下来。

仪表盘闪着幽幽的蓝光，他看了一眼身畔女子依然如蔷薇一般甜美的脸颊。

蓁宁笑了笑："殿下，有什么话不能在晚餐时说？"

杜柏钦看着山下的璀璨夜色，突然开口："我们在佛德的时候，我一直想邀请你来墨撒兰。"

蓁宁侧头看了他一眼："这是个美丽的国家，值得你骄傲。"

杜柏钦看着她，微不可觉地叹了口气："你可知墨撒兰的历史？"

他的声音很平静，但蓁宁还是敏感地听出来一丝掩藏至深的苦涩之意。

蓁宁点点头："略知一二。"

他的家族历史跟墨撒兰独立史紧密相连，杜沃尔家族是皇室宗亲，杜柏钦的曾祖父曾追随拓摩一世在上个世纪三十年代率领国民独立自治，杜柏钦的父亲——也就是后来的康铎公爵，是墨撒兰历史上最伟大的人物之一，统领墨国三军近十年，却在十八年前因为接受军事法庭调查，自此退出墨撒兰军政界，这个家族一度在墨撒兰销声匿迹，直到长子进入军队服役，并因优异的表现被擢升将军，这一情况才有所改变。两年前杜柏钦在卡拉宫接受了国王勋章，这才令人想起他背后的家族昔日的几分荣光。

杜柏钦略微抬手，抽出了钥匙，车内只剩下一片漆黑。

蓁宁看到他沉静的侧脸轮廓。

他低缓沉静的声音在黑暗之中显得有一丝单薄："我的家庭发生变故时，我的父亲有很长一段时间没有办法适应，很多年都非常的消沉。

但他待我们兄妹，尤其是我，是非常好的，无论如何，他都是最好的父亲。”

蓁宁明白了她初见杜柏钦时，他身上那种冷漠和郁郁寡欢从何而来。

他在那样的环境之下长大——在那场震惊全国的空难之后，他的父亲接受了军情局长达十多年的拘禁。他父亲在那之前一直是激进的经济改革派，因此倒台之后长年受到政治压迫，反复接受秘密调查，妻子和三个儿女在泛鹿山的一幢临湖别墅居住，二十四小时都有人监视，后半生再也没有人身自由。

一个家庭在一个国家政权更迭的风云诡谲之中，丧失了所有的尊严。

杜柏钦有些艰难地开口：“当时在佛德，我父亲骤然去世，家世崩颓，弟妹都还年幼，我在军队服役，当时局势太复杂，我自己都不知道未来会怎么样……”

蓁宁的心缓缓地沉下去，她可以想象孤儿寡母要在那样的局势下生存下去，是多么艰难的一件事情。

杜柏钦轻轻地说：“我没想过让你知道，这一切对你太复杂，欺骗了你，我很抱歉。”

蓁宁问：“当局可有调查你？”

他微微笑了笑：“还好。”

蓁宁听着他这般轻描淡写的一句，手微微一颤。

蓁宁在大学时选修过东亚文化，对于这种从被殖民到独立起来的国家政治局势发展实在太了解了，这四年来若不是杜柏钦在政局中谋得一席之地，那么在他父亲去世之后，整个家族的命运实在难以预测。

晚上十点多，杜柏钦开车把她送回酒店，车子在酒店门前停了下来，蓁宁松开安全带，伸手要推车门：“我回去了。”

“等会儿。”杜柏钦忽然侧过身子，抓住她的手腕。

蓁宁愣了一下，一抬头对上了他炙热的目光。

他掌心的温度很高，热度一直渗透进她的皮肤。

蓁宁忽然觉得呼吸有些困难。

杜柏钦深深吸了口气，开口："蓁宁，我在佛德时跟你说，我没有办法保证任何未来，现在我想我可以了，你能不能……留下来，我们再看看？"

蓁宁觉得眼眶有点发热，赶紧板起了脸："殿下，纵然你离开是情有可原，可也别妄想只凭一顿晚餐就让我原谅你。"

杜柏钦立刻回答："让我补偿你，留下来好吗？"

蓁宁面无表情地说："殿下，我告诉你，我可是十分傲慢的，比你当初认识我时傲慢十倍不止。"

杜柏钦笑了。

蓁宁踢了他的车一脚："你笑什么！"

杜柏钦忽然伸手，轻轻地碰了一下她的脸颊，温柔地说："留下来。"

蓁宁侧过头闪躲，可是她又如何能敌得过这样一个男人的恳求？

这时酒店有车子要开出来，按了一声喇叭，杜柏钦打转方向盘将车停在了临时车道："我送你回去。"

蓁宁点了点头。

一时无话，却有丝丝甜蜜涌上心头，两个人竟都感觉到仿佛第一次约会一般的羞赧。

杜柏钦下来替她拉开车门，扶了扶她的手臂，将她送入酒店大堂之后，他轻声道："晚安。"

十二月份的北涧古城，大风吹得城楼门下茶馆的旗子猎猎作响。

蓁宁在店里的后仓库清点存货，现在这个季节是淡季，但销量也还不错。

店铺的小姑娘小安今天就一直在来来回回地招待客人，连坐下来喝口水的工夫都没有。一直到下午五点，蓁宁让她下了班，锁上店门，然后从旁边的小巷子里推出了自己的自行车。

蓁宁大学毕业一年多后，回到家里一边正式地跟师父学掌香术，一边在古城的岳溪书院附近经营一间小铺子，出售自己工作室做的一些香氛系列作品。

上次她出发前往康铎参加表姐的婚礼，原本定的是一个星期就回来，结果她在康铎待了十多天，再回来时，店里的货都补不齐了。好在小安能干，凭着热情和笑脸愣是让一个货架空了一半的店铺撑了下来。蓁宁回来后加了好几天班，把客人最喜欢的一款香薰蜡烛多做了好几批，终于缓解了燃眉之急。这会儿蓁宁骑着车慢悠悠地从书院的街道出来，穿过教堂，拐进东边的一条小路，沿着石板路，穿过两条街，回到风家后院。

后院有一个角门，连着的是厨房，从这条小道回家，骑自行车只要二十分钟，蓁宁敲门，成嫂从门里探出头来："姑娘回来了。"

蓁宁把自行车推进了院子，这是一个三进的大宅子，住着风家十几口人。这些年孩子们大了，没成家的都在世界各地疯玩，但每次回来，都是热热闹闹的。

蓁宁接过成嫂递上的一块米糕，一边咬一边往大宅的前厅走去。一进大门，一个人影嗖地蹿了出来，戴着一个巫师面具："我回来了！"

蓁宁一脚踢向他："多大的人了，还吓唬人！"

风泽敏捷地跳开了，嘴上没停："还是这么凶！怪不得没有男朋友！"

蓁宁一甩背包："要你管！"

风泽将一个小箱子搬了过来："喏，你要的。"

欧洲各大品牌出的最新款香氛，一般每一季她都会仔细看一下。她伸手接了过来："谢啦。"

风泽把头凑过来："亲一下。"

蓁宁一巴掌拍了过去。

风泽"嗷"的一声叫起来。

"怎么了？"母亲出来了，看到小儿子正围着小女儿喋喋不休，出声道，"老三，别老缠着你妹妹。"

风泽瞪了她一眼，做了一个"放过你"的动作。

晚上吃完饭后，蓁宁陪着母亲坐了会儿，然后上楼回房间。没过一会儿，三哥风泽在楼下喊她："妹妹，下来玩新出的全战！"

蓁宁在房间里应道："不了！"

风泽纳闷地问："你不是最爱玩这个游戏了吗？"

蓁宁喊道："我明天再杀你十八场！"

电话在十一点多时响了起来，蓁宁扑过去趴在床上，按了接通键："嗨！"

下一秒她就听到杜柏钦问："今天过得好吗？"

"好，今天来的客人不知道为啥都特别喜欢同一个味道，茉莉香味的都卖完了。"

"冷吗？"

"白天不冷。"

"康铎天气好吗？"

杜柏钦愣了一下，说："我不在康铎。"

"那你在哪儿？"蓁宁心直口快地问了一句。

那端沉默了一下，也许是不习惯撒谎，杜柏钦迟疑了几秒："这个……"

"不能问是吧，"蓁宁摸摸鼻子，然后笑嘻嘻地换了话题，"那天你不是问我冬天还去不去滑雪吗，我查了一下，最近的滑雪场在北涧雪山，特别近，但我这么多年居然没有去过。嗯，你知道北涧雪山吗？"

杜柏钦说："知道，你回去之后，我看过你家乡的地图。"

"行啊，你爱我还挺深的吧。"

那端忽然沉默了。

蓁宁乐了："大哥，你不会是又脸红了吧？"

"我想和你一起去。"杜柏钦说。

"哪里？"

"你家乡的滑雪场。"

他们是滑雪认识的。

这个大帅哥把她从雪地里拔起来之后，那一次的圣诞节冬令营后续的所有活动中，她都一直在偷偷看他，他却冷若冰霜，熟视无睹。有一次早晨在餐厅吃早餐，蓁宁取咖啡的时候站在他的身边，转过头目不转睛地看了他几秒，居然把他的脸看红了，蓁宁端着咖啡赶紧溜了。

一周后活动结束，集体乘校车回校，蓁宁混迹在同学中，跟在他后面，一路回到佛德镇。他对她非常不耐烦，跟她说的第一句话是："你一直跟着我做什么？"

"谁说我跟着你了？"蓁宁对着他笑得赖皮，然后伸手指了指路旁的那幢黄砖砌就的古典钟楼建筑，"我宿舍就在这里。"然后趾高气扬地拖着箱子走了进去。

后来蓁宁托同学打听到了他的学院，他如果出现在教室，她会溜进去跟他说话。有时候他在图书馆，她也会识趣，乖乖地在一边做她的功课。事实上杜柏钦根本不搭理她，很长一段时间里，他从未对她有过任何回应。

蓁宁摸了摸手机，想着现在还不是一样，三天两头不见人。

她上一次去墨撒兰的旅游签证只签了十五天，表姐婚礼结束后，她在康铎待了一个星期。那一个星期，杜柏钦陪着她在康铎看了殖民地时期留下的抄摩大教堂，在水族馆吃了一顿晚饭，在皇家大剧院看了一场音乐剧。他们总共见了三次，每一次见面，只有两个小时，弥足珍贵的两个小时。

他是空军现役军官，伏空军事基地距离首都康铎有差不多两个小时的车程。平日里，他要驻防、作训、飞行，他的工作对他的体能和专注力都有极高的要求，如果他在军事基地，蓁宁从不主动打扰他。有时候杜柏钦打电话过来，蓁宁没有接到，回拨过去，也多数没有人接，所以一般都是杜柏钦联系她，有时没说两句，他突然抛下一句"对不起，有任务"，然后就挂断了。

但每一次突然离开，他再打电话来，都会记得道歉。蓁宁很早以前就发现了，即使是以前对她极不耐烦的时候，他也会用冷漠的、彬彬有礼的语气向她道歉："抱歉，小姐，我对你没有意思。"

后来她笑话过他："你说那么多抱歉，你累不累？"

“不累。”杜柏钦说，“抱歉，你听烦了？”

蓁宁现在终于明白，他出生的那一刻，就已经被决定了所接受教育的方式。他是接受正规的王室教育长大的，读的是精英公学，他的家庭极度的自由和富裕，他却愿意在成人之后回国，进入以严苛和残暴而著名的银翼大队接受训练。这段时间杜柏钦虽然不说，但蓁宁也明白他这样一直给她打电话，肯定是牺牲了仅有的一点休息时间。

蓁宁握着电话的手心有些发烫，心底仿佛有一片毛茸茸的草地被微风吹拂着，心不知道为什么特别的软：“今晚几点出的场？”

杜柏钦的声音有些低沉，但很稳，温和的语气中透着一种笃定：“十一点，我提前走了。”

她知道他夜航下机已经很累了，只是两个人仍然舍不得挂电话，又说了几句，她狠狠心，说道：“好啦，去休息吧。”

杜柏钦很乖地应了一声：“晚安。”

圣诞节前蓁宁要出门。

这几年她一直是这样，在世界各地跑，家里待她一向宽纵，早几年她还小没人管她，这一次风熔却问了句：“妹妹，你不会是谈恋爱了吧？”

蓁宁笑着道：“是啊，我遇到旧情人，坠入爱河，一发而不可收拾了。”

一向沉稳的大哥怔了一下，认真地看了看她，然后说了句：“真有的话，带回来给哥哥们看看。”

蓁宁赶紧摇头：“不要，三哥每次都把我的男朋友打跑。”

她有三个哥哥，从小到大每一个追求她的男孩子，都被她的哥哥们吓跑了。

蓁宁搭早上的航班，中午时到了康铎，杜柏钦安排了司机来接她，车子从机场高速下来之后，并没有驶入繁华市区，使馆区有一条外环路，通向机场高速，司机这时直接转进了信德使馆区。

身后忽然有车子按了一下喇叭。

司机看了一下后视镜，立刻挺直了身体："殿下的车。"

他打转方向盘避让，一辆黑色的SUV从车旁驶过，蓁宁靠在车窗上，看到驾驶座上的人对她挥了挥手。

杜柏钦的房子在街道的深处，远远地就看到了高耸的雕花铁门，两辆车一前一后地驶进了院子。

杜柏钦跳下车，走到蓁宁的车旁，拉开了车门。

蓁宁下车，脚还没落地，就被杜柏钦一把抱了起来："感谢你愿意来。"

蓁宁被他一把扛到了半空中，低头看了他一眼，杜柏钦穿的是银翼的作训服，深绿色的迷彩裤子、飞行员夹克，她兴奋地搂住了他的脖子："天哪，你真帅。"

杜柏钦把她放了下来，蓁宁笑着凝望他的脸，两个人又拥抱在了一起，蓁宁伸出手，紧紧地贴在他胸口的银翼徽章上。

杜柏钦牵着她的手,把她送进了屋子里，看着司机把她的箱子安放妥当，然后无奈地说："我只能出来半天，现在得回去了。"

蓁宁笑眯眯地道："嗯，回来就为了看我一眼？"

杜柏钦亲了亲她的额头："我没有时间去陪你过圣诞节，已经很不好了。"

蓁宁推开他："好了，回去训练吧。"

杜柏钦把她送进房子，又一阵风似的离开了。

蓁宁坐在院子前廊的椅子上，夏季的月季凋落尽了，橘子树上挂满了金色的果子。初冬的天气还是很好，康铎真正要冷起来，还得到一二月份。

蓁宁这一次过来，两个人都明白这对他们之间的关系意味着什么。

因为蓁宁一直都喜欢他，辗转之后再次遇见，结果不过同样是证明了她跟当年一样，依然被他那种神秘的东方式的美色所吸引。

如果说在大学校园时追求他是逞着一时之勇，凭借着一股莽撞纯粹的年轻意气，那么四年后再见，他更加令她心荡神驰。

不试试看，她不会甘心。

第二天晚上七点多，杜柏钦从伏空基地回来了。

“别住酒店了，住客房吧。”杜柏钦俯下身，嗅了嗅她的头发。

蓁宁仰头：“你是狗吗？”

“我就是属狗的。”

“哟，还知道十二生肖。”

“华国小姐，我有四分之一的华国血统。”

杜柏钦带着她参观房子时，她问：“是不是任何地方我都可以进去？”

“嗯。”杜柏钦点点头，忽然又犹豫了一下，“书房除外。”

蓁宁愣了一下。

杜柏钦轻声解释：“我的工作涉及一些国家的机密文件，希望你别介意。国家官员，大部分都是如此……”

蓁宁点点头：“我明白。”

这个地方蓁宁这一段日子出入得比较多，杜柏钦在城里的住所——信德使馆区的花园公寓位于康铎的西城区，是墨撒兰君主共和国的外交办公处和康铎市政府办公厅所在地，一直是高级政治警戒级别要地。有一日，司三陪着一个军事安全官员进来，和和气气地要采集她的脸部特征输入人脸识别系统。

蓁宁面有难色。

司三看了看她的神色，转身悄悄走了出去。

过了一会儿，杜柏钦从办公室打电话回来：“蓁宁，别担心，只是让你出入方便一点。”

蓁宁只得同意。

这几年她一直低调行事，没想到竟会在一个国家的安全系统中留下如此重要的人体特征。

当计算机的光线在她脸上扫描的时候，她一点一点地体会出来，她爱上的男人终究身份特殊，她要学会妥协，如果妥协也是爱情的一部分。

蓁宁只在康铎待了几天，就发现他的生活习惯非常规律。

作为一名现役军官，杜柏钦的时间安排极其规律。如果不执行飞行任务，他每日早上七点准时离开公寓，独自驾车上班。掸光大楼地下车库有一个专属的停车位泊着杜柏钦那辆低调的黑色X5。他在工作时，蓁宁并不是每次都能找到他，但公寓内有一部安装了加密电话线的电话可以打到他的办公室。

他并不是经常在家，全墨撒兰共有十二个空军基地，有时还需要联合海上的作战部队，但如果不涉及保密，司三基本每天都会和蓁宁通话告知一下他的行程。在康铎，蓁宁从不会觉得闷，首都有太多美丽的公园、博物馆、艺术馆。

但现在蓁宁最喜欢做的事情是遛狗。

杜柏钦养着一只叫鲁鲁的比利时牧羊犬，那只狗异常的高大健硕，看得出年纪挺大了，深棕色的毛发有点灰暗，右后腿有一点点跛，但眼神依旧十分警觉。蓁宁第一次见到它时简直欣喜若狂，它实在比一般的家庭类宠物犬威猛、敏锐太多了，蓁宁非常爱狗，尤其是健壮的大型犬。也许情绪是会感染的，那只看起来很高傲的狗狗，杜柏钦第一次介绍蓁宁给它认识时，它就友好地舔了舔蓁宁的手心。

蓁宁现在每天都带着它去跑步。

宅内的用人都很懂得分寸，她需要安静时，就不会有一个人出现在她眼前，整幢房子安宁舒适。

圣诞节前夕的下午发生了一件小事。

蓁宁在一楼图书室，听到门外车辆的喇叭声，一下，又一下，很响亮。

用人及时过去应门。

蓁宁透过珠灰的绉纱窗帘，看到花园车道上停着一辆红色跑车，一位穿着军装的英姿女郎快步穿过寒风呼啸的庭院走上台阶，应该是杜柏钦的熟人。用人笑着打开大门：“是将小姐，请进来。”

蓁宁对府上客人并不熟悉，她不会自作主张。

她返身回去继续看书，直到用人过来唤她：“束小姐，厨房里的汤已经按您的吩咐熬得差不多了，您过去看看可好？”

她从图书室走出，看到司三在客厅招呼客人。

沙发那边传来一道清脆年轻的女声："父亲回来已经一周了，母亲说，请柏钦一定要来。"

司三恭谦温和："殿下回来我即刻转达，请把请柬放在此处。"

蓁宁穿过走廊往后面餐厅走去。

那个女郎忽然发问："咦，这个女孩子是谁？"

声音熟稔得好似主人，毫不客气。

蓁宁站了一秒，抬头对着客厅方向略微笑了笑，依旧朝屋内走去了。

杜柏钦傍晚时分回来，把礼物搁在圣诞树下，晚餐过后两个人在客厅坐了会儿。对着满庭院的芳香花木，杜柏钦泡了茶进来，伸出手指，轻轻地缠绕她的头发。

蓁宁说："今天下午有位美艳女郎来找你。"

杜柏钦回来时看到了将府的派对邀请函，答道："嗯，是我老师的女儿。"

蓁宁睨了他一眼："那位女士看起来可不好惹，你应付得来？"

杜柏钦哈哈一笑："你也知道你不好惹？"

蓁宁一脚踹向他的椅子。

"遇到你之前和之后我都没有乱交女朋友，你是唯一的。"

"我终于知道在佛德时你为什么那么难追了，他们说你是遥不可及的，是国家的栋梁和珍宝。"

"谁说的？"

"派对上的那些女孩子。"蓁宁笑了。

杜柏钦靠近她，说："很难追吗？"

蓁宁用力点头："真的啊，可把我累死了。"

杜柏钦细细地凝望她的脸，跟校园时期相比，她看起来长大了一些，剪短了头发，脸上的婴儿肥褪去了一些，一双眼睛仍然亮晶晶的。

"你明白我的职业？"

"再明白不过了，殿下。"

“你会不会后悔？”

无论在哪个国家，培养一名成熟的空军飞行员的周期和耗费都无比巨大，因此飞行员是国家的珍贵资产，他们的职业对伴侣来说就意味着长期分离、杳无音信、没有陪伴，一切只能自己扛。

蓁宁对着他眨了眨眼：“嘿，我也许会不爱你，但绝不会因为你喜欢飞行而不爱你。”

杜柏钦心头微微一震。

从他在范堡罗航展看到对着他手舞足蹈的那个女孩子开始，他就知道，他此生都不需要和她解释他对眷属的亏欠，因为她一定会理解他对飞行偏执般的热爱。

杜柏钦忽然俯过身，将她一把拉进怀里，她跌坐在他的身上。

杜柏钦将头埋进她的秀发里：“谢谢你。”

第二日女仆一早来敲她的房门。

蓁宁迷迷糊糊地爬起来，客厅里一棵高大的圣诞树上已经挂满了礼物。在餐厅里见到杜柏钦，蓁宁站到他的身后，亲昵地揪了揪他头上稍显凌乱的头发：“圣诞快乐。”

杜柏钦穿得休闲，灰色西裤、白色毛衣，他在餐桌旁笑着说：“先吃早餐，后拆礼物，我今天休息，带你去一个地方。”

蓁宁取过牛奶杯，问道：“什么地方？”

杜柏钦放下报纸，给她的三明治抹好沙拉酱：“去了你就知道了。”

两人吃完早餐出门，侍卫将杜柏钦的车开至前庭，用人牵了鲁鲁等在车前。那只大狗一看到杜柏钦，嗷呜一声跑过来，摇着尾巴站在他的车旁，看来他要带着它一块儿出门。

杜柏钦牵着蓁宁的手，对着鲁鲁指了指后座：“坐后面。”

鲁鲁仰着头看他的手势，棕灰色的眼睛里有点迷茫。

蓁宁在一旁笑得不行：“哎，我抢了它的位置是不是？”

杜柏钦重复了一遍手势：“鲁鲁，后面。”

鲁鲁终于明白了，两只爪子往车上一扒，跳上了后座的位子。

杜柏钦立刻上前摸了摸它的头："好孩子。"

从康铎的市政区出发，经过金融中心区，转入高速公路，过了半个小时，蓁宁的视野渐渐变得开阔，路边是大片的花田，在冬日阴沉的天空下只剩下稀疏的细枝。

蓁宁慢慢紧张起来，她已经知道他们将去往何处，杜柏钦要带她去的地方，是他的家，也是从一九九六年后由国防部派兵把守，自此载入墨撒兰绝密历史档案的区域。

蓁宁按着心脏呼出一口气："泛鹿庄园是不是？"

杜柏钦转头看了看她的神色，淡淡地说："嗯，这么聪明，我还以为能给你一个惊喜。"

蓁宁脸颊上浮出激动的神色，她即将见到的，将会是墨撒兰一段活生生的历史，更令她意外的是，杜柏钦竟如此的诚挚，直接将她带进了他生活的最深处。

蓁宁兴奋地扒着车窗往外看："我在外媒的新闻报道中，多次见过这一段风光。"

杜柏钦手握着驾驶盘："你是否介意我的家庭复杂？"

蓁宁反问："你不是说你父母恩爱，兄妹几个感情都很好吗？哪里来的复杂？"

杜柏钦笑了笑："你不介意政治背景？"

蓁宁耸肩，用的是轻蔑的口气："谁在乎政治！"

杜柏钦哈哈大笑，抬手狠狠地捏了捏她的脸颊。

车子转过一个弯，进入了山脚一条宽阔的道路，路的尽头是一扇铁栅栏门，门上悬挂着的皇家盾徽在阳光下泛着金色的光，士兵检验了他们前车侍卫的证件，两辆车一前一后地开进了大门。

蓁宁先看到了一片碧蓝的湖水，湖的尽头是山坡，山坡的尽处遥遥可见一座砖红色的连体山庄的屋顶，山庄坐落在一大片绚烂的红色和黄色林木环绕的半山中，那幢深红色的别墅如今已经褪去了它神秘的色彩，恢复成了一幢奢豪的私家庄园，美景如画。

电子遥控大门缓缓打开，杜柏钦将车驶入庭院。

庭院后面有一条长长的山路蜿蜒而上，沿途种满了桉树和橡树。

车子在山庄前的车道停了下来，用人早已候在大门前，杜柏钦下了车，女仆整齐地屈膝行礼。杜柏钦引蓁宁走进大厅，返身回来走到廊下，拍了拍鲁鲁的头："玩儿去吧。"

鲁鲁高兴地叫了一声，嗖地蹿进花园的深处，没影儿了。

杜柏钦返回大厅，看到蓁宁站在大厅的门口，此时她正静静地打量着屋子。

蓁宁仰着头，望了望客厅的顶部，挑高的圆形大厅采光很好，古典式的家具浸润着光泽，每一个细节都透着精致优雅。杜柏钦走近她，牵着她的手走进了屋子。大厅走廊上挂着的几幅油画引起了蓁宁的兴趣，她驻足仔细地看了几秒。这几幅画均出自垦素之手，垦素是墨撒兰上个世纪最知名的古典画师，一生都生活在南部的水上木屋，她的画作用细腻的笔法描绘了姿态各异的水上街巷和殖民地人们的生活状态，色彩饱满，充满了独特的艺术感，真实地还原了一个贫乏而美好的时代。垦素生前一直寂寂无闻，她的大部分作品在她去世之后被她侄子抛售，其中一部分经由一名旅行家带回英国，在上个世纪于国家美术馆展出，引起了极大的轰动。三年前，她的一幅画作在一家拍卖行展出，最终成交价格是一百七十万英镑。

如今这些珍稀的画作近在眼前，看得出这画挂了好些年了，虽然维护得很好，但主人亦并非爱惜的姿态，而是真正随心随意的富奢之家的做派。

她见过很多很精美的欧洲建筑，但将典雅和舒适结合得这么完美的，的确罕见。

她轻声赞美："很漂亮的房子，维护得很好。"

杜柏钦将手搭在她肩上，声音很温和："我母亲曾是国立艺术大学的老师。"

蓁宁问："你母亲现在在哪里？"

杜柏钦答："她一直不希望我从政，但是我没有顺从她的意愿。父亲去世之后，她搬离了墨撒兰，现在住在巴黎。"

杜柏钦接着告诉她："弟弟在WOC做首席辩护律师，妹妹在常青藤读大学。"

蓁宁笑："三兄妹即可组一个国会。"

庄园坐落在泛鹿半山腰上，夕阳落山之后，树林间有水汽氤氲，泛起一层薄薄的雾气。

晚餐之后，他们挽着手在雾中的林荫道散步。

蓁宁听说过他父母有一段旖旎的往事，他父亲当年在剑桥读书时爱上同窗一位墨撒兰华裔女同学，由于墨国法律严格要求皇室的血统必须保持高贵纯净，王室成员甚少与外族通婚，然而他父亲依然在毕业后迎娶了那位墨国和华国混血的女孩儿，由此被视为自动放弃了第二顺位的君主继承权。蓁宁就此事求证杜柏钦，杜柏钦笑着道："我父亲一生只热爱军事，从未想过踏足卡拉宫，是媒体过度渲染了。"

蓁宁想起来："报纸上说，你会成为下一任国王。"

杜柏钦打趣道："那你将会是下一任王后。"

蓁宁哈哈大笑。

蓁宁静静地想了想，只问："如今局势可稳定？"

杜柏钦答："很快。"

杰弗里亲王已经搬进了卡拉宫，首相暂时任命事务大臣协助亲王处理王室政务，直至加冕典礼正式举行。

冬天的泛鹿庄园，地上的落叶覆满水汽，踩上去有一种细细碎碎的声响，一切静谧安好。

"泛鹿的香掌得不错。"蓁宁忽然想起来。

"是斩金花，你闻到了？"杜柏钦笑笑，这个香气是他母亲最喜欢的，一直保留了好多年了。

"一进来就闻到了。"

"珍妮女士在泛鹿工作了三十年，已经快要退休了。"

由于盛产花卉和珍稀植物，掌香一直是墨撒兰最悠久的文化传统之一，从王室的卡拉宫到王公贵族的府中，都有一名技艺精湛的掌香师负责调香，但能用得起斩金花的宅邸，整个康铎恐怕也是寥寥可数，蓁宁一踏进泛鹿，就被那种独特清幽的香气迷住了。

用斩金花配香，是每一名掌香师的梦想。

蓁宁正默默地出神，忽然听到杜柏钦在她身边开口：“蓁宁，如果我现在求婚，你会不会觉得太快？”

蓁宁这才是真正地被吓到了。

杜柏钦看着她，冷锐如刀锋的目光稍稍柔和，眼底浮起一丝浅浅的笑意：“束小姐可否先透露一下用何种款式的戒指求婚胜算较大？”

蓁宁回过神来，笑吟吟地逗他：“越大越好。”

杜柏钦加深了笑容：“我会向你求婚的，很快，我发誓。”

蓁宁早上起来看到窗台的光线，枕边好像还留着他的吻。

圣诞假期也留不住他，他一早就起来开会去了。

两个人昨晚在泛鹿庄园的露台对着夜色喝光了两瓶香槟，后来还是司机将他们送回城中的。

蓁宁躺在床上，想起他的话：“蓁宁，如果我现在求婚，你会不会觉得太快？”

她的嘴角不禁微微上扬。

这般利落直接，果然是银翼飞行官的风格。

Chap-
ter 2

# 圣诞节在康铎过得开心吗

康铎城北区，掸光大楼，墨撒兰国防部所在地。

冬天柔和的日光透过高耸的玻璃窗洒入室内，一位穿着深蓝军装的老人昂首阔步地穿过宽敞的走廊。

十楼的士兵向他敬礼："上将阁下。"

将维上将须发皆白，精神矍铄，戎装笔直，有种不怒而威的气势。

杜柏钦那位美艳的女秘书引着他来到办公室外，敲了敲门："殿下，将维上将来访。"

穿着白衬衣的高挑男子闻言立刻从桌子后站起来，他迅速推开椅子，疾步上前，及时地替老人拉开了门。

将维上将用力地拍了拍杜柏钦的肩膀，露出笑容："柏钦！"

杜柏钦同他握手，神色恭敬："将维伯伯。"

将维上将说："有一阵子没见，你母亲最近可好？"

杜柏钦答："挺好。"

"弟弟妹妹呢？"

"挺好。"

"你呢？"

“也挺好。”

将维上将大笑：“我昨天才回到首都，听说你最近心情不错？”

杜柏钦扯起嘴角笑了笑：“我看您是退休之后太闲了，我给您泡茶。”

将维上将立刻摇头，声如洪钟：“只要北敕雷岛屿还在赖昂手中一天，我们这一辈老头永远不退休。”

沸腾的水倾注而下，水底一抹绿色蔓延开来。杜柏钦端茶递给自己的老师，有些谨慎地开口：“关于在北敕雷岛屿的军队部署，军方有些争执。”

将维上将说：“北敕雷收复的事情，我们这一代没有办好，你们这一代要扛起这个责任。潘雷格打算怎么处理？”

杜柏钦答：“他对增兵持保守意见，但也没明确反对，总之，这件事成功了是他领导有功，不成功的后果他不承担。”

将维上将愤愤地骂了一句：“这个老狐狸！”

杜柏钦无奈地笑了笑。

将维曾跟随他父亲征战，如今已经七十岁了，还愿意回来辅佐他，就是因为不愿意放弃收复北敕雷的计划。收复在墨撒兰独立运动时被分割出去的北敕雷岛屿，是老杜沃尔公爵一直到逝世都还牵挂的事。

杜柏钦点了点桌面上的作战地图：“我已经将东海沿岸的军事力量调配过来，调整了附近几个石油基地的部署计划。”

将维上将手按在沙发扶手上，取过烟斗，口气依然像是在闲谈：“柏钦，下个月的军事演练非常重要，听我说，你手下必须训练一支优秀的飞行队伍，目标是十分钟之内摧毁赖昂武装的所有重要基础设施。”

杜柏钦神色一震，随即点了点头。

将维上将赞许地点点头，慢慢地吸了一口烟。他看着眼前这个丰神俊朗的年轻人，这是他的部下、他的学生，也是他半世老友的儿子，更是他们这一辈的子孙中，最杰出的一位继任者。掸光大楼十层的空军指挥部办公室，绝不是面前这个人成就的终点。

将维上将的语气慢慢变得严肃起来：“我这次回来，听到一些风声。”

杜柏钦牵牵嘴角，没有说话。

将维上将的语气是平和的，但带了几分谨慎：“我不想这么说，但是不得不说，柏钦，听我的建议，放弃对你父亲死因的调查。”

杜柏钦神色镇定，没有说话。

将维上将说：“梅杰跟我谈过此事，放弃吧。”

杜柏钦的语气有些倔强：“您明明知道这对我意味着什么。”

将维上将磕了磕烟斗的灰：“正因为我是你父亲的至交，我才不希望你太执着。柏钦，你尚年轻，我们一班老臣跟随你父亲多年，对你期望甚大，我们不能乱了大谋，你定能一路升迁，直至统领三军，但是现在听我的，放弃调查。”

杜柏钦的态度毫无转圜的余地：“不。”

将维上将声若洪钟：“你再说一次！”

杜柏钦无畏无惧地望着他：“将维伯伯，不。”

将维上将猛地一拍桌子：“你这臭脾气跟你父亲一模一样！”

杜柏钦有些郁郁地说：“关于这件事情，您不能阻止我。”

将维上将看着他冷峻的面容，忽然叹了口气，站起来拍了拍他的肩膀：“你先考虑一下，我们下次再商量这件事。”

杜柏钦站在车边，伊奢在他身侧低声禀报：“殿下，巴黎来电。”

杜柏钦的声音有些沙哑：“将电话拿过来。”

伊奢见他脸上神色不好，忙道：“我安排司机过来。”

杜柏钦出言阻止：“不用了。”

他坐入了自己的车中。

伊奢开了旁边另一辆车，迅速指挥着随行警卫驱车跟上。

杜柏钦一手握着方向盘，一手拨通电话，戴上耳机。

那端传来母亲温柔的声音：“柏钦。”

杜柏钦应道：“妈妈。”

杜沃尔公爵夫人的声音一贯优雅：“收到妈妈寄给你的戒指了？”

“收到了，谢谢您。”

公爵夫人笑着问道：“哪家的女孩子这么幸运？”

杜柏钦微微笑了一下：“戒指送出去后我再介绍给您认识。”

杜沃尔公爵夫人忽然转移了话题：“今天……将先生致电给我。”

杜柏钦蹙着眉头静静地听着。

公爵夫人轻轻地说：“你爸爸的事情已经过去了。”

杜柏钦心头闪过一丝烦躁：“您也要我停手？”

杜沃尔公爵夫人说：“妈妈希望你好。”

杜柏钦压抑着自己的情感：“旁人已经淡忘就算了，您还不知道父亲是怎么样被迫放弃他钟爱一生的事业……”

杜沃尔公爵夫人打断道：“你爸爸最后已经看开了，你们三个都长大了，他离去的时候很放心。”

他不容置疑地答了一句：“家族有家族的尊严，妈妈，我无法让他这般不清不白地走。”

杜沃尔公爵夫人怅惘地说：“你秉性脾气真是最像他，怪不得他那么疼你。”

杜柏钦心头复杂难陈。

杜沃尔公爵夫人慈爱的声音里带了一丝哽咽：“妈妈已经失去了你爸爸，余下的三个孩子，我不想你们再有一丝一毫的闪失。”

杜柏钦挂了电话，扯了扯领带，一脚踩下油门，车子驰骋在深夜的康铎。

信嘉花园公寓的灯火远远可见，警卫依次放行，为首的那辆黑色大车前灯一照，未见一丝减速，飞快地通过了警卫岗，士兵甚至未来得及敬礼。

房子的大门半敞开，伊奢将车停在车道上，士兵走到了杜柏钦的车旁，笔直地站在车道上，一动不动地望着中间的那台黑色的大车，锃亮的黑漆漆的门窗丝毫不动。

这时门口奔出了一个女子，漆黑短发在风里一闪而过，白衫外套了一件风衣。

车门立刻被推开了。

蓁宁笑吟吟地迎面拥抱住了自车上下来的高大男人，男人一身的戾气淡去，郁郁了一日的神色终于有了一丝轻松。

伊奢暗自松了口气，返身指挥着侍卫的交接工作。

用人轻轻地关上大门。

杜柏钦嗅到她身上淡淡的香气："怎么还没睡？"

蓁宁笑着说："我今天在花园采了几株花，正看着呢。"

她在大学里学的就是生物科学，一直对植物有着出类拔萃的敏感，杜柏钦丝毫不意外她毕业后会从事调香师的工作。墨撒兰的气候得天独厚，拥有着丰富的植物资源，即使是信嘉公寓的花园后院，也种植了大量的珍稀花草。

杜柏钦说："改日约设计师来，将泛鹿一楼的偏厅给你做工作室。"

蓁宁想了想说："现在有点赶，华国的新年要到了。"

杜柏钦点点头："先画设计图。"

杜柏钦洗了澡坐在床边擦头发，看到房间里没有人，便低声唤她："蓁宁。"

蓁宁正在外面起居室替他收拾散落在沙发上的衬衣领带，闻言应了一句："是，殿下。"

杜柏钦看到厅外年轻的女子回头，粉嫩的脸上有一种熠熠生辉的神采。

"过来。"

蓁宁看了一眼房间里的男人，半湿的凌乱头发，日间总是不假辞色的冷漠面容终于有些许松懈，显出些一个年轻男人的正常情绪。他今晚有些茫然和烦躁，看着她时，他才觉得有一些安心。

蓁宁扔下了他的衣服，开始前后摆手："殿下，让开，我要弹射了。"

杜柏钦拍了拍手，对着她伸开了双臂："快点。"

蓁宁尖叫了一声扑到床上。

杜柏钦迅捷地伸出手，稳稳地接住了她，两个人笑着滚到了被单中。

杜柏钦将头埋入她的发丝间，轻声道："谢谢你。"

"谢我什么？"

"谢谢你还愿意和我在一起。"

圣诞过后的新年假期蓁宁是独自在城里过的，杜柏钦在基地工作，等到他回来，就开车载她去泛鹿庄园。

这一次他们进入庄园的主别墅区之后，杜柏钦并未停车，而是进了山，穿过一条宛若缎带的山腰公路，往树林中一条隐秘的道路疾驰而去。

经过一幢白色小楼后，蓁宁看到一整个山坡的花田，心下已经明白，这应该是私家的花田。

蓁宁放下车窗仔细地打量着沿路的花草，下一刻，面色有一瞬间的震惊，但她很快收敛了神色，只笑着说："没想到山中还有这种胜景。"

杜柏钦将车停在路边："嗯，这个是专业化的植物园，我想或许你会喜欢这里。"

楼房内已经有用人闻声快步跑出，是一个年约五旬的男子，面色黝黑，他恭敬地鞠躬道："殿下。"

杜柏钦将车钥匙递给他，男人接过车钥匙，转身交给身后的一个年轻人，吩咐道："将殿下的车泊进车库。"

杜柏钦返身牵住蓁宁的手。

蓁宁跳下车来。

男人面色有一瞬间的诧异，但很快恢复正常，朝她行礼："小姐。"

蓁宁朝他微笑："你好。"

蓁宁在路边采了一株小草，仔细地瞧了瞧，又用鼻子嗅了嗅："这是什么？我以前从未见过。”

杜柏钦淡淡地答：“这是斩金花苗。”

蓁宁心底一跳，果然是它。

斩金花，学名Tagantet，她仔细地在脑中拼出这个名字，借以平复心中的激荡。这是她第一次见到这种传说中的墨撒兰黄金草，她在风曼酒店顶级配方的画册上见过这种植物，风曼酒店每年花重金从墨撒兰的秘密渠道购入成熟期的斩金花，由专机在采摘后的十个小时之内抵达总部，交由酒店最精良的三位掌香司调配精油。

传说中墨撒兰北纬二十九度的半山烟雾缭绕之地，种植出来的斩金花是全世界独一无二的珍稀品种。风曼集团掌握着此种香精理疗，并推出精油养护疗养系列SPA，在脸部焕彩驻颜和对身体病痛理疗方面有着无与伦比的神奇效果，风曼的酒店在总统套房推出的奢华全身护理价格是天文数字，但每年都引得无数的明星和贵妇趋之若鹜。

杜柏钦惦记着自己的马，举步往马厩走去，只简单说了一句：“这个是泛鹿的花田，供庄园内使用，你要是喜欢可以随时来。”

蓁宁明白了，这个只是试验田，杜沃尔家族真正的花田，在泛鹿山脉深处，她默默地抬眸远眺雾气弥漫的泛鹿山。从半山的高地看去，山脉的腹地有一大片土地，一整个山谷的花苗，简直是漫地的黄金。

蓁宁蹲在地上又拔了两棵花苗，细细观察它的根部。

默默伫立在一旁的那个年轻小伙子，眉毛禁不住跳了跳。

杜柏钦挥挥手，让他们下去了。

这时马厩里传来熟悉的嘶鸣声，杜柏钦听到后，转头遥遥招手，大声地道：“老葛，让它出来！”

蓁宁随着他的目光看过去，远处的马厩栅栏瞬间敞开，一匹棕色的骏马扬起前蹄，长长地嘶鸣一声，然后撒了蹄沿着花园小径奔跑过来。

杜柏钦说：“蓁宁，你在这里等我。”

蓁宁问：“你要骑？”

“哎！”蓁宁追着他跑，“把外套脱下来。”

杜柏钦脱下外套扔到她怀中，利落地翻身上马，拉住缰绳，然后一夹马腹，一人一马如箭一般射出，顺着山道奔驰而去。

蓁宁坐在田边的长椅上，看到他一袭白色衬衣被风吹得微微鼓起，俯在马上的背影渐渐远了。

墨撒兰的世袭贵族子弟，多数擅长射箭、射击和骑术，可以想象他少年时代在泛鹿庄园里的骑射英姿。

她默默地想，这个男人，如果他向她求婚，她一定答应，马上、立刻，绝不犹豫一秒钟。

然后他们要生三个孩子。阳光穿过薄雾的早晨里，摇摇晃晃的稚儿每天早上排队等候她给他们倒牛奶。

人生当以此为最大的理想。

蓁宁陷入沉思，直到被电话铃声惊醒。

她翻看了一下，是杜柏钦口袋里的电话在响。

蓁宁冲着山坡大声地喊："柏钦——"

杜柏钦打马而归，从蓁宁手上拿过电话，伊奢在那端说："殿下，詹姆斯手下最新进展，当年那名失踪的海军陆战队军官，极有可能还藏身在国内。"

杜柏钦略略蹙眉，神色未变，只简单地指示："继续调查。"

杜柏钦转过身，伸手将蓁宁拉起来，替她拍了拍裤子上的尘土："我们去吃晚餐。"

晚餐设在花场小楼的三楼，落地窗外就是夜色中浩浩渺渺的斩金花园。

杜柏钦替她铺开餐巾，说："只可惜不能陪你回去。"

蓁宁笑道："没有关系。"

杜柏钦想了想说："我是否应该补习华文？"

蓁宁接过他手上的杯子，将酒在杯中晃了晃，调侃道："你不需要学华文，你应该练练格斗。我有三个哥哥，我大哥说，谁要当我男朋友，先打赢他们再说。"

杜柏钦摇摇头，十分镇定："打架不好，不如让你哥哥来跟我比赛开飞机？"

秦宁在桌子下光着脚踢了一下他的小腿："你别太得意啊。"

秦宁环望着偌大的庄园，问道："你不能因私出国，你母亲不回康铎吗？"

杜柏钦的眼神暗了暗："我父亲去世之后，比较少。"他的声音有点低，"秦宁，你会不会同我母亲一样，觉得我不应该涉足墨国政坛？"

秦宁耸耸肩："女人从来都无法驾驭男人的野心。"

杜柏钦叹口气："我宁愿你不要这么通透。"

秦宁放缓了语气："让你非这么做不可的未必是那个位子，应该有一个让你无法放下的理由。"

杜柏钦神色一怔。

过了一会儿，他轻声地答道："是的。我父亲，你知道，他不是清白而体面地离开人世的。"

秦宁迟疑地点了点头，不是十分确定他是否愿意谈论起他的父亲："关于这件事……"

在康铎重新遇到他之后，秦宁仔细翻看过很多次杜沃尔的家族史。

这个王室的宗亲家族在墨撒兰的历史中源远流长，依托着斩金花的种植建立起来的巨大的家族财富，杜沃尔家族的人一直都活跃在康铎的上流社会，但从杜柏钦的曾祖父戍守殖民地伊始，到牺牲在墨撒兰独立战争中，这个家族开始踏足政治，这些都是有据可查的翔实史料，但这个家族最黑暗和诡秘的一段历史，是他父亲经历的十一月空难惨案。

关于这件事，秦宁从不敢跟他聊起，因为过于惨烈。

她转头看着他，杜柏钦看了她一眼，明白她眼中的欲言又止："是的，外界没有真相，真相封存在国家档案室，或者已经消失在时光中。"

秦宁的心咯噔一跳："你要调查……"

她语气停顿了一下。

杜柏钦毫不迟疑地回答："是的。"

秦宁没有再说话，心中有些震惊。他现在已经是高阶军官，家族重新获得了王室认可，实在没有必要翻故纸堆让自己又陷入被动的局面。

杜柏钦面容沉郁："我可能会被踢出康铎，流放到不知道哪个边疆地区。"

蓁宁一听特别高兴："好好好，带上鲁鲁，我们开发一个桃花源。"

对面的男人终于笑了，眼底露出一丝浅浅的笑意。

两个人吃饭间，偶尔低声聊上几句。过了半晌，杜柏钦忽然说："真舍不得你回去。"

蓁宁神色一正："我不在的时候，请殿下矜持自重，对如云的倾慕者，譬如将小姐之流保持距离。"

杜柏钦手撑着椅背，闻言挑挑眉，忍不住朗声大笑。

蓁宁扑过去用餐巾狠狠地捂住了他的脸。

杜柏钦伸手一揽将她卷入了怀中，亲吻她的头顶。这么一个可爱的女人，他是交了多大的好运，才又遇见了她，还真正拥有了她的心。

他想过他们的未来，他服役已逾十年，退出飞行转回掸光工作也已在计划之中，完成父亲的遗愿之后，如果能谨慎小心一点，顺利地从国家机构中退下来，到那时候，蓁宁愿意去哪里，他就陪着她去哪里。

熙熙攘攘的信嘉基金大厦后的一整条街道，露天咖啡座上有稀疏的几个游客。

杜柏钦将手上的数个购物袋放在了蓁宁旁边的椅子上。临近新年，蓁宁不日即将回国，他今天难得有半天假，陪她出来给家人买礼物。

蓁宁看着对面的男人，蓝色空军衬衣外套了一件便服，坐在椅子上是放松的姿态，却仿佛蕴含锋芒的剑鞘，清冽出奇的光华隐隐流动。

杜柏钦看了一眼手机上秘书发过来的消息，对蓁宁说："航班是在周四的早上。"

蓁宁应了一声。

杜柏钦说："不知道来不来得及送你登机，我下周要出差。"

蓁宁点点头："没关系。"

她瞄到侍卫已经将他的车子开了过来。

杜柏钦起身："下午我早些回来，晚餐等我一起，嗯？"

蓁宁笑着道："明白，长官。"

杜柏钦笑着拉起她的手，推开咖啡馆的门："外边冷，你到里边去坐。"

第二天杜柏钦要返回伏空，早晨六点，蓁宁伸手摸了摸，身旁已经没有人了。她迷迷糊糊地从床上坐了起来，看到隔壁衣帽间的灯是亮着的，蓁宁走了进去，见他已经换上了军装，正在低头收拾行李袋。

"这么早就要走了吗？"她动手替他开亮大灯，原本他怕打扰她，只开了一盏衣橱灯。

"嗯。"杜柏钦返身看到她起来了，温柔地说，"吵到你了吗？我马上就收拾好了，你回去睡吧。"

蓁宁走进衣橱间替他收拾衣物，衬衣裤子都是样式整齐笔直的军装，她替他折好领带，又把换洗的袜子放进隔袋。

杜柏钦将手提电脑塞进去，又从书房取了几份文件，待到收拾妥当，等候在外的用人便将行李提下楼去。

杜柏钦返回房间，将蓁宁抱回床上，蓁宁打了一个哈欠，爬回被子里："你去工作吧，我还要再睡会儿。"

杜柏钦忽然拉住了她的手："宝贝。"

蓁宁回过头："怎么了？"

杜柏钦从口袋里取出了一枚戒指，单膝跪了下去。

天啊，蓁宁感觉整个房间都在旋转。

他握着她的手："束蓁宁，我爱你，我的心属于你，我想和你一起度过很美好的余生，在你的人生中任何时刻，只要你有需要，我都会在你身边，我将永远不会离开你，嫁给我好吗？"

蓁宁坐在床沿，怔怔地望着他手上举着的戒指——白金的戒圈，中间镶嵌有一颗椭圆形暗红色的宝石。蓁宁抓了抓自己身上皱巴巴的睡衣，又看了看身前一身戎装英气逼人的男人，她伸手揪住了自己的头发，愣愣地回了一句："你刚刚说什么？"

杜柏钦说："蓁宁，嫁给我。"

蓁宁的眼泪开始冒出来："长的那一段，你能再说一次吗？"

杜柏钦又把那段话再说了一遍。

凌晨四点，她披头散发，形象全无，只能一边抽泣一边点头。

杜柏钦将戒指套进她的手指。

蓁宁哭得更伤心了："我没化妆，还穿得这么丑……"

杜柏钦忍着笑意亲吻她的脸颊："本想给你一个仪式，可是我等不及了，你又要回家过传统新年。"

他又认认真真地叮嘱了一遍："等过了新年，我会和你回家见你的爸爸妈妈。我们要结婚，可能你要入墨裔，我们慢慢商量。重点是，我要娶你，记住了吗？"

蓁宁知道如果他们要结婚，手续审查是一件非常复杂的事情，可杜柏钦没把这当回事儿，他跟她说过："我父亲还不是顺利娶了我母亲？"

蓁宁明白他父亲付出了什么代价——放弃了王位的顺位继承权，在那之后整个杜沃尔家族将永远与卡拉宫殿无缘。

司三在外面轻轻地敲了一下门，杜柏钦摸了摸她的头发："我要走了。"

蓁宁含着泪水，搂住了他的脖子："夜航落地记得给我打电话。"

杜柏钦答应了，走到房间门口时，忽然又折身回来，手撑在床边，俯下身深深地吻她的唇。

蓁宁说："我送你下楼？"

杜柏钦按住她："不用，车子已经在外面候着了。"

早晨，司三在餐厅对她报告："殿下临时接到任务，今早提前返回部队。"

蓁宁应了一声："嗯。"

蓁宁吃了早餐后上楼收拾行李，她感觉心里很踏实。她是在风家长大的女孩子，风家的孩子从小到大都习惯了独立生活，她的无名指上多了一枚戒指，就是他给她最好的承诺。如果杜柏钦仍在军中服役，那么在未来的婚姻生活里他们时常分离将会是常态，军人的婚姻就是这样，一切按照国家的时间表走。

司三道："殿下交代，束小姐若是回国之后有急事，请致电泛鹿庄园。"

蓁宁点点头。

周四的早上，侍卫副官将她送至机场。

司三替她拉开了车门，看她的目光带了别样的亲切："束小姐，旅途愉快。"

蓁宁客气地道："再见。"

蓁宁在候机大厅里看到跑道上细细的雪花飘落而下，她离去的那一日，康铎下了今年第一场雪。

真是一个暖冬啊。

二月份的北涧古城。

冬日的暖阳照射在古老的城墙上，游客络绎不绝，天南海北的人持各种腔调的普通话在每个旅游景点出没，人群"嗡嗡"的嘈杂声响交汇在大街小巷，整座古城形成了一种微微令人晕眩的气流。

临街的一间茶铺，裹着艳丽披肩的女孩，正在冬日的阳光下慢慢地品着茶。

一个青年大步地走了进来，揪住女孩的耳朵："你什么时候偷偷回国的？"

束蓁宁痛得惨叫一声："放开！"

风泽笑嘻嘻地坐到对面："行李呢？"

蓁宁说："放回店里了。"

风泽给自己倒了一杯茶，在长椅上懒洋洋地摊直了长腿。

蓁宁深深地吸了一口气，真好，植物混着微微的青石板路清香的气息，是家乡的味道。

她看了看风泽，问："爸妈在家？"

风泽点点头："等着你呢。"

蓁宁点点头，站起身来："走吧。"

风泽说："急什么，喝杯茶再走。"

蓁宁不理会他，径直往外走去。

"哎！"风泽搁下杯子追了出去。

风泽驾着车，两人先去店里取了行李，然后往南一路开去，湖边是一个大型的度假村，这是风曼集团总部。车子绕道而过继续行驶，又过了近一刻钟，进入了一个四方院落。

大门敞开，早已有家人候在门前。

风泽跳下车，家里司机成叔走上前帮忙提行李，见到蓁宁不由得露出笑容："姑娘。"

蓁宁笑着应："成叔！"

老成说："老爷在客厅里等着呢。"

难得风仑在家，家里人都知道她跟爸爸亲，她蹦蹦跳跳地穿过庭院，只见一家子人正在客厅喝茶——爸爸妈妈、大哥大嫂，一岁的小侄子则在地上爬。

蓁宁上前拥抱风仑，又拉住母亲的手，再转头打招呼："大哥，嫂子。"

见二哥不在，于是问："二哥呢？"

风泽走进来说道："他不在国内。"

风仑说："妹妹，去看一下你房间收拾妥当没有，一会儿下来吃晚饭。"接着转头道，"老成，帮忙提一下姑娘的箱子。"

蓁宁依言站起来。

"妹妹。"母亲唤住她，"你房间的花瓶前两天被大儿淘气打破了，妈妈给你换了一个。"

蓁宁恭敬地答应了一声，这才往楼上走。

当天夜里吃晚饭时，明明是一贯宁静的家庭晚餐，不知为何，蓁宁觉得风仑有些反常的沉重，大哥也有些紧张的神色，只有三哥一直逗她说话。

待她回到房间后，她发现了异常——她的行李箱并未放在房间内。

她摸了摸身上的口袋，手机也已经不见了，她记得回到家时是风泽替她脱下的外套。

蓁宁心里知道有异，仓促转身，拉开房门。

风仑站在门前，走廊和楼梯处有几道黑色的人影。

风仑问："爸爸可以进来吗？"

蓁宁侧开身体。

父女俩在房间里坐下。

风仑的语气是熟悉而温和的："圣诞节在康铎过得开心吗？"

"开心。"蓁宁笑眯眯的，"平策如何？"

风仑谆谆教导："你的当事人，你不应该再过问。"

蓁宁冲着风仑吐了吐舌头："不问就不问。"

风仑沉默了一会儿，终于说："很好。"

蓁宁："那就好。"

风仑说："你知道公主殿下为什么不能留在墨撒兰吗？"

蓁宁猜测着道："因为她的叔父？"

风仑缓缓地道："卡拉宫殿内的政治势力各有依托，墨撒兰的经济体制改革进行了近十年，却一直被外界诟病，原因就是各股政治势力意见不同，难以统一。拓摩三世曾经试图推进一项经济改革，收复北敕雷海岸线上的石油产业，而实际推动这一经济变革的是他的亲信——今钦·杜沃尔。国王听从今钦·杜沃尔的建议，而且试图施压议会收复北敕雷岛屿的油田项目。这个经济改革计划触犯了墨国大阶级的利益，并且最终因为国王的空难而宣告破产，现在新派正在试图游说议会重提此事。"

蓁宁想了想："那平策怎么办？"

风仑答："墨国目前由杰弗里亲王摄政，他不会支持公主殿下回国。"

风仑看了一眼她左手的无名指："这一次去康铎回来，有没有什么要告诉爸爸的？"

"爸爸你看到了？"蓁宁大方地摊开了手背，"我被求婚了。"

风仑用力对着蓁宁露出一个笑容，一瞬间慈爱的脸庞甚至有点扭曲："杜沃尔家族的长子？"

蓁宁笑了笑："大哥的人看到我了吧，在信嘉大楼。"

"你刚从康铎回来，又特地去康铎度圣诞节，还待了那么久，你大哥不放心。"风仑并未否认，"妹妹，爸爸问你，你决定了？"

"当然！"蓁宁很快地点头，脸上的笑容淡了，浮现出异常认真的表情，"爸爸，你会祝福我的，对吗？"

他的小女儿他明白，她不是那种会轻易戴上一个男人求婚戒指的女孩儿。

"我女儿长大了。"风仑将手搭在椅子扶手上，看着他的小女儿，目光复杂且不舍，蓁宁急切的目光几乎令他不能直视。

他只好略略移动了目光，将视线定格在窗上，保持着一个静默的姿态。

蓁宁脸上的神色慢慢平静了下来。

从父亲提起她的戒指时，她已经察觉不对劲。她已经很多年没有见过父亲这般迟疑的神态了，在她的印象中，父亲永远是果敢、机智、充满能量的，是家族中的顶梁柱，是全家人安定生活的最有力依靠。

"妹妹，我接下来要告诉你的事情，非常重要。"

蓁宁屏住呼吸。

房中陷入一片死寂。

过了很久，风仑才重新开口，声音无比沉重："十八年前的十一月一日，我在现场……"

蓁宁蓦地睁大了眼，耳里仿佛突然被塞进了一个飞速转动的马达，整个大脑都开始"嗡嗡"作响，十一月一日，这是跟杜柏钦的家族生死攸关的一个日子，父亲怎么会跟这件事扯上关系？

蓁宁握在一起的双手在发抖，瞳孔微微收缩，那些她看过无数次的资料瞬间又浮现出来——十一月一日，墨撒兰国庆日的前一个星期五，下午三点四十分，国王在伏空军事基地观看军事演习之后，乘飞机返回康铎，飞机在起飞十五分钟之后在空中起火爆炸，国王拓摩三世和十三名随从以及机组人员全部遇难。

消息传出，举国震惊。

这一日，是墨撒兰历史上最黑暗的一天，被称为血色的十一月。

杜柏钦的父亲今钦·杜沃尔公爵，时任国防部长和陆军总参谋长，本来的行程安排是随机陪同国王回到首都，不知何故，在飞机即将起飞的最后一刻，没有登机。

墨撒兰的王储，也就是后来的平策公主的父亲，下令让内阁立刻成立事故调查委员会。首相亲自签署密令，军方在十二个小时之后秘密逮捕了杜沃尔公爵。

而后墨撒兰政坛剧变，墨撒兰排名第二的豪门家族一夜之间凋零衰落，除却世袭的家族尊贵姓氏得以保留之外，老杜沃尔公爵被削去爵位，而后被军方软禁，由妻儿陪着在泛鹿庄园过了十多年，直到他在医院病逝，这段历史才算真正地画上了一个充满谜团的句号。

父亲的话一字一句清楚地传来："我奉主上的命令，潜入伏空军事基地，目标是将一枚炸弹安装在国王专机的机舱尾翼，并安排风家的一位高级军官，用一份虚报的紧急军方文件，拖住了即将登机的国防大臣。"

蓁宁只觉大脑瞬间如同被狠狠击中，眼前泛起一片炽热红光，整个人都是麻的。

她努力地睁大眼睛，脑中却还是一片晕眩，耳里"嗡嗡"地响，手一抖，碰翻了桌边的茶杯，滚烫的茶水泼了出来，她浑然不觉，只顾着低低唤了一声："爸爸——"

话一出口才发现喉咙发紧，嗓音颤抖得厉害："这么说，那真的是……谋杀？"

风仑答："是的。"

一场由父亲亲手执行的谋杀任务。

这是风家一生之中最引以为傲的一战，应该也是家族这么多年来最大的梦魇。这场谋杀最终的得益者是后来继承王位的拓摩四世，墨国的保守派贵族勾结了他，助他顺利篡位，并以此来维护数百年来几个大家族对国家经济的垄断，保证他们谋求利益的合法化。

每一代王室在风云诡谲的政权争斗中，都有一个掌权的主子，而他们不过是一枚枚棋子。

风家是王后家族宗亲，借着这个关系和功勋，风家顺利撤离了墨撒兰，移居到国外，安稳地度过了这么多年。

风仑默默地叹了口气，话语中带了对宿命的悲悯："风家凭借此事得到第四代王室的庇护，现在，该来的终于来了。"

蓁宁绝望地捂住脸，六神无主，脑中只有一个想法——她不应该答应杜柏钦的求婚。

时间仿佛凝固了。

不知道又过了多久，蓁宁才反应过来，风仑走到了她的身前。

"妹妹。"风仑望着她说，"杜柏钦正在寻找当年的人？"

蓁宁想起来，杜柏钦告诉过她："我的父亲并不是清白体面离开人世的。"

她点了点头。

风仑并不意外，风家的情报比蓁宁的消息早得多："如果这个案子在墨撒兰被重新审查，那么风家必将成为弃子，除了全力封锁消息以阻止他的调查，我们所有工作也都已经全面收缩。"

风仑略有迟疑："当时事情紧急，如今看来，我不应该让你参与卡拉宫的事件。"

蓁宁仍抱了一丝希望："爸爸，杜柏钦并不知我参与过卡拉宫的事。"

风仑摇摇头："他只是暂时不知道，墨撒兰有一流的情报系统，如果得知了你的身份，查出这件事轻而易举。"

蓁宁大脑里一片混沌。

"在家里好好过个年。"风仑的神情恢复了平静，和蔼可亲的面容却仿佛一下老了许多，眼底有强忍住的一丝悲伤，"妹妹，你返回康铎之后，不能再和家里联系了。"

“我一直不愿意你改姓，就是因为你父母留给你的墨裔身份是安全的，这也是你在佛德读书时候的身份，我们需要帮你重新安排两个华国的养父母，但出于安全考虑，你要尽量减少杜柏钦和他们接触的机会。”

蓁宁听了好一会儿终于回过神来：“什么意思？那你和妈妈呢？哥哥呢？”

“妹妹，爸爸还有妈妈和你的哥哥们，我不能让他们陷入危险，你能不能答应我，嫁给他之后，永不透露家里的秘密？”

蓁宁完全愣住了，眼泪忽然迸出来：“那我再也不能回家里来了？”

“妹妹，我答应过你的父母要好好照顾你。”风仑摸了摸她的头发，“无论你嫁给谁，爸爸都祝福你。”

“我没有机会牵着我女儿走进教堂了。”风仑的声音有点哽咽。

“不是，不对……”蓁宁今天刚回来，整个人还沉浸在康铎时的陶陶然中，迎面却骤然扑来一个灭顶巨浪，急火攻心，只能猝然地叫了一声，“爸爸，不！我不会离开您和妈妈的。”

“傻丫头，你收了别人的求婚戒指了。”

蓁宁睁大眼。

“大哥会给你安排好。”风仑怜爱地掏出手帕替她擦了擦脸，走出去，对门口的人说，“老三，进来陪陪你妹妹。”

蓁宁混沌的大脑中有亮光一闪而过，她瞬间想起来，立刻拉住父亲的袖子：“他在找一个失踪的海军陆战队军官，最新的情报说那个人还藏在墨撒兰国内。”

风仑神色一凛，但很快点点头，握住她的手，放到风泽的手里：“好，爸爸知道了，别再想这些事了，我让你三哥带你好好玩玩。”

风泽走近一步抱住她，手摸过去，蓁宁一头的冷汗，他将她抱入怀中：“别害怕，哥哥在这里。”

蓁宁埋在他的肩头，呜咽了一声，仿佛小动物受伤时绝望的悲鸣。

风泽等了许久，等到蓁宁略微平复了，才搂住她的肩膀说：“很抱歉这段时间你不能使用通讯工具了，妈妈已经叫人修改了整个院子的系统密码。”

蓁宁愣愣地看着他，过了好久，才木然地点点头。

风泽说：“我们还要谈谈，你没有告诉他家里的位置吧，嗯？”

蓁宁摇摇头。

她头脑转动得很迟钝，想了好一会才说：“嗯，他知道是西南地区，我仍然使用原来的身份，因此没有提过风曼，家里应该是安全的……”

蓁宁努力地回想记忆中的那些片段：“我告诉过他，我自己开了一家香精店铺。”

风泽点点头：“好的，没关系。”

蓁宁绝望地捂住了脑袋。

风泽吻了吻她的额头，关上房门，对着房门外的保镖吩咐：“好好看着她。”

春天来了。

风泽在花园里陪她喝茶聊天。

事情已经过去了将近三个月。

蓁宁在心里砌了一道又一道的防线，才有勇气问一句：“处理得怎么样了？”

风泽斟酌了一下，才答：“表面看来一切平静。”

风泽说：“你回来的时候在城区的茶铺逗留了一会儿，认得你的茶铺老板次日已经返沪。”

蓁宁知道，想必那间茶铺已经被风家购下了。

风泽说：“你在那一带是熟脸，可能会有人记得你，但所幸游客成千上万，来来去去非常快，除了那间铺子，其余还好，你之前的身份已经足够安全，我们只要处理掉你回国的痕迹就可以了。”

蓁宁有些惨淡地笑道：“没想到我惹出了这么大的麻烦。”

风泽忽然侧过身，撩开她鬓角的头发，亲了亲她的脸颊：“别伤心了，好吗？”

蓁宁摇摇头对他笑了笑：“别担心，这是我自己的决定。”

事情过去三个月了，为了让父母放心，她再没有离开过家。从康铎回来后的第一个月，成嫂疼她，每天为她把早餐端上二楼，然后给她收拾房间，出来后悄悄跟风母说，床上的枕巾都是湿的。

后来渐渐也不哭了，平常还是跟她住在家里时没什么两样，套一件宽松毛裤晃来晃去。白天陪小侄子玩耍，夜里在后院的场地跑步，有时会陪父亲练枪，更多时间是在花园的工作室里研究她的那些花花草草。

只是偶尔空闲下来就会失神，脸上的神采会瞬间消失，神色格外迷茫，就好像灵魂突然就转移到了另外一个空间。

风泽想了想，说了一句话：“不怪爸爸？”

蓁宁愣了一下，然后坚决摇头：“三哥，我懂事情的轻重。”

蓁宁从衣服的口袋里掏出一枚戒指，然后轻轻地放在桌面上，立刻侧过了脸，不敢再看，只是强忍着泪水：“把这个寄回去，还给他吧。”

风泽迟疑了一秒：“妹妹，我们这边联络他是十分危险的事情。”

蓁宁忽然哭出声来：“拜托你拿走吧。”

风泽立刻伸手，将戒指取走，他站起来：“哥哥来处理。”

片刻后风泽回到花园，手上空了，他侧过身来，亲了亲蓁宁的头发：“你知道我最后悔什么吗？我最后悔那一年圣诞假期没有去伦敦陪你滑雪。”

蓁宁笑着对他摇了摇头。

父母慈祥，兄长疼爱，风家对她的养育之恩，深重如山。

而且蓁宁也没有更好的办法了，即使杜柏钦之前没有怀疑过她的身份，但如果她返回墨撒兰与他分手，就算她凭意志力能够做得到，但身份势必会遭到怀疑。杜柏钦在墨撒兰军政服役多年，心思之缜密深沉非常人能及，这样冒的风险太大了，而且极有可能被扣留调查，风仑不同意她冒这样的风险。蓁宁明白，她已经把整个风氏家族推到了悬崖边上。

她不能再走错一步。

只是最初得知消息时的剧烈惨痛过去之后，她憋着一股劲儿在硬撑，到现在慢慢松懈下来，才觉得时间难挨。

得到转瞬又失去。事实上，自与杜柏钦重逢以来，因为太开心了，她就一直有种身处梦境般的不真切感，只是一个眨眼，梦境又消失了。

风泽告诉她这段时间有人查过整个古城的所有精油铺子，自然是查不到的，因为那家铺子在她从墨撒兰返回的那一刻，就已经歇业，第二天换成了一家玉器店。

她这样悄无声息地离开，本身就已经是一个巨大的风险，如果杜柏钦要彻查她，那她现在应该已经进入了墨国情报部门眼线的监控范围，她在墨国大使馆使用过的那本护照，是再也不能用了。

蓁宁和孔雀在夜里拉练。

孔雀放慢脚步，戴着防寒手套的手拍了拍蓁宁的头："妹妹，想什么呢？"

蓁宁缓缓呼吸，闻声回过神来，摇摇头，摒弃一切杂念。

孔雀指了指远处山坡上的台阶："再加十公里啊？今晚。"

蓁宁顿时跃跃欲试，可还是不放心地看了看她的肚子："真的吗？"

孔雀叉着腰瞪了瞪她："别小瞧你姐姐啊。"

蓁宁立刻拉开了双腿活动，做了一个冲刺的姿势。

"你满世界地疯玩，体能一直维持着不错的水平啊。"孔雀笑着拍了拍她的肩膀，两个人往山道上跑去。

康铎中心城区。

深夜灯火通明的皇家空军俱乐部大厅。

衣饰精美的男人捧着酒杯对着推门而进的男子大声地打招呼："嗨，詹姆斯！"

詹姆斯穿着白衫西服工作装，抬头笑了笑："嗨，伊奢在哪儿？"

男人指了指后面："在马球场旁。"

伊奢第一时间就看到安全局的那位情报专员先生走了进来，伊奢听说詹姆斯这段时间在替殿下执行秘密任务，已经有一段时间没见他露脸了。

伊奢推开门迎上去："嗨，伙计。"

詹姆斯拨开人群大步走进来："嗨，侍卫长大人。"

他下巴朝里面抬了抬："他在里面？"

伊奢点点头，好心提醒一句："他六点刚下机，心情很糟，你确定你要进去？"

詹姆斯将手上文件的抬头给伊奢看了一下："我哪里敢不进去？"

伊奢瞧了一眼，脸色微微变化："稍等，我马上进去通知殿下。"

詹姆斯笑了笑，松了松领带，叫来侍者让他上酒水。

杜柏钦坐在落地玻璃窗边，面无表情地看着灯火通明的球场，宽阔的绿茵草地被炽烈的灯光照得如同白昼，几个衣着华丽的球手连头盔都不戴，陪着女伴们在马场溜达，偶尔随性懒散地打上一杆。

服务生过来给他送酒时，他手边的数个酒瓶已经空了。

这时身后有人过来打招呼："嗨，柏钦，不下场？"

是香敦克家族的二公子香嘉上。

杜柏钦意兴阑珊地摇摇头。

他已经看到伊奢进来，暗自皱皱眉头。

伊奢低声道："殿下，詹姆斯有急事候召。"

杜柏钦淡淡地道："让他进来。"

詹姆斯将手里的一个盒子直接递给他："您的航空包裹，今日进入海关的。"

杜柏钦心底微微一震："是什么？"

詹姆斯委婉地答："检查过了，是安全的。"

杜柏钦拆开了那个盒子，只看了一眼，霜寒面容骤然一沉，只觉憋了几个月的火气从胸口一直往上涌。

站在一旁的詹姆斯的眉毛随即挑了挑，真不是好差事。

杜柏钦强压着怒火，问了一句："查得到寄件人吗？"

詹姆斯如实作答："海外邮件的寄送地址和姓名都是伪造，我试过了，没有结果。"

"柏钦，"詹姆斯按住了那张包裹签单，"这不是普通家庭，对方掩护自己真实身份的手段，十分高明。"

杜柏钦的声音愈发阴郁："好了，你下班了，坐下来喝一杯。"

詹姆斯坐到了他对面，举杯同一边的香嘉上寒暄了几句。

杜柏钦抬手，将手边的酒一饮而尽。

金黄的液体顺着喉咙一路灼烧而下，整个口腔都在发苦。

束蓁宁已经消失整整半年了。

她在康铎机场登机前还给他发了一则信息，口吻语气都没有什么异样，他在夜里看到消息后给她打了个电话，却没有接通，他那一个礼拜训练任务繁重，没有作他想，待到他回到首都，才发现事情不寻常。

她仿佛人间蒸发了。

詹姆斯安排人随着她归国的行程一路寻找，可是传送回来的查访结果一无所获。她的护照地址是城内的一处公寓，邻居也证实她的确没有回去过，手下甚至动用了非常手段进入，明显是单身女性的普通公寓，收拾得整齐干净但也蒙了一层淡淡的灰，检查结果毫无异常之处。据说她父母住在附近的镇上，可是也不知具体位置。

就这样失去了线索。

那么她离开墨撒兰之后，去了哪里？

司三不得不谨慎地建议："殿下，请检查机要文件是否丢失。"

杜柏钦早已查过，计算机没有入侵痕迹，蓁宁从不打听他的工作，甚至都没走近过他的书房。

他又调查看她在墨撒兰几个月以来的行踪，她天天早上去跑步，线路都是固定的，偶尔出去购物，身边都跟着旁人。

一举一动都在侍卫和司机的眼皮底下，她从未接触过任何可疑人员。

即使拥有再好的心理素质，他也没法完全控制自己的担心，司三十分不放心他的状态："殿下，您即将返回伏空，您不能带着这样的情绪去。”

詹姆斯最后只好滥用了一点公权将于姬悬请到了办公室。

那位年轻的长笛手很漂亮，表演结束后由经纪人陪同前来时已经是夜晚。她有一头亚麻色长卷发，戴着大墨镜，士兵将经纪人隔在门外，她也很有礼貌地配合独自进入了办公室。

是詹姆斯接待了她。

姬悬从手机中调出了蓁宁的电话号码和地址。

詹姆斯看了一眼，毫无价值，跟他们手中的一模一样。

姬悬问：“长官，我妹妹发生了何事？”

詹姆斯笑笑说：“没事，若束小姐与你联系，请立即通知我们。”

她开始拨打蓁宁的电话，也一直是无法接通的状态。

詹姆斯客气道：“抱歉麻烦你，于小姐，你可以离开了。”

姬悬礼貌地点点头，拎着手袋转身往外走，她换了个号码继续打电话：“妹妹电话打不通了，她最近是不是去爬山了？她上次在康铎不是还问过你吗？我就说让她不要一个人去爬山……”

杜柏钦开完会进来正好看到这一幕，忍不住抬手掐了掐眉心，只觉得太阳穴一跳一跳地疼。

詹姆斯拉开一道门，门后的一位专家站起来，对詹姆斯耸耸肩。

杜柏钦看了一眼下属递上来的报告，测谎仪显示，脉搏、呼吸和皮肤电阻，一切生理参量指数都显示正常。

于姬悬是真的不知道她在何处，看来她是于姬悬表妹的这个身份是真实的。但詹姆斯循着这个线索往下查，也仅仅查到了她已经离世的亲生父母，至于她被何人收养，那就是融入十几亿人口里的一滴水，早已蒸发得无影无踪了。

束蓁宁肯定相信她的身份足够安全，所以才留在他身边，但既然已取得了他的信任，那她怎么会突然离去？而且既然离开后已经成功脱身，她为什么还要冒险将戒指寄回来？

杜柏钦脸色更加晦暗，这时香公子好奇地凑过来看：“什么东西？”

詹姆斯眼疾手快地按住，转头对伊奢递了一个眼色示意，伊奢上前来把那个盒子收走了。

杜柏钦只觉心脏一阵一阵剧烈地跳动着，他推开酒杯站起来："我出去吸根烟。"

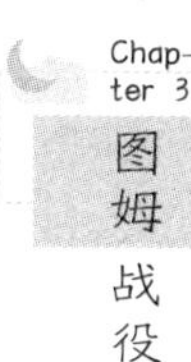



谈判会议结束后，车上的卫星电话响起。

杜柏钦接起来，是办公室秘书长："殿下，夫人要与您通话。"

杜柏钦应了一声。

母亲的声音传来："柏钦？"

杜柏钦答："是我，妈妈。"

杜柏钦将头靠在椅背，松了松领带。

耳机那端的母亲说："我看到新闻，你在出访？"

杜柏钦掐住眉头低声应："嗯，陪军方部长谈判。"

母亲温柔地说："妈妈不坐长途飞机了，你弟弟妹妹已经过去，在长岛的房子里，你们兄妹三人聚聚。"

杜柏钦答："好。"

杜柏钦收了线，按下了另一个号码，吩咐一句："回东岸去吧。"

肯尼迪机场的出口处，杜沃尔家族的二公子在等候着，他穿着一件浅灰色休闲外套，年轻的脸庞带着笑意。

杜柏铮迎上前拥抱他："大哥，生日快乐。"

兄弟俩都有修长的身形，只是杜柏钦有着更为挺直的脊背，他长柏铮两岁，气质更加刚毅稳重，眉目之中沉郁萧索之色明显，柏铮则是一副干练的青年精英模样。

六月底的纳苏郡，从别墅的长廊望出去，海面碧蓝如洗，杜柏钦在弟弟和弟弟的女友，以及妹妹的陪伴中，度过了他三十岁的生日。

离别的时候，伊奢驾车来接，二弟和小妹在门前拥抱他，妹妹柏钰说："大哥，你为我们付出了太多。"

杜柏钦拍了拍她的肩头："说什么傻话。"

杜柏钰看了看大哥，有些担忧地说："我们不能令你开心。"

杜柏钦笑了笑："有你们，我倍感安慰。"

杜柏钰说："工作不要太累了。"

杜柏钦点点头，登车离去。

他在飞机的沙发上合目休息，侍卫走进来，轻手轻脚地合上了舷窗的遮光板。

窗外是海平面上明媚的阳光和一望无际的长空，落到他眼中的瞬间变成一片漆黑。

疲倦瞬间袭来，这么多年来，他第一次因工作而感到倦怠，忽然有了一种无力支撑的感觉。从英国回来后的这些年，他每一天的时间都被工作计划排满，改装、学习、会议、训练，从数万尺巡航高度的驾驶舱看出去，整个视野只有一片广袤的天际，尽头一个橙色的太阳，感觉自己离世界无限遥远。

不知道哪一天会摔下去，每一次飞上天空，都不知道能不能回来。最危险的一次，他跳过伞，坠机的残骸先被找到，遗书送回康铎，整个泛鹿庄园哭成一片。

这样的心理压力，没有多少家庭能承担得了。

他母亲承受不了他再经历他父亲曾在墨国军政界遭受过的一切，所以她不同意他入伍，更何况是如此高危的兵种。墨国的贵族子弟，即使祖上有军功，后辈也只愿享受祖荫，不愿再从戎，长辈们不愿意让孩子吃这样的苦。

心里对家人有愧疚，却也只能默默忍受，血液里对空飞的热爱让他违逆了母亲的意愿。最初加入空军的那几年，他父亲还在世，母亲尚有一个精神寄托，父亲骤然离世，他从英国回来办完丧事后，申请调去了北部山区。

从那之后，每年除了一个月的例行疗养，他基本只有十天时间在康铎，放弃首都繁华舒适的大都会生活，孤身一人深入了荒无人烟的空军基地。

那时二弟柏铮已经在美国读书了，母亲将泛鹿庄园留给了他，连着一整个泛鹿的总管和侍卫队，自己则带着柏钰搬离了墨国。

他一个人留在了墨国，被调配到了北部军区，驻扎在墨国最偏远的荒凉地区，每一日驾机升空、降落，在万米高空巡视边疆的戈壁、海岸，驾机看着他父亲遗愿中未能收复的北敕雷海岸。

他曾经以为这辈子就这样了，没想到会再遇见蓁宁。

遇到她之后，他以为自己会安定下来，没想到绕了一个圈，又回到了原点。

唯一不同的是，他明白了另外一件事——他连此生唯一的阳光都失去了。

侍卫长伊奢觑了眼杜柏钦的脸色，然后拉上客舱休息室的门帘，转到外面联系泛鹿私人医生。

早晨六点十分，国防部的专机在跑道上停稳，秘书长已经等在舷梯出口处："殿下，财相召见。"

杜柏钦携官员往市政大道十号而去。

墨撒兰财政大臣骆克，梅杰内阁成员中的核心人物，正坐在财政部大楼的办公室里。

骆克问道："你看了上周的议会报告了？"

杜柏钦召来秘书给他送冰咖啡提神："嗯。"

骆克问："对于北敕雷的那些油田，我想听听你的意见。"

杜柏钦面色沉稳："何不问香敦克？"

骆克答："早问过了，推三阻四，没有结果。"

杜柏钦面色不变，只淡淡地说："我只负责国防事宜，经济势力怎么平衡，这看你的了。”

骆克忙着说：“柏钦——”

杜柏钦：“我父亲的遗愿就是收复北敕雷。骆克，内阁提起议案，你在我这里得到的支持，不会太少。”

骆克面色瞬间轻松下来，笑着调侃：“他日你握住兵权，梅杰再无后顾之忧。”

杜柏钦挑挑眉笑笑。

骆克笑着答：“等梅杰和你面谈吧，这批雷达只是开始，最近财政在预算方案上空出了几十个亿的军费开支，我们迫不及待要干点儿大事了。”

杜柏钦回到掸光大楼，刚进办公室坐下，丽贝卡敲门进来道：“殿下，头儿在办公室等您。”

杜柏钦起身往楼上走去。

位于十一层的国防大臣办公室，现任国防大臣潘雷格着一身笔直的军装，他的头发已经花白，正坐在沙发上缓缓地吸着雪茄，他在那场空难后接替了杜柏钦父亲的职位。已经做了墨国将近二十年的国防大臣，这么些年来他稳坐掸光，讲究的是平衡之术，可杜柏钦担任国防常务官之后，慢慢展现出了收复北敕雷的决心，他也不是不会审时度势，杜柏钦的锋芒已经隐隐可见，何况那些拱卫在他身后的一班老臣，堪称墨国军界的半壁江山。

门忽然被轻轻敲了几下，秘书的声音传来：“阁下，柏钦殿下到了。”

那个年轻人推门走进来，面上无甚表情，举止仪态愈发沉稳。

潘雷格示意他坐，杜柏钦在对面的沙发坐了下来，潘雷格磕了磕烟斗，问：“见过骆克了？”

杜柏钦简要地汇报：“新建的五艘护卫舰完成后，势必要开进敕雷海峡。”

潘雷格缓缓地吸着烟斗：“你知道，下议院里反对梅杰的也不少。”

杜柏钦挑眉，默不作声地笑了笑。

“这一趟你辛苦了，休假批准了。”潘雷格含着烟斗，“老将的报告都打到我这里了，说你要休假和他女儿相亲。”

泛鹿庄园。

杜柏钦下了车，花园里的丁香花枝垂地，香气幽幽，可也没能盖住他一身的脂粉味，他刚从城中的餐馆回来，进了大厅，脱下西装外套直接扔在了沙发上。

夜里洗了澡，杜柏钦坐在二楼的书房，拉开第一层的抽屉，重新打开了那个华国寄来的包裹。

他又检查了一遍，并没有任何新的发现，盒子里只有一枚戒指。

是他送出去的那枚求婚戒指。

别的什么也没有，一个字、一张纸也没有，她吝啬到一句话都不说。

他对她的欺骗感到生气，可又觉得自己没有资格生气，当年他离开她，不也是这样一字不留？

当年他们分开三年后，他终于有机会出国，后来回过佛德，她却早已不见。

她毕业之后不知去向，杜柏钦往返伦敦多次无果，郁郁很久。

他只知道她来自华国的西南部地区，并不知道具体地址，他去佛德查过她的学生档案，束蓁宁并未留下详细的地址。

而且这一切都隔太久了。

他回国之初，所有与他有关的人物都不安全，他在伦敦的同学之中，跟他有过一段时间亲密关系的束蓁宁自然进入了调查局的视线。

但他们在伦敦相处的时间太短暂了，情报局也不能找出更多线索。

他很庆幸蓁宁在伦敦并未留下任何资料，可是也因为这一方面，他后来也没有办法找到她。

她往他的邮箱写过信，可那个邮箱也被他迅速地注销了，因为唯一能保护她的方法就是不联系她。

可这一次，她没有写信给他。

他身为内阁成员，身边的所有人按程序都必须经过严格的政治和身份审查。当时重遇蓁宁，也只是经过了初步调查，她的身份，在如今看来，也并不是毫无疑点。

杜柏钦担心她出意外，但她已经离开半年，要在一个几百万平方公里的国家寻找一个人，谈何容易。

杜柏钦在书房里坐了一会儿，看完了几份国防部文件，时间已经到了十一点，难得休假，但他的作息一向严格，熄了灯起身回房间睡觉。

第二天的中午，他在庄园马厩里整理草料。

远远地看到老葛打开了大门，一个年轻侍卫疾奔而来，大声呼喝："殿下，有急事！出事了！"

杜柏钦神色一愣，脑中迅速过滤了一遍今天早晨最新的基地天气数据和训练计划，他记得今天没有试飞员升空。

那名年轻的侍卫从半山的庄园一路狂奔上来，气都来不及喘匀："殿下，部长急召！"

杜柏钦心里一松，他最怕的就是基地空军出事的报告，原来不是。他平日里难得休息，身为侍卫总长的伊奢任务一直很重，所以伊奢今日也跟着休了假。杜柏钦一脚踢开了前面的草垛，走出去抬脚就要踹人："叫叫嚷嚷，伊奢怎么训练人的！"

侍卫赶紧滚了出去。

车队开出泛鹿庄园，一路朝着康铎城区飞驰，车子在掸光大楼的二层地下车库停稳，杜柏钦一进电梯，就发现潘雷格几乎把正在休假的全部人都紧急调回来了。

秘书官迎头递给了他一份文件："外交部转过来的紧急文件。"

杜柏钦接了，转身走进会议室。

墨撒兰国防部长潘雷格一身戎装，风纪扣扣得严严实实，面色严肃地通报完军情，向右首座位上的人问了一声："柏钦，你怎么看？"

杜柏钦坚毅的面庞上神色没有多大变化，声音却冷得没有一丝温度："那一带的海防早该整顿了。"

潘雷格说："警察厅的专案组来要人，船只的定位需要图姆基地的侦察机配合，但开飞机的一个比一个傲气，不见到你，没人服气被指挥。我保荐你往南部，这一次必须全部剿灭这群危险分子。柏钦，那必将是你在撣光大楼的事业基石。"

杜柏钦并未推辞，只点点头。

六月份最后一天的早晨，墨撒兰这个亚洲的小国家成了世界新闻的中心。

早晨十点，墨抄两国交界处的一座岛屿，一伙海岸边境的武装贩毒分子劫持了一艘名叫"珍珠号"的客轮，客轮属于康铎的一家旅游公司，旅游公司已经接到了犯罪嫌疑人的勒索电话，船上有一百多人，大部分都是外国游客。

南部岛屿地区长期不受王室管控，但墨国独立自治之后，政府对这个地区的施政手段一直比较宽容，加上海洋旅游资源丰富，一直接受康铎的开发支持。近年来却出了一伙图姆族的危险分子，勾结边境交界处邻国的游击民兵，秘密建起了一条海上运输交易毒品的通道，墨国派出缉毒警察围剿过多次，但每一次贩毒分子头目都收到风声，逃到了抄国的老巢。

以前的贩运还只是暗中交易，这一次的人质挟持事件，直接将墨国政府推到了媒体的聚光灯下。

这几乎是墨撒兰立国以来最重大的一次外交危机。

首都警察厅派出的谈判专家已经出发去了海岸前线。

墨撒兰外交部大楼前的安全警戒线外挤满了大批蜂拥而来的各国媒体。

六月的黄昏，天色红得异常诡异，一场暴雨要来了。

墨撒兰南疆的图姆岛屿。

这是墨撒兰最南端的国界处附近，密林遮天蔽日，挡住了热带炽热的阳光，距离海岸二十公里处，矗立起了一排深绿的迷彩帐篷。

越野车的轮胎上沾满了泥浆，后勤步兵每天往驻扎基地喷洒驱虫药水，密林里面河网密布，毒蚊飞舞，闷热潮湿，一只剑蛙正鼓着腮帮子趴在帐篷上。

人质劫持案进入了第四天。

三分之二的人质已经被释放，大部分是脱水和饥饿的妇女儿童，谈判专家冒充旅游公司的员工一直在拖延周旋，贩毒分子的耐心已经告罄，昨天夜里，第一名人质被杀死，是一名青壮男子。

解救人质的行动已经刻不容缓。

侍卫长伊奢等在指战中心的帐篷外，等到作战官员都退出来了，立刻进来报告："殿下，詹姆斯先生在外面。"

杜柏钦穿着三色式迷彩服，黑色防水军靴，配带的是IIFS载具装备，因为帐篷闷热，只穿了短袖，露出的手臂上全是红色肿胀的斑斑点点，都是在树林里穿梭时被蚊虫叮咬的痕迹。

他抬头看到詹姆斯拎着一个袋子掀开了帐篷。

杜柏钦略有意外，他来这儿之前还抽空召见过詹姆斯一次，为的是了解他父亲那件案子的最新情况，没想到詹姆斯急急地找到前线："你怎么来了？"

詹姆斯低声报告："令尊的调查案有进展。"

杜柏钦按着眉头摊直长腿，靠在椅子上休息，闻言立刻坐了起来。

詹姆斯道："根据提前解封的七十八号档案，在公爵当年的口供中有一个重要细节，他在登机之前会见的部下中，有一位叫作霍华德的海军陆战队高级将领，他号称给公爵提供了一份重要情报，但随后此人在康铎消失，我们一直在寻找这个人，情报处最近得到消息，他极有可能藏身在图姆族处。"

杜柏钦接过他递上来的资料："具体情况。"

"根据情报部门协助海军陆战队对这一伙武装分子的调查，一个人进入了我们的视线。有一个化名叫蔡来的人，极有可能是我们在找的人。"

杜柏钦盯着资料，说："躲到了这里，怪不得。"他搁下文件，重新靠在椅背上舒展疲惫的身体，"要收网了，你留下来确认一下。"

詹姆斯问：“您预备如何处置？”

詹姆斯兴奋地道：“柏钦，您是要——送他一颗子弹？”

杜柏钦不置可否。

詹姆斯重新提议：“那么……送上军事法庭？”

杜柏钦颔首。

詹姆斯耸耸肩：“好吧。”

杜柏钦淡淡地说：“我要的不仅仅是复仇，而是我父亲的清白。”

詹姆斯说：“如果要保证他能活着回到康铎，需要特种部队的配合。”

杜柏钦胸有成竹：“我来调配。”

詹姆斯看到他眼里的执着，突然有点不放心：“这边局势地形复杂，有什么事，派您的侍卫队去做。”

杜柏钦站起来，拍了拍他的肩膀：“放心，找了这么多年了，我不能功亏一篑。”

风曼酒店的实验室里。

结束了早上的工作后，蓁宁打开了笔记本电脑，点开墨撒兰广播公司的新闻网，岛屿的劫持案几乎占据了墨国所有媒体的每日头版头条，“珍珠号”船长被绑在密林的棕榈树上，拍的照片被发布到媒体上。

最新的消息已经是两天前的了，绑架案发生后的第二日下午，旅游公司先交付了第一笔巨额赎金，犯罪分子释放了十名外国游客，据悉船上可能有华国游客，但数量不明。

随后墨国军方就封锁了营救消息，全面粉碎了犯罪分子企图造成舆论压力的阴谋。

下午爸爸带她在靶场练射击，一轮下来十六发全中红心。

风仑笑着道：“我女儿竟然超过爸爸了。”

蓁宁笑，何尝不知道父亲故意让着她哄她开心。

父亲返家已经一个星期了，母亲最近却面有忧色，那一夜蓁宁经过一楼，听到两人在书房争吵。

母亲有些焦急的声音刻意压低："你一定要自己去？"

父亲缓缓地说："他既然求救了，必定已经是最坏的情况，更何况他已经逃避追捕多年，十分机警且生性多疑，他只认我。"

父亲的声音很坚定："我们必须将他带到安全的地方去，杜家有可能已经查出了他的行踪，我们必须及早行动。"

母亲叹息一声："你这样去，这样的情况——"

父亲说："我留了一封信在书房的抽屉里，如果这一趟不能顺利回来，家里的事我都已经安排好了，孩子们都已长大，你应该放宽心。"

母亲忽然惊慌地叫了一声："老爷！"

"好了——"父亲急忙制止她，然后两个人的声音低了下去。

当天夜里二哥回来了，跟父亲在书房密谈许久。

父亲手下的机要人物在家里来回穿梭，男人们脸上是一贯的严肃认真，但那种低沉的气氛好了很多。蓁宁知道父亲的决定一旦下达，那么众人只会全力以赴，绝不作他想。

母亲在家里的时候倒还是十分安详，一日饭后母亲在客厅跟哥哥们聊天。

蓁宁抱着膝盖窝在一边的沙发上。

风家主母问小儿子："上礼拜你柳阿姨约你喝茶，你中途就走了是怎么回事？"

风泽不满地道："妈，你不要再叫我去见那些无聊的人了。"

母亲的脸色有些难看："谁是无聊的人？那是长辈。"

风泽出言顶撞："那她带来的那个什么小姐是怎么回事？"

风母有些严厉地说道："那是柳阿姨的侄女，刚刚从国外读书回来，你认识一下有什么不好？你一天到晚没个正经，大哥都成家立业了，你还想吊儿郎当多久？"

风泽不理会母亲的疾言厉色，笑嘻嘻地道："那不是还有二哥吗？您按顺序来呀。"

风母一向娇宠这个小儿子："妈妈不是催你结婚，但你也应该安定下来了。"

风泽说：“我自己的事情我自己管。”

风母又重提旧话：“那位小姐我也见过，样貌学识都好，你有什么不满意的？”

风泽脸上隐隐出现不耐烦的神色：“妈，好了，不要十天半个月就提一次。”

风母仍自说自话：“不然上个在酒店餐厅见过面的那位刘先生的女儿也行，她见到你，也说喜欢你……”

风泽再也忍耐不住，提高声音说了一句：“妈，够了！你又不是不知道我喜欢的是谁！”

在一旁泡茶的风桁急忙截住他的话：“老三！”

风泽叫出声来：“二哥，你不用拦着我，你应该叫妈妈不要再叫我去相亲了，我今天就说明白了，我喜欢的是妹妹！”

蓁宁骤然听到这句话，抬起头来，有些茫然地看着眼前的人。

风母神色严厉地盯着她最小的儿子：“你既然知道她是妹妹，就不要做出叫我跟你爸爸蒙羞的事情来！”

风泽不甘示弱：“我为什么不能喜欢她？她又不是有血缘关系的妹妹！”

二哥转头说：“妹妹，你先上楼去。”

蓁宁还处在混沌的状态中，她刚刚听到三哥的话才恍然回过神来，她到底听到了什么，三哥说什么来着？

她迟疑着开口：“二哥……”

风母忽然尖叫起来：“别让她走！就让她听着，让她好好想想，她是怎样一天到晚跟着自己的哥哥厮混在一起的！”

风泽朝着母亲吼了一句：“妈！你疯了！”

风母忽然崩溃地大叫起来，声音好像一把尖锐的刺刀：“我就知道！当年她母亲就是这样勾走了我丈夫的魂，她如今还要来勾走我儿子！我前世究竟是造了多少孽，才遭到这样的报应！”

风桁扶住她：“妈，你冷静一点。”

蓁宁恍惚地抬起头，看到母亲的脸庞，端庄的面容已经显得有点老态了，眼角生出了皱纹。原来她从小到大听到的那些流言蜚语，并不完全是假的，她小时候很伤心为什么母亲不疼爱她，现如今她明白了，母亲接受她存在于这个家庭里，就已经是多么宽容的一件事情了。

当夜风母在厨房里摔盘子，父亲回来之后听说了此事，也没有办法劝住她，只在书房默默地抽烟，三哥在后院跪着，蓁宁在房间里被保姆看守着，家里一团糟。

凌晨时，大屋渐渐恢复了平静，蓁宁独自下楼，敲了敲书房的门。

她推门进去，父亲正坐在大宽椅上看资料，蓁宁缓缓地走进去，蜷缩起身体伏在爸爸的膝盖上。

父亲摸摸她的头发，就像小时候一样，温和地说："姑娘受委屈了。"

蓁宁闭着眼睛摇摇头，将身体放松，趴在父亲膝头，鼻尖萦绕着的是父亲身上熟悉的气息，那种皮革混着烟草的浓烈气息，她一直紧绷着的神经慢慢放松了下来，整个人觉得暖和又心安。

蓁宁小时候就隐约听到家里的老用人说，母亲作为墨国贵族家的小姐，从小就被订下婚约要嫁给风家的继承人，没想到两人在英国读书时，父亲通过母亲结识了母亲的同学，也就是她的亲生母亲，从此情根深种，他甚至和母亲提出解除婚约，但亲生母亲并未爱上父亲，并且在读书时认识了她的生父，毕业后两人很快就结婚了。

纵然爱恨纠缠不清，几位年轻人在读书时倒是做了很多年的朋友。

据说后来父亲暗自伤心许久，是母亲不计前嫌陪伴他，而后两人还是结婚了。

所以当年父母遇难，才会将她托付给风家。

风父说："别怪你妈妈，她是因为我要外出，情绪有些失常。"

蓁宁仰着头充满期盼："爸爸，孔雀怀孕了，你们一直在考虑更换人选是不是？"

风仑望着女儿亮晶晶的眼，就是这一双充满奕奕神采的眼睛，最像她的生母。

他不禁失神了。

秦宁摇着他的手恳求道："是我一直陪着她训练的，我来顶替她。带上我，爸爸，带上我，求求你。"

离开家的那一天早晨，天气很热，家里的工人将一行人的行李箱提出，塞入车子的尾箱。

秦宁记得自己背了一个凯蒂猫的背包，风泽神色不明，上前和她拥抱，脸上并没有笑容。

母亲从屋内走出，细心地替父亲整理了一下衬衣领子。

父亲温和地说："别担心。"

母亲笑着点点头："早去早回。"

秦宁上去抱住母亲："妈妈，等我们回来。"

母亲拍了拍她的肩膀说："跟着你二哥，他会保护你的。"

司机驾车将他们送往机场。

从华国西南边陲的小机场出发，一行四人持旅游签证出了口岸，在边境的镇上换乘车辆，他们在车上换下身上的衣服，穿上了当地居民的传统服装和易于野外徒步的短靴，然后将随行的行李重新整理了一遍。汽车沿着黄沙漫天的道路穿过了半个国家，到达了毗邻墨撒兰边境的图姆密林，这里接近出海口，河道密布，当地人出行主要靠船只，一行人登上小船，穿过森林和河流接近了图姆族群的聚居地，整个茂密森林中都弥漫着一层灰蒙蒙的烟瘴。

一行四人扮作边境贸易的村民，进入了墨挱两国的交界。

远远地看到一架迷彩绿的墨国军用飞机在树林上空盘旋，秦宁还未来得及仔细确认直升机的位置，口袋中的机器就轻轻振动了一下，她打开看了一眼，卫星手机刚刚收到了总部传来的讯息——墨国的海军陆战队在凌晨攻击了遭受绑架的客轮，解救下了人质，一部分犯罪分子已经落网，值得庆幸的是，他们要保护的目标人物C并未参与绑架案。

秦宁快走几步赶上父亲，风仑听闻这一消息，眉头轻轻皱起："他藏匿在毒巢中，一样十分危险，我们动作得快一点。"

父亲带领的这一队四人，风仑是领头和总调度，一直沉默着的彪形大汉方块是精锐的狙击手，风桁是出色的野外作战专家，束蓁宁负责通讯和情报。

他们此行的目的是营救一名代号为C的人物，因为行动的重要和保密性，只带了最少的人马。

一艘小舟搭载着一行人沿着河道穿行，穿过森林，进入了图姆岛屿另一侧的海岸。他们在密林的边缘上了岸，彪形大汉方块先行出去，十五分钟之后他驱车返回，然后一行人上车，往一个小渔村开去，这是一辆当地人运送海鲜的小卡车，车厢里都是腥臭味。方块全神贯注地开车，风桁和蓁宁一左一右地观察路边的情况，卡车开了十多分钟，距离他们上岸的海岸线已经有十公里。岛上沿途的公路已经被军队封锁，那是墨撒兰派出来的部队在搜索逃离的犯罪分子。蓁宁知道他们此时已经潜入了战线内。

路上开始下起雨来。

车辆开进了村落最边缘的一个小院子，作战计划在来之前已经布置得很清楚，根据最新情报，风仑再次调整了一下计划，先由方块单独潜入C藏身的密林深处，如果能顺利接近他，立刻通知等候在密林外的风仑和风桁，风仑将与他照面确认身份，然后设法将其带走，风桁负责掩护，方块负责断后，路上极有可能会遇到围剿贩毒老巢的政府军，如果他们能躲过军队的搜捕，将会与在外负责接应的蓁宁汇合，然后赶上早已调度好的船只，离开墨撒兰。

父亲在临走时对她说："妹妹，你留在这里等着。"

蓁宁压低着声音叫了一声："父亲！"

风仑却早有计划，他手指着地图："我们将会在存磉弯弃车，步行潜入绑架者藏身的密林。将C营救出来之后，如果按照撤退的方向步行，必须穿过一片沼泽，才能抵达当地的一个渡口，但如果在这个角落——这里有一条村民采集橡胶时开车碾压出来的道路，在这里有一部接应的车辆，那我们就能直接开到河边。"

风仑看着地图沉吟了一会，动笔在地图上标出一个黑色的区域："蓁蓁，你留在房子里，时刻注意着通讯设备，待二哥联络你，你就驾车过去接应，并随时负责联络接应船只的位置，然后我们汇合离开。”

这的确是最好的办法。

蓁宁不再有异议，她答：“明白。”

风仑对着自己的女儿说：“保证自己的安全，你知道怎么做。”

蓁宁郑重地点了点头。

蓁宁坐在房内的凳子上，一动不动地盯着手腕上的表。

秒针正在一格一格欢快地跳动。

这是一个设备精密的腕表，能够抵抗两百度的炙热高温和百米高压的水压环境，内部设了一个直径为零点五毫米的传感器，通过风家的私人卫星设备，就能随时接受和散发总部的各种加密讯息。

蓁宁非常平静。

师父认定她可以出师的那一年，她刚刚满十八岁。

如果说有人在某方面天赋异禀，那么蓁宁的确算是其中的一个。

这几年来由于父亲十分保护她，她执行的任务并不多，而且大多是保护重要女眷的工作，但风家没有人会小觑她的能力。

爸爸风仑和她师父说过，闺女似乎是从她地质学家父亲的身上遗传了优异的野外生存基因，她的洞察力和忍耐力极佳，可就是容貌太好，隐蔽性不高，所以风家一般不轻易让她暴露在敌人的视线内。

这一次若不是蓁宁苦苦哀求，父亲也不会舍得让她来冒险。

蓁宁透过窗帘的缝隙观察了一下外面的环境，他们昨夜居住的这个临时地点是一间独立的平房，不知道为什么被主人遗弃了，同墨撒兰南部的其他房子一样，原来也是一个小小的美丽家园，屋前的花园和车库还看得出原来的主人精心打理过的痕迹。

昨夜下了一场大雨，今日早晨开始却是阳光暴晒，屋外道路十分泥泞，蓁宁穿了一件浅灰色外套，这种特殊材质的外套防水速干，她测了测自己的脉搏，81次/分，一切都非常正常。

蓁宁专心看表，全神贯注地等待着，父亲他们已经走了一个小时了。

她又等了一个小时，按照父亲的计划和行动速度，她差不多应该收到消息了。

果然，手上的腕表忽然轻轻一振，随后是一个信号灯微微一闪，蓁宁心头猛地一个激灵，红色光闪过，那是：他们已经找到目标人物。一分钟之后，又有一个信号，绿光闪亮了一下，伴随着“嘀”的一声细微声响，蓁宁耳内的震感器也跳动了一下，那是：一切安全，人员即将撤退。

蓁宁在腕表上回按了一下，然后迅速起身，拖出藏在床底的一个黑色袋子，拎起来向屋外跑去。

从屋外看起来似乎已经废弃的车库，拉开门，里面泊着一辆巨大的越野汽车，蓁宁拉开车门，跳上了驾驶座。

这是一辆经过改装的防弹越野，有着强韧性极好的轮胎以及强抗压能力的玻璃，哪怕是遭遇袭击，也能抵挡四公斤以上的爆炸物的攻击。

蓁宁迅速检查了一遍汽车，然后拉开袋子，取出里边的枪械，她携带了两支枪，一支AR-15型自动步枪和一支M1911A1式11.43mm自动手枪。

她熟练地拉开了保险栓。

然后一脚踩下油门，车子“轰”的一声巨响，冲向坑坑洼洼的海岸公路，蓁宁专心致志地驾车，沿着早已经在地图上看得烂熟于心的曲折公路，一路风驰电掣地朝着目标地点冲去。

她刚刚经过存磔弯，看到了父亲丢弃的车辆，他们就是在那里下车，然后沿着山野徒步潜入密林接应C，目前看来一切进展顺利，她现在要做的是找到那条开采橡胶压出来的道路，接应上撤退出来的亲人。

她将车开得又快又稳。

车子转过了一个海湾，进入了一条茂密的山林小径，灿烂的阳光渐渐被树枝遮挡住了，车窗外忽然传来“突突突”的枪声。

蓁宁立刻绷紧了身体。

仔细一听，声音还有些远，那是轻型机枪猛烈开火的声音，伴随着断续的爆炸声，蓁宁朝着玻璃窗外看了一眼，看到遥远的前方密林的深处，似乎有两队士兵在交火。

几个身着迷彩军服的人影正沿着狭隘坎坷布满荆棘的山丘小道撤退，山坡顶端的炮火不断亮起，蓁宁看清楚了，似乎是一个小分队在追击几个人。

那几个人且战且退，渐渐往树林边缘退了出来，车子渐渐驶近，蓁宁逐渐看清楚了，撤退的是几个穿着墨国迷彩军服的士兵，正抢占了一个制高点架起机枪拼死回击，猛烈的炮火压制着对方无法冲过来，机枪扫射的突突声不断响起，但由于人数悬殊，这边的几个人纷纷中弹倒下。

寡不敌众，看来又是一场即将结束的屠戮。

蓁宁目不斜视地打转方向盘，飞速地穿过眼前的一小片灌木丛。

她漫不经心地从后视镜再次回望了一眼，心头突然猛烈惊跳，几乎是同一刻，她一脚重重地踩下了刹车。

蓁宁回过头瞪大了双眼，看到山道上树林里一个模糊人影，穿着褐绿色的迷彩作战服，手上提着一把机枪正在回击，下一刻，他的身体痉挛停顿了几秒，手上仍然顽强地举枪扫射，直到扑上来的几个人全部翻滚着倒下，那人影摇晃了几下，跌跌撞撞往前走了几步，终于还是扑倒在腐叶堆上了。

密林中骤然恢复了安静。

蓁宁仍旧紧紧地盯着那个人影，看到他倒下的一瞬，她浑身猛地一颤，头皮一阵发麻，心头的炙热血液仿佛瞬间流过结满冰凌的河流。

下一刻，她已经迅速挂倒挡，踩下油门，大力扭转方向盘，然后刹车拿起枪支跳下去，跳过路边的排水沟，沿着地势滚落到了一个山沟处。

一切只是电光石火的一个瞬间。

地上都是刺鼻的硝烟和血腥的味道。

密林里忽然又跃出一小队武装游击士兵，约莫有五六个人，他们踏过散落在半山上同伴的尸体，发狂一般地朝着倒下的人追过去，一路上大声地嘶吼着，带着某种兴奋到了极点的语气，他们用的是图姆族的方言，蓁宁听不懂。

蓁宁仔细看了一眼追上来的人，身躯干瘦、面色发黑，是长期吸食毒品的特征。

毒贩子。

蓁宁趴在地上，借着灌木丛隐蔽自己，她缓慢地压低了呼吸，手中的枪已经瞄准。

蓁宁缓缓调整呼吸，用手撑住地面，稳住身体，手下的扳机毫不犹豫地扣动。

突如其来的火力挟带雷霆万钧之势，沿着山路跑下来的人惨叫着一个一个倒下。

这时有一个男人用宗密语大叫着："在那里！"

下一刻蓁宁原地打滚，躲过一梭子弹，利落地反手回击。

不到一分钟，她以迅雷不及掩耳之势将最后出现的一小撮犯罪分子一举歼灭。

观察四周再无动静，蓁宁手脚并用地爬起来，朝着那个人跑去，她的心脏跳得剧烈无比，几乎要撕裂胸膛。

忽然脑后传来一阵凉意，然后是一阵轻微的呼啸声，蓁宁在意识反应过来之前就已经迅速扑倒，反手就是一颗子弹射出。

山丘上的最后一个贩毒分子挣扎着滚下了山。

蓁宁脚下未停，仍然在奋力地奔跑。

树林里枯枝落叶遍地，蓬松的落叶覆盖了土地，也掩盖了地上的坑洼和石砾，蓁宁发了疯似的跑，摔了好几次，才跌跌撞撞地冲到那个人的身前。

她跪在地上，颤抖的手将男人的身体翻转过来，终于看到一张熟悉的脸。

那张英俊冷酷的、坚毅刚硬的脸庞，此刻眼睫低垂，昏迷中嘴角依然是紧紧抿着的，皮肤透出一股微冷的苍白。

蓁宁握拳狠狠地捶了一下地面。

她就知道是他，她就知道是他！

他不是空军高级将领吗，他不是高贵王室家族的继承人吗，他不是有着最精密的护卫队吗？！

他怎么可以该死地让自己陷入这样的险地！

蓁宁抬头迅速地观察了一遍周围，他随行的约有十多个侍卫和保镖，已经全部死去，尸体混合鲜血散落了一地。

她试着呼唤了几声，伸出手指检查他的呼吸和脉搏，他已经完全失去意识。

以身犯险到这般地步，到底是执行何种任务？蓁宁跑过来时已经迅速看过一遍，其中似乎不见伊奢，伊奢作为他的随行侍卫总长，竟然不在他的身边。

这一切都太蹊跷了。

首先应该最快通知他的随扈卫队。

她摸索他手腕上的表，这个难不倒她，她察看了一眼，然后就按动了右侧的一个小按钮。

蓁宁手上动作一刻不停，她奋力地扒开他的外衣，从口袋中抽出军刀，割开了他胸前的衣服，高强度的重型机枪穿透了防弹背心，她看到他胸腹间的弹孔，正汩汩地流血，染红了大半个身子。

蓁宁飞快地检查了一遍他的伤势，腹部到肺部有数个弹孔，但没有击中心脏，纵然是那样艰险的射击之下，他都尽力地用技巧避开了致命攻击。

他的血流得太多了。

蓁宁翻开他军服上的急救包，利落地包扎住了他胸前和腹部的伤口，血被暂时止住了。

蓁宁松了一口气，这时方才觉察到耳蜗中的感应器一直在拼命地振动，她浑身打了一个战栗。

她身负任务，居然在路上耽搁了时间，这是大忌之中的大忌。

父亲和哥哥还等着她去接应。

她站起身从一个死人身上扒下了外套，将杜柏钦的身体裹住了，因为失血过多，他身体的温度已经迅速降低。

耳中震感更剧烈了。

没有时间了，蓁宁拎起枪械，朝车子狂奔而去。

她的手重新把持住方向盘，手上都是血，黏腻的，透着甜腥的死亡气息，满满一手，都是杜柏钦的血液。

她看到地平线的远处低空有深绿色的陆军直升机正在向着这里飞来。

蓁宁一脚油门踩到底，车子喷射而去。

蓁宁在那条橡胶路上先是看到了升起的一片冲天火光，然后传来一阵闷哑火箭筒的爆炸声。

整个森林在震荡，鸟兽蚊虫满地乱走。

蓁宁高度紧绷着的神经那一刻瞬间仿佛被剪断一般，心底剧烈惊跳得如同濒死的病人。

她拼了命地踩油门，车在高低不平的道路上弹跳，几乎要飞了起来，一路风驰电掣地开到目标地点，她还未来得及做出任何反应，子弹从一侧的树林射出，密密麻麻地打在防弹玻璃上，车身剧烈摇晃，急速奔驰下的巨大惯性冲击力几乎要将她从驾驶座甩出去。

蓁宁用尽全身的力气扭转方向盘，稳住车子，然后推开门跳下车，滚到了一边的树丛中。

迎头又是密密的子弹射来。

突然有人一把按住她的头，将她拖到在路边的一道沟壑中，然后有人扑到她的背上，男人嘶哑的声音传来："蓁宁，该死，你怎么现在才来！"

是二哥风桁。

耳边都是嗡嗡的回音，蓁宁看了看四周，火光映着整片天空，空中弥漫着一股刺鼻的烧焦的味道。他们距离爆炸点太近了，皮肤都被炙烤得发烫，除了二哥，蓁宁只见到方块挡在他们身前不远的一个土堆处架枪回击，她大叫着问："爸爸呢？"

二哥脸上污黑，衣服上染满了炮火的灰烬，眉头之间都是冰寒的怒意，他并没有答蓁宁的话，只径自拾起枪，对着方块叫："已经炸死了大部分，我压制火力，方块你护着她退出去！"

方块手上飞速地换了弹匣，抬手抹了一把脸："二少爷，你带姑娘走！"

一排子弹在他们右侧落下，风桁迅速地将蓁宁护在身下，身体下的土地猛烈震动，簌簌的灰尘落了他们一身。

方块嘶吼了一声："二少爷，走吧！"

风桁当机立断，厉声命令道："你马上跟上来！"

风桁一刻不再犹豫，拽住蓁宁的手臂，蓁宁不明所以，犹自挣扎着叫："二哥，爸爸呢？"

风桁拖着她往外爬："别问，走！"

恐惧不安的情绪一点一点地如黑色的潮水一般翻涌而来。

方块握着机枪往他们这一侧挪来。

风桁咬着牙说："蓁宁，把枪拿起来，我们冲出去。"

蓁宁觉得自己的声音被胸腔的窒息挤压得几乎要破碎，她抖着嘴唇哆哆嗦嗦地问："二哥，你先告诉我——"

风桁一把将她往后拖："走！"

五雷轰顶一般，蓁宁只看到眼前一阵的白光，她浑身发软，痛苦地号叫了一声："爸爸！"

下一个刹那，风桁如猎豹一般迅捷地跃起，将跌撞着往外跑的蓁宁一把扑住，抱着她一个翻身滚，男人巨大的手将她按在地上，扭转她的脸，反手就给了她一个耳光。

蓁宁的动作瞬间静止了下来。

她浑身瑟瑟发抖，满面都是泪，也不觉得痛。

她眼中看着那片吞噬了一切的火光。

一切都已经太迟了。

她只觉得整个世界都崩塌了。

蓁宁记不太清楚后来他们是如何离开的，她只记得她跟二哥互相掩护着，沿着几乎要没入腰部的淤泥在蒿草丛一路狂奔，她是凭着长期的精密训练形成的反应疯狂地扫射，直到最后一刻，是二哥拖着她爬上了船。

方块跳进河里，随后被蓁宁拉上了船。父亲和C死于爆炸中，二哥在风家西院的病房取出了腹腔和手臂的两颗子弹，蓁宁自回来之后，不吃不喝，也不说话，就默默地守在房门外。

两天之后，风桁终于醒了过来。

风家的院落大门紧闭，红外探头密集地转动，风熔和风泽领着保镖二十四小时轮流负责戒备。

风家在展堂开会。

展堂是风家最高的处理机构，一般由风家的家主主持，负责最重要任务的策划部署和事后处理以及问责。

他们这次执行任务的最终结果，无论从哪一个方面说，都是一场无可挽回的惨败。

无论沉浸在多大的悲痛之中，事情必须要及时处理。

蓁宁神色麻木而平静，站在屋子里的只是一具躯壳，她的灵魂早已经被那场树林中的烈焰烧死了。

展堂的会议厅里气氛凝重，坐在堂前的是参与这次行动的组织和策划的成员，四个行动者，父亲的一个机要秘书和一个军事顾问，除此之外还空着一个正中的位置。

大厅的门被推开了，一个男人缓步走了进来，座中诸人都站了起来。

男人看上去六十多岁，一头灰白的发，眉目精干，穿着考究的中式绸缎棉袄。

蓁宁神色一愣，先上去奉茶，捧着茶碗，先唤了一声："师父。"

声音就哽咽了起来。

这是风家最有资格的元老级别人物，也是展堂的总管，风家上一辈经他手教出来的弟子，几乎都成了家族中的中流砥柱，他此时看着眼前神色惨淡的蓁宁，这是他的收官弟子，也是他引以为豪的一个女娃，却没想到会经历这样的大不幸，老人脸上的神色依旧严肃，声音不免还是和蔼了几分：“坐我身边。”

蓁宁依旧站着，只是靠在了师父的身边。

父亲骤然过世，人心浮动，看来大哥必须请师父出来才能主持大局。

蓁宁环视了一周，母亲没有出席。按照风家惯例，家母并不过问家族外事，即使是她丈夫故去，她仍然恪守训诫。

又等了一会儿，门被保镖再度推开。

风桁还不能走动，三哥扶着他进来。

风泽看了蓁宁一眼，才两三天光景，她原本明亮灵气的眼睛深陷成一个大窝，神色惨败空茫，整个人完全被这样的打击击垮了。

人到齐了。

师父一项一项地审查，风桁缓缓地回忆，他们一行人潜入之后顺利见到了C，即使怀疑是敌方设置的圈套，但风仑的指示是：迅速撤退，拼也拼出去。

在撤退时，风桁和方块护着人质先走，父亲断后，撤出没有三米，遇到了包围的政府军队。

风桁带着C先冲出了密林，却没见到蓁宁接应的汽车，只好避往一边的树林，但此时政府军对他们已经合围，C在交战中被击中心脏死亡。

风仑用一场爆炸阻止了大部分的追捕。

风桁说得很慢，但条理很清晰：“是我的责任，我没能保护好目标人物。”

蓁宁抢着说：“不是，是我，是我去得太迟。”

风桁说：“爸爸坚持要断后，让我们先出来。”

师父开始发问：“你接到风桁的信号，是几点几分？”

蓁宁答：“十二点二十四分。”

师父问：“可有立刻出发？”

蓁宁答：“是的。”

师父问："路上花了多长时间，中间一切顺利？"

蓁宁答："路上遇到交火，我救了一个人。"

师父的神色渐渐严肃起来。

"谁？"

"一个墨国人，被贩毒分子追击，冲到了公路边上。"

师父说："耽搁了多久？"

蓁宁答："约有十分钟。"

众人脸上隐隐变色。

师父不再询问，声音压得十分低："束蓁宁，你去半堂领罚，由师父执掌，今后三年，你不得再接触风家事务。"

蓁宁咬了咬牙，眼泪滚落，忽然抬头嘶哑着叫了一声："都是因为我——"

她一闪身按住了身旁保镖的腰间，抽出枪往脑袋上举。

几乎是同一个瞬间，风泽扑了上去。

枪声响了。

子弹打在屋顶的横梁上，击碎了几块瓦片，灰尘簌簌地往下落。

师父黑着脸怒吼："捆起来，带她出去！"

风曼酒店香精研发实验室。

蓁宁接到电话，摘下手套，走出了实验室大门，看到风泽等在休息室门口。

"三哥，"蓁宁无奈地摇摇头，"我不是说过……"

风泽冲着她眨眨眼："先别忙着拒绝我，看看我给你带了谁过来。"

一个系着粉色蝴蝶结的胖胖的小女孩摇摇摆摆地向她走过来。

蓁宁立刻笑了。

"嗨，宝贝，"蓁宁蹲下去抱起了小女孩，"你妈妈呢？"

伊芙是孔雀的女儿，一岁多，刚会走路，她可是蓁宁看着长大的，可爱极了。

“姨姨，我要擦香香！”伊芙贴在蓁宁的脸上，响亮地亲了一下。

“好的。”蓁宁给她翻出了一件小围裙，把她的小手洗干净了，带着她进了实验室。

“最近怎么样？”风泽撑在试验台上，看着蓁宁拿了一个培养皿调了一点纯露精油，把花的粉红色汁液滴在里面，然后涂在了伊芙的指甲上，孩子乐得咯咯直笑。

蓁宁抬头望他，黑白分明的瞳仁如一潭幽静的湖水，乍一眼看下去似乎清澈明亮，细细看下去却深不见底：“挺好。三哥，有事给我打电话就可以了。”

风泽叹了口气，拍了拍她的头：“好好的。”

蓁宁笑了笑，转身回去看器皿里的温度表。

风泽坐在她试验台旁，强迫着她有一搭没一搭地和自己说话。

父亲去世一年多了，这一年来发生了很多事。她搬出了风家的大宅，进入风曼集团上班，除了工作，她几乎是过着与世隔绝的生活，每一天都待在风曼总部的实验室里。

整个风家，最宠爱她的就是爸爸，这件事对她的打击，除了她自己，没有人能理解有多么巨大。

蓁宁的心理素质不比任何人差，风泽却清晰地记得那一天他领着人在边境线接回他们，她仍镇定地照顾着受伤的二哥，只是当她抬头看到他的一瞬间，眼底却是完完全全的一片黑暗。

有一段时间，保姆二十四小时守在她房外的小厅，房间里的一切危险物品都被收了起来。

如今家里风雨飘摇，二哥重伤还在修养，风泽帮着大哥承担起了善后的重担，这一次行动的全部人员都暴露了，风家这段时间一直密切关注着墨国政坛的消息，但令人不安的是，目前为止一切太平。

没过一会儿孔雀上楼来接女儿，陪她聊了会儿天就回去了，蓁宁盘着腿坐在实验里的木椅子上，她想了想，的确是有一阵子没有回家了，上一次回去，还是因为师父领着她，出席大哥接任风家家主的仪式。

她在那里读到了父亲的遗书。

父亲当年舍身用一场政治谋杀换取了全家的安全后，离开旧主搬离了墨撒兰，他叮嘱他死后一切恩怨就此了结，后世子女不能再沾染王室风波，风家的事业移交给大哥，大哥一直负责风曼集团的工作，整个家庭将彻底转入经商。

自那之后，风家对外的事务联系，蓁宁不再知晓。

蓁宁在半堂领着师父的罚，她每周日下午会去半堂，和师父论道和习武，然后花一个到两个小时在后堂指点年纪小的弟子练武，她一心一意孝敬母亲、尊敬兄嫂、陪伴幼儿，家里人略微放下心来，只有她自己知道，她几乎是赎罪一般虔诚地做好自己应该做的事情。

她不想让父亲的在天之灵失望。

她的大脑皮层中，关于那时的记忆被尖锐的刀刃来回地刮着，每天每夜，都在疼。

风泽不放心，经常来看她，她每次都催促他赶快走。

团圆节的那一天她回家吃饭，母亲对她说："妹妹，如果你真的跟三儿有感情，妈妈不反对你们。"

蓁宁摇摇头，声音很轻，却很坚决："妈妈，我永远只把他当哥哥。"

风泽刚好走进来，神色有些黯然失望，望了一眼餐桌，没有说话。

吃完午饭，风泽跟着她上楼梯。

蓁宁停住脚步："你为什么要跟着我？"

风泽语气很平静："你要是不结婚，我照顾你一辈子。"

蓁宁回过头，看了一眼站在她身后的俊朗青年，眼里有异常的坚毅之色，因为年纪相近的关系，她从小跟三哥的感情最要好，第一堂网球课，第一次在靶场摸枪，第一次泡吧喝酒，第一次穿礼服裙跳舞，身边的男孩子，都是风泽。

就是这样陪伴着长大，到少年，再到青年。

她离家前往英国读书之后，回家的时间并不多，浑然不知风泽是何时对她暗生情愫的。

蓁宁摇摇头，神色里有不忍的坚决：“三哥，你这样是不对的。”

蓁宁抬头看窗外，庭院里树荫浓郁。

又一个旅游旺季到来了。

五月份的康铎。

气候温暖，街道繁花盛放，正是一年之中最美的月份。

夜晚的花香阵阵扑鼻，整座城市都沉浸在迷人曼妙的温柔夜色中。

酒店餐厅的顶级包房，绉纱帷幔被拉开，对面没有任何制高建筑，只看得见一整片广阔无垠的夜空。

杜柏钦穿了件月牙白的衬衣，坐着的身姿也是一贯笔直挺拔，只是神色有些晦暗，漫不经心地拨弄着盘中的食物。

将茉雅温柔地看着对面的男人：“礼服已经改好，让设计师给你送过去，你试试看看？”

杜柏钦看着窗外，有些心不在焉。

将茉雅唤了一声：“柏钦？”

杜柏钦转过头，略微颔首：“好。”

“真是，想什么这么出神呢？”美丽的女伴也不生气，娇嗔一句，“宾客的名单拟了出来，你可需要先过目？”

杜柏钦答：“不用，给秘书部处理。”

将茉雅优雅地抿了一口酒，侧着头看着他：“嗯，订婚的仪式……对于国王办公室提出的建议，你怎么看？”

杜柏钦皱皱眉头：“未免太浮华。”

将茉雅的声音甜得发腻：“你是杜沃尔家的长子，柏钦，这也不单单只是我们两个人的事情。”

杜柏钦没有再答话，缓缓地转动手中的水杯陷入思索。其实国王已经就此事和他在卡拉宫殿商议过，按照国王办公室的说法，去年那一次人质挟持事件之后，墨撒兰的旅游经济陷入了萧条，他作为皇室宗亲的一员，迎娶的是名门将女，一对新人均是才貌俱佳，那么举办一场盛大温馨的订婚典礼，借以推动墨撒兰低迷的旅游业，听起来是他们责无旁贷的一件事情。

杜柏钦眉心紧了紧，他本不欲这般张扬。

怎知卡拉宫殿内的公关部门活跃无比，因为订婚典礼举办的日期恰逢墨国最著名的节日——灯花节。经过一轮浮夸可笑的宣传之后，这场号称是神秘东方国度近年来最典雅奢侈的一场皇室订婚典礼，引起了世界各地媒体的广泛关注。

近一个月来墨撒兰的申签人数增长了百分之十，甚至超过了去年同期的人数。

将茉雅坐到他身边，挽住他的手臂，撒娇：“盛大一点也没有什么不好。”

杜柏钦轻轻拍了拍她的手。

司机将车子驶入将家宅邸。

将茉雅亲了亲身侧男人的唇，然后从手袋中将一个包装精美的盒子拿出来，递给他：“给你。”

杜柏钦略有疑惑：“什么？”

将茉雅笑着答：“任职礼物。”

他从图姆受伤回来后，休养了一阵子，后来肺部的伤口痊愈了，可他的身体状况不再适合飞行，只能停飞。停飞后，他还未来得及调整心态，就接到了首相梅杰的紧急任命，党内正遭遇内阁改组，加上南部的人质事件，整个上议院动荡不安，杜柏钦不得不提前出院，出席在议院大厦的就职典礼，随后接替了因丑闻辞职的国防参谋部郭佩堂上将的工作，今天刚刚回到首都。

杜柏钦打开那个奢侈品牌的黑色方盒，里面是暗色格子底配细细一条浅粉条纹的丝质领带，他眼睫低垂，掩去暗沉眼底的一缕微光，嘴角抿出一丝笑意，转过头吻了吻她的脸颊：“谢谢你。”

将茉雅推门下车，想起来什么，转身叮嘱了一句：“柏钦，身体刚刚恢复，别太累了。”

杜柏钦点点头。

杜柏钦坐在车内，看着保镖将她送进府中。

不一会儿侍卫长返回，示意身后的侍卫跟上，躬身下来神色尊敬："殿下，去哪儿？"

杜柏钦低低地说："回家吧。"

车队驶离将宅，杜柏钦抬手捏了捏鼻梁，他住院的那段时间，因为政务繁忙，有时不得不暂时停了治疗处理公务，最烦身旁人反复地叮咛他的身体，但是由茉雅说出来，他却无法拒绝。

他手术后醒过来看到的第一个人，是茉雅。

他受伤后母亲从巴黎返回康铎，看到茉雅天天都在医院，笑着跟将维将军说："柏钦早早从我这里要了戒指，送给茉雅了吗？"

杜柏钦躺在病床上不出声。

他在医院躺了一个月，将茉雅天天都来看他。

一年多后，他还是送出了戒指。

不是母亲的那一枚。

茉雅喜极而泣。

她笑着扑上来紧紧抱住他，下巴压在他的肩上，杜柏钦闭了闭眼，心底有微微的刺痛，他知道自己做了一件正确的事情，他的婚姻就只能是这样了。

车子在楼下停稳时，司三已经候在廊下，用人接了他的外套，他上楼洗了澡，身体倦意隐隐，精神却很清醒，于是他坐在书房看了几份公文。

看着看着，他不禁就有些失神，俯身拉开书桌底层的暗格，抽出一份厚厚的文件，是詹姆斯给他的最后一份报告。

今年年初他暂时中止了詹姆斯对于他父亲案件的调查，詹姆斯已经回到军情局执行另外的任务了。

这份文档自他接到的那一日起，在他出院回家修养的那一段时间，被他反复翻阅了不知道多少遍，直到后来将它锁进抽屉，已经近半年没有看了。

今夜月色温柔，他刚刚结束繁忙的工作，未婚妻美丽体贴，一切都很好，只是忽然有些被沉入湖底的思绪，莫名地翻涌了起来。

杜柏钦一目十行地翻看着手上的宗卷，从第一项的调查开始，从当年那个午后的每个细节和人物开始，到国家绝密档案室的每份笔录口供，到当年事后失踪的高级陆战军官重新出现，到目标人物出现在密林中的那场交战，他一页一页地翻过去。

他在倒数第三页上停住了手上的动作。

那日政府军追捕蔡来时，在林中合围了一支来历不明、火力强大的游击部队，一名中年男性在爆炸中死去，目标人物被枪杀，剩余三人逃脱，其中最后驾车出现的是一位女性。

除了他们一直在寻找的蔡来，另外一名男尸，军情局用DNA对比技术确认了身份。

杜柏钦在男人的资料中看到了一张照片，很旧的照片了，中年男性跟孩子们的合影，三个大个儿男孩笑得牙齿雪白，一个扎着两根小辫子的小女孩坐在男人的膝上。

她真实的身份是拓摩四世的皇后姻亲家族最小的女儿。

那么一切都找到了缘由，她的忽然出现，她的无声消失，他想起了平策失踪的那一晚，蓁宁就在康铎，甚至很有可能公主的失踪，都跟风家有着莫大的关系。

詹姆斯对于蔡来的死十分郁结："柏钦，我们失去了关键人证。"

律师在一旁献计："无妨，资料很充足，既然已经查到了同党，只要继续追查下去，仍有机会向军事法庭提起诉讼，要求重审案件。"

那天会议结束后，杜柏钦独自在办公室坐了良久。

他记得她一直特别骄傲地说她有三个哥哥，三个哥哥都争着保护她，这还不算什么，因为她是家里唯一的女孩儿，她养父疼爱她，那真是宠上了天，虽然自幼失去双亲，但养父母待她极好，整个少年时代都是快快乐乐的，可能这也导致了她有着难得的宽厚性情，一开始在佛德大学见到他时，她就是那副勇敢大方、没心没肺的样子。

可她的情绪太真实了，真实到他甚至看不出一丝破绽，他的心腹幕僚长谢梓也警告过他，陷入爱情可能会影响他的判断力，这也是间谍常用的手段之一。

要不要继续查下去，他仍在迟疑，他其实是一个很少会迟疑的人。

黑夜里他站在公寓的露台上，觉得心脏的深处有个风洞，一颗心在巨大的风浪和杂乱的气流里一直飘，一直飘，永远没有办法着陆。

五月十九日。

康铎空港的飞机起起落落，这段日子以来，机场的人潮熙熙攘攘，比以往不知道繁忙多少倍，墨国不愧是一个有着最优质的旅游服务的国家，不管多么忙碌，空乘服务人员脸上永远都带着令人舒适的笑意。

街道上的计程车司机忙着四处招揽游客："是去圣保罗大主教宫殿吗？今天我们最英俊的大殿下要跟墨撒兰最美丽的姑娘订婚，老天，是多么登对的一对年轻人！"

卡拉宫前的广场挤满了游人，皇家卫队换岗仪式都比平常收获了更多的欢呼声，从卡拉宫到大主教宫殿的那一段马路，到沿着基督河环绕的公园道，一路上更是人山人海。

圣保罗大主教宫殿高耸的尖顶在晨光之中散发着金色的绚烂光芒。

这座皇室宫殿已经有一百多年的历史，历来是皇室接待贵宾和发布官方重大新闻的地方。今日，它又将见证一场举国欢腾的盛会——墨撒兰杜沃尔家族的长子柏钦殿下和墨撒兰独立战争中最负盛名将领家族的最小女儿将茉雅小姐的订婚典礼。

一直以来，墨国民众都非常好奇哪家贵族小姐能配得上柏钦殿下，虎父无犬女，茉雅小姐也曾在军队服役，更有花边报纸大幅刊登过两人的恋爱史。据说柏钦殿下去年在图姆密林追击毒贩受了伤，是茉雅小姐亲自驾机前去营救，两人谱写了一段战地旖旎恋曲，更是迅速发展出了炙热的感情，两人可谓是天造地设的一对。

尽管只是订婚典礼，甚至过程也不对公众开放，但由于一对新人的高贵出身和出色才貌，一场王室的订婚仪式还是被媒体炒到了烫手的热度。

九点开始，参加订婚仪式的双方宾客陆续抵达，每一位王室成员的抵达，都能引起围观群众热烈的尖叫声，闻讯而来的世界各地媒体在教堂外架起长枪短炮，摄影师神经兴奋得眉毛直跳，拍出来的每一张照片都星光熠熠。

所有人都在等待十点的订婚仪式。

围在警戒线外的记者和游客使用社交媒体，将宫殿现场的画面迅速传播到网上。虽然杜柏钦服役多年来十分低调，但是订婚的消息传出后，康铎城内的小报记者还是偷拍到了一张柏钦殿下的照片，如今这照片已经在网络上广泛流传，其实照片拍摄得不甚清楚，看得到的是年轻男子穿着笔直军装，英俊的脸庞轮廓分明，坚毅的眼神幽深，却无一丝笑意。

的确是当世难得一见的美男子。

年轻人迷恋icon（偶像），更何况是一个真正的偶像——一个优秀的皇家空军飞行官、国防部高级领导人，战功赫赫且刚刚自一场战役之中浴血归来的英俊男人。

他们订婚仪式的时间，也恰逢墨撒兰的灯花节，成千上万的游客和各地的媒体记者蜂拥而至，铺天盖地的报道让墨国旅游局的人乐得几乎疯掉。

按照官方公布的行程，新人首先在教堂举行一个只有双方亲属出席的小型订婚仪式，这个仪式并不对公众和媒体开放，由墨撒兰宫廷御用摄影师统一对媒体发布照片。典礼结束之后，柏钦·杜沃尔大殿下，媒体现在更喜欢将他称为新受封的康铎公爵，将和未来的公爵夫人一起乘坐马车，届时华丽的车队将会沿着公园和基督河巡游一圈，然后回到卡拉宫内出席国王的午宴。

在这一段路上，民众将会有机会瞻仰杜沃尔殿下和未来王妃的容颜。

林荫大道被装饰一新，国旗迎风招展，沿途挤满了观光者和本地居民，儿童挥舞着手里的国旗和鲜花，男人们扭开香槟，喷出香甜的泡沫，他们先自得其乐地陷入了狂欢派对中。

等到中午的时候，国王卫队和仪仗乐队排着方阵开始移动，然后是身着红色制服的士兵骑着高头大马经过，后面跟着的宫廷驯马师驾着四匹纯种白马拉着的一架金色马车缓缓驶向教堂。

大主教宫殿的大门徐徐打开。

快门声乱成一片，一对璧人挽着手步出了宫殿，将茉雅穿一袭白色套装，娇羞的面容上添了一抹嫣红，脸孔如同玫瑰一般芳香美丽。

一瞬间所有媒体记者的镜头都对准了她无名指上的那枚闪闪发亮的钻石订婚戒指。

人群爆出热烈的欢呼声。

康铎公爵挽着身畔佳人，温柔地将她扶上了马车，然后自己坐了上去。

车队开始缓缓移动。

杜柏钦的脸上很平静，他穿着一袭深蓝色空军制式礼服，精致的白金双排扣一丝不苟地扣到了顶部，沉金色穗带上别着数枚金质勋章，瘦削的身姿笔直挺拔，黑沉沉的眼眸深处似乎还有刀锋林立的光芒一隐而过，他冷峻的脸上未见喜色，反倒是将茉雅很好地担任起了亲民的角色，一直笑容满面地朝民众挥手，尽职尽责地承担起了王室凝聚民心的责任。

簇新的红色制服卫队、纯种温血的高大骏马、大批的巡警护航和一路的人潮赞叹之声，仿佛一幕华美的电影背景，映照出风华绝世的一对璧人。

人潮随着马车一路奔跑。

黑色戎装大盖帽的皇家卫队和大批持枪警察如临大敌地一路警戒。

香敦克家就在林荫大街上，马车缓缓地沿着公园绕圈的时候，一名青年倚在香敦克家二楼的露台上，端着酒杯看着楼下人山人海，一声冷笑。

他是香氏家族的二公子，一件白色丝质衬衣配一件褐黄色西式背带裤，油头发亮，俊美脸庞，唇角如春水含笑，要有多风骚就有多风骚。他闲闲地靠在栏杆上，啜了一口杯中的酒，看着那金光灿灿的骑行队伍一路迤逦过去，笑得前俯后仰，他满脸都是幸灾乐祸的笑意，也亏得杜柏钦肯，订个婚跟马戏团表演似的，将家的那个丫头骄扬跋扈，以后有他受的。

香二公子天生爱凑热闹，尤其是这种穷极无聊的围观，他已经端着酒杯，认认真真地看了好一会儿。

他的目光在人群中巡视了一番，忽然搁下酒杯，返回屋中取了外套，往楼下走去。

打发了跟上来的司机，香嘉上快步朝外面跑去。

他扒开人群，往公园的深处走去，果然，他没有看错。

一个女孩子，穿着一件宽松的白衬衣，身侧人群都在追着马车拼命地跑动，只有她孤零零地坐在一片摇摇欲坠的木栅栏上，汹涌人潮从她身前而过，挤得她整个人摇摇晃晃。

女孩的身子如同汪洋大海的一叶小舟，飘飘忽忽地几乎快要被淹没，她却丝毫不管不顾，因为她的目光，她整个人的灵魂和生命都在专注地凝视着渐渐远去的车队，其实人群早已淹没了她的视线，只能从缝隙中勉强看到黯淡的金色的光，只是她眼中闪着晶莹的泪光，仿佛是看着她人生的全部梦想和希望渐渐远去。

香嘉上此生从未在任何女人的脸上见到那样的神情，绝望、心碎、爱恋，交织成一片泪雨滂沱。

香二少爷怔怔地看着那个女孩在市政广场欢欣鼓舞的人群中泣不成声，只觉心头扑扑地跳。

他迟疑了一秒，挤开人群走进去，公园的栅栏上已经空无一人。

原来坐着的那个白衣女孩，消失了。

香嘉上摇摇头，在原地站了一会，怅然若失地离开。

当夜康铎的所有街道几乎都在开派对狂欢，香二少爷在俱乐部喝了一会儿，今天他有些意兴阑珊，提早告辞出来。

还没走到门口，他就看到对面的街头，一个女子喝得半醉，摇摇摆摆地走出酒吧的大门。

满街都是醉汉，没有人注意到她。

蓁宁在街头站着，吹了一会儿冷风，发热的头脑清醒了一些，她看了看眼前群魔乱舞的街头。

她抬脚朝着最近的一辆车走了过去，从包里掏了掏，俯下身用大包挡住了手上的动作，不过是一两秒钟的事情，车门悄无声息地应声而开。

她裂开嘴巴无声地笑了笑，看来她没喝多少，身手还不错。

她拉开车门坐入了驾驶座。

一旁的路边，一个男人手插在口袋中，饶有兴趣地看着她，看她只用两秒钟打开了一辆银色保时捷跑车。

香嘉上仔细看了一眼，心头大喜，又是她，那个白衣神秘女郎。

香嘉上立刻抬手制止了司机报警的动作，低声吩咐："别管她，再开一辆车过来。"

蓁宁握紧方向盘，往西城区开去。

她记得那片能看到低垂星空的开阔草原，在西郊半山的观景平台后面有一条山道。

一路上都在堵车，但是她很有耐心。

心已经被烧成灰烬，今晚长夜漫漫，她一点儿也不着急。

车子转上林荫山麓，耳边终于慢慢地安静下来。

环绕着她一整天的喧嚣、欢呼、尖叫、拍手声，终于消失了。

蓁宁将车缓缓地停在悬崖边的草地上，脑中摇摇晃晃的不真切，脚下还记得反射性地踩下刹车。

她犹记得那时杜柏钦驾车，他们在此地逗留，那一夜他一直很内疚，对于当年的分别。

最后他贴在她的脸颊边温柔地亲吻，将她紧紧地抱入怀中，她靠在他的肩头抬眼望去，看康铎夜空的繁星璀璨。

那个宽阔的胸膛，淡淡的雪茄混合着青草香水的气息，是她一生之中拥有过的最安心、最温暖的怀抱。

后来她一直觉得很冷。

那种从骨子里渗出的寒意，常常让她禁不住打起冷战，如同今日正午，在灿烂的阳光之下，她仍冷得瑟瑟发抖。

车子忽然"嘀"的一声响。

蓁宁转过头，看到一个年轻的男人，风流倜傥的一张笑脸："嗨，美人儿，喝一杯怎么样？"

车门从外面被拉开了。

蓁宁皱了皱眉头打量着他，墨撒兰贵族子弟的打扮，流里流气的神态。

蓁宁不悦地道："走开。"

香二公子笑得无辜："小姐，你开的是我的车。"

蓁宁愣了愣，听明白了对方的话："马上还给你。"

香二公子笑得迷人亲切："无妨无妨，这车送给美人儿也无妨。如此良辰佳夜，何必独自在车里坐着？我们喝一杯吧。"

蓁宁皱紧眉头。

香嘉上小心地看着她的脸，保持轻松愉快的笑容："美丽的小姐……"

蓁宁想了想，松开了方向盘。

香嘉上替她扶住车门，蓁宁跌跌撞撞地跳下车，脚下不稳几乎要被绊倒了。

香嘉上飞快地伸手抱住她，轻薄的飞唇掠过她的面容，蓁宁只感觉到熏然柔软的暖意贴过脸颊，男人把她扶住，又放开了她。

她环顾四周，四野苍茫，晚风吹拂，除了身边这个莫名其妙的男人，一切都恢复成了静谧安好的人世。

蓁宁走到了草地边上坐下，香嘉上坐到她的身侧。

过了一会儿，身侧的人忽然问："你是杜柏钦的情人？"

蓁宁骤然转头看他，一双眼眸星子一般冷冽。

香嘉上嬉笑着调侃："今天我在林荫大街上看到你，你看他的目光，简直恨不得立刻去殉情。"

蓁宁冷冷地道："你看错了。"

香嘉上耸耸肩，返身从车中取出了一支酒和两个杯子："别伤心了，睡一觉，明天全世界还有数以万计未婚男人等着你。"

蓁宁接过杯子，两个人对饮，香嘉上车中存的两支好酒立刻被喝光了，又让司机送来。

喝到最后两个人都醉醺醺地躺倒在了草地上。

香嘉上醉眼迷离，嘴角的笑容更加招人："你不觉得我们应该做点别的事情？"

蓁宁瞪他一眼："什么事？"

香嘉上撩起她的发丝，温热的气息吹拂到她的脖子上，蓁宁利落地反手就是一击。

香嘉上也不客气，伸手挡开她的肘部，两个人在地上扭打做一团。

他不敢真用力，蓁宁已经醉得是非不分，招招都是真招，香嘉上连连闪躲，最后被揍到哀号连连，蓁宁筋疲力尽，终于停手。

天边露出薄薄晨曦，蓁宁起身摇摇晃晃要走，香嘉上不放心，将她拉进车中。

香家的司机在前面驾车，蓁宁木着脸："送我去机场。"

临别的时候，香嘉上问："我会否再见到你？"

蓁宁嗓子干哑，声音很坚决："不会，我永世不再来此地。"

香嘉上露出遗憾的神情：“好吧。”

他看着那个纤瘦的身影走入了国际通道。

香嘉上打了个酒嗝，走出机场的大厅，脚步略有轻浮，保镖迎上来：“二少——”

香二少爷撇撇嘴哀号一声：“把车开过来，老子走不动了。”

他引以为豪的酒量，今晚居然到了极限，那个华国女孩儿喝的不比他少，一个年纪轻轻的女孩子，是要埋葬了多少心事，才能盛下那么多悲伤的酒。

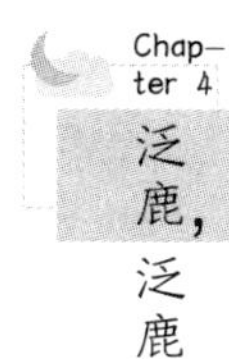

# Chapter 4 泛鹿，泛鹿

泛鹿山道上，高大的橡树迎风招展，盘山山道之间，车辆一闪而过。

山边的新雪未化，松鼠在枝头探出了脑袋。

半山的湖水闪烁之间一幢砖红色的别墅静静伫立着，驾驶座上的男人远远地按了一声喇叭。

高耸着的雕花大门缓缓打开，门岗上的士兵立刻敬礼：“长官！”

马修打转方向盘驶入庭院中，看到车道上停了一辆熟悉的绿色吉普，马修笑了笑，竟然有人比他还早。

他关了车门朝屋子走去。

立在门前的伊奢上前来招呼：“早安，马修阁下。”

马修，时任首相国家安全顾问，一早从市政大道一号得了命令，梅杰首相要就缅因海湾的争端听取国防部的意见，他熟门熟路地道：“嗨，伙计，麻烦给我杯咖啡，这天真冷！”

司三转身去找用人。

泛鹿庄园是一幢前后一体的私家别墅，是杜家在三十年前建的大宅，由德国著名的设计师Cleveland Wamer设计，坐落在山水之畔，风格简约，外观典雅，上个世纪七十年代中期建好时在康铎轰动一时，杜家三兄妹都是在此地出生的。杜柏钦的父亲在世的时候，由于部下和学生众多，墨国的军政界人物都喜爱在此聚会，杜柏钦的母亲也经常在此举办艺术沙龙，因此在上个世纪末，泛鹿庄园是墨国最热闹的一个私家花园。

杜柏钦就任国防总参谋长后，下属慢慢地往这儿跑得越来越勤，各议会党派的首领和事务大臣偶尔也会来访，重要的场合时，国防大臣潘雷格也会出现，杜柏钦在军中的同袍至交和几大家族的私交子弟更是经常出入。花园里的大伞撑开，男人们穿着马球装就能围桌开会、签署文件，源源不断的机要宗卷不停送来，伴随着男人们大量消耗的好酒，往来座中均是豪杰，谈笑之间皆是鸿儒，哪怕是一名随着长官来访的普通士官，在踏入泛鹿庄园的那一刻，也不禁怀着朝圣的心情，在席中添一个末位，看着那些大人物言谈之间的风度，生出豪情万丈。

不知何时墨国的政界有了一个趣谈，泛鹿庄园是墨国军机的第二个心脏，据说很多国家安全决策，都不是在掸光大楼内决定的，而是在泛鹿庄园定下来的。

今年夏天墨国的开国功臣宋士奎，墨国独立战争中被授予的七位五星上将之一，在结束了第三次化疗之后自美国返回故土，杜柏钦陪着他在花园喝了一壶茶。临走时老爷子的孙子来接他，帅气的年轻人一身军装，先对着杜柏钦敬了一个礼，年轻人如今已经是空军的麾下之师。杜柏钦亲自将老爷子送到了车边，年轻人搀扶着迟暮的将军，将军纵然行动艰难，站起来后依然是腰背笔直，在登上车的最后一刻，他回头看了一眼花木婆娑的山庄。

老人眼中泛起泪花，喃喃地说了一句——“我仿佛回到了一九八六年”。

年轻人的心头跳动，露出激动的神情。一九八六年的康铎，那是另外一个时代，那时将遇良才，那时才逢明主，那时美酒盈樽，那时满座衣冠，那时的战将，披上战袍即可征战四方，那是最值得奋斗的一个时代。

宋先生的那句话后来在墨撒兰经久流传。

此生何其有幸，能经历回归的一九八六年，那是在康铎年轻一代军政王侯的领导之下，泛鹿庄园一个另外最鼎盛时代的开启。

只是相比老康铎公爵的不羁做派还是有所不同——据说杜柏钦的父亲旧日时常在前厅和部下彻夜饮酒畅谈，杜柏钦出现在前厅的次数委实不多，偶尔在前厅的会议室听取下属报告和随同幕僚开会，也都是冷峻寡言，说话行事果断利落，有些时候甚至是谢梓出来传达指令，他本人都不会出现，比如这样一个寒冷的清晨。

早上刚刚下了一场雪，太阳缓缓升起来，天气清新得可爱。

马修走进去，果不其然看到杜柏钦那位心腹幕僚长谢梓坐在前厅正悠闲地吸烟，马修拍了拍他的肩膀，坐了下去。

谢梓看见他，挑眉笑笑："梅杰这么早叫你干活？"

马修无奈："哈立德今早要针对争端问题发表一个声明。"

哈立德时任墨撒兰新闻大臣兼政府发言人。

马修问："柏钦呢？"

谢梓道："我半夜来，做完事下来喝杯咖啡，他刚睡下吧。"

话没说完，杜柏钦医疗团队的首席顾问何美南下楼来，咬牙切齿地说："起来了，在办公室。"

谢梓的眉头不禁皱了皱。

马修问："殿下怎么了？"

何美南一边打着哈欠，一边往餐厅走去："我去吃个早餐，没什么大事。"

马修征询的目光移向谢梓。

谢梓耸耸肩，一副无可奈何的神情。

杜柏钦在南部的战役中受了重伤，在墨国军政界并不是什么秘密，自他出院之后，平时出入均是一如往常，医院方面也宣称他恢复得很好。

但他身体的具体伤情如何，他的整个医疗团队都讳莫如深。

男人们不以为意，在他们看来，杜柏钦杀伐决断、果敢坚毅，他领导墨撒兰空军指挥部期间，墨撒兰青年子弟的参军热情空前高涨，尤其是空中军事力量得到了前所未有地加强，虽然在他升任国防总参谋长一职之后结束了飞行生涯，但榜样的力量依旧激励着越来越多的年轻人愿意从军为国效力。

毫无疑问，作为近十年来墨国最杰出的军事人才和最优秀的领导者，他执掌掸光大楼只是历练和时间的问题而已。

内庭的右侧大厅连着主人起居室，其余的两个房间辟成了一间宽大的书房附带一个小型的会议室。

这是整座山庄最核心的两个房间，未得侍卫总管伊奢的吩咐，连用人都不允许靠近。

宽大的书房内暖意融融，杜柏钦穿了一件浅灰衬衣，埋首翻阅文件，手握着拳头抵住唇不时低声咳嗽。

谢梓坐在对面，替他整理出这一次部长会议就缅因海湾商议的内容。

马修问了一句："没事？"

杜柏钦不以为意："没事，有点感冒。"

杜柏钦抬头道："告诉梅杰，我们不会在缅因退让一滴海水，所以哈立德的措辞大可强硬一点。"

马修动笔记下。

杜柏钦又道："可以跟外贸部长商谈一下，对方的石油进口长期依赖我国，给他们一点压力未尝不可。"

马修："嗯。"

杜柏钦低咳几声，眉心微蹙："我怀疑，缅因海湾是否有未勘探能源。"

马修神色一亮："我回去即刻转告首相阁下。"

杜柏钦点点头，马修告辞出去。

谢梓合上文件，看了一眼杜柏钦："紧要的事情基本做完，我已延后了今天所有的事务。"

杜柏钦正看公文，抬头看了他一眼，眼神平静无波，也没有说话。

谢梓正要张口。

杜柏钦知道他要说什么，勉强点了点头。

谢梓拿了文件掩门出去。

杜柏钦将手头的事办完，搁下笔往椅子上靠，闭着眼揉了揉酸涩的眉头，一直压抑着的呼吸泛起的疼痛正在肺部缓慢地扩散。

司三敲门进来。

杜柏钦按着眉心，勉强睁开眼，看到是他，他手搭在椅子扶手上，好一会儿，才缓缓站了起来。

司三恭敬地俯身："殿下，谢先生吩咐今天您不备车出门了。"

杜柏钦点点头："嗯。"

司三低声提醒一句："早餐……"

杜柏钦咳嗽，疼痛袭来，他往起居室走去："撤了吧！"

杜柏钦昨晚半夜方才回到康铎，谢梓早已得了他的令在前厅候着，他将这一轮会议积下的几桩急事交代给他处理，方才有空躺了一会儿。

今晨起来，感冒和疲劳竟有牵起旧伤隐隐发作的趋势。

过度的体力透支对他如今的身体的确是很大的负担，每一次都需要花费很长时间才能恢复过来。

杜柏钦上楼休息，用人上前恭敬禀报："茉雅小姐来过电话。"

杜柏钦咳嗽得声音嘶哑，却还是低声回了一句："告诉她我晚上给她打电话。"

早晨的金色阳光缓慢地透过云层照射出来，值班的士兵在换岗前偷偷忍下一个哈欠，数台黑色的轿车在撣光大楼的台阶下停稳。

戎装的士兵看了一眼车牌，瞬间寒毛立起，并拢脚后跟，扬起右手，敬了一个标准军礼。

那端侍卫已经拉开车门，高挑的年轻男人躬身而出，侍卫护着杜柏钦步入撣光大楼，他穿黑色西装白色衬衣，暗蓝绉丝领带泛着幽暗的光泽，瘦削身姿笔挺如山，眼光锐利如鹰隼，他大步流星地跨进大门。

国防大臣潘雷格自泛大西洋环岛联合部长级军事会议归来，今早将会在掸光会议室召开联席参谋部长会议。

这个国家军机要地，又即将展开忙碌的一天。

傍晚时分杜柏钦结束工作下楼时，看到司机等在他的车门外，见到他有些不安：“殿下。”

杜柏钦眼波微动，还是缓步朝着他的车子走了过去。

还未走近，车门已经被推开，一个娇柔香艳的身体扑了出来：“柏钦！”

杜柏钦伸出胳膊扶了扶她。

将茉雅看着他的脸，心疼地道：“是不是累了？”

杜柏钦笑笑：“有点忙，没事。”

订婚半年了，将茉雅看着他每天为军机大事忙得不可开交，连两个人的相处时间都是被提前安排好的，即使每一次的约会时间都很短暂，可茉雅依旧为他骄傲，如同她的母亲为她父亲骄傲一样。

吃完晚餐之后，将茉雅搂着他的脖子，柔情万种地道：“柏钦，明天你又要去约旦了，我今晚留下陪你好不好？”

杜柏钦拉开她的手，低声一句：“明天出差呢，很多事没备好。”

将茉雅撒娇地嗔道：“你总是不理我！”

杜柏钦握住她的手亲了亲：“这两天忙，你妈妈生日宴会是哪一天了？我抽空去好不好？”

将茉雅闻言高兴地亲了亲他的脸：“好！”

两个人吃过晚饭，杜柏钦开车送她回家。

车子开进私人宅邸前的一条宽阔道路，远处有轰隆隆的声音从云层中滚过。

夜航的战机正在返航。

轿车在将府的宅子前停了下来，杜柏钦坐在驾驶座上，望着天际。

“看什么呢？”将茉雅凑过头来，“伏空的飞机？”

杜柏钦点点头，下车替她打开了车门。

“吵死了！”茉雅站在地上跺跺脚，“我一直让爹地搬家，他不愿意，这些飞机天天吵得人心烦。”

“柏钦，你能不能让他们改一下训练的航线？”

杜柏钦听了，目光冷凝得不带一丝感情：“这是返回伏空的航线，他们必须得经过这里才能目视跑道。”

“空飞真的是又危险又不自由，真高兴你不用飞了。”茉雅笑着去亲他脸颊。

杜柏钦那一刻不知道想起了什么，侧了侧脸，冷峻的脸庞在夜色中轻轻一闪避开了那个吻，他静静地说了声：“晚安。”

他没有再看她，返身拉开车门坐了进去。

风家古拙的大院，日光淡淡地照射在屋檐的墨绿色斗拱上。

蓁宁捧着水杯走过客厅，书房的门没有关，母亲和大哥在里面交谈。

母亲说：“新年期间酒店里忙得不行，你让她休息一阵子，你找旁人。”

大哥语气颇有难色：“母亲，我自何处能找来精通华文和阿拉伯语，身手又好，还能取得王室信任的女性？”

母亲说：“你去集团的翻译部门调人。”

大哥说：“哈雅公主殿下的秘书不是致电给您，他们都说了欢迎妹妹去——”

蓁宁敲了敲门：“说我？”

母亲温和地道：“没有。”

大哥唤了一声：“妹妹……”

母亲说：“姑娘，成嫂刚刚还找你，新收的菇，煲了汤让你尝。”

大哥欲言又止，转头看了看母亲的脸色，还是忍不住强调一句：“妈妈，还要精通马术！”

蓁宁笑了起来：“听起来似乎是我？”

大哥说：“蓁蓁，求你帮忙。”

蓁宁窥母亲神色一眼。

风母终于无奈道：“禀报你师父，他若是同意，你过来听听大哥怎么说。”

风熔大喜：“谢谢妈妈！”

蓁宁转身去餐厅喝汤，风熔跟在她身后：“约旦王储的最小一位公主，作为约旦青少年体育交流协会王室代表接待华国马术代表，蓁宁，拜托拜托，竟然有不说英语的公主！”

蓁宁想了想，王储的小女儿是十三岁的法蒂玛哈希姆，陪同小朋友参观马场和马术表演不是太困难的活儿，由于是贴身的翻译，的确是她最合适。

风家跟约旦王室有些因缘，蓁宁在十六岁随父母去过一次约旦，还曾遥遥见过王储殿下夫妇一面。

她冲大哥点点头：“我下午去看师父。”

二月份的最后一日，蓁宁抵达了安曼阿丽亚王后国际机场。

从寒冷的西南冬天进入了气温适宜的约旦安曼，蓁宁下飞机时感觉挺好的，王室的一位秘书官员候在机场，是一位衣着优雅得体的中年女士。

第二天蓁宁就立刻马不停蹄地开启了三天的交流会，在最后一天，蓁宁早上陪同公主殿下和华国来访的小宾客们参加国际联合马术协会的培训课程，随后在姆夏塔王宫内出席了王室招待的午宴，小朋友熙熙攘攘地嬉闹，让整个金碧辉煌的宴会大厅难得地活泼起来。

蓁宁一直跟随在法蒂玛公主殿下的身侧，这位小女孩由官员和保镖陪伴着，小大人似的，面对不同的宾客，微笑着矜持地伸出小手，接收亲吻、寒暄，也许是因为有同龄的小伙伴，几天的行程下来，倒也不显得特别沉闷。

蓁宁在午宴大厅看到秘书官员陪同着一个穿白色套裙、戴钻石项链的女士朝他们走过来。

蓁宁微微屈膝：“妮雅公主殿下。”

妮雅公主是现任阿卜杜拉国王同父异母的妹妹，是法蒂玛的姨母。

妮雅公主拥有举世无双的美貌，热衷体育，尤其是马术和足球，曾担任国际马术联合协会主席，亦是此次活动最重要的王室代表。

她亲昵地抱起小公主吻了吻："法蒂玛，亲爱的，你可爱极了。"

妮雅公主随后凑过来吻蓁宁的脸颊："亲爱的。"

这么亲厚的礼节，蓁宁有些受宠若惊。

妮雅公主说："我听风先生说，你精通墨撒兰语？"

蓁宁不明就里，只好点了点头。

妮雅公主说："请蓁宁小姐陪公主参加今晚的丹宫晚宴。"

蓁宁点点头，她的工作时间到今日结束，今晚还是她职责范围内的事情。

妮雅公主朝她笑了笑："只是普通的社交晚宴，我保证，没有政治，没有商业。"

傍晚蓁宁被车子接往丹宫，拉格丹宫的殿宇坐落在城中，是有着浓厚伊斯兰建筑色彩的宫殿。

车门拉开，就看到大厅内巨大的水晶灯闪闪发亮。

蓁宁提了提衣服的裙摆，从保镖的手中牵过小公主的手，两个人往里走。

在约旦基金会的办公室，蓁宁随着公主觐见了王后。拉妮娅王后褐发黑眼，为人亲切，曾当选过"世界最优雅女性"，亦是王室中令媒体疯狂的人物之一。

拉妮娅王后吻了吻女儿的脸："宝贝，我们要去你父王那里了。"

长廊铺着奢华的地毯，高跟鞋踏在上面一点声音也没有，沿途仆人只无声地行礼。

蓁宁静静地随着随从走在后面。

她脑中默默思忖着机票是明早十点，明天她要先飞迪拜，从迪拜转机回华国，她要在航班和机场之间度过十五个小时，但这对她来说不是任何问题，她一直喜欢飞行，喜欢待在机场的感觉。只是阿拉伯食物吃了几天了，她好想回家吃一碗热乎乎的米线。

傍晚造型师来给她妆发时，不小心割断了一小缕她头顶的发丝，那位棕发帅哥连声道歉，蓁宁倒也不计较，笑笑就过，心底却有不祥的预感。

王室礼节繁缛复杂，不断的寒暄、亲吻、微笑，不同语言在大脑里不停地打转，蓁宁也有点累了。

她牵着公主的手，长长的走廊已经走到了尽头。

宴会大厅的门在眼前被徐徐拉开。

宽阔的宴会厅中摆放着一张长桌，杯盏之中有灼灼光芒闪烁，温暖的灯光伴随着绸缎衣料窸窸窣窣的细微声响，闪烁的光华混杂着美酒和烟草的气息，浓郁香气和喧闹袭面而来。

场中围桌交谈的男士被声音惊动，交谈声短暂地停了一秒，然后座中男士们纷纷起立，顺手扣上了西服扣子。

杜柏钦捧了杯酒，身侧坐的是约旦国王的次子，哈希姆王子正兴致勃勃地谈起他上周新置的一架EC145。杜柏钦坐在宽大的沙发上，微微侧了身以示礼貌，脸上的神情却是一贯的冷，偶尔客气着回应一句，连处于礼貌微微牵起的嘴角都带着矜持的冷漠上看到王室的女性成员进入，两个男士微笑着低声一句，默契地暂停交谈然后站了起来。

杜柏钦礼节性地朝门口望去，衣香鬓影之中数位高贵艳丽的女士步入，礼貌巡视而过的一瞬间，他的视线骤然停顿，瞳孔微微一缩，便再也无法移动。

几乎是同一个瞬间，蓁宁也看到了他，两人的视线在半空骤然交汇。

杜柏钦只看到女子裸露着的肩头微微一抖，她立刻躲开了他的目光。

蓁宁全身有冰凉的寒意袭来，她用意志力强硬地支撑着自己站立，她真怕自己下一刻就忍不住拔足奔出这个大厅。

四周的水晶茶盏、墙上的黄金壁灯，仿佛都变化成了獠牙怪兽，她觉得背上冷汗正涔涔地落下。

杜柏钦一动不动地望着她，最初的震动从心头散去，他控制住了自己的情绪，目光慢慢带出了一丝冰冷的玩味。

男仆恭敬地俯身，伸手拉开凳子，桃木凳子发出轻微的拖动声，动作整齐划一得如同一场表演，男士们依次迎上前来和王后微笑、亲吻。

拉妮娅王后走到国王身侧，亲热地贴了贴丈夫的脸，蓁宁看了一眼，的确是很私人的家庭宴会，并无朝中机要大臣，出席的都是国王的家庭成员，杜柏钦此行是以王室宗亲的身份来访，随行的只有一位墨国的亲王王子和几位王室官员。

杜柏钦微微欠身，带了一点得体的矜持，轻声同王后寒暄。

法蒂玛被她母亲牵过来，杜柏钦躬身，执起她的小手，印下轻轻一吻，十足优雅的绅士做派："晚安，公主殿下。"

拉妮娅王后这时说："这位是法蒂玛的翻译束小姐，束小姐是华国人，此次陪同法蒂玛接待华国的小朋友，束小姐是位优秀的调香师，能说流利的阿拉伯语和墨撒兰语。"

杜柏钦的视线这时转到她的脸上。

蓁宁仰头看了他一眼，随后低垂了目光，手交叠在身前，轻轻屈膝，低声细语一句："殿下。"

标准王室礼节，带了一点点陌生的疏离感。

蓁宁听到自己的声音，两个字像是从喉咙中挤出来的一般，又干又涩。

杜柏钦看着眼前的这个女人，她低着头，温顺乖巧的样子，长睫毛下一片浓重的阴影，遮住了脸上的所有表情。

杜柏钦微微抬手将她扶了一下，低沉磁性的音调没有一丝起伏："晚安，束小姐。"

蓁宁随后从他跟前退下，转而低着头牵着法蒂玛坐到椅子上。

国王和王后落座在长桌的一前一后的主座上，杜柏钦坐在国王右首，对面是国王的长子。

蓁宁随着法蒂玛坐在左侧的末席。

隔了一桌子宾客，水晶杯盏光华流转，满座都是谈笑晏晏，主客频频举杯，杜柏钦在同身侧客人交谈的间隙，余光轻轻掠过她的方向。

灯光折射出她安静柔和的一张侧脸，她纤细洁白的手指，搁在深紫色天鹅绒的桌布上，柔若无骨一般。

她比以前瘦太多了。

白色丝缎晚礼服裹住了细瘦洁白的肩膀，一抹简洁的蕾丝装饰衬出凛冽的深深锁骨。

她一直微微垂首，保持一个得体的姿态，偶尔低声对法蒂玛说话，然后抿嘴一笑。

两个人隔得太远了，不知是故意还是无意，她的脸始终没有转向他这一边。

到晚上九点，小公主困倦了，蓁宁如获大赦，随着告辞离去。

杜柏钦看着她的身影，细长的身体、苍白的脸和敏感的神情。

曾经星光熠熠的眼睛，如今已经似古井无澜，只有偶然一窥，才可望见深处坠入海面的点点星光。

她整个晚上只看了他一眼，就那一眼，她看他的眼神——凄惶的、惊恐的，实在是太冷了。

礼宾司的酒店大楼，蓁宁打包好了行李，看了一眼已经签发的机票，又看了一眼房中的座机。

她坐上沙发，只沉默地等待着。

蓁宁的直觉如此敏锐，如果事情注定要发生，她已经非常镇定。

她坐在沙发上，房中的光线渐渐暗淡，心底被焦灼烤炙着，房中的冷气开得充足，额角也慢慢地沁出了一层薄汗。

蓁宁咬了咬唇，站起来抓起桌面的机票，抬手要拨电话召车。

就在堪堪触到电话机的那一刹那，电话铃响骤然大作。

十分钟之后，她换衣下楼，一辆黑色的轿车已经如幽灵一般停在楼下。

她又一次毫无抵抗地束手就擒，乘坐他派来的车，去见他。时光穿梭往返，她跟杜柏钦的历史总是一次又一次重演，只是这一次，图穷匕见。

车子将她送往城中的奢豪酒店，厚厚的地毯，长廊幽深寂静，四十九层只有一间套房，走廊留了一盏灯，着军装的男人笔直如一杆标枪一般立在房间门口，军姿神态都是标准的，侍卫长伊奢上尉看了她一眼，面无表情。

酒店套房管家躬身带着她，对侍卫长略微点头，然后轻轻推开了房门：“束小姐，殿下在等您。”

蓁宁缓缓地走了进去。

这是个大得吓人的顶级套房，宽阔的玄关处大捧的百合花香幽幽，原木格子装饰上摆放着精美饰物，起居室的门半敞着，透出些许光线。

蓁宁在门口站定了。

一切都隐蔽在黑暗之中，仿佛是要吞噬一切的洞穴，她缓缓地吸气。

蓁宁抬手敲了敲门。

“进来。”男人低沉磁性的声音响起，听不出任何感情色彩。

蓁宁走进，反手掩上了门。

房内点着一盏落地灯，蓁宁这才看清他，他坐在沙发上，身前一张办公桌，电脑还未合上，屏幕散出微微蓝光，衬得他脸色有几分白。

杜柏钦抬头，看了她一眼，并没有说话。

他一直是英俊的男人，有东方男人少见的冷峭面庞，鼻梁挺直，在仕途和军界多年的磨练使他早已褪去了她在象牙塔初识他时的青涩和温和，余下的只有愈来愈沉稳的内敛锋芒。

蓁宁的呼吸慢慢地消失，鼻腔之间是越来越重的窒息的感觉，那男人的一束目光，仿佛一只手，狠狠地扼住了她的咽喉。

杜柏钦看着她。

她跟昨晚很不一样，素着脸穿一件黑色的上衣，整个人都显得黯淡。

距离上次她不告而别，两年没见过了。

杜柏钦对着沙发点了点头，吐出一个字：“坐。”

蓁宁在他的对面坐下来。

杜柏钦声音很平常，每一次他们见面，似乎都像老朋友叙旧：“许久不见，你怎么样？”

蓁宁平静地答：“还好。”

杜柏钦淡淡地笑了一下，抬手合上工作的电脑丢到沙发上，说："家里可好？"

蓁宁不动声色："一切都好。"

杜柏钦依旧是那种平缓的口吻："那么你家在洱海湖边的那一处住宅，可足够安全？"

蓁宁只觉得脊背仿佛有一条冰凉的蛇信子掠过。

"你想干什么？"

"我需要一份口供。"

"你父亲留下的，关于当年空难的完整记录。"

蓁宁咬着牙冷冷地答："没有，人都死了，什么都没有留下来。"

杜柏钦的嗓音依旧低沉动人："蓁宁，你做得最不明智的一件事情，是试图对我掩盖真相。"

蓁宁挺直了脊背："殿下，维护家人，纵使不明智，我也是竭尽全力的。"

杜柏钦似真似假，赞叹一声："真是有骨气，蓁宁。"

蓁宁强硬地挺直着脊背，感觉背上有冷汗渗出来。

"那我要给你什么条件才能打动你的心呢？"杜柏钦轻轻地开口，他的腔调缓缓转成幽冷，"我听说风家一直在树林爆炸区找无主的尸骨？"

蓁宁猛地抬头，瞪大双眸，直直地盯着他。

杜柏钦正一动不动地看着她，看着她脸上的神色——由迷惘不解，到不可置信，再到喜悦伴随着的巨大悲伤。

不知为何，她眼中一直有着类似宿命般绝望的灰暗。

男人望着她，墨沉的一双眼眸，情绪终于沉到了极致。

蓁宁的双肩终于慢慢地战栗起来，语气又轻又抖，却好像抱了必死一般的决心："还给我。"

杜柏钦说："你要什么来换？"

蓁宁很快答："一切。"

杜柏钦说："很好，记得我的条件？"

蓁宁想了一下："殿下，让我与我大哥商量一下。"

杜柏钦定定地看着她，没有答话。

过了许久，他幽幽地问："蓁宁，你当初戴着求婚戒指从我身边离开的时候，有想过要回来吗？"

蓁宁隔着泪光，静静地看着他，好久好久，终于缓慢地、一字一字地答："从不。"

杜柏钦忽然一掀手，身侧桌上的一个花瓶被他一掼，掉落在木地板上，"砰"的一声发出巨大声响，摔得四分五裂。

杜柏钦倏地站起来："你走吧，我不需要什么口供了，遗骸我会挫骨扬灰，驾空机撒进泛鹿山脉，以慰我父亲在天之灵。"

蓁宁突然直直在他跟前跪了下去："还给我。"

"束蓁宁！"杜柏钦一向冷静的脸上满是愤怒，额上青筋隐隐，语气已经是濒临暴怒的失控，"起来！"

蓁宁自暴自弃地说："无论你要求我做什么，我求你，让我送我父亲回去。"

杜柏钦胸腔肺腑之间都是蔓延开来的疼痛。

他看着眼前的女子，她从康铎离开之后事情纷纭繁杂，时间如白驹过隙，仿佛前一刻还是他求婚后她在他怀里哭着撒娇，现在她却直挺挺地跪在他的跟前，像一个单薄脆弱的影子。

杜柏钦站起来，踏过身前的狼藉碎片，上前拽住她的手臂，将她一把拖了起来。

蓁宁被他狠狠一摔，扑在了沙发上。

杜柏钦站在她的跟前，瘦削高挑的身形如一片暗沉的冬日夜色："我派人去取你的行李，十五分钟之后的飞机，要你父亲的尸骨是吧，跟我回康铎拿。"

泛鹿，泛鹿。

光线慢慢地渗入室内，春天的青色藤蔓和玫瑰花蕾的影子在微风的吹拂下，影影绰绰地映在窗帘上。蓁宁有一瞬间，以为是在梦境之中，她又回到了泛鹿庄园——月光从白色的廊柱下斜照下来，粉色水仙在雾气中开得飘飘欲仙，茂密的蔷薇藤在走廊的一侧结成一整片荫蔽，使得中午最热的太阳也无法照射进入，沿花游廊只剩下了一片阴凉。

蓁宁慢慢地睁开眼，眼皮轻轻跳了跳，这不是梦。

她起床，站在落地玻璃窗前，拉开了窗帘，楼下的草坪寂静，不见一个仆人的身影，在清晨的光线下如同仙境。

她已经独自在这里居住了近一个礼拜，当日在安曼机场，杜柏钦临时因紧急事务转赴他国，她乘坐他的飞机——杜柏钦甚至吩咐调派了两位随行侍卫跟着她，由他的侍卫总长伊奢亲自押送她上了飞机。

蓁宁下楼，吃了早餐，已近中午，阳光和煦。

午后蓁宁出门散步，鲁鲁立刻欢快地扑上来，这是杜柏钦养的那只退役追踪犬，在她回来的第一天，她在泛鹿庄园的大门前一下车，花园里的鲁鲁越过篱笆奔跑而来，欢乐地吠了一声，摇着尾巴亲密地围着她的腿打转儿，两年不见了，它居然还记得她。

蓁宁带着鲁鲁去爬山，出门时司三正在廊下指挥着用人，见到她，客气地道：“束小姐，天气预报说有雨，可需要带把伞？”

蓁宁看到用人正架起梯子，站到杜柏钦二楼的露台下，折下大把大把的白丁香花枝。

蓁宁脸上略有疑惑。

司三解释：“殿下受不得如此浓郁的香气，花粉会对他的呼吸道和肺部造成感染。”

蓁宁不动声色，但还是在原地站了一会儿。她这次重回泛鹿庄园也发觉跟前两次来有一些细微不同，这一次回到这里，山庄别墅华美依旧，尤其是整个二楼的起居室和卧房，被打扫得异常干净，一尘不染。

但没有香了。

整幢房子都再也闻不到原来斩金花清幽旖旎的香气。

想来作为墨国的股肱大臣和千金之子，殿下的身子金贵一些是难免的。

蓁宁轻轻告辞一声，转身穿过花园，鲁鲁早已在路边撒着腿打转儿。

一人一狗在泛鹿庄园漫长的山道上漫步。

春日的午后，高大的桉树和橡树在微风和阳光中摇曳，山道上清凉安静，清风伴着湖边的水汽，有林木和青草清新香气吹拂而过，路边一丛一丛都是开得繁盛的花朵。

这是属于泛鹿庄园的私人花园，没人打扰她，只有她一个人，慢慢走到日暮。

傍晚整条山道泛起暮气，水雾蒙蒙的一片。

当夜在二楼的偏厅吃晚餐时，瓢泼大雨突然落下，雨滴砸在窗户上如豆子一般。

蓁宁站到窗前，看到那位万能的总管大人正巍然站在屋前廊下，司机忙着将泊在花园车道的车辆驶入车库，女用在草坪上料理鲁鲁的狗粮，男用一扇一扇地降下长廊的落地长窗，司三又吩咐着用人看管马厩，一切有条不紊，真正的贵族门户风范。

蓁宁开着窗看了一会儿，有女用上来，在屋外轻声细语提醒一句："束小姐，当心淋雨着凉。"

蓁宁抬手关了窗户。

夜里蓁宁躺在房中的沙发上看书，夜色渐深，外面雨声淅沥，整幢大屋慢慢地寂静下来。蓁宁一直看到后半夜，忽然听到汽车的低声轰鸣，由远及近而来。

蓁宁从沙发上起来，走到了窗前，才发现雨不知何时又下得急了起来。

窗户上有些模糊，依然看得见浓深夜色下的滂沱大雨，院子前的两盏大灯刷刷地打亮，将花园车道照得一片光明，原本怪兽一般伫立在阴暗之中的树木，在光线中显出青翠欲滴的绿色。

远处的门岗略有声响，雕花大门正缓缓打开，数辆豪华车辆陆续驶入庭院。

用人纷纷撑伞从屋檐下往外走，司三走在首位，黑色的大伞遮蔽了中间那辆车的后座车门，挡住了落下的大雨，又有用人趋身上前拉开车门，等了一会儿，后座的人才从车中跨出，深色裤子浅色衬衣，高挑瘦削的身影，站直了就是笔直挺拔的身姿，司三扶住他的手，一行人前拥后簇地将他送入大屋。

那是刚刚结束同英国军方的秘密会谈，深夜抵达首都的墨撒兰国防重臣杜柏钦。

蓁宁披了件薄衫下楼，在餐厅的转角处，听到他轻轻的咳嗽声。

司三正恭敬地站在一旁，一项一项同他请示事情："夫人前几天打电话回来。"

杜柏钦坐在餐桌旁，用人正一样一样地端上精致盏碟，想来是一路舟车劳顿还未来得及用晚餐，他一边铺餐巾一边问："说了什么？"

司三答："并未细说，只让您有空回电。"

杜柏钦点点头。

司三又道："方先生想见您，有几份重要文件要请您签字。"

杜柏钦侧过头低低咳嗽了几声，取过水杯喝了点水，才回答他："你让谢梓查查我这几日几时有空，再给他回复。"

司三应了一声，又继续道："将小姐上周来过两次，问您几时回来。"

杜柏钦只静静地听着，眉目不动地喝着一碗汤。

杜柏钦说："通知丽贝卡派人给她打电话，我明天要开会。"

这时女佣在外面示意。

司三说："束小姐下来了。"

杜柏钦转头看到她："进来坐。"

蓁宁走入餐厅，看到他换了一身衣服，暗绿绒衫穿在身上有些许宽松，显得人很干净清爽。

用人拉开椅子，蓁宁坐在他的对面，这才看清他的脸色，原来铁打的人也会疲倦。

杜柏钦神色很平静："用人说你还没睡，就让你下来坐坐。"

蓁宁没有说话。

杜柏钦淡淡地说："吃点宵夜，你太瘦了。"

女佣在一旁立刻回答："厨房炖有燕窝。"

蓁宁摇头说："不用。"

杜柏钦也不勉强，只道："那你陪我坐一会儿。"

他转头示意司三继续。

司三一页一页翻动手上的执事记录："杰弗里亲王殿下的秘书官询问下周王妃出访时要送出的斩金花礼盒套装什么时候准备好。"

杜柏钦搁下刀叉："出了什么问题？"

司三迟疑了一秒："定制礼盒的设计，王妃殿下不满意。"

杜柏钦说："告诉杰弗里，我们退出，让卡拉宫派设计师来。"

杜柏钦又伸手取水杯，断续咳得脸色有些发白。

蓁宁看着他盘子中的一份香嫩饱满的牛排切得七零八落，能入口的却没几块，此时已近半夜两点，这么大一个庄园，这么一个世袭的头衔，忙完国家的政务，还有家族的生意，加上几个名门世家之间不可避免的应酬交际，事情千头万绪待他批示，想来他也是太忙以至于司三只好见缝插针地请示事情，只是连吃个饭都不得安生。蓁宁看着眼前的景象，只觉得眼花缭乱，恨不得赶走这个立在餐桌旁的聒噪管家。

蓁宁正兀自出神，杜柏钦忽然说："别发呆了，起来。"

她抬起头来才发觉餐厅不知何时只剩他们两人。

蓁宁跟在他身后往外走，杜柏钦问："住得还习惯？"

蓁宁说："我无事可做。"

杜柏钦忽然笑了："你什么也不用做。"

蓁宁脸色默默涨红，她抿着嘴不再说话，免得自取羞辱。

两个人走到二楼的起居室，整个宽阔的二楼一整排的房间，杜柏钦的卧室在右边尽头最后一间，蓁宁住在另一侧，此外还有一间是杜柏钦的书房套间，主客厅开阔无比，此刻帷幔低垂，水晶吊灯光影闪烁。

杜柏钦在沙发上坐下，从壁橱中取出两个杯子："司三说你睡前要喝酒？"

蓁宁并不愿坐，站在他跟前问："我大哥今日联络你了？"

杜柏钦抬头，有些轻佻地笑笑：“你大哥说翻了一遍，没有找到你父亲留下的只言片语。”

蓁宁望着他，眼底有光闪烁不定。

杜柏钦低头倒酒：“过来，喝一杯。”

他的手递过来杯子，蓁宁伸手，忽然就轻轻握住了他的手。

蓁宁缓缓地抚摸他的手指，她以前就很爱他的手指，短型的指甲干干净净的，指骨干净修长，虎口有微微的粗糙之感，那是长期枪械训练的结果。杜柏钦的动作忽然停顿住了，抬眼似笑非笑地看着她。

蓁宁攀上他的肩膀，跪在沙发上吻住了他的唇。

唇齿相交的一霎，杜柏钦的手微微一抖，酒洒了一些在茶几上。

醇香的气息洋溢开来。

蓁宁感到拥抱住的这个身体是熟悉的，熟悉的宽阔肩膀，熟悉的肌肤触感，却也有些陌生的微冷，她陷入了深深的晕眩之中，为什么隔了这么久，还是尝得到暖和的味道，为什么心都已经在树林里烧成了灰，大脑皮层的记忆中还储存着他的气息？

她心里忽然打了个寒战。

杜柏钦突然抬手，按住了她的肩膀。

蓁宁抬起头，看到他的眼睛，墨色眼底是清清楚楚的冷凝一片，断无半分情欲之色。他望着她，迎上她的目光，掀掀嘴角，露出一个薄薄的笑容。

蓁宁知道，那是他生气的前兆。

杜柏钦笑了笑，声音却透出一丝怒意：“蓁宁，用身体换取情报的那一套，对我没用。”

蓁宁眼前一黑：“你！”

杜柏钦迅速捏住了她扬起的手腕：“好了，别发脾气。”

蓁宁气得尖叫：“我已经告诉了你我父亲什么都没有留下！”

“那你就在泛鹿待一辈子吧。”杜柏钦脸上一点表情也没有，“如果你不这么急着不择手段地摆脱我，我会比较乐意让你高兴一点。”

蓁宁甩开他的手，站起来一脚踢开了跟前的椅子，往房间跑去。

杜柏钦另取了一支杯子，看着她摔上了门，才慢慢地斟了一杯酒。

早晨司三将蓁宁带到一楼附属庭院的一个房子前。

司三道："束小姐，打开看看。"

蓁宁推开门，映入眼前的是一个无菌更衣室，她走了几步，眼睛蓦地睁大，心头不禁激动地跳了起来，一个崭新的室内实验室——一尘不染的白色大理石桌面，格子上方整齐叠放的各种试剂、各种仪器和玻璃器皿在日光下折射出五彩的琉璃光。

美得像梦境一般。

司三说："这个实验室设计时束小姐不在国内，不知道仪器束小姐用不用得顺手，如果有任何需要，请随时知会用人。"

蓁宁在泛鹿庄园被囚禁得太久了，乍然见到这么美丽的实验室，就仿佛一只被折断翅膀的鸟儿见到了一大片广袤树林，整个人仍处在发蒙的状态。她轻轻地问："给我的？"

司三依然是那种一丝不苟的恭敬："设计图纸是束小姐之前在康铎时定下的，珍妮女士退休后殿下没有再聘掌香师。"

蓁宁心头微微激荡，她依然记得，在她离开墨撒兰之前，杜柏钦跟她说过，要将一楼的侧厅改成她的工作室，没想到他真的做了。

蓁宁深深地呼吸，退出去带上了门。

实验室内必须要保持无菌状态，她脚上的鞋子还沾满了后山的露水。

司三朝着她轻轻鞠躬："殿下吩咐，后山的花场，束小姐请随意出入。"

果然是康铎城内数一数二的豪门之家，杜柏钦的气度还真是大，知道她觊觎他家的斩金花草，他便大方地拱手送上，真是一流的世家风度。

中午，蓁宁从实验室出来，看着空无一人的寂静庭院。

杜柏钦不在家，满屋的用人似乎都不见踪影，各人安静地各司其职，事情做得井井有条。

蓁宁不是没见过他出现时的阵仗。

只是似乎他居住在泛鹿庄园的时候并不多，那晚之后，早晨蓁宁起来他已经出门，这些天根本不见踪影。

她这几天只是在后山闲逛，将一些墨撒兰特有的植物取来分析，调试一些她以前没有尝试过的萃取液，偶尔进实验室蒸出纯露，但也仅仅用于自己的研究。

夜里大哥和她联络，她也并非不能和外界通联，只是她房中的那根电话线……想必泛鹿庄园的监控系统早已将他们对话中的每一个字，甚至每一次深浅的呼吸都记录得一清二楚。如果殿下需要观摩，不用一分钟即可送抵杜柏钦的案前。

蓁宁跟大哥报了平安，只说一切都好，想必风熔也明白，意思就是尚未取得进展。

蓁宁当时从约旦紧急转机飞赴墨撒兰时，在飞机上用杜柏钦的专属卫星电话联络了风熔，她毫无保留，将事情原委全部托出，蓁宁和大哥说得很清楚，父亲的尸骨，风家一定要殓回故乡安葬，她期望去拜祭的时候能有九泉之下的父亲可以告慰，而不是一个空的墓穴。

风熔亦知道最后父亲的下落问题一直是风家上下的一块心头病，尤其是母亲，虽然嘴上不提起，但心底极其挂念此事。他也一直在着力打探消息，没想到竟然是墨国军方把持了此事。此次蓁宁要去墨撒兰，坚决得没有任何一丝转圜的余地，他在阻与不阻之间迟疑，最终还是没有拦下她。

只是风熔不让风泽与她联络，他知道风泽性子急躁，听到小妹孤身一人去了泛鹿，定要大闹一场将她领回，能不能做到尚且不说，风家此时此景，的确不宜再生事端。

她在泛鹿住了快一个月了，除了刚回来的那一晚，杜柏钦没有再回泛鹿居住。

蓁宁发现自己已经不了解这个男人了，他们之间的问题，不仅仅是长达两年的分别，而是期间发生的一桩一桩如滔天巨浪般的洪流往事，他们已换了几重身份，又几经生死……两个人看着对方，都有提防和猜忌。

蓁宁心里一清二楚，风家不会将她父亲留下的哪怕一张纸片交给杜柏钦。

她如今在泛鹿庄园里，如果不能让杜柏钦自愿移交父亲的遗骨，最后她也只能撤退。

只是那个人政务繁忙，以前他们住在康铎时，他常常留宿的就是城中的信嘉花园公寓，近来似乎不曾见过他未婚妻在泛鹿庄园出现，想来那里才是金屋藏娇之地……

蓁宁阻止了自己再往下想。

春季的康铎常常下雨，雨水滴到露台的声响分外动听。蓁宁拉紧卧房的窗帘，从下午一直睡到天黑，光怪陆离的梦境一个接着一个，她梦到自己回到了图姆岛屿的密林深处，父亲躺在她身前不远处抽搐，一团焦黑的肉块，五官已经毁坏，唯有眼睛仍然不屈地睁着，蓁宁望着父亲的脸，她想冲上去抱起他，想喊他，却感觉浑身有千斤重，四肢如沉铅一般动弹不得。

她满头冷汗在梦中挣扎，感觉到有人按住她的手背，低低唤了一声她的名字："蓁宁。"

蓁宁自噩梦中苏醒过来。

房中一片漆黑，她看到床头站着一个人，杜柏钦掌灯，微微蹙着眉头，居高临下地看着她。

蓁宁惊魂未定喘息着从床上爬起来。

此人神出鬼没，不知何时归来的。

蓁宁低着头，想到梦中情景，抬手擦干了脸上的泪痕。

杜柏钦按亮壁灯，含蓄地轻轻道："我听到你在喊叫。"

蓁宁忽然抬头望着眼前的人，泪水浸润过的眸光灼灼发亮："杜柏钦，我父亲最后怎么死的？"

杜柏钦淡淡地答："你不是在现场吗？"

蓁宁问："他死去的时候，是不是全身焦黑，被炸得血肉模糊？"

蓁宁开始发起抖来。

杜柏钦默默地看着她，不带一丝感情的声音："你需要喝一杯酒，镇定一点。"

他转身往起居室的酒柜走去。

蓁宁拽住他，崩溃地尖叫起来："杜柏钦，你的军队能杀了他，你就不敢让我看一眼？"

杜柏钦反手拉开她，蓁宁一头从床上栽了下去。

杜柏钦将她拦腰抱起，走出她的卧房，穿过走廊，走进了尽头他宽大的主卧室。

蓁宁被摔在宽大的床上，她抬头看着身边的男人，杜柏钦恢复了平日里的神态，脸上是那种贵族式的冷漠，蓁宁看着他俯身拉开了床头柜，取出厚厚一份文件，面无表情地递到了她的跟前。

蓁宁接了过去。

她低头看手上的文件，杜柏钦的专属文件，墨撒兰国防部的专用纸笺，上面盖着的是直属国防总参的机密徽章。

蓁宁打开，一页一页地翻过去，熟悉的英文单词似乎都在旋转，阅读变得吃力，她拼命地控制自己，全神贯注地看着眼前的纸张。

杜柏钦返身坐入床边宽大的扶手椅中，慢吞吞地探手从桌边的烟盒中取出一支烟，他看着床上的女人，披头散发、苍白的脸颊，咬着唇却无法抑制的微微发抖，迟早要让她面对的，那是詹姆斯针对这个案子做的最后一份工作报告，自他从医院苏醒之后开始，他看了无数次，连页脚都有些磨损，最后一次，他把报告从书房拿出来锁在了床头柜里。

时间似乎过得很慢，慢到他几乎要凝固在这片寂静之中。

时间又似乎过得很快，快到他指边的烟都还未燃尽。

蓁宁读完了那份报告，抬起头，脸上有脆弱的平静："所以，他是在爆炸中身亡的？"

杜柏钦平平地陈述：“他一人断后，护住三个人逃出了密林，已经算是非常成功。”

蓁宁的脸色渐渐开始发白。

杜柏钦看了看她的面色，淡淡地说：“蓁宁，上一代的事情已经了结了。”

蓁宁挑眉淡淡笑了：“别说得那么轻松，你不是还等着我父亲留下的口供准备申诉重审？”

杜柏钦在烟灰缸中熄了烟，面容是安详平和的，带了不易掩藏的悲茫：“蓁宁，我也不过是收拾残局，人总要为自己所做的事情付出代价，令尊浸淫此间多年，想必也早已知晓个中道理。”

蓁宁愤愤地道：“只可惜他死了，殿下也未必有多少胜算。”

杜柏钦扯出一个含义不明的笑：“所幸他还有个好女儿。”

蓁宁被电触到一般狠狠打了个战栗，下一刻，她手中的文件就被狠狠地摔到了对面人的脸上。

杜柏钦躲闪不及脸上被打个正着，正抬手接住从他身上掉落下来的那沓文件，蓁宁已经骤然从床上站了起来，踉跄着扑了上去，杜柏钦慌忙架住她的身体，蓁宁疯了一般扯过他手中的文件，一页一页地将纸张撕得粉碎。

杜柏钦想制止住她失控的情绪：“蓁宁，住手！”

蓁宁置若罔闻，红着眼仿佛那是她毕生的仇敌。

蓁宁将撕碎的纸张摔到他的脸上，看着他那张英俊而冷漠的脸庞，新仇旧恨又涌上心头，只觉得心里的恨如鲜血一般一蓬一蓬地溅出，杜柏钦抓住她的手腕，一只手却没有扶稳她悬在半空的身体，蓁宁已经一脚踹向了他的小腹。

杜柏钦忍着痛按住了她的手，蓁宁奋力地挣扎，拼了命地对他拳打脚踢。

杜柏钦怒从心头起，看着她涨红的脸庞，如一只伸开了利爪的猫，他忽然就疯了一般，掀起她的下巴，对着她的唇，狠狠地吻了下去。

蓁宁大脑轰鸣一声，血液都往下落，所有动作瞬间停止，唇齿之间甘甜的滋味是如此的熟悉，她闭上眼瞬间沉默了下来。

杜柏钦却同一刻握住她的肩膀，将她强硬地推离，神色竟也有一丝狼狈。

蓁宁抬起头，杜柏钦已经迅速整理了情绪："发完脾气了？"

蓁宁喘着粗气，手脚都在发软，只能恶狠狠地瞪他。

杜柏钦面色已经恢复了平静："刚回来，我洗个澡，等会儿吃晚餐。"

司三吩咐人将晚餐送到了二楼起居室外的露台餐厅，杜柏钦洗了澡出来，看到蓁宁坐在椅子上瞪着盘子发呆。

杜柏钦看了看她的神色，脸上有些不满："这么不高兴？"

蓁宁心里不舒服，口气也不好："殿下管得未免也太多了。"

杜柏钦看了看她，皱皱眉头忍住了情绪，走到她身旁来，替她铺开餐具。

蓁宁抬头看了他一眼，神色忽然有点发愣，他衬衣的扣子没有扣齐，灰色衬衣深处的胸口纵横着数道疤痕。

杜柏钦看到她的视线，坐回座位上，不动声色地扣上了衣服的扣子。

蓁宁动了动唇，还是忍不住问了一句："这是动手术的伤口？"

杜柏钦非常敏锐："你知道我受过伤？"

蓁宁反应也很快，淡淡的嘲讽掩盖了自己的心情："殿下功勋卓著，孤身深入毒穴击杀了危害墨国多年的贩毒武装分子头领，图姆一役胜得荡气回肠，我拜读过贵国媒体的报道。"

杜柏钦无欲再谈这个话题："好了。"

蓁宁却没打算放弃："报纸上说，是王妃殿下救的你？"

杜柏钦淡淡地说："我们还没有结婚。"

蓁宁笑了笑，改了口："你未婚妻救的你？"

杜柏钦如实作答："我当时受伤已经失去意识，她跟着医疗直升机去了战地。"

蓁宁忽然低头轻轻一笑，睫毛垂下来遮住了她眼里的表情，杜柏钦只听到一声轻笑："舍身报恩啊，殿下真是性情中人。"

杜柏钦被她那笑意惊得心底一跳，觉得她有些反常，蓁宁却已经举起了酒杯，笑得如阳光般明亮："敬伟大的爱情！"

杜柏钦不再和她继续这个话题，只对她说："吃点东西。"

蓁宁低头专心地吃饭，过了一会儿，还是忍不住朝着他的胸腹之间多看了几眼，她最清楚不过，她当时亲手包扎过的伤口，血出如浆，不停不歇，整个胸腹之间都是弹孔，枪伤不知会对他的身体器官造成多大的损害，哪知道他如今竟像没事人一般。

蓁宁依然记得当时他的血，灼热的、黏稠的，当时手指上的触感和心中满溢的害怕，她唯一的念头是希望他坚持住，撑到军方解救，至于最后救他的是不是将茉雅，与她何干？

她后悔，却也不知道如果重来一次，她会不会仍然选择停车救他。

没人可以怪罪，只好永生永世地不原谅自己。

蓁宁埋头喝了半晌汤，忽然抬头问道："如果我承诺你留在泛鹿，你是不是可以先把我父亲的遗骨还给我母亲？"

杜柏钦闻言眉头微微一皱，蓁宁却是毫无惧意，定定地看着他。

过了好一会儿，杜柏钦压了压额角，仿佛有些不胜疲倦的冷淡。他搁下了手中的汤匙，取过桌边的丝绸手帕擦了擦嘴，点烟，然后才温和地说："蓁宁，失败者是没有资格提条件的。"

蓁宁看了看他，脸上黯然，终于默默低头，不再说话。

两个人安静地坐着，对着一桌佳肴，却仿佛是面对着一个无形的死结，空气中有袅袅的烟雾，他以前明明不太爱抽烟，不知什么时候也开始会抽这种雪茄烟了，微微清冽的气息，在这样沉默的空间里，有点别的什么，也是好的。

司三站在起居室外低声禀报："殿下，一楼书房，外长急电。"

杜柏钦在水晶花盏烟灰缸中熄了烟，掩门出去。

蓁宁默默地吃完了盘中的食物，起身要请用人收拾碗碟，这才发现他随手一关，二楼起居室的门已被锁上，她研究了一下杜柏钦这层楼的安全系统，发现泛鹿庄园不愧是墨国国防部的第二个枢纽，安全警卫体系几乎是无懈可击。蓁宁琢磨了一会儿，想了想，还是回房间里待着，她在沙发上坐着坐着便睡着了。

杜柏钦回到房间来，看到她在起居室的沙发上睡了，衣服都没多穿一件，他抬手关了吊灯，只留一盏昏暗的落地灯。站在沙发前，看她睡着的样子，他脸上有捉摸不定的阴沉表情。迟疑了好一会儿，他还是伸手抱起了她。

好像已经隔了一辈子那么长，空虚着的怀抱终于被填满，柏钦将怀里的人抱了起来，轻手轻脚地送去了走廊尽头她的卧室。

三月的最后一个周末，蓁宁登上回国的飞机，泛鹿庄园的司机送她去机场，两位长官护送着她登机，蓁宁的怀中一直紧紧地抱着一个小型的行李袋。

此时杜柏钦在北方地区出差。

蓁宁一路上非常沉默，杜柏钦的秘书官一直送她出了机场，直到她登上风家来的车辆。

风熔在车上接到手下的通报，蓁宁随行的两位长官并未有任何动作，从墨撒兰来的那架飞机在机场直接返航。他松了口气，拍了拍小妹的手："回家了。"

蓁宁点点头，忍住了夺眶而出的泪水。

蓁宁以为过了那么久了，自己能做得很好，可是将怀中的骨灰盒子递给母亲的那一瞬间，依然哭得不能自已。风母怔怔地看了半晌，眼中泛红，颤抖着手轻轻地抚上檀木盒的顶端，嘴里低低一句："老爷，姑娘送你回来了。"

蓁宁和风熔守在母亲的面前，听了这句话，两个人就跪了下去。

母亲非常克制，唤保姆上来照顾蓁宁，然后吩咐风熔办事，风家提取了两份直系亲属的DNA检验，证实了她带回的的确是风仑的骨灰。

风家把风仑的遗骨入土安葬，葬礼没有公开，但风仑很多的故交和风家的门生部下，都不远万里秘密地从外地赶回来吊唁。

风家要将骨灰盒子送到山上的墓地，当地习俗是儿孙送到墓地，所以蓁宁在堂前深深磕头，看着大哥捧着骨灰盒，二哥抱着父亲的遗像，三哥举着挽联，大嫂抱着还懵懂的小侄子，一行人缓缓走了出去，蓁宁对着大门遥遥地磕了个头，就这样送了父亲最后一程，二十多年的养育之恩，照拂、爱护、宠爱，都没来得及报答，就只能这样把他送走了。

丧礼结束的那天晚上，蓁宁独自去了母亲的卧室，站在屋子里的人是风泽。

蓁宁眼睛哭得通红："不是妈妈找我？"

风泽站在窗前，回过头盯住了她的脸："妹妹，你在图姆边境的树林救下的那个人，是不是杜沃尔？"

蓁宁愣愣地站住了。

"我读了全部的案卷，一直不明白你怎么会犯下那么愚蠢的错误，就为了一个墨撒兰人停车救人，直到你在约旦乘杜柏钦的专机去了康铎。"

风泽一动不动地盯着她的脸，忽然一大步走上来按住了她的肩膀，心有不甘地低吼："否认我的推测！"

风泽瞠目而视，眼里的怒火几乎要喷出来："束蓁宁，说话！说'不是'！"

蓁宁闭着嘴巴，没有说话，眼里的泪水渐渐渗出来。

风泽狠狠地将她一把推开，脸庞愤怒得扭曲变形："你为了救他，让爸爸去送死？"

蓁宁喉咙浮出气息："每个人都知道吗？"

"我不知道，我没跟任何人说。"风泽望着她，冷冷地回了一句，"你不应该再返回康铎，你跟大哥都疯了。"

蓁宁低着头不说话。

风泽咬牙切齿："杜家会无休止地追踪当年的空难案，你既然有机会进入泛鹿，就应该杀了他。"

夜里她从母亲的住处出来时，走出了院子，在青石台阶上一头栽倒。

成嫂奔上来："姑娘！"

丧礼结束的第二天，成嫂抱着蓁宁坐在窗边的软塌上，像小时候一样，她每次身体不舒服都要撒娇赖着成嫂抱，成嫂一下一下地轻轻拍她的背，蓁宁头晕得很，躺在塌上闭着眼。

门房外的用人来禀报："外头有人找姑娘。"

蓁宁闻言，慢慢地坐了起来，神色很平静："成叔，把我行李提下来。"

风熔走了进来："妹妹，你来书房一下。"

蓁宁跟着大哥走进书房，正对着案桌有一张宽大的扶手椅，那是父亲最喜爱的座位，也是她童年最温暖的回忆。

如今大哥坐在了那把椅子上。

蓁宁走上前，轻轻地抚摸了一下那把椅子。

大哥示意她在旁边坐下，然后转过头和蓁宁说："有两件事情要交代你。"

蓁宁立刻挺直了身体，屏神静听。

风熔望着她，直截了当地开口："风曼需要斩金花，种子或者植株。"

蓁宁愣了一下："大哥，我们不能这样偷走别人的技术。"

风曼酒店在业内最负盛名的SPA护理，所用的香精调制原材料，全部是从墨撒兰进口而来，产自北纬二十九度的泛鹿山脉那一片花场，斩金花的植株培育和种植收割，都是属于杜沃尔家族的专利技术。

风熔冷静地说："你熟读墨国历史，斩金花一开始，也并非杜沃尔家族垄断的。"

蓁宁终于不再说话，点了点头。

风熔停顿了一下，开口道：“还有一件事。”

风熔清楚地下了指令：“公主殿下开始谋求返回墨撒兰的合适时机和途径，我们要密切关注这一点。”

蓁宁沉着地应了一声：“明白。”

风熔走上来：“风家有一名人员将在必要时协助你，你们联络地点是嘉荣大厦四层保洁员的储物室，密码只能使用一次。”

Chapter 5

# 嘉上若是搞不定，我们排队追求她

康铎国际机场。

蓁宁的航班晚点了。

侍卫长上前低声道：“殿下——”

杜柏钦打断了他的话：“再等等吧。”

他今天中午从北部的基地飞回首都，从专机上下来，他们等在这里已经将近一个小时。将随行的文件签署完，杜柏钦抬腕看看表，他下午在内阁还有一个会议。

他皱皱眉头，再一次朝车窗外看去。

从远远的航站楼尽头终于驶来了一辆机场的接驳车，车子是开放式的，上面只坐了一个人。

蓁宁心不在焉地跟着地勤的指引从车下下来，她穿着一条黑裙子，伶仃细长的身体，额头上有一块红肿，黑色的短发没有打理，长得快齐肩了，没有扎起来，有些散乱。她低着头，苍白的脸上没有任何表情。

地勤人员将她交给了在一旁等着的侍卫。

蓁宁抬头一看，心底一跳，她本以为来的会是他的秘书官，没有料到会看到那辆车——她重返墨撒兰的这一个多月里，对这辆车并不陌生，黑色的梅赛德斯S600 Pullman Guard，在日光的照耀之下熠熠发亮，宛若一座移动的黑色坚固堡垒。她常常在泛鹿庄园的深沉夜色中看到司机开着它送回忙碌至凌晨的杜柏钦，在墨国部长级的出访规格中，亦会随同出访的专机由另一架C-17军用运输机运送部长的专属座驾。

墨撒兰的国家富裕程度，由此可见一斑。

蓁宁勾着头慢慢地朝着车子走过去。

侍卫长伊奢已经迎了上来："束小姐，殿下在等您。"

有侍卫上前取过蓁宁的旅行箱放置好，杜柏钦推开后座的车门走了出来，走到蓁宁的身旁，替她拉开了车门。

车门合上了，侍卫将车平稳地驶出机场。

杜柏钦看着她的脸，蓁宁一直侧着脸，坐得很直，双手交叠放在膝盖上。

杜柏钦静静地看着她的侧影，隔了好一会儿，低声开口："葬礼的事情办妥了？"

"人死如灯灭，半句话都没有留下。"蓁宁轻轻开口，她始终凝视着窗外，并没有回头看他，"他跟我说的最后一句话是'你知道该怎么做'，可是他走了之后，我一直都不知道该怎么做。"

杜柏钦转过身，想和她说点儿什么，却听到蓁宁开口，幽凉阴冷："殿下，您知道吗，你欠我一条人命。"

杜柏钦的左眼皮轻轻一跳，心脏传来一丝刺痛，他的手暗暗在座椅的扶手上按了按，缓缓放轻了呼吸。

蓁宁彻底沉默了，杜柏钦看过去，她的侧脸神色很淡，什么表情也没有。

车内异常的安静，引擎声都听不到，两个人之间，仿佛隔着一片深海。

车子在林荫路上奔驰，遥遥地又见到那片山脚下的碧蓝湖水，车队缓缓驶入泛鹿庄园。

蓁宁看到用人守在前廊，司三正疾步走出大厅，蓁宁从窗外看出去，不知为何今日那位一向恭谨从容的总管大人脚步竟然有些意外的匆忙，还未来得及细细打量，蓁宁已经看到了原因——从庭院中奔出了一位神采飞扬的女子。

一袭红色长裙飘舞，高挑美丽，明艳照人。

蓁宁转头看看杜柏钦，心中滋味复杂难陈，又苦又涩的感觉涌上心头，她恨极了自己这种多余的情绪，只牵牵嘴角，露出一个有些幸灾乐祸的笑意。

杜柏钦眉头皱皱，侍卫刚拉开车门，女子娇媚的声音已经传了进来："柏钦！"

杜柏钦扶住她的肩膀，不露痕迹地按住了要倚入他怀中的娇躯，然后从车中跨出："你怎么在这里？"

司机已经返身替蓁宁拉开车门。

蓁宁站起来，隔着车顶，视线对上了大名鼎鼎的将茉雅小姐，果真是才貌高品，才当得起这万般的宠爱——杜沃尔家族长子的未婚妻，未来的康铎公爵夫人，墨国媒体的宠儿，民众爱戴万分的茉雅王妃殿下。

将茉雅社交应对何等手段，她挽住杜柏钦的手，露出客气的笑容："柏钦，这位是——"

杜柏钦脸上没有多余表情，简单一句："束小姐。"

司三在旁道："束小姐是庄园的新任掌香司，束小姐，请这边走。"

蓁宁面上不动声色，心底不禁暗暗发笑，为主子排忧解难刻不容缓，司先生真是古往今来忠臣第一人。

将茉雅转过头对她露出一个得体的微笑："你好。"

她用的是墨国的当地语言，优雅的声调跟她在电视上的一模一样。蓁宁知道，如若真是掌香司，首先一定会说宗密语，蓁宁仿若未觉，也并不打算对这位小姐回馈她一贯受到的追捧之色，只淡淡地回了一句："你好。"

声调很平常，完全没有要奉承她的意思。

将茉雅轻轻地转了转头，用她的教养掩饰住了不悦之色，她不再理会蓁宁，拉着杜柏钦往大厅走。

蓁宁由用人引着穿过庭院的一条小径，抛开身后那对璧人，自大厅右侧的楼梯返回二楼的起居室，帷幔低垂，和一楼大厅隔得远了，恢复了一片清静。

她走入房间拉上窗帘，站在房间的中央，深深地吸了口气，然后缓缓地呼出来，胸口中的烦堵终于排出去了一些。

蓁宁径自倒在床上，却并没有睡很久，她醒过来时，屋子依旧十分安静。

杜柏钦走到二楼，整排的房间一片漆黑，只有她的房间中流泻出几缕灯光。

蓁宁今日整日未下过楼，他自然知道是什么缘故。

杜柏钦敲了敲门进去："醒了没，要不要吃点东西？"

蓁宁在房中整理自己的工作笔记，闻言头都没抬："出去。"

杜柏钦笑了一下，抱胸站在了她的房门前："蓁宁，不要给我看这样的脸色，我会以为你在吃醋。"

蓁宁抬起头对着他，忽然就冷冷地笑了一下。

杜柏钦看着她的笑容，眼底的幽光慢慢地转成了一片黑暗。

蓁宁抬起头看他，眸光熠熠发亮："殿下想多了，你们在我眼里就是王室里一对可笑的假面情侣。"

这话很冒犯了。

杜柏钦听了，却只淡淡地说："愿意到楼下吃饭了吗？"

一楼的花房餐厅里灯火温暖。

仆人拉开椅子，杜柏钦坐了下去，蓁宁却还一直往外走。

杜柏钦出声道："你还要走哪里去？"

蓁宁垂手答："殿下，府上没有一个侍员和主人同桌共进晚餐的道理。"

"束蓁宁，"杜柏钦在身后唤住她，英挺的眉目之间抑郁之色沉沉地浓深起来，面上恢复成了冷淡的高贵，"你存心惹怒我，对你有什么好处？"

蓁宁站定了脚步。

杜柏钦忽然撑住椅背，压抑不住地低咳了几声，他转头示意司三。

司三立刻递上了水杯。

蓁宁只得走回来。

蓁宁返身坐回餐桌上，食物由用人一碟一碟地呈上，她的脸色很快如常，喝下了半杯酒后，脸上还带了点儿笑意，竟看不出半分心事。

她谈笑之间仿佛刚刚的一场争执根本没有发生过。

杜柏钦坐在她的对面，盘子里的食物没动多少，手边的酒倒是喝了大半。

蓁宁默默地想，一个晚上陪两个女人吃饭，他也不嫌累。

偌大的餐厅只有两个人，蓁宁手中的银质餐具搁在镀金的洁白瓷器上，偶尔发出轻微的脆响。

杜柏钦吃了半份主菜，摇摇头示意用人出去，搁下汤匙，取过桌边的绸帕拭手："茉雅是我的未婚妻，她偶尔会来泛鹿庄园，不会打扰到你的工作。"

蓁宁笑了笑，讥讽多于真诚："多谢殿下。"

杜柏钦又端起了酒杯。

蓁宁忽然问："你和将小姐不打算完婚？"

蓁宁被他困在此地，早已抱了必死之心，待他可没有他身边人那么恭谨敬畏，话也是说得大开大合。

连杜柏钦面上都微微一愣。

杜柏钦面色沉郁如水，隔了许久，才轻轻发出一个音："嗯。"

也不知道他是什么意思，不过也都不重要了，蓁宁只自顾自地说："一个位高权重的领导者，一直不肯结婚，也不像样子。"

对面人视线转开了，并没有说话。

蓁宁笑了笑："其实我在墨国知道你身份时，就一直觉得你应该会娶一个名门贵女。两个人背景相似，世家联姻有共同的政治基石，一个好的伴侣多么重要你也知道，民调支持率简直可直升五个百分点，这是人生再正确不过的道路了。"蓁宁声音倒有几分是真诚的，"看看你现在，做得多么好。”

杜柏钦忍不住出言阻止她再继续往下说，声音有些疲倦：“蓁宁，好了。”

杜柏钦手撑在额头上，缓缓地说了一句：“我不在乎民调支持率。”

蓁宁吃饱了，开始有一搭没一搭地喝酒：“我答应你留在泛鹿，可你留着我在此地有什么意义？”

杜柏钦推开了手边的餐具，替她斟酒：“司三今天不是跟你说了吗，你留在泛鹿工作。”

“要我工作可以，别限制我的人身自由。”

“你是自由的，只要不离开康铎，你想去哪里都行。”

“我说的自由，指的是后面不跟着你的侍卫和保镖。”

“你现在是泛鹿的人，这是为了你的安全。”

“我是在泛鹿坐牢？”

杜柏钦手撑着额头，闻言极冷淡地笑了一下：“觉得难受？我父亲在这里坐了十几年牢，唯一一次出去是乘救护车去医院，再也没有回来。”

蓁宁看了他一眼，冷冷地答：“只可惜他没能再待久一点，活着看到他的大公子如今在泛鹿作威作福的样子。”

杜柏钦听到了，也不生气：“让你大哥好好想一想关于空难口供的事情，不然你恐怕得在这儿待一辈子了。”

“你真的以为我逃不出康铎？”蓁宁挑衅地问了一句。

“胜算不大。”

“为什么？”

“没有哪个民航公司敢卖票给你。”

蓁宁耸耸肩，不以为然地笑了一下。

“从高尔夫球场起飞直升机这种事，发生一次就足够了。”杜柏钦淡淡地说，“下一次，我直接击落。”

蓁宁忽然轻蔑地一笑：“你不是早就不能飞了吗？一个被停飞的飞

行员，谈什么击落？”

司三正站在外厅的橱柜前擦拭一个水晶醒酒器，闻言手轻轻一抖。

杜柏钦坐在她的对面，忽然别过了脸。

蓁宁只看到了一个脊梁笔直瘦削的侧影，杜柏钦的手扶在膝盖上，眼眸沉沉地暗了下去，苍白的唇微微地发颤，立刻被抿紧了。

“出去。”男人的声音冰冷低沉，如山洞里浸着雪水的岩石。

夜里，蓁宁记完数据，站在卧房的窗台前伸了伸腰。

窗帘被拉开，后院里高大的橡树在春天的微风中轻轻摇晃，远处的泛鹿半山上雾气迷蒙，蓁宁看着这一片绝好的景致，莫名地生出了一丝熟悉的感觉，泛鹿庄园雍容不凡的气度仿佛能够包容一切的纷扰，任外面局势如何飘摇，经历了几十年的风风雨雨，它永远是这般祥和静谧的一座庄园。

一个锦绣而舒适的牢笼，仿佛折翼之后的夜莺，被娇贵地饲养久了，便只懂得对着主人婉转曲意啼唱，到最后将森林的清凉露水和皎洁月光忘得一干二净。

蓁宁心里一惊，在心底默默地警醒自己此行的目的。

更何况，她已经进入了斩金花田。

蓁宁上周第一次进入斩金花场时，在那幢白色的小楼前就被庄园的侍卫拦了下来，老葛从楼里匆匆赶来给她解了围，他冲她招手：“殿下吩咐过，束小姐，请进。”

蓁宁仔细地观察过那一片花田，花田分布在泛鹿的半山坳中，拥有得天独厚的土壤和气候，早晚的雾气让此处湿度极大，蓁宁在其他任何一个植物培育园都没有见过。

她将装在上衣口袋里偷偷采集回来的花场土壤做了分析，一点一滴地记下了数据。

蓁宁洗了澡，拾了卷书坐在沙发上看，不知不觉夜深了，困意袭来，她爬进被子，舒舒服服地躺平了身体。

刚在床上躺了没一会儿，倦意隐隐，忽然听到汽车由远及近的低鸣声。

她听力一向十分敏锐，轮胎摩擦地面和刹车制动的细微声响，稍微分辨，已经能听出是他的车。

上一次两个人在餐厅闹得不欢而散后，她已经好几天没见过杜柏钦了。

又是大半夜回来的。

蓁宁模模糊糊地想着，翻了个身继续往被窝深处钻，已经很晚了，他回来自有一干人服侍，怎么排也轮不到她登场。

蓁宁闭了眼躺在床上，耳朵却不受控制似的，自动分辨着楼下的动静。

楼梯处很快传来轻微声响，是一行人的脚步声，往二楼那一头杜柏钦的房间去了，然而声响并未停息，门外走廊有用人纷乱的脚步，交谈声都被刻意压低，偶尔有人拔高了一个音，语气中带了些慌张急促之意。

气氛有些不寻常。

蓁宁心底泛起不安，想了又想，还是起身穿好了衣服。

蓁宁走出房间，看到走廊外用人正忙着端茶送水，长廊尽头杜柏钦的房门半开着，司三站在房门前低声地询问，声调有些着急："何医生来了没有？"

两名用人守在房门前，压低声音答："已经在路上了。"

看到她走过来，立在门口的用人让开路，低唤一声："束小姐。"

蓁宁站在门口往里看，房间内非常的安静，杜柏钦半躺在起居室的沙发上，他军服都没有换，穿着褐色衬衣和深绿色领带，衬衣领角别着一枚金质徽章，却衬得他脸色异常的苍白惨淡。

他额上布满冷汗，在灯光下显出薄薄的一层光。

司三正接过他递下的水杯："殿下……"

杜柏钦挥了挥手："都下去吧。"

他脸上的倦色很明显，声音很低，也没有什么力气，神色却很平静，跟外头的兵荒马乱完全不相符："只是一下喘不过气来，不必大惊小怪。”

这时用人领着何美南匆匆进来，他的两位助手提着他的军绿色的医药箱子。

杜柏钦看到了站在人群背后的她。

杜柏钦压着喘息咳嗽，呼吸有些不平稳，看着她没有说话。

蓁宁站着看了一眼，然后转身走开了。

杜柏钦眼神暗了暗，看着她的背影，蹙着眉头轻咳了几声。

何美南走进房间时回头看了一眼蓁宁，已经是深夜两三点，她明明已经穿戴整齐，是要来看他的样子，却连门都不入就走了。

何美南让护士给杜柏钦量体温，自己动手检测他的脉搏心跳，皱了皱眉头：“心率低于40了吧？”

何美南问：“有没有吸过氧？”

随行的侍卫官在外面的起居室答：“刚刚在车上吸了大约五分钟。”

何美南取过听诊器，搁在他的肺部，听了好一会儿，转头问：“他这两天在哪儿视察？”

侍卫官低声报告了。

“那地方辐射太大了，他免疫力估计低到不行了。”何美南低声吩咐助手，“查一下血，把氧气机推过来。”

何美南取下听诊器，手指在他的前胸按了按：“有痛感吗？”

杜柏钦蹙着眉头点了点头。

何美南问：“什么时候开始的？”

杜柏钦低声说：“昨晚。”

“就这样你还工作？”何美南说，“怕不仅仅是感冒，我担心是肺炎。”

何美南动手给他吸氧，透明面罩浮上一层白白的雾气，杜柏钦一直有些艰难地喘息，何美南年纪轻轻就坐上了墨撒兰皇家空军医院副院长的位子，和病人交代谈话那就跟他的手术刀一样的拔尖利索：“柏钦，那几场手术下来，切除了你三分之一的右肺，勉强修复起来了几个器官上的弹孔，你以为你还是当年？”

杜柏钦静静躺在沙发上，也不说话。

待到吸完氧，司三扶着他，替他换了件干净衬衣，然后又扶他躺下休息。

何美南看着护士给他打了点滴，走出卧室时对医护低声吩咐：“先注意观察，血常规结果出来了拿给我。”

司三掩门出来。

何美南在二楼的起居室喝茶：“他最近是不是一直咳嗽？这段时间天气潮湿多变，你们当心点。”

司三点点头。

何美南忽然转了话题：“那姑娘是谁？”

司三捉摸不准这位主治大夫的心思，只好装傻：“谁？”

何美南瞧他一眼：“走廊上那位，我怎么没见过？”

司三搬出官方回答：“她是殿下新聘请的掌香司。”

何美南慧眼识人：“这姑娘转身一走，柏钦心率急转直下，我差点怀疑要做CPR了，怎知他竟生生忍住了。我起初还不明白，自他受伤以来，每次生病都要返回泛鹿，将家里那位都遣得远远的，我就没见有谁管得住他，原来是这样。”

下午的时候，蓁宁发现外面下起雨来，暮春的雨淅淅沥沥。

今日杜柏钦难得在泛鹿待了一整天。

从昨夜回来他病发的状况来看，他的身体在南部密林那场战役中负伤后的恢复情况，远没有媒体报道的那么乐观。

蓁宁知道他在庄园内，可杜柏钦在泛鹿庄园的时候，几乎不在庄园内走动，大部分时间是待在书房，书房是庄园的军机重地，由他的侍卫长伊奢一日二十四小时调遣警卫把守，蓁宁从不踏足。

杜柏钦如果不召见她，她自动当隐形人。

雨下了几天，天气终于好转，半道彩虹挂在半山，寒意漠漠。

蓁宁换了鞋子出门去散步。

杜柏钦正好坐在大厅的沙发上吸烟看文件，见到她出来："去哪儿？"

蓁宁答："去外面走走。"

杜柏钦站起身："我陪你去。"

用人立刻替他取了外衣过来，蓁宁走出门廊在外等候，看用人在玄关处服侍他更衣。屋内开着暖气，他穿着烟灰色衬衣，浅灰色领带打着温莎结，伸手套上了一件防水风衣，说不出的英气好看。

他与生俱来的冷漠矜持，和服役生涯淬炼出来的寒锋般的空军气质，总是能在他身上完美地契合，融合成尊贵独特的王室风度。

蓁宁看了一会，默默地转开了自己的目光。

司三送他俩出门的时候特地叮嘱了一句："天气潮湿，束小姐，请留神不要让殿下在室外久待。"

蓁宁点了点头。

杜柏钦带她在后山散步。

春色已尽，粉色的花朵落得一地都是，夏天的脚步已经渐渐临近，泛鹿庄园一年之中最好的时节即将到来。

两个人静静地在雾中散步，肩并肩，却隔了半个人的距离。

蓁宁说："这几日都见你在家，工作不忙？"

杜柏钦点点头："嗯。"

蓁宁悄悄抬头看了他一眼："052D型驱逐舰下水，一般这种情况下你会在基地。"

杜柏钦望了望她。

蓁宁耸耸肩："新闻台播的。"

蓁宁住在泛鹿几个月，很喜欢看墨撒兰国家新闻台，通过官方的军事新闻猜测他的行踪，这是一个她永不厌倦的游戏。

杜柏钦忽然说："我知道，你是military enthusiast。"

蓁宁瞬间怒目瞪他："你还说！"

杜柏钦正抿着嘴偷笑了一下，看见她要生气了，赶紧说："别生气。”

蓁宁当年在佛德，从圣诞节一直到第二年的夏天，认识了他大半年，都没得到过一个好脸。

后来杜柏钦是怎么开始和她说话的呢，是因为他们在范堡罗遇到了。

那一年的英国范堡罗航展开放日，蓁宁从伦敦出发，早早就到了，草地上停着的蓝白色空客大飞机简直美得神晕目眩，更别提静态展区趴着的鹞式战斗机、山猫、F-16，还有一整排的红箭表演机，等到下午的空中表演开始时，场地内已经挤满了围观的人。

十二点开始的空中表演还没开始十分钟，天空突然乌云密布，顷刻暴雨如注，草地里的观众顿时四散奔逃。

杜柏钦站在展览区，正跟一个英国空军的喷火维修技师聊天，雨滴落下来时，身后一直隐没在人群中的保镖走上来给他撑起了伞，杜柏钦挥了挥手告别了朋友，保镖围着他往车子里走去，杜柏钦却忽然看到不远处的草地上，一个纤细修长的身影在雨里跑。

他脚下站定了，又看了看，是学校里那个华国女孩儿。

蓁宁把书包举在头顶，跟着人群在雨里奔跑，看到前面展览方的帐篷下有一个空隙，她快步跑过去想躲一下雨，一个肥胖的白人男子看到了她，立刻往前站了一步，把那点儿空位堵住了。

蓁宁的脚步在帐篷前停住了，帐篷顶上的水浇到她的头上，她只好又退了几步站在雨里，难过而茫然地四处看了看，寻找哪里还有避雨的地方。

杜柏钦立刻伸手拿过伞，穿过人群走到了她身边。

蓁宁抬起头看到是他，脸上瞬间露出了大大的笑容，兴高采烈地和他打招呼：“嗨！”

没过一会儿广播传来了今天表演取消的消息。

女孩肩膀垮了，沮丧地往外走。

杜柏钦将她送到了范堡罗火车站，忽然问她：“明天你还来吗？”

蓁宁愣了一下，似乎没有预料他会主动问她，眼神亮晶晶的：

“嗯！”

蓁宁手里握着他的手帕，都被她擦湿了：“我洗了还给你吧。”

“明天记得带伞。”杜柏钦将她送进了车站。

蓁宁往火车站里跑去，跑了几步，忍不住回头看他，谁知他仍然站在原地，看到她回头望他，他微微地笑了起来。

蓁宁转念一想，立刻又跑回来：“你知道我的名字吗？”

他愣了一下，有些不情愿似的，扛不住蓁宁的注视，还是开了口，却是十分字正腔圆的华文：“束蓁宁。”

跟任何一个英国同学念她的名字都不一样，他说得很标准，不带一点口音。

蓁宁兴奋得差点没蹦起来，心满意足地跑回车站，一边跑一边回头和他挥手。

蓁宁后来一直都记得这个画面，火车站外的红色砖墙，杜柏钦撑着黑色的伞站在雨里，七月份的伦敦，天色晦暗，他穿着蓝色牛仔裤，白色T恤，浅棕色细格子衬衣，年轻的男人身姿修长挺拔，整个脸庞仿佛都在熠熠发光。

他们在最后两天的公众日上都遇到了。

蓁宁聊起喜欢的飞机，一时高兴极了，顾不上骚扰他了。后来在康铎知道他是谁的时候，想起自己曾经滔滔不绝地在他面前谈起二战经典机型，那会儿还觉得两人聊得来，怎知她纯粹就是鲁班门前耍了半天大斧，杜柏钦那是存心逗她玩儿呢，蓁宁当时真是又羞又气，想踢死他的心都有了。

可那时的天气多晴朗啊，两个人坐在草地上吃三明治。

她说了一句：“我在学校里挺招你烦的吧？”

杜柏钦被呛住了，赶紧装模作样地喝口水，才说：“还好。”

蓁宁笑眯眯地说：“你也没有那么冷漠嘛。”

杜柏钦被她逗得忍不住地笑：“你不说话的时候，也没有那么烦人。”

“咱们能当朋友吧？”

"行。"

回了佛德之后，他们偶尔见面。蓁宁慢慢发现，彬彬有礼的冷漠外表，其实只是他的公开状态，他人真的很好，对女孩子有一种西方文化下的单纯，他会直接告诉她，他不能和她约会，因为他没有办法对她负责，他也特别绅士，蓁宁知道自己不该一天到晚说喜欢他，有时真的被他的回应惹恼了，他又一直追着她道歉。

可道歉归道歉，不行就是不行。

杜柏钦比她理智多了，也许他们就该一直当朋友。

蓁宁踩在山道旁湿漉漉的草地上。

"抱歉，我那天不应该那么说你，我知道停飞对一个飞行员意味着什么。"

"本来也准备转回掸光了，只是提前了一些，你不需要道歉，你说的是实话。"

"很难过吧？"

"没有时间想。"

"那就是了。"

回去的时候蓁宁问了一句："北敕雷是不是一定会被收复？"

杜柏钦转头瞥她一眼。

"保密条款执行得够认真的。"蓁宁撇撇嘴，"殿下，你真觉得我是情报员？"

"哪一个机构培训的情报员会把求婚戒指寄回来？"杜柏钦余怒犹存。

蓁宁缩了缩脖子不敢说话了。

杜柏钦微微笑了："我身边的女人，唯独你愿意谈政治。"

蓁宁睨了他一眼，不怀好意地跟着笑："你身边有多少女人？"

杜柏钦立刻笑不出来了。

蓁宁看了看身侧的他，修长身形依然笔直挺拔，却有些消瘦。

这几日潮湿多雨，一路行来，他一直断续咳嗽。

夕阳的光渐渐落到了森林的尽头，空气开始变得湿冷，蓁宁加快了脚步："赶紧回去吧。"

蓁宁在房内醒来，看到明亮的光线洒落在起居室外。

康铎城中一年最好的天气已经来临，被冷雨折磨了一个多礼拜的花儿终于活过来了。

她爬起来经过露台，隐约听到楼下花园有喧闹声，男人们高谈阔论的声音传来。

站在窗帘的缝隙后往下面看去，这才看到楼下草坪的洋伞下铺开了数张白色餐桌，几个衣着华丽的年轻男女悠闲地坐在其中，阳光穿过碧绿的树叶，白衣黑裤的用人捧着佳酿杯盏穿梭其中。一大早就开始饮酒，真是好一幅人间乘醉听箫鼓的奢靡胜景。

忽然有个年轻男子的声音笑着唤："茉雅，柏钦出来了！"

女子娇美的声音立刻答应一句："我就来了！"

蓁宁有点愣愣地站在窗户边上。

原来今天有杜府私人派对。

她很快便看到杜柏钦从屋内走出来，他亲厚地拍了拍座中一个年轻人的背，其他人自动让座，他拉开椅子坐了下去，即刻有用人上来斟咖啡。

他身畔的位子自然是留给将茉雅的，将小姐温柔地靠在他的身上："柏钦，为何这几天都没接我电话？"

杜柏钦端起咖啡，平和淡缓地答了一句："秘书室没跟你说我出差？"

将茉雅缠着他的手臂："报纸上乱糟糟的，人家很担心……"

杜柏钦目光看了一眼二楼的露台，窗帘飘飞后有一个淡薄的身影。他坐直身体，不落痕迹地移开了将茉雅的手。

蓁宁看着一群贵族子弟喝酒，笙歌谈笑，拉紧了窗帘，稳了稳心绪，换衣下楼。

二楼楼梯处有一扇门通往副楼，她打算悄悄地溜进实验室。

蓁宁穿过藤枝垂落的漫长回廊，看见有一个男人在树下吸烟。

蓁宁目不斜视地飞穿而过。

男人看到一个纤细苗条的身影一闪而过，俏丽的短发，在碧绿的光影中着一袭粉色纱裙摇曳，美得不似人间景象，忍不住扬起声音：“小姐。”

蓁宁回头。

香嘉上惊得含在嘴中的烟都掉了：“束蓁宁！”

蓁宁也相当意外。

下一秒钟香嘉上由惊转喜：“上帝，老天爷，是你！我又见到你了！”

蓁宁脱口而出：“你为何在此地？”

香嘉上答道：“我家与杜家是世交——”

蓁宁问他的那一瞬间自己也想了起来，香敦克家族亦是城中大户，世家子弟的社交活动想必也少不了他。她后退一步，在泛鹿庄园遇见这么荒唐的故友并不算什么好事，她已经打算撤退：“我有事先走了。”

“等等！”香嘉上迅速拉住她的手腕，“我一直期盼着能再见到你，你不是说你永不再来康铎？”

蓁宁要挣开他。

香嘉上着急了：“你别走！”

他穿着一袭华丽灯芯绒西装，举止却有些浮华，此刻那英俊清白的脸上殊为认真，看着有几分可爱。

蓁宁无奈地道：“我不走，你放开我好好说话。”

香嘉上是半个君子，依言放开了她，微微鞠了躬，正色道：“束小姐，还未正式自我介绍，香嘉上，二十九岁，未婚，家住林荫大街八号，父母在堂，身体康健……”

蓁宁礼貌性地伸出手打断了他的废话连篇：“香先生，幸会。”

香嘉上却没打算和她握手，而是倾身上前一步，彬彬有礼地执过她的手，贴在唇边郑重一吻，这才微微笑着道：“你不问我怎会得知小姐芳名？”

那般做作的翩翩浊世佳公子的风度看得蓁宁很想翻白眼：“我取登

机牌时你看过我名字。”

香嘉上大喜：“你还未忘我们的一段往事！”

蓁宁摊摊手，没说话。

香嘉上问道：“你为何在杜府私宅？”

蓁宁面不改色地撒谎：“我来这里工作。”

香嘉上略有疑惑：“你不是杜柏钦——”

蓁宁果断截住他：“闭嘴！”

香嘉上眨眨眼：“你要我保密？”

蓁宁瞪他：“长舌妇最遭人厌。”

香嘉上道：“跟我约会。”

蓁宁叫：“鬼扯！”

香嘉上对女性一向亲近：“甜心——”

这时有男人醇厚低沉的嗓音传来：“香二，够了！”

那沉郁的声音中的一丝寒意听得蓁宁浑身抖了一下。

杜柏钦从一旁走出来，手插在西裤的兜中，脸上的神色看不出情绪。

香嘉上见到他，也不管他面色不善，只笑嘻嘻地说：“柏钦，你府上竟藏着一位大美人儿！”

杜柏钦警告性地看了他一眼：“你女伴到处寻你。”

香嘉上不甘心地跟在他身后：“唉——”

杜柏钦不再理会他，看了蓁宁一眼：“去厨房吃早餐，再去实验室。”

蓁宁转身飞快地走掉了。

夜里杜柏钦在她房间外的起居室喊她名字：“蓁宁。”

蓁宁放下书本走出来，看到他一袭干净白衬衣，头发有些微微湿意，竟是已经洗了澡。奇怪，他不去陪佳人，早早回来作甚？

杜柏钦问：“你与香嘉上认识？”

蓁宁点点头：“见过一次。”

杜柏钦问：“怎么认识的？”

蓁宁说："康铎的大街上。"

杜柏钦问："早上他提起往事，什么往事？"

蓁宁看了他一眼，才慢慢地答："私人问题，恕不作答。"

杜柏钦神色愈发平静："好，他今日同我说，他要追求你。"

蓁宁忍不住笑了一声。

这香家公子，他以为自己演玉堂春不成。

杜柏钦看着她笑得鼻翼晒伤的一个小雀斑都在微微跳跃，忽然有点不悦："这么开心？"

蓁宁自己乐了一会儿，这才抬起头看对面的人，杜柏钦性格一向沉稳，喜怒不形于色，但蓁宁分辨得出，倘若他抿起嘴角，眸中的颜色如深潭一般沉下去，那就多半是不高兴了。

蓁宁笑嘻嘻地答："一个英俊可爱的年轻人说要追求我，我为什么不能开心一下？"

杜柏钦这下可真是沉下脸了："不要再理会他。"

蓁宁故意朝着他笑了笑："我还挺喜欢他呢。"

杜柏钦恼怒地道："束蓁宁！"

蓁宁笑了笑，终于不再说话。

第二日下午杜柏钦回到泛鹿，看到用人正往外搬着大捧的花束。

百合的香气熏得他不禁皱了皱眉头，于是杜柏钦站在走廊问道："怎么回事？"

司三略有尴尬地答："香少爷送过来的。"

杜柏钦问："束小姐在哪里？"

司三答："西楼实验室里。"

蓁宁在实验室里，看到玻璃门外一个修长的身影正要推门进来，慌忙叫："唉，你别进来啊，一身细菌！"

杜柏钦拉开门，坐到了外间的沙发上，隔着一道透明的玻璃门，看到蓁宁一身白袍，裙子下的小腿线条结实美丽。

身上怒气有七分变成了热意，这下好了。杜柏钦说："香嘉上为什么往家里送花？”

蓁宁小心地把蒸馏水滴入试管后，才回头答他：“殿下问我？又不是我让他送的。”

杜柏钦想了想说：“你如果在泛鹿闷得慌，可以去城里逛逛，你那位乐团的姐姐呢，上礼拜不是还来拜访过你？香嘉上不是什么好人，你少接近他。”

蓁宁擦了擦手，摘下口罩，站在门内对着杜柏钦说：“这还用殿下提点？你们这群康铎的贵族子弟都一个德行，风流成性，玩弄女性，全是浑蛋！”

杜柏钦气结：“你！”

杜柏钦起身往外走，对着门外的司三冷声吩咐：“香嘉上再送花上来，一律扔出去！”

第二日在办公室，会议的间隙杜柏钦拨了一个电话回泛鹿，司三禀报道：“香少爷今天不曾送花来。”

杜柏钦答：“那就好。”

转而专心工作去了。

星期五的夜晚，暮色四合的时候司三站在大厅前看到那辆黑色车子驶入庭院，心头暗叫了一声不好。

殿下出差几日，竟然提前回来了。

司三快步走下阶梯，替司机拉开了车门。

杜柏钦身上穿着空军上将军服，深棕色的军官常服，刺绣金枝的肩章上四颗金色的星徽，领带打得一丝不苟，衬得他那张棱角分明的矜冷脸庞分外英气逼人。

杜柏钦一边往大厅走一边动手松领带，侧过头对司三习惯性地问了一句：“没什么事？”

司三冒着冷汗硬着头皮答：“一切都好。”

杜柏钦没觉有他，转身对伊奢说：“将这两天紧急的文件送进书房来。”

随手扔了领带，上楼更衣去了。

杜柏钦进书房处理公务，每次出差回来待批的紧急公务都堆满案头，待到合上电脑，他抬腕看看表，已经近八点了。

杜柏钦走出来，大厅格外安静。

女佣见到他出来，微微屈膝，低声问：“殿下，可要吩咐开饭？”

杜柏钦问：“蓁宁小姐呢，让她下来吃饭。”

女佣答道：“今日下午香少爷接束小姐出门去了。”

杜柏钦正低头点烟，闻言顿了一秒，脸上表情未变，他沉声说：“让司三过来。”

司三闻讯匆匆进来，偌大的客厅之中只有杜柏钦一个人，头顶的巨大水晶吊顶光华闪烁，他一手搭在沙发扶手上，有一搭没一搭地吸烟。

杜柏钦见到他进来，抬手揉了揉眉心：“第一次？”

司三站在他身前：“不是。”

杜柏钦坐在沙发上，手里的打火机往茶几上一扔，金属的打火机“砰”的一声砸在桌面上，又滚进了地毯里。他沉声道：“为何不联络我？”

司三如实禀报：“泛鹿打进军事基地的办公室，但恰好您不在，军舰上的卫星电话民用很难通联，也不好一直拨。”

有时他在执行任务，司三的确秉着不是天大的急事、不会妨碍国防资源的原则将事情缓一缓，杜柏钦也没说什么：“没事，你去忙吧。”

司三躬身退下，加了一句：“保镖都一路跟着，他们也不去哪里，就是在俱乐部喝酒跳舞，基本在十二点左右回来。”

杜柏钦开始打电话，蓁宁回到墨撒兰，他就给她重新换了电话，只是使用频率不高，他似乎还是第一次亲自拨打。

电话是通了，但是反反复复响了许久，终于有人接听，入耳就是震耳的音乐声。

蓁宁在那端喊了一声：“喂？”

杜柏钦压着声音：“束蓁宁，回来。”

也许是听到他的声音，蓁宁略有诧异：“殿下？”

杜柏钦声音冷漠而镇定：“我现在要见你，回来。”

蓁宁没当回事地说："我晚一点回去。"

这时香嘉上的声音从话筒里传来："宝贝儿，别打电话了，谁呀这么烦人？"

杜柏钦眉头蹙紧了，态度顿时十分强硬："现在，即刻！"

蓁宁声音轻快，透着一种快活的满不在乎："殿下，你还真把我当员工了？你给我发工资了吗？"

杜柏钦的声音终于沉下去："你得守泛鹿的规矩，十点后不准出门。"

"哎呀那我可回不去了，"蓁宁笑嘻嘻的，"再见了。"

电话突然没了声音，那端已经挂断了。

杜柏钦再打，已经关机了。

杜柏钦坐在沙发上，死死地捏着手机，从落地窗看出去，外面是黑漆漆的一片深夜。

半夜一点多，车子驶入泛鹿庄园。

侍卫从后面的车上下来，迅速地拉开车门。

蓁宁跳下车，看了一眼把她守得严严实实的保镖，夏天夜里的凉风吹过来，她拉了拉裙子，深一脚浅一脚地往屋里走去，经过了花园的喷水池，远处大厅的温暖灯火已经迎面而来。

蓁宁晃悠悠地踩着脚上的高跟鞋，她今夜已经喝得半醉，仿佛走在云端一般。

"玩得开心吗？"花园道旁的黑暗中，骤然传出一句话，低哑的嗓音带着淡淡的嘲讽。

蓁宁吓得几乎跳了起来。

她停住脚步，凝神往一侧的花枝树荫看去，这才看到花园的长椅上坐着一个人，杜柏钦穿了一袭黑色衬衫，几乎跟夜色融成了一体，浓密如丝绸的漆黑之中，指间一点暗红色的火光忽明忽暗。

看到是杜柏钦，跟在蓁宁身后的侍卫悄无声息地退了下去。

鲁鲁正温顺地趴在他的脚下，见到蓁宁走近，站起来亲密地对她摇了摇尾巴。

蓁宁摸出手机看看时间，一点五十四分。

杜柏钦翘着长腿坐在椅子上，吸了一口烟，他没说话，只默默地看着她。

那目光深沉，三分幽冷七分寒冽。

她站在他的面前，愣是不敢走过去。

好一会儿之后，他动了动身子，抬手在椅子上搁着的一个水晶烟灰缸里按灭了手上的烟。

杜柏钦缓缓站起身来，一张幽灵般的清白的脸庞在黑暗中渐渐清晰。

蓁宁知道自己肯定是喝醉了，不然怎会在这一刻闻到湿漉漉的花瓣香气。

鲁鲁跟着杜柏钦站了起来，眼睛看看蓁宁，又回头看看自己的主人。

蓁宁弯下腰摸了摸它的头，笑嘻嘻的："鲁鲁，乖，回窝里去。"

鲁鲁又抬头看了一下杜柏钦。

杜柏钦动了动下巴，对着篱笆后一处黑暗微不可察地点了点头。

鲁鲁吠了一声，沿着草地撒腿奔跑，矫健地跳过了花丛。篱笆后的树下是它的狗屋。

杜柏钦的脸庞隐藏在黑暗之中，白净如瓷一般透出微微的光，蓁宁没办法忽略他身上的怒意——寒冰混着怒火的气息。

蓁宁站了一会儿，觉得有点冷，不禁摸了摸手臂："殿下，只要不离开康铎，我去哪儿都行，这话是不是你说的？"

杜柏钦仿佛不愿说话似的，又隔了好一会儿，才挤出两个沙哑的字："当然。"

蓁宁耸耸肩，径自穿过他："那么少管闲事，晚安，殿下。"

"束蓁宁——"杜柏钦在她身后阴恻恻地道，"你真以为我拿你没办法？"

蓁宁只觉脊背窜起一阵凉意，拔腿而起，想跑，已经来不及了。

杜柏钦朝前一步，速度快得惊人，他伸手拉住了她的胳膊，一把将她整个人向后带，蓁宁的整个身体几乎是半空腾起地扑入了他的怀中，杜柏钦迅速地抽出一只手，将她的双手扣在她的身后，手肘顺势一按，将她紧紧地按在了他的身前。

不过是一秒钟的时间，他单手就将她制服，然后抬手捏住她的下巴，对着她的唇吻了下去。

她身上清新的花香混着浓烈的酒气，唇瓣散发着柔软甜蜜的气息，是他思念已久的味道，杜柏钦忍不住在心里低低地咒骂了一声，无法抑制地加深了这个吻。

蓁宁在他冰凉的双唇疯了一般压住她的嘴巴时，才深刻地知晓他忍了多大的怒气。

狂风骤雨般热烈的晕眩感冲击而来，他口腔中的烟草气息、身上的寒霜袭人和唇齿相交时迸发的激情，几乎要令她当场昏过去。

蓁宁发狠地拼命捶他的胸膛。

杜柏钦丝毫不为所动。

蓁宁忽然张开嘴，凶狠地咬了下去。

泛鹿庄园花园的草坪。

今日天气有些阴，庄园花园道的另外一头，一位先生穿了长袖球衫套防雨绸衣，提着球杆昂首阔步地走了进来。

用人经过他身旁时打招呼：“早安，阁下。”

马修爽朗地应：“嗨，伙计！”

这位三十岁年轻有为的首相安全顾问先生，今早开完会之后在泛鹿的球场顺便打了两个小时的高尔夫。

他远远看到伞下有秘书官站在桌边收拾文件，谢梓正跷着腿坐在桌子旁用电脑打游戏，想来国防部的内部会议也已经结束。

马修拉开凳子，将球杆扔在一旁，有用人上来接过他的球袋。

杜柏钦朝他点点头：“咖啡？”

马修先朝座中唯一的女士礼貌地点了点头，转头对身后的用人说：

“加奶，不要糖，谢谢。”

杜柏钦将身体靠在椅上抽烟。

用人端上咖啡，马修喝了一口，看了一眼杜柏钦嘴唇下被咬破的那个口子，神色暧昧地笑了笑：“殿下，昨晚战况激烈啊——”

将茉雅的心扑通一跳。

杜柏钦不咸不淡地看了马修一眼，不置可否，脸色丝毫没有一夜风流的快活。

将茉雅依偎在他身旁笑笑没有说话。

她今早特地体贴地等到他工作结束才过来，谁知一进来看到杜柏钦的脸，吓得不轻，只是她还没开口，就被杜柏钦一记阴沉的眼神封住了嘴。

将脸上的惊诧收起之后，将茉雅心里的醋意排山倒海而来。杜柏钦是什么人，康铎城内数一数二的豪门世家的长子、承袭杜沃尔家爵位的年轻的族长、泛鹿行省的领主以及墨国军政界的实权人物，近十年来多次出生入死浴血奋战，在墨国政坛数不清的权谋算计的暗涌逆流之中一路升至了三军总参，他年轻、英俊、拥有大笔财富并且极富个人魅力，但实际上他在康铎的上流社会社交名媛圈中并不算真正受欢迎的人物，因为他寡言、冷峻，还有着对女性除却彬彬有礼之外并无任何多余温柔的贵族式的傲慢态度。相比之下，淑女们更青睐于香嘉上这种体贴、和蔼、永远笑意盎然的翩翩公子哥儿。

杜柏钦执掌重权的权威感实在太重，掸光大楼中流传着一个笑话，说是在他的前任秘书丽贝卡升任国防部新闻司副司长之后，杜柏钦的新任秘书在就职第一天，进入办公室跟他进行了十分钟的谈话，出来后脸都白了，哆嗦得半天都回不过神来。他平生最容不得身畔的女人不懂事，哪怕是在公开场合跟他撒娇都不允许，更别说在他脸上留下这样明显的齿痕。

将茉雅在他身边几年，连唇印都没敢在他的衬衣上留过。

不知他是给了谁天大的纵容，才让那人得了这样滔天的特权。

将茉雅想到这里，简直恨得全身发痒。

杜柏钦却不曾关心她心里的翻江倒海，只心事重重地坐着，抬手熄了手上的烟，又抽了一支。

将茉雅轻声嗔了一句：“别吸烟了，一直咳嗽。”

杜柏钦不理会她，打火机“叮”的一声弹起，他吸了一口，皱眉听了听身后大宅的动静。

下一刻他却忽然抬手按灭了手上刚刚点着的烟，忍不住侧过头又咳起来。

将茉雅赶忙递上他桌面上的咖啡。

杜柏钦挡了她的手，却说不出话来，只掩口一声一声闷哑地咳。

司三正在花园里候着，赶忙吩咐用人换一杯温水。

马修这时才听清楚了，一向安静的别墅内，此时二楼正传来噼噼砰砰的声音，大屋离草坪有些遥远，若不仔细听也难以分辨，似乎有人正在摔盘子。

杜柏钦接过用人手上的水杯。

楼上忽然又传来一声巨响。

他真是恼火。

东西摔了不要紧，怕她伤着自己。

马修心底略有诧异，早上开会时还一切都好，怎知他不过打了两小时球，转个身回来，泛鹿庄园竟是一派诡异气氛——杜柏钦面色不好，将茉雅故作欢笑，用人如临大敌般地故作平静。

杜柏钦今早会见马修开完会之后已近中午了，一个早上只喝了半杯咖啡，此时正在餐厅吃早餐，碰上蓁宁要出门，他问了一句，原来今日于姬悬在皇家大剧院有重要演出，蓁宁要出发去给她捧场，杜柏钦说让司机接送，谁知蓁宁满不在乎地答了一句：“不用，香嘉上来接我去。”

两人昨晚本就因为这个话题闹得不欢而散最后以武力结束，杜柏钦一听这话即刻沉下脸，冷冷地说了句：“香嘉上送你？那不用去了。”

蓁宁一听即刻冒火，回了一句嘴：“你凭什么不让我出去？”

杜柏钦说："你出去可以，别跟着香嘉上。"

蓁宁说："我就要跟他出去怎么了！"

杜柏钦铁青着脸说："那你就在家里好好待着。"

杜柏钦明令禁止不允许她出门，蓁宁偏偏要出去，两人又在餐厅大吵一架，吵着吵着又开始上演全武行，她气得跳脚，差点没把扛着她往楼上走的杜柏钦踹得肋骨都断掉。

杜柏钦将她锁在了房内。

蓁宁气到昏头，从起居室的咖啡壶开始摔，到橱柜里的全套骨瓷茶碟，已经近半个小时了。

这时一个年轻人坐进来，笑嘻嘻地问道："为何香二在山底哨岗处撒泼？"

杜柏钦看了他一眼。

马修忙着打岔："金公子，咖啡很香，来一杯？"

金肯尼不死心地继续道："听说香二看上了泛鹿的一个姑娘？柏钦，纵然家门规矩森严，但也不过是一个下人，既然嘉上喜欢，何不成人之美？"

杜柏钦脸色愈发深沉。

将茉雅也安静了下来，悄悄地观察他的神色。

香嘉上这段时间日日高调送花，一个人上蹿下跳就唱满了一台戏，他自己闹得满城风雨，搞得人人都知道风流倜傥的香二公子正拼了命地追求杜柏钦府上一个美丽的掌香司。

"反正你已经拥有了我们墨国最美丽的女孩儿……"金肯尼狗腿地对着将茉雅眨眨眼，然后继续笑着说，"嘿，那姑娘谁见过，长得怎么样？"

座中一个年轻人接话："香二带她在俱乐部喝酒我见过一次，货真价实，肯尼，大美人儿。"

金肯尼大喜："真的假的？嘉上若是搞不定，我们排队追求她！"

杜柏钦胸中的怒火熊熊燃烧，简直要掀桌了。

一般世家子弟携带出席的女伴如走马灯般更换，只要未及谈婚论嫁，通常在男人间都会被言辞调戏一番，杜柏钦本也觉得男人之间开这种玩笑无伤大雅，但此时此刻却是如此的令人难以忍受。杜柏钦将烟盒往桌面一扔，冷言道："停了。"

他拉开椅子起身，低下头吻吻将茱雅："今天不是要去百货公司吗？司机送你下去。"

将茱雅抬手轻轻地碰了碰那道不属于她的伤口，对着杜柏钦千娇百媚地笑了笑，这才点了点头。

她默默地盯着杜柏钦离去的身影。

杜柏钦跨上台阶时对司三说："吩咐山底，金肯尼一个月内不用上来了。"

蓁宁第二天换了一个房间住。

那天等她摔够了，杜柏钦开门，看了一眼惨不忍睹的房间，眉眼动都未动，平静地说："出来，当心别踩着碎瓷片。"

用人即刻给她收拾好了另外一个房间。

蓁宁看着自己的新牢笼——厚厚的墨绿色帷幔掩住落地长窗，起居室墙壁上嵌着名贵油画，酒柜上一整套的澜纹水晶杯，手工编制的柔软云毯，还有房间中宽大的床上层层叠叠铺着的松软锦缎被褥……

泛鹿庄园简直富可敌国，她摔了一个房间，杜柏钦眼都不眨一下，即刻换了一个更奢华、更华丽的给她摔。

只是杜柏钦果然言出必践，蓁宁真的没有再见过香嘉上。

其实蓁宁这几天连杜柏钦也基本没见过，至少正常三餐时间从未见过他在餐厅出现。泛鹿庄园的车辆永远都在忙碌地进进出出，他被各种政务缠身，一个礼拜有三四天日日在掸光大楼和市政厅一号首相办公室来回穿梭，剩下的三四天行踪成谜，那是国家的最高机密，基本上连泛鹿庄园的人都不知道他去了何处。有时他深夜突然回来，而她通常晚睡，于是就被召下来陪他吃一顿饭。

昨夜他照例深夜才返回，司三去楼上请她下来，她在用人面前也还算稳妥，但是就坐在他对面，连水都不喝。杜柏钦禁止她跟香嘉上出去鬼混之后，她对他就一直没有好脸色。

杜柏钦跟她说话，蓁宁心里赌气，冷着脸不答应他，杜柏钦气得将餐巾往盘中一扔，对蓁宁说："你上楼去吧。"

他径自起身去书房。

司三一直跟着他走到了书房的门前，杜柏钦回头看了他一眼，司三这时说了一句："束小姐在庄园里，没有亲人朋友，也是很寂寞的。"

杜柏钦脚步一缓，微微蹙紧了眉头。

第二天下午，杜柏钦下楼来，蓁宁正在客厅看电视，杜柏钦坐在她身旁问："不出去？"

蓁宁盯着电视荧幕眉毛都没抬："干吗？"

杜柏钦想了想，似乎也不知道怎么回答她，只好说："康铎最近有几个展览不错，我让司三安排人陪你去？"

蓁宁撇撇嘴唇，语带嘲讽："殿下，谢谢好意，不用。"

杜柏钦摸摸鼻子，露出几分无可奈何的神色，讨好一个喜怒无常的女人实在不是他的专长，末了他好不容易想到了一件她喜欢的事情，欠欠身略靠近她："要不，等我工作完，我带你上机飞一段？"

曾经他是墨国最年轻英俊的飞官，在他从英国毕业后回国服役时开始，短短几年晋升为上将，期间获得无数荣誉，他年轻时在长空翱翔的英姿，在全墨撒兰子弟心中简直就是军事教科书般的存在。

"你还飞？"蓁宁终于转过脸来看他。

"带你平飞一段的能力还是有的。"

蓁宁手拄着下巴默默地憧憬着，拒绝的话实在舍不得说出口，她想了许久，久到杜柏钦忍不住叫了一声："蓁宁？"

蓁宁终于慢悠悠地，仿佛带着不感兴趣地调侃："殿下，在国家最高军事基地带着一个来路不明的外国女人是不合法的，你是不是打算带我进去然后报警抓我？"

杜柏钦忍了又忍，还是没忍住，摔门出去了。

周五的下午蓁宁约了表姐姬悬陪她剪头发。

也许是前几天她大闹一场换来了民主自由，也许是杜柏钦突然大发善心，司三没有任何阻拦，直接安排了司机送她出去，车子驶出泛鹿庄园时，蓁宁扫了一眼，后面还隐蔽地跟着一辆车。

姬悬给她预约了一个十分知名的造型师，可惜有些大材小用了，因为只花了一个多小时，半垂到肩膀的头发被剪短了，造型师建议她染发，蓁宁摇摇头。

两姐妹从造型师的工作室出来，一起去城中吃饭。

康铎是墨撒兰的时尚之都，兼之国家富裕，连王室名流大排场地逛街也是常事，所以蓁宁还挺喜欢康铎的城区，两个人直接去了最热闹繁华的嘉荣基金大厦。

从二十八层的流光餐厅吃了晚餐，两表姐妹挽着手出来逛商场，姬悬在店里试衣服的时候，蓁宁贴在姬悬耳边说："我去上洗手间。"

她这一去颇久。

久到姬悬打电话给她，奇怪的是，竟然没有接。

幸好她没过一会儿就回来了。

蓁宁回来时，姬悬已经提着两个袋子，由女店员招待着在店内喝咖啡。

蓁宁笑吟吟地说："买好了？"

姬悬觉得有点奇怪："你去哪里了？"

蓁宁拖着她走："我回来看到一个镯子好漂亮，所以试了一下，你去帮我看看。"

"在哪里？"姬悬瞬间就高兴了。

最后在分别时，两个人都换了新衫，手上还拎了几个袋子，姬悬亲了亲她的脸颊，经纪人的车把她接走了。

蓁宁当晚回了泛鹿，在晚餐的餐桌上看到了杜柏钦，不知道为什么，最近杜柏钦经常留在泛鹿。

两个人最常做的事情，就是带着鲁鲁在泛鹿庄园的后山上散步。

有一天傍晚他问她："泛鹿令你很不愉快吗？"

蓁宁愣住了。

“为什么想要走？”杜柏钦的声音四平八稳。

“我不属于这里。”蓁宁隐隐觉得不对劲。

仲夏的傍晚，夕阳隐没在山林，泛鹿的山道常常起雾，在回去的路上，杜柏钦问她：“你还为你父亲的事情怪我？”

蓁宁的肩绷紧了。

杜柏钦的手插在口袋里：“你父亲当年领着一家人避走他乡转而经商，据我所知，已经切断了和墨撒兰的联系。拓摩四世已经死了，你父亲是不是希望他的孩子能摆脱政治？”

蓁宁面无表情：“殿下，我不谈你父亲，你也别谈我父亲。”

杜柏钦轻声地说：“抱歉。”

蓁宁的声音渐渐萧瑟起来：“如果我是一个好女儿，应该拔枪和你决斗，而不是在这里和你散步。”

杜柏钦摇摇头：“不要做没有胜算的事造成无谓的伤亡，你们家有男孩子，不应该让女孩子操心这种事。”

蓁宁冷冷地答：“是吗，我有三个哥哥，那你要小心了。”

两个人慢慢往山道下走，杜柏钦和她并肩走着，一直替她看着脚下的路：“你们这样的家族，在墨撒兰，保存下来的不多了。”

“杜沃尔家族也有吧？”

“司家就是。”

怪不得他对司三如此信任。

两个人站在山道尽处，泛鹿大宅的绿茵草地已近在咫尺，杜柏钦的侍卫长伊奢笔直地站在路口。杜柏钦忽然抬手按住她的肩膀，平静地说：“蓁宁，我很抱歉你暂时不能离开康铎了。”

蓁宁心底悚然一惊，瞬间明白了：“是你的人打开了那个保洁柜？”

杜柏钦没有否认。

“你拿到了我的身份证件？”蓁宁脸色有点变了，“还有——你们控制住他了？”

杜柏钦神色依然很宁静：“你留在泛鹿，签一份工作合同，我保证他的安全。”

“如果我不愿意呢？”

“那就是我们墨国军事法庭上的事情了。”

“这么说，他是你麾下的人？”

“无可奉告。”

蓁宁一张俏丽雪白的脸庞隐隐涨红：“你以为我会在乎你的要挟吗？”

杜柏钦无动于衷：“你可以试一下。”

蓁宁压下心底骤然而起的怒气，狠狠地咬了咬牙根：“殿下，我们华国有句古话，叫作狗急了也会跳墙的。”

她微微下蹲拍了拍鲁鲁的头：“宝贝，你说是吗？”

鲁鲁“汪”地叫了一声。

下一个瞬间，蓁宁忽然如箭矢一般射了出去。

她发了疯一般拔腿往大宅外跑，她的启动速度快得惊人，伊奢反应极快地跟着冲了出去，只是蓁宁眨眼就跑出了几百米，眼看就要冲到大门的哨岗处，伊奢赶紧大声地唤人，守在大宅前的侍卫被惊动了，跑出来想要围住她，两队人马冲着她的方向疾奔而来，眼看就要将她捉住，蓁宁却猛地一个转身，骤然掉头往大宅内跑，两队侍卫在大门前差点撞得人仰马翻。

蓁宁转头看了一眼，轻蔑地哼了一声，踢了踢腿往大宅的前庭跑去。

绕过车道旁的喷泉，跑近了大门，却看到杜柏钦仿佛早预料好了似的，蓁宁一抬头，就看到他带着狗悠闲地站在前廊的台阶上，手插在西裤的裤兜中，好整以暇地望着她跑上台阶后开始叉着腰大喘粗气。

蓁宁气得伸出手冲着他晃了一下中指。

他笑了一下：“华国小姐，Be a lady。”

蓁宁说：“Fuck you。”

她冲进大宅，把女佣手上端着的茶盘都打翻了，一路跑上楼关了门。

司三第二天一早把文件合同递给了她。

蓁宁看也没看，直接签下了名字。她昨晚没睡好，眼睛有些红肿，她对着司三笑笑："殿下可答应了要给我发薪水的，发多少？"

司三也对着她笑笑，不可一察的赞赏之意："颇丰。"

蓁宁问："我是否可以继续去后山花场？"

司三神色恭敬如常："依殿下吩咐，束小姐请随意。"

蓁宁午后在花园的荫蔽游廊，捧了一杯茶，细细研究司三给她的报告。报告上写泛鹿庄园的掌香司珍妮女士在一年前提前退休，贵族宅邸中燃香是墨国传统，可是泛鹿庄园一直找不到合适的继任者，由于杜柏钦身体需要，泛鹿只能允许纯天然成分的香精，素材成分需包含营养成分，并且最重要的是，要经过他的医疗团队的评估。

蓁宁这时才明白泛鹿的要求多么挑剔，怪不得一时找不到继任者。

夜里蓁宁在二楼的桌子前，对着笔记本电脑，手工本子摊在桌面上，她仔细地一页一页地将她记录下来的墨撒兰珍稀植物和花卉翻译成英文、墨文和华文，并一则一则地标出香精属性。

她正式在泛鹿工作之后，除了调香，最重要的就是做斩金花的研究和花卉采集工作，十分浩繁琐碎的工作，但她觉得很有趣。

蓁宁在秋天第一场雨落下的时候，提交了第一份香精样本。

这一份样本她整整做了两个月，改进试验了无数次，可司三还是有点惊讶她的速度："束小姐，这么快？"

蓁宁破罐子破摔地答："随便做的，做不好，赶紧把我炒掉。"

司三好脾气地笑了笑："我们试一试便知，杜家世代种花，最不缺的就是品香的人。"

首都康铎秋高气爽，前段时间天气干燥，她基本在后山的花园里晃悠，实验室都没进多少次。

蓁宁这一份试验样品其实主调成分依然用的是斩金花，但中调用的是露囊草，是生长于泛鹿山脉中高纬度的一种蔓草，她在天明之前的最后一刻摘下，叶子上还留着些许冷霜和露水。蓁宁使用这样的藤蔓和白霜，经过反复多次调试，提炼出一种非常独特的幽香，因为使用的是完全纯天然的植物，不添加任何成分，清新得仿佛置身于春天的绿草地里。

当然，这段香以她的专业角度来看，缺点很明显，尾调不够悠远，气息略显清淡，也许有可改进之处，但蓁宁想着管他的，反正大殿下又不能拉我上断头台。

蓁宁逗他："司先生，你们还真把我当掌香司了，不怕我投毒？"

司三一派温和的气度，白皙圆润的脸庞微微笑道："束小姐，您真爱说笑。"

"我住在这里，是不是很讨人厌？"

"您住在这里，殿下回来得多。"

"他回来，你们还不是得大动干戈地伺候他。"

"殿下待下人一向谦和有礼，泛鹿庄园内都是家臣，为殿下尽责尽忠是理所应当的。"

司三忽然起了闲聊的兴致："其实我很早之前就认得束小姐。"

蓁宁大为疑惑："为什么？"

司三说："老公爵当年病重，殿下从伦敦回国，给他看过您的照片。"

蓁宁捧着茶杯的手微微一抖，慌忙镇定住，氤氲热气熏染了眉目："真的吗？"

司三点点头："老爷很高兴，尤其是知道您也是华国人之后。夫人也是华国人，人很优雅和气。"

他们拍过一张照片，是蓁宁硬拉着他拍的，用的是宝丽来的相纸。在佛德公园附近的一家日本餐厅，蓁宁当时在二手店淘了一个古董相机，兴致勃勃地来跟杜柏钦展示。

那张照片蓁宁一直以为丢了，没想到是他拿走了。

蓁宁悄悄地别过头，鼻子酸。

司三缓缓地答："老爷走得很仓促，当时局势风声鹤唳，殿下将庄园内的很多文件都亲手焚毁了。"

蓁宁盯着茶杯静静出神，热气熏得眼底有点红。

司三点到为止，轻轻鞠躬要转身往外走。

蓁宁在他背后说：“司先生，十八式的点杀，三十三发能到全中吧。”

司三看了看她，还是温和恭敬的，却颇有点警告的意味：“束小姐，您好眼力。”

这位总管大人果然是一位深藏不露的高手，蓁宁觉得他挺可爱，笑了笑，上楼专心致志做她的植物笔记。

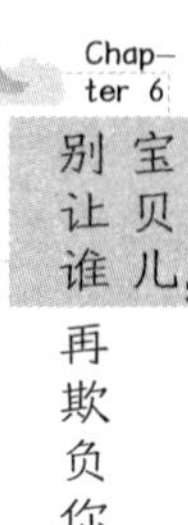


蓁宁傍晚从后山的花场下来，临近冬天，六点天已经暗了，今日天气阴阴沉沉的，后山又起了阴霾大雾，蓁宁在雾中下来，防水外套都有些被打湿了。

泛鹿庄园的女管家领着两位女仆守在廊前，见到她来，打招呼：“束小姐。”

蓁宁见她神色犹豫：“怎么了？”

女管家有些迟疑地说：“将小姐在泛鹿，她要见您。”

蓁宁愣了一秒，她不愿与这位小姐打交道，但此时就算她想躲开，似乎也来不及了。

蓁宁赶紧先倒了一杯咖啡暖暖身，她今日在野外陪着工人给即将过冬的花苗防寒，吹了半天的风，脸颊都被冻红了。

蓁宁边喝咖啡边问女仆：“她在哪儿？”

如此镇定自若的神态看得在杜家做事多年的女管家都满心佩服。

女仆答：“在后院珍妮女士的工作室。”

蓁宁点点头，那是泛鹿庄园前任掌香司的工作室，附属一个小型的香薰诊疗室，蓁宁偶尔也会使用，用来给杜府上年纪的内臣女眷做一些香薰的舒缓。

蓁宁搁下杯子，默默叹了口气，看来今天的好心情注定要毁掉了。

女管家跟在她身后往后院走去，好心地提醒了一句："我已打电话通知司先生回来。"

女佣引着她走进内间的香薰室，紫色的纱帘垂落到地，灯光昏暗，有幽幽香气混着热气传来。

蓁宁看到了沙发上坐着的将茉雅，穿着一件华丽光滑面料的绸缎吊带裙，女佣正在给她涂着鲜红丹寇的手指轻轻地擦拭精华露。

蓁宁站在屋子里，女佣屈膝退了出去。

将茉雅将搁在桌上的手收了回来，抬头看了她一眼，媚眼如丝之中带了十足的打量："你就是殿下新招的掌香司？"

蓁宁点点头。

将茉雅说："你可知我是谁？"

蓁宁姿态很平稳："将小姐名满康铎，谁人不识？"

将茉雅轻描淡写地说："那正好，麻烦束小姐替我做一个足底按摩。"

蓁宁愣了一下，面上不动声色："对不起，将小姐，我是调香师，不是按摩师。"

将茉雅脸色沉了下去："束小姐这么高的姿态？珍妮以前就常常替我按摩，手艺非常好。"

蓁宁压下心底的情绪，尽量控制着声音："对不起，前任掌香司的工作方式我并不十分清楚。"

将茉雅颇有深意地再问了一句："束小姐，不愿意？"

蓁宁声调平平地答："抱歉。"

将茉雅将手中香薰面巾一扔，倏地站了起来，语调刻薄："束小姐，容我提醒你一句，你在泛鹿不过是一个工人，若是妄想着殿下的垂青——"

若不是身在其中蓁宁简直要发笑："将小姐，你想太多了。"

将茉雅盯着她的眼睛骤然发难："你跟殿下是什么关系？"

秦宁咬着牙道：“他是我的雇主，小姐。”

将茉雅步步紧逼着问：“你敢跟我说你们之间是清清白白的？”

秦宁冷冷地答：“再清白不过了，小姐。”

将茉雅相信自己的直觉，女人的直觉不会出错。可面对这般厚脸皮的女人，气得她简直想给对方一个耳光。

将茉雅踢掉了脚上的拖鞋，搁在了沙发边的一个绣墩上，面上浮起一个冷笑，悠然地道：“既然束小姐说自己清白得很，司职掌香司，那自然是要行掌香司的份内之事，束小姐，麻烦你。”

秦宁站着不动。

将茉雅看了一眼门边，又闲闲地唤了一声：“束小姐？”

这时门口忽然走进两个高大的女性，按住秦宁的肩膀要压着她往地毯上跪下去。

秦宁反应异常的敏捷，对方靠近她的那一刹那，她迅速伸手挡开，反手成肘狠狠朝对方胸前撞去，同时伸腿一勾，另外一个女人不得不退了一步以免摔倒，不过一个眨眼的工夫，秦宁已经灵巧地退开了几步之遥。

进来的两人面露诧异之色，单单就这样的反应速度和格挡身手，已经不是一般人能做到的了。

秦宁趁机打量了一眼，进来的两人都穿着一身黑衣，看身形应该是将茉雅的女保镖。

将茉雅点了点头下指示：“给她一点教训。”

这时门口又走进两个保镖，秦宁眼看情形不妙，闪电般地往门边冲去，一拳打在了迎面而来的一个人的下颚，随即侧身用手肘撞开了拉着她的一只手臂，扑到门边奋力地扭门把，却发现门已经被锁死，秦宁迅速转身，背靠着门，她也不禁沉了脸：“将小姐，做事留人余地。”

将茉雅冷淡的嗓音带着贵族命令式的傲慢：“将她带过来。”

秦宁赤手空拳以一敌四，坚持了近二十分钟。

秦宁被按住肩膀，手扣在了身后，扭送到将茉雅的身前时，连她自己都不禁对自己生气，这一段时间在泛鹿的生活太安逸，她简直是在安逸中自取灭亡。

保镖按着她下跪，蓁宁咬着牙不肯屈膝，身后的保镖一脚踹下去，蓁宁身体颤抖了一下跌了下去，痛得她生生忍住了泪。

将茉雅也不再客气，恼恨地盯着她："前些日子殿下嘴唇上的伤痕，不是束小姐的杰作？你跟我谈清白？我与殿下是有婚约的，束小姐既不是女佣，也不是家人，一个未婚女子住在一个有未婚妻的男人府中，哪个家世清白的小姐会做这样的事情？"

蓁宁闻言眼皮轻轻一跳，脸上不禁白了几分，将小姐没有说错，将茉雅的确是杜柏钦名正言顺昭告天下的未婚妻，她要来泛鹿作威作福，也是她的权利。

蓁宁忽然觉得肩上钳制的手劲重逾千斤，压得她动弹不得。

将茉雅看着眼前的女人，简直气得浑身冒烟，杜柏钦竟然敢这样对她，她待他有什么不好，家世背景也算是门当户对，更是对他一片痴心，事业上尽心扶助，生活上千依百顺，他还没有跟她成婚呢，就开始在杜家的庄园内公然养着一个情人！

她今天不完结这件事，那么她以后将再无立足之地。

将茉雅看了她一眼："据说束小姐并不是墨撒兰人？看来束小姐所受的家庭教养，的确不是一个上等人的行为。"

"将小姐——"蓁宁气得直接扬起了头，对着她的脸挑衅地笑了一下，"将小姐此时此刻的行为，也称不上什么光明磊落吧？大殿下也不过是跟你订了婚，将小姐，当心你的脚下，你也未必就真的能当上康铎公爵夫人。"

将茉雅恼怒地伸手想一把拽住她的头发："谁给你的胆子如此放肆？"

蓁宁侧过头轻易闪开了，啧啧称奇地道："真该让墨国子民看看他们举国爱戴的准王妃此刻的姿态。"

将茉雅愤怒地尖叫："你算个什么东西！"

她骤然抬手，将桌面上燃着的一盏精油掀翻，朝着地上的蓁宁泼了过去，蓁宁仓促扭转身体，但奈何肩上被死死摁着，她用尽全身力气向一旁挣扎而去，下一刻肩上骤然被放开了，但她终究是慢了一步，炙热的杯盏砸在她的肩上，脖子传来一阵滚烫的刺痛。

蓁宁痛得直抽气，心头的火冒了起来，纵然天生性情本质敦厚，但在从小到大所有艰苦卓绝的训练中她早已练成了凡事不低头认输的性格，她往地上抬脚一踹，跌落在地上那盏精油顺势飞起，杯中的液体四处飞溅出去。

将茉雅忽然捂着脸大声地尖叫起来。

司三今日外出办事，车子还在商业区内堵着，突然接到了泛鹿打来的电话，他急忙吩咐司机往庄园开，车子刚进花园车道，就看到庄园内灯光大亮，女佣见到他焦急地唤："司先生！"

司三跳下车，脚下飞快地往屋子走去，声音还维持着镇定："束小姐在哪儿？"

女佣忙不迭地报告："后院——"

司三马不停蹄地穿过大厅："殿下今日在哪里？"

这时后院有女佣奔出："司先生！房间里有打斗声，将小姐带了保镖进来！"

司三这下脸色是真的变了："立刻给殿下打电话！"

穿过中庭欧式花园之中花木凋零的玫瑰花丛，远远看到府上的侍卫一动不动地守在庭前，一群女佣神色紧张地站在门前交头接耳地窃窃低语，见到司三进来，诸人立刻散开站定。

司三抬脚就要往里边走。

女佣立在外头，不得不拦住他："司先生，将小姐在里面做SPA，男士留步……"

司三愣了一下，只好停住了脚步。

这时门被大力撞开，蓁宁走了出来，廊下的一盏灯光幽亮，正好照出她分外难看的脸色，看到门外立着的一干用人，她也愣了一下。

司三看她衣衫、头发凌乱，半侧肩膀的衣服上正往下滴着油渍，浓郁的香精气味扑鼻而来，脸上还有一道浅浅的血痕，他慌忙出声安抚：“束小姐——”

蓁宁看到他，漠然着脸：“司先生，我不想在这里，行个方便，让我出去。”

司三迟疑着拖延：“束小姐，您……”

蓁宁不再看他，径自走下台阶，朝着中庭车道泊着的一辆车走过去。

这时旁边有一名侍卫走过来：“束小姐……”

蓁宁不露声色地打量了他一眼，然后略微停住脚步站在了车前。

侍卫趋身上前恭谨地说：“束小姐，您要出去，请吩咐司机——啊！”

蓁宁在他离身前一个手臂距离的刹那，骤然抬手一个反肘击中他的前胸，趁他闪开的一刹那，右手已经解下了他的佩枪。

蓁宁举枪对着四周怒斥一声：“滚开！”

司三在后面急促地叫了一声：“安迪，回来！”

侍卫慌忙退了回来。

蓁宁转过头就冲着车门猛烈地开了数枪，剧烈的枪击声震耳欲聋，车子的报警系统尖叫起来，她一脚踢开了车门，坐进了驾驶座，车子的引擎发动了起来，她随即熟练地卸下保险栓，从窗户里将枪支扔到了侍卫面前。

蓁宁反手关门一脚踩下油门，车子便飞驰而去。

司三怕她这样开出去要出事，慌忙大声地吩咐：“老艾！拦住束小姐的车！”

泛鹿庄园的司机还在车上候着，乍然听了司三的吩咐，匆促地扭转方向盘，将汽车挡在了车道上，蓁宁眼看着对面的那辆车就要迎头撞上来，咬着牙一脚直直地踩下了油门！

司机老艾吓得魂飞魄散，凭借多年的驾驶经验匆忙打偏车头，蓁宁在撞上去的最后一刻打转了方向盘，两车堪堪擦过，后视镜的玻璃被撞得粉碎，蓁宁开着的那辆豪华轿车窜出车道，碾过花丛，擦碰上了大理石廊柱，高速行车中的车子震得轰然一声巨响。

蓁宁驾驶技术一流，身体在座椅上震荡，双手仍然死死地把稳方向盘，安全带把她勒住了。

司三也被她不要命的架势吓住了。

蓁宁冲着司三叫："打电话通知山下放行，不然我撞过去！"

她将车头撞出一个大凹。

话音还没落下，车辆已经飙出了花园车道，蓁宁一路狂踩油门，在漆黑黑的山道上开得跟飞一样，警卫果然没敢拦住她，她一路开下了庄园，门岗后有一辆车跟在了后面。

蓁宁七拐八转把后车甩掉了，在一个僻静的街道停了下来，顺手卸掉了车上的追踪系统。

蓁宁将车丢弃在路边，拦了一辆街车开往皇家马球俱乐部，果然找到了香嘉上。

香嘉上正在他的包厢里闷闷不乐地喝酒，听到侍者半信半疑地进来请示说大厅内有一名姓束的女子找，香嘉上丢了杯子就往外跑，果然是束蓁宁，他简直如见到了天上掉下来的宝贝："亲爱的！呀——你脸怎么了？"

蓁宁冷静地拍拍他的肩膀："门外的计程车，麻烦出去付下车资。"

香嘉上开心地道："好！你在这儿等我回来！"

香嘉上往门外走去，一边走一边乐颠颠地对着保镖吩咐："看着她，看着她。"

香嘉上不到两分钟就回来了，带着她进了包厢，从身后拿出棉签和红药水。

香嘉上取过棉球替她擦脸上那几道无关紧要的血痕，蓁宁皱着眉头不说话，脖子火辣辣的疼才真是要命，不过因为夜场的灯光昏暗，香嘉上没注意到。

香嘉上看着她脸上的抓痕，皱皱眉头："怎么回事，你跟狗打架？"

蓁宁扑哧一声笑了。

蓁宁说："香嘉上，你真可爱。"

香嘉上叹了口气，说："我早劝你及早离开杜柏钦。"

蓁宁推了他一把："少废话，喝酒。"

蓁宁一杯接一杯地喝，美酒佳酿入喉，终于暖得她慢慢地高兴起来。也不知道过了多久，蓁宁只觉得身体轻飘飘的，疼痛也感觉不到了。

包厢的门被大力撞开，烫金的厚重大门被撞到墙壁上，"砰"的一声巨大声响。

蓁宁迟钝地转头，看到高挑的男人站在门口，穿了一件黑色风衣，英挺的眉宇，脸色霜白如雪。

香嘉上挑眉，笑笑打了声招呼："柏钦。"

杜柏钦走了进来："嘉上，今天谢谢你。"

他弯腰凝视蓁宁，看了一会儿，说："跟我回家。"

蓁宁茫茫然地笑了一声："回家，我在这里哪有家？"

杜柏钦压低了眉目温和地道："我们先回去再说。"

蓁宁忽然说："香嘉上，你敢不敢吻一下我？"

香嘉上笑眯眯地凑过去，响亮地亲了一下她的嘴巴。

香嘉上说："柏钦，很抱歉，蓁宁今晚想跟我在一起。"

杜柏钦看着蓁宁，警告似的叫了一声："束蓁宁！"

蓁宁睨了一眼香嘉上，眉眼带笑："再来一下。"

香嘉上大乐，脸又要靠过去。

杜柏钦迅速将蓁宁一把拉起，看了一眼香嘉上："你有胆子就再试一次！"

"宝贝儿，没人能强迫你做任何事。"香嘉上站起来一把将蓁宁的手拉住了，嘴角的笑一直没停，"柏钦，你凭什么管？"

杜柏钦脸色阴阴沉沉："嘉上，我警告你最后一次，她是我的人。"

香嘉上冷笑一声："她是你的人？那你打算留着她在泛鹿做什么？

做女佣、做情妇，还是做全康铎的笑柄？”

杜柏钦眉头微微一跳，冷淡地回了一句：“管好你自己的事情。”

香嘉上突然就发怒了：“你凭什么不让她见我？她是我自己认识的女孩儿，至于我是怎么认识的，你可听清楚了，去年五月我看到她在林荫大道上！”

蓁宁眼看不对劲，要出声阻止他：“喂，香嘉上！”

香嘉上嘲讽的神色在昏暗灯光下有一种扭曲的快意：“柏钦，你该记得那时你在哪儿吧？你跟你的未婚妻在马车上游大街呢！”

杜柏钦神色震惊，望着蓁宁：“你那时在康铎？”

蓁宁后退了一步，双手环住胸前冷淡地说：“他胡说八道，绝对没有的事。”

杜柏钦整颗心脏都在微微发颤，肺部瞬间疼得有点难以呼吸，他忍着痛楚狠狠地吸了口气，跨前一步将蓁宁抱了起来。蓁宁双脚瞬间腾空，第一反应是伸脚蹬他：“放开！”

杜柏钦完全没有知觉似的，抱起人就往外走。

香嘉上在后面摔杯子：“她在林荫大街上哭！那一天，整个基督河沿岸的人都在笑，就她一个人在那哭！一直哭一直哭！杜沃尔，你配不上，你配不上她的爱！你就不值得她这么爱你！”

杜柏钦面色悚然一震，脚下一个踉跄，却瞬间将怀中的人儿紧紧地抱住了。

他停了一秒，却不曾回头，咬了咬牙没说话，大步地往外走了出去。

蓁宁被他钳制得动弹不得，喝醉了大脑有些不受控制，手脚有些不灵活，杜柏钦一把将她摔在车后座上，蓁宁倒在柔软的真皮座椅上，头晕目眩地呻吟了一声。

蓁宁刚抬手要按住跳个不停的太阳穴，杜柏钦有些发凉的吻已经盖住了她的唇。

带着固执霸道又有些心碎绝望的吻，仿佛一遍一遍地确认她的存在。

杜柏钦出了会议厅才得到司三的报告，即刻上车往庄园赶，却在半途接到了泛鹿打进来的电话，告诉他蓁宁已经出了庄园，他顺着侍卫的跟踪车辆一路追去，发现追踪系统失灵之后，整个侍卫队只好一条街道一条街道地寻找，直到找到了被她丢在路边的那辆车。杜柏钦过来时看到那辆车已经被磕碰得惨不忍睹，他本来满心的担忧焦虑更甚，尤其是司三说她可能受了伤，他忍着焦灼，冒着冷风担心了她半夜，没想最后却是在酒吧找到了她，她面色酡红、媚眼如丝，风情万种地跟一个花花公子调情。

杜柏钦气得胸口都隐隐作痛，他不愿承认，用怒火掩盖起来的是深切的恐惧感，他被失去她的恐惧淹没了。

蓁宁笨拙地要推开他。

杜柏钦丝毫不为所动，他身上的气息铺天盖地席卷而来，她只觉得天旋地转，直到他有些冷的手触碰到她的背，蓁宁打了个激灵，酒醒了一半。

蓁宁侧过头说："放开我。"

杜柏钦的手温柔地抚摸着她的脊骨，声音却是冷酷的："怎么？我不应该碰你？"

蓁宁看了他一眼，眼神冷淡嫌恶："滚开！"

杜柏钦用手按住她的胳膊，将她整个人压在了真皮座椅上："既然退回了求婚戒指，为什么还要来康铎？"

蓁宁侧过脸不说话。

杜柏钦掰回她的下巴，强迫她看着他的眼睛。

蓁宁忽然冷冷地笑了："殿下，不亲眼看看，我怎么知道我当初有多瞎？"

杜柏钦愣了一秒："你后悔了？"

"后悔得不得了。"蓁宁想起今天将茉雅的阴险行径，气得一字一字清晰如刀，"早知道下一任的档次那么低，我当初绝不会答应你的求婚！"

她爬起来要推车门。

杜柏钦扑上来按住了她。

两个人在车内打斗，杜柏钦好几次抓住她的胳膊都被她挣开了，无论如何都没有办法让她安静下来。黑暗中杜柏钦的手不小心一扯，蓁宁身上的丝质衬衣忽然“刺啦”一声，她上身的一件衣服被撕开了一半，肌肤若隐若现地展示在他的眼前，如上好玲珑美玉一般，散发着莹润光泽。

蓁宁即刻如弹簧一般跳了起来，杜柏钦双手迅速地掐住她的双肩，两个人气喘吁吁地怒视了对方半晌，杜柏钦忽然低下头，凶狠地咬住了她的耳垂。

蓁宁被压倒在座椅上，肩头被扶手硌得生疼，脸贴在了座椅上，闻到了皮质的座椅散发出的干净香气。

车厢内安静了好一会儿，忽然一刹那，蓁宁尖叫一声：“我诅咒你下地狱！”

杜柏钦却看着她的眼睛，笑了笑，带着些淡薄的无所谓。

蓁宁忍耐许久，终于无可控制地呻吟了一声。

杜柏钦漫不经心地低头亲了亲她的额头，逗着她：“乖多了。”

蓁宁突然抬手一个耳光甩过去，咬牙切齿。

杜柏钦低下头，吻去她脸颊上的泪水。

蓁宁的意识开始缓慢地陷入昏迷，听到耳边有渐渐模糊的回音。

杜柏钦头趴在她的胸前，深沉如海的一声低语：“我爱你！”

黑漆漆的防弹玻璃隔绝了外部的一切，只有他和她，坠入了黑暗中的天堂。

凌晨四点多，东方的天际线仍是一片浓墨的黑，泛鹿庄园一片寂静，只有东侧的厨房亮着一点隐约灯光，厨房总管师傅一大早起来检查今天刚刚送抵的新鲜食材。

山道上由远及近的车辆声响打破了这一份宁静。

前院的雕花大门远远打开，车子一台一台地驶进，门廊和大厅的灯光鳞次栉比地亮了起来。

值班的侍从从旁边的院落走出，很快，总管司大人就步出了大厅。

司机拉开了车门，杜柏钦抱着一个人下车。蓁宁闭着眼躺在他的怀中，身上裹着他的大衣，不知道是昏过去还是睡过去了。杜柏钦面无表情大步地朝着大厅走来。

司三远远看到他抱着一个人走过来，看身形应该是蓁宁小姐，略微放下心来，近了才看到蓁宁短发凌乱、人事不省地蜷缩在他怀中，杜柏钦面色苍白憔悴不堪，身上衬衣皱成咸菜干一般。

司三何尝见过他这般衣衫不整的狼狈模样，急忙挥开了要跟上来的用人，自己迎上前："殿下——"

杜柏钦见到他，脚步顿了顿，疲倦地说："不用人，都下去吧。"

杜柏钦抱着她走进房间，轻轻地将她放在床上，素色的锦缎上躺着的人儿，脸上泪痕交错，长睫毛下覆盖着淡淡的阴影。

杜柏钦取了毛巾，半跪在床前，小心地擦拭她脸上的血污，躺在床上的蓁宁却忽然怕疼似的轻轻抽搐了一下。

杜柏钦转过她的脸，脸色骤然一白，生生地压下一口冷气。

屋顶的大灯明亮，他终于清楚地看见她左侧的脖子上一片烫得红肿的伤口。

因为隔了太久没有处理，皮肤已经开始冒水泡，又经了刚刚的一场激烈情事，好些水泡已经被擦破，一碰就有液体渗出来，露出红红的一大片皮肉。

杜柏钦替她盖好被子，转身冲出门去，脚步踉跄，差点在门口摔倒。

司三守在二楼的楼梯玄关处，听到动静疾步走过来，见到杜柏钦的脸色，吓了一大跳："殿下，怎么了——"

很快有用人取来药膏，司三在走廊外给医生打电话。

蓁宁是被痛醒的。

杜柏钦正紧紧地皱着眉头给她敷药。

杜柏钦问："痛不痛？"

蓁宁眉头都没动一下："你试试？"

杜柏钦没有说话，只温柔地摸了摸她的额角。

蓁宁又睡着了。

感觉睡了很久，身边的人来来去去。

间或听到何美南的声音不耐烦地对床边的人说："走开，走开，别问了，我是呼吸科大夫，我也不知道她什么时候会醒过来、要不要紧！我的皮肤科大夫不是告诉你了吗？烧退下来就不要紧，伤口感染，发烧是正常现象。怎么她身上还有一堆瘀伤？软组织挫伤会有疼痛感。"

然后有人掀开了纱布查看她脖子和肩膀上的伤口，声音变得严肃起来："送去医院清创，她伤口感染没有好转，开始恶化了。"

蓁宁住进了医院，结结实实地昏睡了一天一夜，清醒过来时，窗外明亮，是白天。感觉四肢轻飘飘的，她知道这是止痛药的效果，房中不见其他人，她又睡着了。

再醒来时是夜里，这一次伤口很痛，杜柏钦坐在床边。

蓁宁看了他一眼，穿着咖色的羊绒衫，下巴剃得干干净净的，脸色白得有些不正常，但丝毫无碍他的英俊。

杜柏钦声音有些低，问她："感觉好一点没有？"

蓁宁点点头。

两人沉默了一会儿，杜柏钦说："不会再有下次了。"

蓁宁挑挑眉："什么？"

蓁宁怒气不减："不会再有什么？是不会再有你的未婚妻上来召见，还是不会再有在车里发生的事情？"

发烧后遗症，话说得太快，蓁宁大声地咳嗽起来。

杜柏钦将水杯端到她的嘴边。

蓁宁咽下了几口水，生病真不好玩，骂人都费劲。

杜柏钦微微低着头坐在她的床边，又沉默了许久，才很轻地说了句："对不起。"

他突然起身走了出去。

蓁宁看着他离开的背影，在他侧身开门的一刹那，她十分疑心自己发烧头昏眼花，以致看到他眼眶竟然有些泛红，有些许清亮水光。

蓁宁隔了两天从监护病房转了出来，终于摆脱了监护仪器，正在床上休息，保镖进来报告：“束小姐，有人探视。”

蓁宁愣住了，除了表姐姬悬一家，她在墨撒兰并无亲友，会有谁来探病？

下一刻门口传来了熟悉的声音：“我是她家人，你们算什么东西敢拦我？”

蓁宁高兴得蹦了起来，扯得脖子上的伤口一阵生疼，她在病房里大喊了一声：“三哥！”

风泽掀开了保镖推门进来。

蓁宁委屈巴巴地坐在病床上对他伸出了手臂。

这可把风泽心疼坏了，他大步地走过来一把将她抱进了怀里，好一会儿才依依不舍地松开，皱着眉头说：“为什么这几天大哥联系不到你？你怎么在医院？”

蓁宁一时的喜悦立刻转为了警觉：“你怎么找到这儿的？”

风泽低头去看她脖子上的伤口：“这是怎么回事？”

“你联络了大哥留在康铎的人？”蓁宁压低了声音，有点着急了，“你这样会害死他！”

“他没事儿，暂时安全。”风泽心思完全不在这事上，眼看蓁宁不回答他，他伸手要去看床头柜上的药。

蓁宁一把按住他的手：“不小心烫伤了，我没事。”

风泽眼神渐渐警觉，十分怀疑地问了一句：“好好的怎么会烫到脖子？出了什么事？”

蓁宁知道要是三哥知道了，此事肯定不能善了，赶紧撒娇敷衍过去：“什么事也没有，三哥你在康铎待几天？”

风泽可不吃她这一套，低着头冷了脸：“别转移话题。”

蓁宁缩了缩脖子不说话了。

风泽摸摸她的头，转身往病房外走去。

蓁宁急了：“唉，你去哪儿？”

“哥哥一会儿就回来。”

“叮”的一声，上行的电梯在走廊的转角处打开，杜柏钦跨出电梯门，看到走廊中间，一名年轻男子正从医生办公室里出来，年轻男子这时闻声转过头，两个人的视线乍然对上了。

杜柏钦从未见过风泽，但两个人几乎是同一秒就互相确认了对方的身份。

蓁宁在病房里正等着风泽回来，忽然听到了一向安静的病房走廊传来一阵喧闹声，然后是男人压低了声音的说话声。

蓁宁侧耳一听，立刻扯过了床边的外套，手上的点滴绊住了手臂。

蓁宁忍着疼撕开手背上的胶带，只听到外面的风泽突然暴怒地吼了一句：“浑蛋！”

蓁宁奔出病房，只看到杜柏钦站在电梯前，身前围着几个黑着脸的侍卫，伊奢堵在风泽的前面，风泽涨红了脸，脸上是暴戾而愤怒的神色，正拼了命地要冲过去。

风泽的格斗术在风家是排得上名号的，即使对面是杜柏钦的侍卫长也没有落了下风，只见伊奢挥拳而过的一个瞬间，风泽侧过身，忽然起脚，一脚踢中了他的腹部。

伊奢被踢得仰着身体退开了半步，身前一道缝隙闪现，风泽立刻朝着杜柏钦冲了上去。

杜柏钦身前的两名保镖，瞬间如狼奔般飞跃而起，风泽揉身而上，一拳击飞了一个男人，左侧身体却被重重一击，他肋下一阵剧痛，还来不及反应，整个人被直接摔在了走廊的墙上。

风泽红着眼靠着墙站了起来，凶狠地望了一眼仍然一动不动地站在远处的杜柏钦，抬手往衣兜里伸去。

几乎是他抬手的同一个瞬间，侍卫立刻看到了，伊奢猛地大喊了一声，还来不及作出反应，一个纤细的人影却如一道光一闪而过，那道人影瞬间冲了进来，将倚在墙上的男人紧紧地抱住了，手臂迅速地缠住了他的腰。

侍卫在两人身前猛地刹住了脚步。

蓁宁跑得眼前有点发晕，着急地喊了一声：“你冷静一点！”

风泽的身体被她紧紧地缠住，他不安地动了动："妹妹，放开。"

蓁宁急得眼泪要流出来了，她的手肘正按住他衣兜的内侧，一个坚硬的金属硬物，她摇摇头："别犯傻！"

风泽看着她，忽然有点哽咽："你就这样被人欺负？你就让哥哥看着你这样被人欺负？"

蓁宁摇摇头想否认，泪水先流了下来。

杜柏钦看到了，推开了侍卫往前走去。

风泽一把将蓁宁揽在怀里，盯着杜柏钦，语气阴森："我的妹妹，从小到大，她要是不愿意，谁也不能逼她做任何事。"

杜柏钦脸上半明半暗，听到这句话，低了低头，沉默地点了点头。

蓁宁依旧死死地拽住他的胳膊，哀声恳求："三哥，你别冲动。"

风泽看着她被泪水浸润得闪亮的双眸，忽地一把按住蓁宁的肩膀，迅速地吻住了她的唇角。

蓁宁直觉地抬手去推他的肩膀："三哥，你疯了！"

风泽将她箍得动弹不得，蓁宁这一刻才觉得慌张，以前三哥说喜欢她，但也一直待她跟小孩儿般骄纵宠溺，她从来没见过三哥这样，这是一个男人对一个女人喷薄而发的欲望。

杜柏钦看不下去了。

风泽却突然放开了她，慌乱地叫了一声："蓁蓁？"

随后冲上来的医生和护士顿时将他们围住了，蓁宁头无力地向后仰着，闭着眼，人已经晕了过去。

蓁宁醒来时，人已经回到了病房，眼睛动了动，看到了坐在床边的杜柏钦。

"我三哥呢？"

"已经离境。"

蓁宁仍然盯着他。

杜柏钦忍住了不悦，无奈地道："我没把他怎么样。"

第二天的夜里风熔给她打电话："老三回来差点把我办公室砸了，他叫我立刻调你回来。"

“妹妹，他欺负你？”

蓁宁说：“大哥，我自己来处理。”

掸光大楼国防大臣办公室附属的会议厅内，一场部长级会议刚刚结束，秘书上来忙着收拾圆桌上的文件。

杜柏钦回到办公室，就看到谢梓站在他的办公室前跟他的美女秘书聊天。

眼见他回来了，秘书安妮站了起来，替他推开门。

杜柏钦坐到了书桌后，“先坐。”

谢梓抖了抖手上的文件，径自走到一旁的沙发上坐下。

杜柏钦埋头刷刷地签署了几份文件，这才坐到了谢梓对面的沙发上。

秘书安妮将咖啡端了进来。

谢梓翻开了手中的记录，开始向他汇报工作：“驱逐舰开进去之后，北敕雷海湾油田附近还是被渔船阻挡住了，我的舰艇只能在外围巡逻。”

杜柏钦接过了他手上的呈批文件，简要地翻看了一下：“先监测那部分渔船，真正是渔民的船只应该很少。”

谢梓应了一声。

“杰弗里亲王最近还是老样子？”

“香家已经把持住了亲王，他改弦更张的可能性很小。”

“如果卡拉宫不公开表示支持，北敕雷的收复很难有高涨的民意支持。”

谢梓手撑在膝上，略略前倾：“您有什么计划？”

杜柏钦搁下咖啡杯，轻描淡写地答了一句：“如果我们得不到这个国王的支持，那就换一个支持的国王。”

谢梓听明白了，幽幽地答了一句：“公主殿下也快成年了。”

杜柏钦沉吟了一下：“出访结束后，请安妮约个时间，我得跟将维将军吃一顿饭。”

谢梓闻言，慢慢坐直了身体，他郑重地说：“您仍然打算解除婚约？您应该记得我曾极力劝阻。”

杜柏钦点点头，声调很平缓：“上次我是问你的意见，而这一次，没有意见——是我已经决定。”

谢梓有点恳切地说：“殿下，私人建议，您原本不必要把事情弄的这样棘手。”

杜柏钦不为所动：“查看我的行程，看看何时宣布最为稳妥。”

谢梓不愧为国防大臣首席军事顾问，面色一丝一毫不曾有变化，仿佛他们讨论的不过是楼下餐厅的一场普通午宴：“待我召幕僚成员和律师团会面再谈。”

杜柏钦说：“辛苦你。”

谢梓说：“恐怕对您个人名誉有影响。”

杜柏钦轻描淡写地回答：“我不是和我的个人名誉一起生活。”

谢梓知道自己逾矩，但还是忍不住说了：“我虽然是您的下属，但坦白说，将小姐对殿下的爱令我十分佩服，倘若有一个女人对我这般，我是绝不会辜负的。”

杜柏钦正低头点烟，抬起头看了他一眼，神色非常平静，是那种做了决定之后足以承受一切代价的平静：“我只能辜负一个，而我已经做出了选择。”

谢梓点点头，推门出去了。

谢梓起身出去，在门边忽然站住了，他迟疑了两秒，还是开口问：“柏钦，是为了府上那位？”

谢梓是经常出入泛鹿庄园的国防部要员，外传的那位神秘女郎他也见过一两次，觉得也说不上多美，只是神色很冷淡。

杜柏钦目光重新回到文件中，只说了一句：“去做事吧。”

蓁宁从医院返回泛鹿，在屋子里休养了几天，身上的伤好了。一天下午从后山花场回来，蓁宁问司三：“将小姐最近怎么不来泛鹿了？”

吓得司总管面如土色。

他深知泛鹿这位也不是任人欺负的主儿，上次将小姐来，不过是仗着趁其不备人多势众得了手，来了一次就闹成那样了，再来，他得先疯了。

司三赶紧转移话题："下第一场雪的时候，泛鹿就准备狩猎，束小姐有兴趣训练猎犬吗？"

蓁宁听起来挺感兴趣："好啊，我能不能参加？"

司三赶紧答："如果您身体恢复得可以骑马的话。"

蓁宁高兴地答："那绝对没问题。"

等了两个多星期，康铎终于在十二月底下了一场大雪，城北的植布滑雪胜地的滑坡积雪厚度已达二十厘米，城中居民纷纷在周末举家带着雪橇和狗狗驱车前往，一度造成了高速路上大面积的交通堵塞。

泛鹿的用人雪后也一直在后庭院的草坪和灌丛间训练猎狗，康铎世家的公子哥儿们喜欢狩猎，泛鹿庄园每年都会举办至少一次这群世交子弟们的打猎聚会，这个传统从杜柏钦的祖父开始——这位墨国的开国功臣昔年喜爱领着部将在泛鹿的山林中操练骑术和射击，这些部将后来都发展成了康铎城内的大族，这个一年一度的骑猎盛会，也就因此继承了下来。

泛鹿庄园每年的一切操办都按照旧制沿袭。杜柏钦公务繁忙，对于泛鹿的日常琐事并不经常亲自过问，因此一般由司三督军，领着一批工人在雪地上操练，蓁宁白天跟着出去玩了一会儿，但司三没有让她在雪地里站得太久，就催促她回屋子里去了。

周六下午，蓁宁午后从外面回来，看到院子里停满了闪闪发亮的名贵车子，司三迎面上前来说："束小姐您今日出去得太早，都没来得及跟您说，今日泛鹿狩猎。"

蓁宁今天早早就出门了，表姐姬悬和她开了两个小时的车去康铎城郊的一个小镇拜访一位民间的染香奇人，她说："殿下不是还在出差吗？"

司三规规矩矩地答："无论殿下回不回来，泛鹿狩猎都会照常进行。"

下午时分，司机开车一路顺着蜿蜒的山脉深入了泛鹿山脉的狩猎林区。

密林的深处有一间木头的两层小楼，屋顶覆满了厚厚的白雪，由于在森林中光线不足，屋檐下的灯光亮了起来，男人们大声的交谈声伴着酒杯碰击声遥遥传来。

泛鹿的工人忙着在屋前卸下马背上的猎物，马夫扛了几杆猎枪正在台阶上擦拭，蓁宁混在泛鹿的家臣中，跟一群男人们坐在屋子角落的一方小圆桌旁。身侧的男士礼貌地替她端了一杯酒，蓁宁致谢一声，捧了酒呆坐着，男人们很快继续高谈阔论起来，不时有盛装的女士经过，见到坐在角落里的蓁宁，立刻围在一起窃窃私语，偶尔投射来各种好奇而鄙夷的眼光。

这时有人突然挤到她的身旁："嗨，蜜糖！"

蓁宁转头，看到香嘉上。

蓁宁这回是真心笑了："嗨。"

香嘉上带着赞赏的目光打量着她，蓁宁穿了厚厚的有点发亮的皮革效果的牛仔裤、户外防雪外套、棋格图案的毛衣、粗跟麂皮鞋子，加上一顶riding hat，整个人捂得严严实实，一副俊俏男孩风的装扮。

香嘉上可高兴了，还是一贯夸张的绅士做派，亲热地吻了吻她的手背，赞美的话说得格外大声："你还是一如既往地美丽动人。"

周围的人都哄笑起来。

泛鹿的男人们是知道一些香嘉上往泛鹿送花追人的香艳史的，加上这位倜傥公子哥儿一贯无拘无束的作风，引得泛鹿的几位男管家也纷纷对香嘉上笑着举杯："敬康铎城内无双的勇士。"

香嘉上也不客气，笑嘻嘻地端酒喝了。

宾客们下午已经在山林间策马奔跑了一轮，收获不俗，此刻正在大厅里喝酒吸烟，女仆走马灯一般地捧上大盘的食物，银质餐盘里堆着面包、酒、炭烤小牛排和热腾腾的布丁。

木屋的门又被推开了。

座中的宾客朝着门口看了一眼，鼎沸人声顿时一静，稍后男士们纷纷起立。

泛鹿主人大驾而至，手臂上挽着一袭花呢荷叶长裙、戴一顶黑色帽子的将茉雅小姐。

蓁宁看了一眼，杜柏钦穿着卡其色防冻裤子，烟灰色法兰绒衬衣，深棕色短款花呢西装和一双轻便短靴，浓浓的爱德华时代的狩猎风情，跟身边盛装打扮的将茉雅看起来还真是挺般配。

蓁宁撇撇嘴，将目光移开了。

坐中的男人们纷纷起立跟他和将茉雅打招呼。

一会儿蓁宁看到两个男人走进来，前面的是谢梓，后面跟着一位年长一些的男人，手上提着一个棕色的公文包，面目敦和稳重，那是杜家的财务总管方先生，谢梓站到杜柏钦的身后，唤了一声："殿下。"

杜柏钦见到谢梓来，冲着他点了点头，然后低头对将茉雅说了一句话。

将茉雅娇笑着点点头。

杜柏钦起身往一边的房间走去，僻静的小屋亮着灯光，也许是临时的办公室。

谢梓并未跟着进去，而是绅士地主动伸手把将茉雅引入了席内。

屋子中间的一张马蹄形长桌，今天坐满了康铎城内的世家贵族子弟、贵族小姐，和几位伴随丈夫前来的贵族夫人们。

"哟，这是谁呀？"一位女士站起来佯装拿酒，走到了蓁宁坐着的那方小桌子前，"出席泛鹿狩猎的都是康铎城中的名门望族，殿下真是忙晕头了，什么时候也轮到这种三流货色混进来了？"

蓁宁冷着脸不想理她。

"一个下等人，也不知道怎么攀上了殿下，可真不害臊呢。"贵族夫人拉着身旁女伴的手，两个人捂着嘴笑了起来。

蓁宁手按在膝盖上，狠狠地搓了搓。

将茉雅坐在长桌的那头，听到了角落里的骚动，转过头看了一眼，得意地笑了笑。

蓁宁倏地站了起来。

她打扮得中性，端着酒杯凶神恶煞地往前重重踏了一步，吓得那位贵族夫人立刻后退。

蓁宁狠狠地瞪了她一眼，却没有再理会她，转了个弯儿，直接朝着将茉雅走了过去："将小姐。"

她缓缓地环视了一圈，桌子旁的人停止了交谈。

蓁宁的声音在屋子里顿时变得清晰响亮："将小姐，整个康铎城都在说，柏钦殿下在南部战役中受伤后，你一个人勇敢地冲进战场救回了殿下，请问这是真的吗？"

将茉雅昂起头："当然。"

"将小姐，殿下的第一急救人可不是你哦，我记得去年将小姐接受采访还说自己怕血，见了血都要晕倒呢，你连他的伤口都没碰过吧？"蓁宁笑眯眯地靠近了她，忽然提高了声音，"殿下根本不是你救的，直升机也不是你驾驶的，你收买了驾驶救援直升机的那位军官，回到康铎后自己捏造了一个虚假的爱情故事大肆跟媒体宣传自己，请问在座诸位知道吗？"

座中众人顿时愣住了，继而各种表情浮现在这群墨撒兰贵族和王亲的脸上，惊讶、怀疑、迷惑、窃喜，虽维持住了表面上的镇定，但都忍不住低声跟身边的客人交谈起来。

将茉雅脸色涨得通红："胡说八道！"

蓁宁转头盯着将茉雅："将小姐，这件事你是不是故意夸大了自己的勇敢和功劳来获得民众的支持？"

将茉雅红着眼气恼地道："谁给你的权利在这里说话！把她赶出去！她就是一个恶毒的女人，要破坏我的名声！"

蓁宁没打算放过她："将小姐何不正面回答我的问题？"

谢梓看不下去了，站了起来挡在了将茉雅的身前："这位小姐，泛鹿的规矩一向严格，你怎么可以如此粗鲁？将小姐可是泛鹿未来的女主人。"

香嘉上立刻站了起来护住蓁宁："我也一直想问问关于将小姐的光

辉事迹，幕僚长大人可看过证据？”

谢梓坚定地答：“当然，军方有调查报告。”

香嘉上大声地道：“不如拿出来让我们大家都看看？”

这会儿大家都忍不住纷纷交头接耳起来了。

“够了！司三，送她回庄园去。”杜柏钦出来了。

将茉雅转眸看见他，泪水流了出来，杜柏钦伸出手臂，轻轻地揽住了她的肩膀。

谢梓就正好坐在将蓁宁旁边，闻言立即走上前来，姿态优雅，语气却带了一丝不客气：“束小姐，请吧。”

喝过咖啡和休憩后，木屋里的宾客们陆续出去骑马。杜柏钦喝了半杯咖啡，也陪着将茉雅出去了。

司机开了车，将他们送下了猎场。

杜柏钦将她送到了泛鹿庄园的哨岗处，将茉雅忽然说：“柏钦，答应我，关于我们之间的事情，你不会公开发表任何言论。”

杜柏钦点点头。

不远处将家的车子已经驶入了庄园的车道。

将茉雅将手上的羊皮手套仔细地戴好，而后抬头对他微笑了一下：“我爹地知道的，我从小就喜欢你，但其实做你的女伴，挺寂寞的。”

杜柏钦替她拉开车门，温和地答了一句：“茉雅，你喜欢的是那些头衔，不是真正的我。”

将茉雅愣了一下，没有再说话，坐进车子，对着他挥了挥手。

车子开走了。

杜柏钦站在道路旁，夕阳已近山头，余晖照射在路边的雪地上，他忽然想起来司三跟他说过，束小姐在庄园里，没有亲人朋友，也是很寂寞的。

他微微仰起头，捏了捏疲惫的鼻梁，忍不住微微苦笑了一下。

大概无论他娶了谁，都不算一个合格的丈夫吧。

侍卫终于近身来禀报：“殿下？该回去了。”

杜柏钦回来寻找蓁宁。

束蓁宁却没有回到泛鹿庄园，用人向他报告，香家的二公子正陪着她在林中打猎。杜柏钦在猎场北部的森林中找到了她，果然是跟香嘉上在一起，两个人都松开了缰绳，任由马儿在林间缓步，香嘉上正跟她说着什么，侧过身去的头，几乎都要贴在她头发上了。

杜柏钦冷着脸一夹马腹，那匹纯种阿拉伯马轻而易举地跃过一道山沟，杜柏钦勒紧缰绳停在了他们面前，他对着蓁宁说："跟我回去。"

蓁宁骑在马上，身姿笔直，眉眼也是冷冷的："回哪里？我没地方可去，你那尊贵的未婚妻不是牢牢地把控了泛鹿的每一条山路？"

香嘉上立刻表态："我相信蓁宁说的，我也觉得茉雅撒了谎。"

杜柏钦再也没有耐心客气，直接下了命令："请香二少爷离开泛鹿。"

伊奢领着侍卫立刻将他包围了。

香嘉上耸耸肩，调转了马头，忽然将手上的长杆猎枪往身侧一扔，蓁宁伸出手准确地接住了。

"宝贝儿，别让谁再欺负你！"他朝着蓁宁飞吻，侍卫将他拖走了。

杜柏钦脸色隐隐不快："如果图姆密林的事情你有别的看法，这件事也与我有关，你为什么不能直接和我说？"

蓁宁昂着头理直气壮："我本来不想管你们的事，只是我不惹她，她最好别来惹我。"

杜柏钦无奈地道："你在泛鹿最好低调一点，譬如今天这种风头，你出了又如何？茉雅一直维持着很好的公众形象，你这样公开刁难她，只会让不熟悉你的人误解你。"

蓁宁对着他十分不耐烦地道："殿下觉得我为了报复才诬陷她？"

杜柏钦冷着脸："坦白说，我不清楚。"

蓁宁忽然仰头笑了，笑得歇斯底里，眼角有泪水溢出来："还真是同声同气啊。殿下，她对你这么情深义重，你就跟她结婚啊，订婚都两三年了，你怎么不娶她？你最好明天就结婚！"

杜柏钦气坏了："用不着你操心，我自然会结！"

"殿下，请恕我要告退了，如此邪恶的庄园，无耻而虚伪的男女，令我觉得十分恶心。"

"那么谁比较真实，香嘉上吗？"

"没错。"

"那么很遗憾，束小姐，除了这个邪恶的庄园，你哪里也去不了。"杜柏钦脸色铁青，"将她带回去。"

侍卫围在她的马下，蓁宁发起怒来，手中的猎枪瞬间举起，对准了杜柏钦。

下一刻数支黑漆漆的枪口立刻对准了蓁宁。

杜柏钦大怒："束蓁宁！"

蓁宁怒喝："叫你的侍卫让开！"

杜柏钦皱着眉头："伊奢，收起枪来，后退。"

服从是军人的天职，伊奢咬着牙将手中的枪放下，眼睛一动不动地盯着束蓁宁。

蓁宁手中的枪忽然一晃，杜柏钦跳下了马，几乎是同一瞬间，两名侍卫扑身上去挡在了杜柏钦的身前。

乱枪声响起。

杜柏钦着急地喊了一句："该死，放开她！"

残碎的枝叶和树皮的碎屑被子弹激荡四溅，从林远处几只野鸡扑棱着翅膀飞走了。

束蓁宁手上的一杆枪，正对着密林深处。

枪声响起的一瞬，蓁宁被侍卫从马上拖下，摁倒在泥地里，她额头的发丝乱了，遮住了眼睛，眼前有点晃动的影子。

侍卫愣了一下，将她拉了起来。蓁宁的帽子掉了，半边脸全是泥污，嘴里进了沙子，她低着头吐了一口唾沫，将手中的枪往地上狠狠一砸，看也没看对面的人一眼，转过头沿着下山的路飞奔而去。

杜柏钦处理完公事，赶着下班回家。

今天的天气不错，下了两天的絮絮飞雪已经停了，夕阳照射在庭院中，花园道旁的喷泉白色雕像笼罩了一层淡淡的金色光芒。

司机在花园道上停稳车，杜柏钦走进大厅，用人上前来接下他的大衣，伊奢在庭院中指挥随扈侍卫换岗。

门廊下候着的女仆对他屈膝行礼，杜柏钦神色松弛，带了几分疲乏，他开口问："蓁宁呢？"

女仆恭谨地答："束小姐下午去后山花场了。"

杜柏钦抬腕看了看表，已经接近七点，他吩咐一句："打电话给花场工人，找她回来。"

杜柏钦皱皱眉头步入大屋中，下午开会时胸口不知为何就一直有些闷痛，他抬手按了按有些发胀的太阳穴。

这段时间他工作繁忙，蓁宁看起来又似乎跟将茉雅较上劲了，他紧绷的神经就没有一刻能放松，今天事情终于暂告一段落，身上涌起密密麻麻的倦意，回到家才发现，竟连站着都有些累了。

他坐在沙发上喝了口水，抬头看到司三走进来，脚步有些反常的匆忙。

司三在他跟前站定："后山花场说束小姐不在里面。"

杜柏钦松领带的手顿了一秒："在不在实验室，去看看？"

司三面有疑色："方才我派人去看过，不在。"

杜柏钦心底忽然咯噔一跳，他脸色微变，迅速站起身来："检查庄园监控系统——我上她房间看看——"

话音没断，他已经冲上了楼梯。

杜柏钦拉开主卧的门，门锁是完好无损的，他一个箭步跨到床头翻开抽屉，看到了她的护照，他一直扣着她的身份资料和通行证件，看来她没有带走。

杜柏钦转头进了她的房间，她房间内的零钱包消失了，她穿走了一套轻便的防寒衣衫和一双露营的野地靴子。

杜柏钦站在空无一人的房中看了一眼，二楼的几个房间，除了蓁宁这个房间，他的主卧一向戒备森严，由于他平时用于办公的书房和会议室设在一楼，所以二楼的书房只是一个藏书房以及一个附属的吸烟室，秦宁偶尔也会进去拿书看，此时图书室那扇门是虚掩着的。

他一脚踢开门，准确无误地拉开书柜抽屉的第二个格子——果然，里边是空的。

杜柏钦脸色已经泛白成一片风雪的凛冽。

这时司三在外面禀报："殿下——"

杜柏钦扶着门把，声音低沉压抑："通知庄园内的各个司管，大厅开会。"

十分钟后，杜柏钦直挺挺地站在大厅的中央，司三为首领着一排下属，默默地立在一侧。

"庄园内的监控系统在下午一点左右出现故障，由于为时很短，仅有三十秒，警卫并没有及时报告。"

"束小姐的电话已经关机，根据卫星定位系统发现她的手机在庄园内，刚刚女佣在一楼的餐厅找到了它，监测系统检查到她早上用房间内的电话给风家打过一个电话，为时四十三秒，这是通话记录详单和录音记录。"

"厨房丢失了一个水瓶，和若干饼干奶酪。"

"根据老葛报告，束小姐在谈话中曾无意间多次向他打听后山的路径。"

杜柏钦一动不动地站着，听完了庄园内的报告，苍白着脸蹙着眉头没有说话。

今日庄园内值班的侍卫总长自知失责，按了按腰上的配枪面有愧色："殿下——"

杜柏钦背着手声如低沉雷霆："滚出去！"

司三立刻挥手："各自回去工作。"

一行人鱼贯而出，偌大的厅内只剩下了司三和伊奢。

侍卫长伊奢上前禀报："束小姐在后山花场的行动范围一向很广，可能会沿着拦网攀爬出去。"

司三补充道："根据我的观察，束小姐有着极佳的野外生存能力，她应该是想凭借自己的能力，从后山徒步走出泛鹿行省，然后汇合接应她的人。”

杜柏钦脑中飞快思索着，语速果断迅速：“打电话给海关，即刻严格检查首都各个出入境口，如果发现立即禁止她出境，派人回掸光调取这一区的雷达监控视频，仔细检查在下午一时到七时所有出现在泛鹿上空的可疑飞机，我唯一的命令——无论采取何种行动，一定要保证她的安全。她带走了我的一把手枪，型号是格洛克17，使用口径9×19mm Para手枪弹，弹匣二十发子弹是满的……”

杜柏钦急促的话语停顿了一下，呛咳一声喘了口气，身体忽然微微地颤了一下，他仓促地抬手扶住了桌面，几乎摔倒。

司三赶紧上前：“殿下？”

杜柏钦惨白着脸呵斥：“快去！”

伊奢领命飞奔出去。

杜柏钦按了按胸口，咬着牙深深地吸了口气，抬腿往外面走。

司三跟在他身后报告：“老葛已经在庭院候着，他负责带路。”

杜柏钦点点头，已经疾步走下台阶，伊奢拉开了后座的车门。

别墅西边的树林之间，一抹残阳如血，黑夜即将来临。

天色渐渐变黑，积雪半掩的道路已经不通了，司三已经吩咐一位侍卫开着一辆巨大的丛林越野车等在廊下，待到杜柏钦上了车，车子一路风驰电掣地颠簸着开进茂密的山林中，开了大约二十多分钟，浓密的灌木林终于阻挡了所有的小径，侍卫跟着杜柏钦在陡峭的山体中步行了好长一段路，终于看到远处一片明晃晃的手电筒的灯光，这才看到有警卫正在林中搜索检测足迹，远远看到了一个山崖边上，一整排高耸的铁丝围栏，围栏上一盏探照灯光线雪白，将这片积雪掩盖的树林照得亮如白昼。

这已经是泛鹿庄园的边缘地带。深入了泛鹿山脉的腹地，荒无人烟的一整片茂密森林，没有人烟，没有民用卫星信号，没有巡航导航，孤身一人进入这样的山区，在这样寒冷的冬天，如果遭遇雪崩或者迷路，那么在漫长的黑夜中，最终的结果只能是很快成为山中一具无名的尸骨。

杜柏钦面色阴郁地看着悬崖对面，起伏的山脉陷入了一整片的黑暗之中，只有皑皑白雪覆盖的山顶露出微微的雪光。

司三跟在他身旁，忙着不断接收汇总最新的消息，然后逐一向他汇报："根据现场留下的痕迹比对分析，这极有可能是束小姐留下的足迹。"

司三查看着一路反馈的信息："脚印已经被雪覆盖了，根据枝叶被损坏的新鲜程度，她经过这里的时间大约是下午五点。"

侍卫正提着手电筒蹲在雪地上提取样本，见缝插针地报告道："足迹很少，并且有破坏的痕迹，被追踪者有很高明的反侦察的意识，大部分的线索都被掩盖了。"

杜柏钦站在雪地上，定定地看着脚底那个被尖锐的器物强行绞断的，仅容一人爬行而过的洞口，他忽然抬脚，暴怒地踹了一脚围栏。

铁丝上挂着的积雪瞬间簌簌地落下，墙上的报警器呼啸着尖利地响起来。

一群人只敢噤若寒蝉地立着。

这时远处的山林中传来汽车的轰鸣声，暂时打破了四周的寂静，众人回头眺望，探照灯光照射下隐约看到山沟对面的军绿色卡车疾驰而来，又过了一会儿，林中出现了数排人影，移动迅猛矫捷如豹，一众人远远看到伊奢牵着鲁鲁跑在最前面，一人一狗的身后是一个几十人的小分队，皆穿着迷彩野战服。

队伍停在杜柏钦的身前，为首的一个高壮士兵站直靠拢，敬了一个标准的军礼："长官！"

杜柏钦面上已经恢复了那种冷漠的镇定，浑身都是冰寒锋利的气息，他对跟前的下属点了点头，退开了一步。

这一个小分队的军士带了齐整的工具，两位士兵立刻动手拆开铁丝围栏，一队人马将会沿着目标人物逃跑的路径，沿路追踪过去。

两分钟之后，那个狭窄的豁口就被打开成了一个比较宽大的通道。

杜柏钦扯下了领带，要自己走过去。

司三拦住了他：“殿下。”

司三走了两步靠近他，用低得只有两个人才能听到的声音轻声劝：“我知道您担心她，但您去不合适，看看您身后的下属，都是一手调教出来的特种部队，交给伊奢吧。”

杜柏钦只觉耳边的鸣音一阵阵低沉翻滚，连带司三的话都听得不甚清楚，只得咬着牙挺直了脊背，扶住铁丝围栏抬手用力捏了捏眉心，他低咳一声勉强说了一句：“交给你们了。”

“是！”伊奢一听到他的命令，立刻解开了鲁鲁的牵引绳，鲁鲁精神抖擞地晃了一下身体，对着杜柏钦忠心地吠叫了一声，随即一个跳跃俯冲，这只曾经是军中最优秀的服役军犬如一颗呼啸的子弹一般冲了出去。

不过是一个眨眼，那支尖峰分队已经消失在了积雪密林中。

杜柏钦定定地站在原地。

过了好一会儿，他转过头看到随着他在冰冷雪地上站着的一群花场里的工人，似乎才回过神来，他挥挥手，声音有些虚弱：“司三，让他们回去休息。”

司三遣走了庄园内跟着过来的司机和用人。

夜越来越深，高海拔的积雪未融化，冬天的夜晚入夜之后温度迅速降低，随行的侍卫递上了作训防寒服，司三给他披上了。

两个人相视一眼，交换了个无奈的眼神，他们心里都很清楚，倘若人找不到，只怕这整支队伍今夜都不用回去了。

一个小时之后，伊奢终于传来第一份讯息。

司三将卫星电话接起，转身给了杜柏钦。

杜柏钦接听了两分钟，脸色并没有任何好转，没有任何好消息，他们没有找到她。

寒风呼啸着吹过树林，刚刚被踏平的这一片地面重新慢慢结起冰凌，距离搜索的特种部队离开此地，已经过去了两个小时。

杜柏钦仍然在悬崖边的围栏旁站着，身姿挺拔如松，几乎要凝固成一座冰凌雕像。

幸好这时不远处亮起车灯，原来是司机从山坡的另外一侧将车子开了进来。

司三低声劝了一句：“殿下，坐进车里，外面太冷。”

杜柏钦回头看了一眼，这时侍卫手里的电话又响了起来，顾不上其他，杜柏钦先伸手接了，蹙紧眉头集中精力听着，这一通电话打得颇久，他站着站着渐渐站不住了，整个人晃了晃，抬手撑在了车窗上。

司三拉开了车门，杜柏钦闭了闭眼，无力地靠在了座椅上。

这一次的消息是好的，伊奢已经发现了她的足迹，在宿密河沿岸的冰川。

从阳光最好的中午大约一点，到现在已经将近凌晨，她独自一人徒步，在这么极端的恶劣天气条件下，穿过密林、冰原，走了起码六十公里，相当于正规部队一次野战拉练的强度。

穿过宿密河，就能找到公路和村镇，她就成功了。

心头的震怒刺激得心脏剧烈跳动，气是仍然气的，却莫名地夹杂了一丝说不清道不明的复杂感受，他没想到她竟有这样强韧的意志。

车里的暖气调得异常暖和，呼吸却有些艰难起来，方才在冷风中几乎冻僵的身体慢慢恢复了知觉，肺部泛起的刺痛感变得真实而剧烈，杜柏钦按住了胸口，一直断续的咳嗽终于再也压制不住地绵绵发作起来。

耳边的寒风夹着细密的冰雪，一阵一阵地呼啸而过。

冷，实在是太冷了。

蓁宁一步一步艰难地在雪地中跋涉，背后渗出薄薄一层冒着热气的汗，但很快又冷却了，四肢已经冻得没有了感觉，她仅仅是凭着一股毅力，拖着身体往前走。

今天中午从泛鹿庄园逃出以后，她按着计划好的方向，疾步穿过了一片树林，起初体力还是充沛的，光线也还明朗，但在经过树林旁的一片结了冰的干涸河流时，随着黑夜的降临，视线渐渐受阻。沿岸都是布满岩石的滩涂，厚厚的积雪已经覆盖满了整座山谷，蓁宁在尖锐的石头和松软的积雪之间艰难地行走，她记不清摔了多少次，牙齿一直在咯咯地打战，黑夜漫无边际，更糟糕的是，她似乎迷路了。

她心里慢慢涌上了恐惧，她很有可能会死在这里。

蓁宁停了下来，坐在一块岩石后挡住了寒风，手里摸索着掏出水壶，由于一直捂在胸口，水并没有冻结成冰。

她刚刚咽下了一口水，就感觉到了后面的异常。

在这死一般寂静的冰天雪地之间，出现了一线声息，绵长、略微喘息，但却被控制得很好——那是……另外一个人的呼吸声。

蓁宁的手插进裤兜中，迅速地抽出了枪。

她小心翼翼地爬过石头的缝隙，透过石头遮掩的角度，看到雪地上站着一个人。

是一个男人，穿着迷彩野战服，带着防寒的帽子，霜花结满了眉头。

真是该死，杜柏钦的人找到她了。

男人对着她的方向说："束小姐，您这样是走不出去的，在被冻死之前，跟我走吧。"

蓁宁握紧了枪柄咬着牙道："拔枪！"

男人举起双手，对着她的枪口走过来："殿下吩咐，我们没法用枪。"

蓁宁喝了一声："退后！"

男人仍然向着她走过来："小姐，我们接受的是一样的训练，我不会伤害您的。"

蓁宁望着他，觉得这句话莫名的不对劲，她皱着眉头，脑中却骤然灵光乍现："是你？"

男人愣了一下，迟疑一秒，随即点了点头。

"我怎么以前没有见过你，摘下你的帽子让我看一下。"

"小姐，我是外廷的侍卫，很少能进泛鹿庄园。"男人一边说话一边取下了帽子。

蓁宁看到一个年轻的侍卫，她蓦地瞪大了眼，难以置信似的，一模一样的鼻子眼睛，她看过一个迷你版，在她最喜欢的小姑娘伊芙的脸上。

蓁宁心头久久地惊荡："杜柏钦或许已经知道你了，你知道吗？"

男人笑了一下："至少他没有处置我，一切还有机会。"

蓁宁覆了一层霜雪的睫毛微微发颤："你见过你女儿吗？"

年轻的男人摇了摇头，重新戴上了帽子，眼睛有些红了。

蓁宁慢慢地放下了枪，这时脚下的冰面忽然传来细微的咔嚓声，男人脸色骤变，猛地一个冲跃，拽住了她的手。

蓁宁的下半身已陷进了冰河，年轻的侍卫趴在地上费力地将她拉上来，这时他们的身后传来了狗吠声，鲁鲁嗅到了她和侍卫的行踪。

一辆深绿色巨大军用轿车正在弯弯曲曲的盘山山道上绕圈。

司机开车，蓁宁坐在后座的中央，被一左一右两个荷枪实弹的士兵夹着，方才他们押着她在车里换掉了结冰的衣服，又经过了一番雪地里的长途跋涉，终于回到公路旁，从另外一条山路转道绕回泛鹿庄园。

在经过一个山道弯口时，司机远远地看了一眼，忽然目光一闪，看了下后座的侍卫。

蓁宁不解地看了他一眼。

泛鹿的司机眺望着黑漆漆的山脉中遥远的一点亮光，有些不安地低声说了一句："殿下的车驾。"

蓁宁顺着他的目光仔细看过去，这才注意到山脉对岸的泛鹿庄园的后山道，连成一线的数个微微亮点，应该是一整排车灯，正以飞快的速度冲下山去，一眨眼，消失不见了。

蓁宁有点打战："怎么了？"

身旁的侍卫面容丝毫不动："也许临时有急事。"

蓁宁一夜没睡，天边已经露出薄薄的晨曦，又是新的一天了。

剧烈运动过后全身肌肉酸痛而僵硬，蓁宁在床上坐了起来，摸了摸自己脚趾头，冻得又红又肿。

早上七点多，整幢庄园一片寂静。

昨日夜里将她送回了泛鹿，值夜的用人上前来服侍，蓁宁原本以为回来迎接她的会是一场狂风骤雨。杜柏钦不在庄园里，一切有条不紊，连用人的脸色都是宁静的，仿佛她只是到后山的雾中散了一场步。

早晨八点，蓁宁走下楼梯，客厅里立刻站起两个黑衣男人，神色恭敬却带了一丝紧张："束小姐？"

禁锢她的警备一夜之间提高到了最高等级，蓁宁摸摸鼻子，走回了房间。

自她醒来之后，泛鹿庄园仿佛失去了生气似的，泛鹿庄园的大主子消失无踪，蓁宁连司三都没有见过。

傍晚在花园餐厅，蓁宁忍不住问了一句："司先生在哪里？"

用人正低头将一盅浓汤端上，白色骨瓷烫一圈淡淡金边的盅里冒着热气，闻言摇摇头："抱歉，束小姐，我不知道。"

蓁宁噢了一声，脸上没有什么表情，默默地铺餐巾。

蓁宁当天在夜里接到了司三的电话，一贯的温和语气："束小姐，殿下在荫花别院休养。"

蓁宁正在楼上书房工作，手中的铅笔在再生纸上划出一道深深的灰色痕迹："他怎么了？"

"没有事，例行疗养。"

"好的，晚安。"蓁宁的手指将电话捏得紧紧的，好一会儿才松开，长长呼出了一口气，倒在了沙发上。

墨撒兰皇家空军医院大楼。

何美南站在病房门口："他叫你们来的？"

詹姆斯和谢梓齐齐点头。

何美南十分冷淡："他这一次的情况很糟糕，你们自己看着办吧！"

詹姆斯坐在沙发上，一边从手提电脑中调取资料，一边笑着调侃了一句："老大，我可听说了，泛鹿最近热闹极了。"

杜柏钦不愿吸着氧召见下属，要求护士给他撤了输氧管，这会儿呼吸有点难受，只皱着眉头：“干活。”

詹姆斯心里惦记着何美南的话，手上飞快按了几个键，翻转电脑到他跟前：“您要的资料找到了。”

杜柏钦凝视屏幕上的档案：“当时跟着她的那名驾驶员，现在可还在康铎？”

詹姆斯尽量简练地汇报：“您那天安排下来我就立刻去调查了，他现在在海岛上执勤，等了好几个小时后才联系上。第一次去问，他说当时是和将小姐一块儿将您拖上飞机的，其余一概不知。”

“我联络了他的上峰，又问了一次，这一次压力有了，他说救援机找到您时，您的伤口已经进行了止血处理，并且他承认了将家许了他保持沉默的好处。”

詹姆斯摊摊手，没觉得有什么问题：“将小姐的确是在救援飞机上将受伤的您接回，女孩子嘛，有点虚荣心也正常。”

杜柏钦眉心拧紧，摇了摇头：“基地的医生说，如果没有及时止血，我根本撑不到回去。”

詹姆斯低头看自己手上的文件，也很疑惑：“您是想搞清楚当时的事情？不过也的确奇怪，调查报告我看过，现场除了您，一个活人也没有，不是将小姐，会是谁？”

杜柏钦手撑住额头，心头忽然跳得很快：“查一查束蓁宁。”

詹姆斯明显一愣：“束小姐与这事有什么关系？”

杜柏钦说：“她当时在图姆岛屿附近。”

这一次连詹姆斯也愣了一下，他原以为不过是泛鹿府上一段风流艳史，没想到竟然远比这复杂，他瞬间警觉起来，立刻说：“给我一点时间。”

他脚步匆匆地推门离去了。

谢梓跟着敲门进来，杜柏钦正在接电话，指了指病床边的沙发示意他坐。

谢梓听了一下就明白了，电话那头是将茉雅的父亲。将维上将是殿下的老师，这位将军大人得知两人要解除婚约的消息，十分震怒，还特地打电话来将他痛骂了一顿。

将维在电话里头说：“我听到了城中的流言，召她回来，臭丫头直接离家出走了。”

杜柏钦一手握着电话，只静静地听着。

“柏钦，她在南部战役一事获得无数赞誉，连我都为她自豪，她也是从小任性惯了，如果此事她撒了谎，是我管教不严，我女儿令家族蒙羞。”

“柏钦，你在重新调查此事？”

“是。”

“能否保全小女声誉？”

“这对另外一个人不公平。”

将维上将理所当然地说：“我可以做出补偿。”

杜柏钦愣了一下，听到了这种贵族式的口气，忽然就明白了那天蓁宁在泛鹿的愤怒和绝望。

挂了电话后，谢梓上来报告工作，正事汇报完了，跟他说：“殿下，跟将小姐取消婚约的事情，将家并不打算出面做任何声明，一切交由杜家处理，这会留给民众无限猜想。”谢梓皱着眉头思索将家的事，忽然神色一愣，“那日在泛鹿庄园，束小姐说的，难道是真的？”

杜柏钦的脸色不比他好。

蓁宁站在庄园的前门游廊，雪已经停了几天，天气清朗，庄园的山脉天际，粉红的落霞满天。

庄园的警备如临大敌一般，蓁宁连到山上散步的权利都被剥夺了，她只能走到大门，坐在台阶上吹泡泡。

她在实验室调配出的一瓶肥皂水，加了一些阴离子表面活性剂和稳泡剂，类似商店里销售给小朋友的那种泡泡盒子。

蓁宁从瓶子里拔出一个小棒子，对准圈圈颇有技巧地吹出一个大泡泡，一阵风吹来，泡泡在夕阳中泛出五彩斑斓的光彩，然后落到草地上，碎了。

蓁宁看得高兴，又吹出一连串的小泡泡。

鲁鲁从草地的另外一侧摇着尾巴跑过来，靠在她的脚边，讨好地蹭了蹭她。

蓁宁冷着脸没理它，鲁鲁在她离家出走的那个晚上找到她时，冲着她恶狠狠地吠了好几声，蓁宁当时又伤心又绝望，因此对它很生气。

鲁鲁趴在她的腿上，蓁宁侧过身子没有理它，鲁鲁很委屈地呜呜叫了几声。

蓁宁抬头又吹出一个极大的泡泡，隔着一层透明的膜，看到那辆堡垒一般的黑色奔驰轿车驶入庭院，司机下车，拉开了车门。

蓁宁一时愣住了，忘了继续吹气，大泡泡在她嘴边碎了，有一滴液体溅到嘴角，咸咸的。

鲁鲁欢快地叫了一声迎上去。

蓁宁看了一眼从车上下来的男人，穿着法式白衬衣，系着暗红条纹领带，黑色大衣衬得他瘦削的脸孔苍白得几乎要跟衬衣领子融成一色。

蓁宁愣愣的："你病了？"

杜柏钦面有愠色，声音却有气无力的："我不在家你就把我车都砸了？"

那日实验室里缺了一株植物，蓁宁想要走出庭院，侍卫们拼死阻拦，蓁宁实在是闷得发疯了，回到大厅就掏出她衣兜里那支格洛克，站在廊前，杜柏钦平日里上班的那辆车正好停在庭院里，蓁宁砰砰砰开了三枪，打瘪了他的两个轮胎，最后一颗子弹被防弹玻璃弹射出来，震碎了院子里一盆花。

蓁宁说："我逗他们玩一下。"

她玩枪也不是没分寸的，杜柏钦也没当回事儿，声音沙哑："干吗坐台阶上？"

蓁宁抬头望他："你的侍卫长跟我开玩笑说，你吩咐过，我要是再跨出这个台阶一步，他就能打断我的腿。"

"他不是开玩笑。"杜柏钦将她从头至脚看了一遍，阴阴森森地说，“下次再逃跑，二十发子弹够不够用？”

蓁宁厚着脸皮道：“要不您再赏我点儿？”

杜柏钦脸色又白了：“你就非得这么顽劣？一整个侍卫队为了找你浪费多少资源！”

蓁宁不敢说话了。

杜柏钦抬腿往屋里走，蓁宁跟在他身后嘀咕：“殿下，我想去山上散步。”

一听这话，杜柏钦蓦然转身：“你要胆敢再走到半山去，我就把你捆起来丢到结冰的宿密河床去。”

他语毕面无表情地走进了屋子。

蓁宁翻了个白眼，只好继续坐在台阶上吹泡泡。

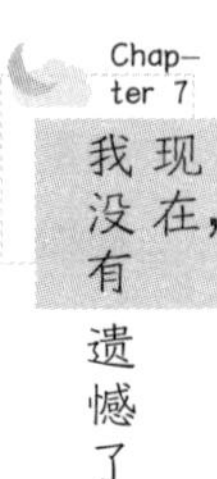


杜柏钦回来之后，泛鹿又开始下雨，冬天的雨，缠绵冻人。

一年之中最糟糕的天气。

一日下午蓁宁从工作室出来，看到宅邸门前停了几台车，看来泛鹿今日有访客。

蓁宁绕过大厅想从走廊的侧门溜进厨房，经过客厅的窗户前，听到里面有男人的吵闹声，蓁宁最先听到了何美南的声音：“谁在我医院里签字让他提前出的院？”

屋里嗡嗡地有人说话，何美南停了会儿，又继续絮叨：“我说怪不得，我怎么听说杜家在公主港的货轮都出不去了？将家跟你们家吵架了是不是？将霨疯了，他做事怎么一点不像他老爹，不就是个婚约吗，至于翻脸吗！”

杜柏钦有些沙哑低微的嗓音几乎要淹没在其中：“你们能不能轮流来冲着我大喊大叫？”

“你俩走开，我先来。”何美南一把推走了身旁的詹姆斯和谢梓，“柏钦，你现在是我的病人，再不听医嘱，以后泛鹿不要再给我打电话！这种天气去拓摩宫，还自己走上去，你到底知不知道爬山对你的肺部意味着什么？”

杜柏钦干脆利索地承认：“我错了，抱歉。司三，请何院长到茶室里喝咖啡。”

何美南一边往外走一边气呼呼地叫：“我会向上级申请在你的医疗保障团队中除去我的名字！”

司三正躬身引着何美南往外走，听到立刻抬起了头恳求道：“何院长，您再考虑一下？”

何美南出去后，詹姆斯立刻站到了他跟前：“图姆密林的旧案子有些眉目了，过几天跟您汇报，可我昨天刚回到首都就接到了律师的电话。柏钦，为什么放弃？”

关于他父亲的那场空难调查案，二十年的诉讼时效即将过去，倘若他现在放弃，那就意味着他要永远放弃了。

詹姆斯被指派调查他父亲的案子好些年了，一路走来最清楚不过他承受了多少压力，若不是因为杜柏钦的固执的坚持，这件事根本进行不下去，现在一切都有了方向，他却突然止住了脚步，连詹姆斯都觉得无法接受。

杜柏钦从沙发上站了起来，走到窗前，忽然说了一句：“回屋子里去，别在雨里站着。”

站在窗外的蓁宁摸了摸鼻子走了。

杜柏钦望着窗外，沉默了半晌，才道：“我原来想等听完你的调查再决定，后来觉得，其实已经不必了。”

他今天还抱病去了他父亲的墓地，詹姆斯心知已经不必再劝，于是说：“我会整理一份结案文件给您。”

詹姆斯略有遗憾：“令尊是清白的，他不应该成为墨撒兰历史上的一个污点。”

杜柏钦没有说话，手撑在窗棂上，紧紧地握紧，呼吸有点沉重。

詹姆斯愣了一下，忽然明白过来，做出这样的决定，其实他才是最难承受的，他往前走了一步：“柏钦——”

杜柏钦却已经从窗前转过身：“去跟美南喝杯咖啡吧！”

谢梓等在大厅的外面，看到那个有些眼熟的纤长身影走进了厨房。他跟了进去，站在蓁宁的身后：“束小姐，那日是我鲁莽了。”

蓁宁从桌面上翻开了发好的面团，她下午打算烤曲奇饼干来着，见到他神色也是淡淡的：“全墨撒兰的男人都爱戴未来的王妃殿下，谢先生，我理解。”

谢梓的脸顿时涨红了：“不，我向您道歉。”

蓁宁神色很淡，言辞却很犀利：“谢先生，你们每个人都这么看我？一个破坏王室婚姻的女人？”

看着她平静无波澜的脸孔，想着她不声不响的，却干得出捅破天的事儿，谢梓忽然硬生生地打了个寒战，顿时说不出话了。

“她恨的是我，出来吧。”杜柏钦进来了，扶着厨房的门淡淡地说了一句。

谢梓出去了。

蓁宁站在厨房的橱柜前取盘子，见到他走进来，说：“殿下，为什么放弃了你父亲案件的诉讼？”

杜柏钦坐在餐厅的椅子上，伸手倒酒，闻言愣了一下：“你听到了？”

蓁宁捧着盘子站在他的身旁，等着他回答。

杜柏钦却只不置可否地答了一句：“不为什么，我放弃了诉讼，已经不需要风家的合作，我会安排司三取消你的工作合同。”

蓁宁问：“我可以走吗？”

杜柏钦搁下酒杯，笑了一下，半是赞赏半是恼怒：“泛鹿关得住你？”

蓁宁昂首挺胸：“殿下，我不是你的泛鹿情人，我属于我自己。”

杜柏钦又接着喝酒，点了点头：“当然。”

“蓁宁，”杜柏钦在她身后幽幽地说，“你会留下来吗？留在康铎？”

蓁宁脚步停了一下，好一会儿没有说话，摇了摇头，走了。

那日的客人离去后，泛鹿庄园恢复了往日的静谧。

有一日下午，蓁宁在一楼的大厅看到他的车驶进来，他下车往屋子里走，不知是淋了雨还是吹了冷风，脸色白得很，也没有理会她，径自进了书房。

明明出入俱是车驾，被随行官员和侍卫官一众人围得密不透风，最多不过是风衣衣角沾了几滴雨水，蓁宁实在不明白，他怎会有那般糟糕的脸色。

那辆堡垒似的黑车又一日在深夜驶入了宅邸的庭院。

女佣上来报告："束小姐，殿下要见您。"

蓁宁被请进了一楼的书房。

这是墨撒兰的第二个掸光大楼，蓁宁以前为了避嫌，连这个房间的门口都不曾经过。

伊奢替她推开了门，做了一个"请"的手势。

蓁宁走了进去，入眼的是一间宽阔无比的房间，屋内的暖气充足。这个被外界誉为墨国第二军机重地的泛鹿书房，宽大的书桌上密密麻麻的宗卷，桌面上一台计算机的宽大屏幕是黑的，蓁宁看到书房连接着一间附属的会议室，胡桃木的桌面上，他的笔记本搁在上面，蓝色的光隐隐闪烁，桌面上一个竖着的文件夹上分不同颜色的标签注明，厚厚的，一叠一叠都是加密的国家文件。

杜柏钦穿着浅色条纹衬衣和一件黑色羊绒衫，手肘处压着一卷公文，正倚在沙发上低头点烟，那种细长的雪茄烟。打火机清脆一声响，许是脸色苍白，蓝色火苗映出他的脸庞如玉一般。

见到她进来，杜柏钦含着烟模糊地说了一句："坐。"

蓁宁看着碍眼，病才好了三分就要开始吸烟："我恨二手烟。"

杜柏钦只好将烟掐灭了。

蓁宁在他对面坐了下来。

杜柏钦望了她一眼："南部密林的事情，你有什么和我说的？"

蓁宁十分沉着："有，我父亲死在那里。"

"除此之外？"

“没有了。”

“你说的关于茉雅的事，是怎么知道的？”

蓁宁冷笑一声：“我瞎编的。”

“我为当时的态度道歉。”他目光牢牢地看着她的眼睛，“蓁宁，我再问一次，南部战役的事情，你有什么和我说的？”

“没有。”蓁宁紧紧地抿起了嘴，再也不肯说话。

杜柏钦伸手拨内线电话：“詹姆斯来了？让他进来。”

詹姆斯敲门进来：“头儿？”

蓁宁起身欲走：“你们有公事？”

“坐下来。”杜柏钦对她说，声音带了沉沉的压迫感，“私事。”

杜柏钦坐在沙发上，脸色很平静，这一次是对着他的情报专员：“坐。”

詹姆斯坐下来了。

杜柏钦眼眸微垂，仿佛害怕什么似的，并没有说话，手撑在沙发扶手上，修长的食指关节弯曲，轻敲着沙发上面的一个烟盒。

一下，又一下。

缓慢，凝重，窒息。

詹姆斯和他共事多年，自然明白他的细微动作，这基本是他心神不宁、心底有重大决策，极力地思考权衡的时候。

杜柏钦掩嘴低咳几声，终于抬头问：“有结果了是吗？”

詹姆斯脸上明暗不定，直接从档案袋中抽出纸张展开。

杜柏钦扫了一眼那份检测报告。

詹姆斯言简意赅地开始汇报：“我找到了那辆防弹越野车——束小姐当时驾驶的那辆车，被留在了与政府军队交火的树林中，作为重要物证，还保存在当地的营房车库里。”

杜柏钦眸中有光微微一闪。

詹姆斯确认地点了点头：“虽然经过了这么长时间，当时的痕迹已经基本被破坏了，但我使用了检验试剂，在方向盘的下面提取到了血迹样本，做了DNA比对——是您的血。”

杜柏钦心底早有准备，却仍没忍住心口一震，手握成拳低低咳嗽起来。

詹姆斯尽量使自己的声音显得理性专业："这足以表明，束小姐接触过受伤后的您。"

杜柏钦脸色隐隐发白，声音低沉嘶哑，带了一种奇异的平静："报告给束小姐看一下。"

报告递过来，蓁宁也不看，一张脸没有表情。

詹姆斯有些尴尬地抓了抓凌乱的头发："以下仅是我的工作调查报告，如果说得不正确，请束小姐指正。"

"我推断是束小姐开车经过存磲弯，转过小路去往后来发生爆炸的树林，路程大约是三十分钟，路上经过殿下跟毒贩首领交火的山坡，时间高度吻合。还有一个疑点，关于殿下发出的定位追踪信号，我做了详尽到秒的时间点分析，并且重新调取了人证报告，这一次找到了突破口。那个时间点，有一架巡航机探测到了直升机的飞行记录，对比了殿下地面的侍卫队收到最后一次信号的时间，说明殿下最后的求救信号发出时，救援直升机还在空中。"

詹姆斯说："最后一次的救援信号不是殿下发出的，也不是将小姐发出的，那么——就是第三个人。"

杜柏钦侧过了脸，心头涌起的竟然是一种轻松的绝望之感。

詹姆斯有些不忍看他这一瞬间的表情，只低声说："柏钦，你们聊。"

詹姆斯看了一眼蓁宁，将文件整理好留下，默默地收拾公文包离去。

蓁宁看着詹姆斯走了："听完了，我可以离开了吗？"

杜柏钦右手默默地撑在了自己的腿上，略微低了头，呼吸沉重而凌乱。

他摇了摇头示意她留下，右手仍然紧紧地压在腿上，手握成了拳紧紧地抓着裤子忍着肺部的疼，深灰色的西裤被抓出了一团褶皱。

蓁宁终于站了起来："殿下？"

杜柏钦好一会儿才缓了过来，仰着头看了看她，眼底的疑惑和痛楚慢慢地浮了起来："你在泛鹿那么长时间，随时都能找到我，为什么——不告诉我？"

蓁宁漠然地转过脸："如果知道我父亲会死，我不会救你的。"

"蓁宁，"杜柏钦声音幽幽沉沉，"你说过，我欠你一条命，现在我明白了。"

蓁宁心里已经有了主意："殿下，既然这样，劳驾，放了孔维。"

"你要我给他自由？"

"是。"

"他是登记在册的墨撒兰现役军人，服役期还有五年，不可能擅自离开。"

"殿下总有办法。"

"好。"

蓁宁望着他，声音清清楚楚："你放了他，我们就两清了。"

没等杜柏钦回答，她扭开书房的门离开了。

泛鹿庄园。

杜柏钦站在大屋的门前，身旁跟着鲁鲁。蓁宁看了他一眼，穿着黑色羊绒大衣，显得脸庞更苍白，他还在养病，脸上的光彩浅浅淡淡的。

用人将箱子搬到了屋檐下，蓁宁穿上外套走了出来："回去吧，外面太冷。"

杜柏钦手搁在大衣口袋里，不时地轻声咳嗽，仍坚持随着她走到了庭院里："我送一送你。"

蓁宁说话间呵出白白的雾气："我这个月仍会回来工作，直到泛鹿找到新任掌香司。"

杜柏钦点点头："我知道，司三跟我报告了。"

当时蓁宁在医院里陪他做检查，杜柏钦问过她想要什么，蓁宁说想搬出泛鹿庄园。

杜柏钦语气很平静："你看到新闻了。"

蓁宁知道他说的是什么。新年伊始，王室办公室新闻厅忙得不可开交，因为康铎城中的花边小报一直爆出惊人消息，先是杰弗里亲王被爆出已罹患癌症而后又被宫廷医生否认，然后是杜沃尔殿下与将茉雅小姐解除了婚约。

蓁宁笑笑，避而不谈他的私事："殿下，万事小心。"

庄园里的司机将车开了过来，她的行李已经装好了，侍卫笔直地站在车旁，蓁宁冲他摆摆手，往车门走去。

鲁鲁忽然吠了一声，从杜柏钦身边嗖地一下窜到了她的车旁，两只爪子扒住了车门，湿润的眼睛巴巴地望着她。

蓁宁低下头摸了摸它的脑袋："好孩子，回去吧。"

杜柏钦缓步走了过来摸了摸它，鲁鲁立刻温顺地站到了他的身后。杜柏钦伸出手，拉住了她的手腕，然后缓缓俯身，替她拉开车门，扶着她的胳膊，将她轻轻地送进了车子的后座，整套动作风仪文雅，是标准的康铎贵族式的绅士风度。

他扶住车门，用有些哑的嗓子轻轻地说："蓁宁，我剩下的半生，是你的了。"

蓁宁的肩膀突然哆嗦了一下。

杜柏钦已经伸手，关上了车门。

从那一天开始，杜柏钦喜欢送她下班。

蓁宁仍然喜欢研究泛鹿后山的植物，杜柏钦一般五点从掸光大楼回来，而后送她返回城中住宿的酒店。

那一天车子进了市区，经过嘉荣基金大厦时，杜柏钦说："你是不是很喜欢一楼的那间热狗店？"

蓁宁目光正追随着那间烤烟四散的店铺不肯移动，浑然不觉自己已经暗自咽了几下口水。

杜柏钦动手拨车内的电话："我让伊奢陪你去买。"

他这段时间的外出都格外低调，康铎城内的报纸对这桩告吹的婚事热情未减，一日日都有新闻出来，今天说将茉雅为情消瘦，在慈善赛马会上昏倒，明日又是知情人士出来爆料，说婚礼取消是因为大殿下有了外遇。

天天换着花样翻新的王室消息早已引起民众议论纷纷。将茉雅这几年的公众形象营造得非常好，民众都很喜欢她，早已将她看作未来的王妃，更有激进分子到市政大道首相府邸抗议，要求杜柏钦出面回应此事。

侍卫长很快来到车前，鞠躬行了一礼："殿下？"

蓁宁下车走到街道对面，指挥侍卫长大人去排队买热狗和咖啡，自己则去了隔壁的冰激凌店。

蓁宁站在露天的咖啡广场，一整条开阔的林荫大道，沿路是五颜六色的时尚精品店和百货公司。伊奢走过来，递给她一个棕色纸袋子包着的热香肠。

蓁宁端着咖啡，提着香肠，先心满意足地咬了一大口。

伊奢替她拿着她买的一大杯冰激凌："这么冷的天，束小姐还爱吃冰激凌？"

蓁宁被食物感动得都要哭了："这个配热狗很好吃。"

伊奢的目光一直警觉地盯着街道对面那辆堡垒式的黑色轿车，替蓁宁收拾了热狗的袋子："回去了？"

蓁宁赶紧又挖了两大勺冰激凌，急忙塞到嘴里："等会儿，我再吃一点，这个不能带回去，会被骂。"

伊奢一转头看到她被冻得双眼圆睁，眼泪都快要掉出来了，赶紧停住了脚步："慢慢吃。"

蓁宁口腔都冻麻了。

伊奢站在大厦的台阶上，这位侍卫长大人一向不苟言笑，忽然冒出了一句："您从泛鹿搬出来，殿下很伤心。"

蓁宁惊奇："我可没发现他有何伤心之处。"

伊奢露出了一丝无奈："有时他下班迟了，回去时束小姐已经离开了泛鹿，司先生上来禀报，第一件事就说这个，他每次听到，话都不说一句，很失望地就进屋子里了。"

机场巨大的落地玻璃窗外，似乎总可听到回旋的风声。

昨夜下的一场小雪今早已经停了，数百公顷的停机坪上积雪已经被铲除，近处还有工人开着车洒下除雪剂，湿漉漉的水泥地面一直延伸到天际。

蓁宁站在窗前，默默地望着眼前的万国飞机展。

一架一架花花绿绿、带着世界各地航司标志的飞机都静静地停泊在地面上，两条数千米的跑道上都没有飞机起飞和降落。

极远处的机坪上，泊着两架飞机，机身是蓝白的墨撒兰国旗颜色，尾翼有一枚国防部标志——一个简单利落的金色飞鹰图案，是一架波音的空中指挥机，后面跟着一架银河战略运输机，飞机下有地面空乘人员正在忙碌。

正是出访归来的国防总参专机抵埠。

蓁宁静静地站在贵宾休息室的落地玻璃窗边。

最后一次了。

泛鹿庄园的新任掌香司已经开始工作，她已经开始安排回国的事宜。自她从泛鹿搬出去之后的这段时间里，杜柏钦对她千依百顺。蓁宁知道他不希望她回去，但他即使心里难受，也一个字都没有和她说。

出访前他问她：“在康铎，还有什么想做的？”

蓁宁想了想：“我记得你说过，可以带我飞一段？”

杜柏钦摸了摸她的头发：“可以，等我回来。”

蓁宁望着停机坪，一颗心也随着风声起起落落，机场的离愁别绪，总是比别的地方浓一些。

因为安保要求，康铎首都机场封锁了大约十分钟，玻璃窗外开始有游客好奇地凑过来观望，极少数几位乘客辨认出了飞机搭载的是何人，兴奋不已地对着远处拍照留念。

蓁宁步下廊桥，踏上停机坪。

随行的官员和机场的工作人员都已经离开，只剩下他的侍卫长领着侍卫守在机舱前，蓁宁刚刚走到飞机下，就看到杜柏钦和谢梓走出舱门。

蓁宁等在旋梯下，微微地抬头仰视他的身影。

杜柏钦打扮工整，是标准的外交姿态——纯黑西装，白色衬衣，紫色领带，工整的深灰大衣，头发光可鉴人，面容略有疲色，但看起来精神不错。

杜柏钦在停机坪上将她一把抱了起来。

蓁宁看他难得这么高兴，也没有拒绝，只拍了拍他的肩膀，示意他将她放下来。

“下属都看着呢。”

谢梓笑笑，礼貌地跟她致意，先上了一旁等候的车子。

伊奢正指挥侍卫将杜柏钦的文件和电脑往车上搬。

侍卫替他们拉开车门。

轿车行驶在首都的机场高速上。

蓁宁缩在宽大舒服的后座上，靠着他的肩头，闻着身侧的人身上的气息，是熟悉的雪茄清冽的气息和某种树木的淡淡香气。一颗浮浮沉沉的心终于慢慢沉静下来，坐着坐着就有些昏昏欲睡了。

杜柏钦看了她一眼：“困了？”

蓁宁坐直身体：“他们说你早上七点到，谁知耽搁到九点。”

杜柏钦面上维持着不动如山的平静，抬手将她的肩膀扶住，声音低沉得近乎温存：“抱歉，因为临时有个会议，你先睡一会儿。”

蓁宁倚在车上睡着了，一路睡得香甜，浑然不觉车子将他们带入了伏空军区。

杜柏钦看她睡得脸颊粉红丝毫没有醒来的意思，车内宽敞舒适，也很暖和，实在不忍心叫醒她，吩咐侍卫守着车子，等她一醒来就带她去他办公室。

今早五点多就出发来到了机场，一直等到将近中午，蓁宁困得不行，因此这一觉睡得格外的沉，待到她模模糊糊地醒过来，方才发现是在杜柏钦的车内，身上披着他的外套，只是人已经不见了踪影。

蓁宁睡眼惺忪地爬起来，迷迷糊糊地推开车门，一只脚和半个身子探出车外的那一刻，后背忽然狠狠地战栗了一下，瞬间整个人被完全冰冻住。

她抬头看了一眼，车门外一排黑漆漆的枪口正对着她。

神智在同一刻完全清醒，蓁宁举起手，镇定地道："诸位，误会。"

为首的高壮男人穿着军服，有一张严肃的四方脸："你是谁？为何在殿下车内？"

蓁宁头脑转动得极快，想了一圈却不晓得何种说辞最为稳妥，她举着手一动不动飞快地转动了一圈眼珠，终于看到伊奢从车库的入口处飞奔而来。

伊奢一边跑一边大叫道："盖德！嘿！住手！"

为首的那个大个子盖德看了一眼，挥手让那群伙计移开了一步，只是枪口仍然没动。

伊奢迅速挡在了蓁宁的前面，喘了几口大气道："这位女士从泛鹿来，是殿下的眷属。"

盖德愣了一秒，立刻收起了枪。

蓁宁终于从车子里站了出来。

盖德这时仿佛才看清面前的是一位优雅迷人的小姐，他羞涩地笑了笑，冲着她敬了一个礼："抱歉，女士。"

蓁宁客气笑笑："没关系。"

盖德领着手下继续巡逻去了。

伊奢大大松了口气，魂魄这才归位："束小姐，抱歉，还以为您不会醒得这么快。"

蓁宁看看时间，她睡了快三个小时。

伊奢递给她热咖啡和三明治。

蓁宁和他一同步出停车场。

伊奢规矩地走在她身后半步，向她报告："部长例会刚刚结束，今日殿下要视察第二航空队的飞行演习，让束小姐在后勤基地的办公室内等他。"

蓁宁想了想，问他："我能不能在外面看？"

伊奢答："待我请示一下。"

伊奢慢走几步打了一个电话，又等了几秒，兴许是等秘书请示，一会儿伊奢收起了电话转身问她："殿下问，您穿得可够暖？"

蓁宁指了指身上的羽绒服："嗯。"

伊奢点了点头，将一个牌子挂在她的胸前，他神色有些忧虑："知道他今天要进场，昨天航医特地给他做了体检，束小姐，请保证殿下的安全。"

蓁宁点了点头。

伊奢指给她一排椅子："好了，去那边坐着，您不说话，没有人会理您。"

蓁宁坐在一幢白色的二层楼前，这里只是一个空勤基地，离真正的训练机场还远得很，几幢涂了迷彩绿的简洁的军事设施，偶有神色轻松的大兵嬉闹着走过，看到她也只是多看一眼，也有好事者吹了一声响亮的口哨，但并没有人敢上前来查问。

她坐的位置可看到极远极远处的塔台和跑道，各式的巡航机和导弹机一直在不间断地起起落落。

天高云阔，一望无垠，绿色的房子、灰色的云朵、蓝色的天空，战机发出的巨大轰鸣声从头顶迅速掠过，空气因为寒冷而分外的清新，蓁宁只觉得非常的舒心。

蓁宁一个人静静地坐着，她捧着咖啡看着一架一架的飞机在天上滑翔而过，看得兴致勃勃、兴高采烈，直到三个小时的飞行训练结束，寂寥长空才恢复了冬日的平静。

警卫过来将她带走，蓁宁跟着杜柏钦的警卫走过开阔的地坪，穿过后勤基地的楼房，来到后方的停机舱房，经过降落伞舱时还有执勤的士兵在整理物件，再往里走，就没有人了。

蓁宁看到一个由高密度的银白色材料搭建起来的巨大封闭仓库，足有两个足球场那么大，里边停着各式战机。蓁宁遥遥往里看了一眼，杜柏钦高挑笔直的身影正站在一架飞机下，他身旁跟随着一位穿着工装的飞机技师，还有两位高级将领模样的军人，几个人正对着打开的飞机肚子，偶尔低声交谈几句，似乎是在检视飞机弹道装置。

伊奢和两名侍卫隔了一段距离，默默地站在通道口的入口处。

蓁宁第一次见到他在工作时的样子，因此有点陌生。他换了军装，深绿色领带打得一丝不苟，外面穿的是蓁宁最喜欢看他穿的飞行员夹克，整个人脊骨如剑，面上无笑，眉目凛冽，浑身上下都是威严和冷峻。

古相书上所说的，铁面剑眉，兵权万里。

蓁宁听到自己的心，如擂鼓一样地跳动。

警卫并不走近，只在通道口处行礼，跟他的侍卫长禀报一声："长官。"

杜柏钦听到声音回过头，见到她纤细的身影正躲在士兵后，低着头不知道在想什么。

他转头对几个部下说了一句话，几个部下和他简短交谈了几句，然后依次从另外一个通道口走了出去。

杜柏钦对她招手："过来。"

伊奢对着警卫示意，几个人也跟着退了出去。

蓁宁慢慢地走过去。

杜柏钦脸上还是冷的，目光却柔和了下来，"冷吗？"

蓁宁面上有点恍惚："不冷。"

杜柏钦握了握她的手，目光在她脸上巡视："好看吗？冻得鼻子都红了。"

蓁宁疯狂点头："棒极了！"

杜柏钦冷峻的眉目露出了一点点笑意："跟我过来。"

蓁宁跟着他穿过了机库，踏上一望无垠的跑道和草坪。不远处的停机坪上，一架银翼的Y–16战机如一只巨大的灰猫静静地趴在跑道旁。

蓁宁屏住了呼吸，这是她人生中第一次这么近地见到真正在服役的战机。

幸福得简直要哭了。

伊奢等在一旁，将手里的一份检查单递给了杜柏钦，杜柏钦接过单子，开始做飞行前的绕机检查。

“过来。”杜柏钦站在驾驶舱前，对着她招了招手。

“答应我，没有大仰角，没有俯冲，不要过载。”蓁宁仰头看他的脸，脸上有恳求的神色。

“伊奢跟你说了什么？”杜柏钦笑了一下，“别紧张，你在呢，我怕把你飞晕了。”

蓁宁爬了上去。

杜柏钦坐到了驾驶舱。

“我发誓我什么也不碰。”蓁宁举手。

“好女孩。”杜柏钦说，“劳驾，蓁宁，把头低一下。”

蓁宁正悄悄地趴在机舱的边缘往外看飞机的翼展。

杜柏钦抬手将她的脑袋往里面按，蓁宁慌忙缩回自己的脑袋：“喂！”

杜柏钦修长的手指在操纵杆上敲了敲：“束小姐，恳请你给我在军中留一点点声誉。”

蓁宁乖乖地坐了回来。

杜柏钦一项一项做起飞前的检查，然后低声一句：“我们开始了？”

蓁宁点头。

他抬手按下了一个键，无线信号通了，电波的低微声音传了出来，杜柏钦不再和她说话，脸上的神色渐渐变得沉静。

塔台先向他们问候，估计知道是他在机上了，声音带着一丝紧张：“Good afternoon,Kamdor–512.”（下午好，康铎–512。）

杜柏钦声音一如往常的冷静：“Good afternoon.”（下午好。）

跟随着塔台发出的指令，杜柏钦启动了发动机，引擎伴随着巨大的轰鸣声开始飞速地转动。

蓁宁忍不住压低声音尖叫：“天啊！”

这简直是她听过的世界上最美妙的声音。

“Kamdor–512, request for taxi–out.”（康铎–512请求滑出。）

“Kamdor–512,you are approved taxi to runway 16.”（康铎–512，允许经16号跑道滑出。）

“Taxi to the runway 16 ,Kamdor–512.”（16号跑道滑出，康铎–512。）

蓁宁一动不动地望着他熟练地操控着飞机滑到16号跑道。

“Kamdor–512,before take–off checklist.”（康铎–512，执行起飞前检查单。）

“Before take–off checklist completed,Kamdor–512.”（起飞前检查单已完成，康铎–512。）

“Kamdor–512,Clear for take–off.”（康铎–512，可以起飞。）

“Clear for take–off,Kamdor–512.”（可以起飞，康铎–512。）

引擎开始高速旋转，发出了巨大而尖锐的轰鸣声，飞机开始在跑道上加速。蓁宁感觉到了机身一阵颤动，杜柏钦轻轻一个拉杆，战机抬头离开了地面。

杜柏钦驾驶着飞机似箭一般笔直地钻入了云层。

空管员开始报飞行高度，确认一切正常，杜柏钦沿着航道，飞过一整片夕阳覆盖的田野、山川、河流，远处康铎城区的建筑物，好像一个一个五彩缤纷的盒子。

蓁宁内心长久地震荡，太令人难以置信了。

杜柏钦带着她平飞了很久。

他们穿过云层，速度减缓了下来，蓁宁看到棉花一般的云絮，一层一层地铺展在灿烂晴空的金色云海中。

蓁宁激动的心终于慢慢平静。

“快到了！”杜柏钦看了看方向，“我向空管申请了一条临时航线，往下看。”

高度开始缓慢地下降，蓁宁看到墨绿色的山脉、茂密的树林，蜿蜒的河流闪着金光。视野之中出现的是一个苍绿的山脉缓坡，一条灰色的山道在密林之中若隐若现。飞机越飞越近，蓁宁终于看清楚了，半山腰那一片熟悉的碧蓝的湖水，一幢砖红色的连体别墅山庄好像描摹在画中一般。

竟然是泛鹿庄园。

从空中看泛鹿庄园，有另外一种角度的别致美。

战机的巨大轰鸣声由远及近，司三站在廊下仰头看了会儿，忽然醒悟过来，快步转身回了屋中，没过两秒，整个泛鹿的用人放下了手中的活计，纷纷从屋里跑出来，站在花园里兴高采烈地对着飞机挥手，鲁鲁在草地上蹦了起来，跟着飞机跑。

杜柏钦手上握住了驾驶杆，忽然说："准备好了？"

蓁宁还没反应过来，飞机俯冲而下。

一瞬间剧烈的失重感，蓁宁感觉自己整个人几乎飘了起来，心跳骤然加速，眼前瞬间发黑，再一眨眼，泛鹿的砖红色屋顶近在咫尺。

"要撞上去了！"

蓁宁尖叫一声捂住了眼睛。

杜柏钦握着操纵杆骤然拉高，战机加速呼啸着扶摇而上，泛鹿的屋顶又变小了。

身体有一种被挤压的感觉，蓁宁有点呼吸不过来。

"还好吗？"杜柏钦飞平了，有点不放心，伸出手握住了她的手，蓁宁没受过训练，加速时过重的压力对没有受过训练的普通人来说很危险。

蓁宁兴奋大于难受，立刻摇了摇头。

飞机绕着泛鹿盘旋飞行了几个圈，迎着夕阳开始返航，视野里一层一层绵绵的云彩无穷无尽地铺展开来，蓁宁闭了闭眼，以为自己会死在这片柔软的金色海洋之中。

杜柏钦握住她的手一直没有松开。

蓁宁倚在他的颈边，某一个瞬间轻轻闭上了眼睛，什么都没有说，却仿佛诉尽了一生。

——仿若天上的一个梦。

直到飞机返回伏空，开始滑翔下降，长长的跑道在视线中出现，蚂蚁般大小的地勤士兵在摇晃旗子。

飞机稳稳落地，在跑道上滑行减速，然后发动机巨大的轰鸣声停息了。

杜柏钦坐在驾驶座，他闭了闭眼，伸手握住她的手。

蓁宁的声音仿佛还在空中漂浮："谢谢你。"

杜柏钦侧过头看了看她，抿嘴笑了一下："谢我什么？"

蓁宁答："谢谢你给我留下了一段最好的康铎回忆。"

他手掌传来一阵凉意，蓁宁心里一惊："你怎么了？"

杜柏钦温柔地笑了笑："没事。来，我们下去。"

蓁宁在泛鹿庄园的二楼房间收拾行李。

她的私人用品在上一次搬出泛鹿时已经收拾过一次了，剩下的大部分是工作笔记和一部分没有完成的成分香精。司三按照她的要求给她拿了一个航空箱子，此时那个箱子被搁在地上，蓁宁正一样一样往里面装东西。

她在泛鹿的工作已经正式结束，她准备回国了。

蓁宁收拾完了，把箱子合上，搬起来要往楼下走，刚走到二楼的起居室，听到一楼的庭院传来车子驶进来的声响。

蓁宁从二楼的落地窗往外看了一眼，是杜柏钦的车。

楼下的茶厅很快开始有用人走动的声响，司机将车子驶入车库，伊奢指挥着侍卫队在庭前换岗，司三快速而沉稳的脚步声从一楼的大厅里传来。

是他回来了。

蓁宁蹲在二楼偷偷看了一会儿，以后再也没有机会看泛鹿这等阵仗了。一直到庭院前的车子都驶走了，她终于站了起来，抱起箱子要往楼下走。

廊下的杜柏钦脸色阴沉，用人服侍着他在玄关脱下了西服外套，一直到走进客厅，他依旧沉着脸一言不发，抬手扯松了领带。

司三看了看他的神色，在门口拉住了他的侍卫长伊奢，压低了声音问：“怎么了？”

伊奢也摇摇头：“早上去国会大厦开了会。”

司三转头吩咐女佣：“给殿下拿杯温水。”

这时用人上来报告：“殿下，皇家马球俱乐部的司机送到山下的，已经检查过了，说是等您一回来就打开。”

杜柏钦接过了水杯，沉声应了一句：“打开。”

用人闻言立刻把箱子搬到了茶几上，割开胶带，拆开包装，抽掉了箱子，露出了里面的庞然大物。

一时间所有人都愣住了。

摆在桌面上的是一整套的海峡战备模型——一艘巨型的母舰，海洋中一排整齐的油井，还配有战列舰、驱逐舰、潜艇，甲板上飞机的机翼全都被折断了。

杜柏钦站在桌子前，箱子上有一行写得歪歪扭扭的黑色大字“Take it if you like”。

那些黑色的字母仿佛在视线中飞速旋转，幻化成了一张巨大的小丑脸正对着他发出诡异的嘲笑，杜柏钦的手指痉挛地捏紧了水杯，哑着嗓子说了一句：“司三，让人都退下。”

司三听到他压抑到近乎没有一丝起伏的刻板声音，来不及跟伊奢说话了，立刻转身走了进来：“都下去吧。”

整个大厅的用人无声无息地退下去了。

杜柏钦直直地立在客厅内，手里的杯子越握越紧，杯子里的水纹都开始晃动，他忽然抬手，将手里的杯子狠狠地掼在了桌面上。

桌面上的那艘最大的战列舰瞬间被命中，水杯的玻璃碎片混着积木颗粒四分五裂地飞溅开来。

司三一声不出地站在一旁，眉头轻轻跳了一下。

杜柏钦犹不解气，拎起了茶几旁的一套骨瓷茶具对着那堆模型接着砸，瓷器四分五裂，整个桌面转眼就被砸得稀巴烂。

他紧抿着嘴唇，呼吸粗重紊乱，脸色苍白起来。

司三终于不放心，走上前一步劝道：“殿下，别气坏了身体。”

他在泛鹿发脾气摔东西，是多少年没有过的事情了。

杜柏钦将手里剩下的茶托塞进司三手里，努力地平复了呼吸，抬脚往楼梯走，刚走到楼梯口，一仰头，看到站在二楼转角处的蓁宁。

蓁宁一直贴着墙壁默默地站着，见到他，尴尬地摸了摸鼻子。

杜柏钦见到她，低咳一声，神色顿时有些懊悔："她怎么在家？"

司三只好如实报告："束小姐来交接工作，今天是她在泛鹿工作的最后一天。"

杜柏钦的脸色瞬间更黯淡了。

蓁宁抱着箱子走了下来，杜柏钦伸手接过她的箱子，刚发了一场脾气，这会儿声音很低："定了回去的日期了？"

蓁宁点点头。

"到家了给泛鹿打电话。"杜柏钦转手将箱子递给了司三，"送蓁宁回去吧。"

他眼底沉沉的沮丧之色。

"等会儿，柏钦，"蓁宁忽然说，"我想再去后山转转，你陪一下我？"

杜柏钦听到了，沉默了几秒，还是点了点头。

司三等在大厅的门前，递给杜柏钦一件防水外套。

杜柏钦接过穿上。

司三站在庭前，看着两个人并肩慢慢地往泛鹿的后山小径走去，回头看了一眼一片狼藉的客厅，如释重负地松了口气。

蓁宁低头轻轻地踩着石径中枯黄的草："工作进展不顺利？"

杜柏钦已经冷静了下来："是我没控制好自己的情绪。"

"没有通过？"

"嗯。"

蓁宁知道他一直在国会推动北敕雷的收复方案，多年来为此多方奔走。也是因为身份特殊，他一直在内阁、军方和王室之间极力斡旋，除了这件事，再没有什么能让他气成这样了。

"我们花费了多大的气力才走到今天这一步，其他的不说，单就是杰弗里。”杜柏钦愤愤地说，“他要是再公开发表一些蠢话阻碍我们的工作，这个国家再过十年都收不回北敕雷岛！”

北敕雷岛屿的归属问题一直是墨撒兰心头的一根刺。

北敕雷岛屿在历史上一直是墨撒兰的属地，早在黑茶王国时期就对墨撒兰称臣。二十世纪五十年代，墨撒兰宣布独立自治，殖民统治结束，殖民者在离开墨撒兰之前，在北敕雷岛扶持了一个统治政权，与墨撒兰划海而治。七十年代，这个统治政权被赖昂武装控制，至今已经把控了北敕雷岛四十多年，岛上的居民多为墨国人和敕雷岛民混居。由于赖昂是一个极端的军权统治者，根本不发展经济，导致整个敕雷岛的居民生活一直十分贫穷而落后。

北敕雷岛和临近的海湾储存有大量的石油资源，赖昂没有独立的开采技术，但此人十分狡猾多谋，早在八十年代开始就买通了墨国以香家为首的几个大资产阶级家族，数十年来双方一直在通过偷偷铺设的输油管道向邻国售卖石油。赖昂用卖石油的钱穷奢极欲地挥霍享受，并购买了大量的军事武装用于固守本岛，墨国几个大家族则世代累积了巨大的家族财富，开始在政界培植权势，竞选议员，进而把控了一部分的政府议员，这么多年一直阻挠历届内阁对北敕雷的军事行动。

杜柏钦升任国防部总参谋长之后，跟国防大臣潘雷格提议，请市政大道一号的首相官邸同意他下令切断这条海上的石油运输路线，墨撒兰试图以此为条件谈判，解决近年来争议、冲突不断的北敕雷岛屿的归属问题。

收复北敕雷这件事，墨撒兰国内暗地里支持的人不少，但真正敢跟几个大家族起正面冲突的党派议员很少，从杜柏钦父亲那一辈开始就没有成功，甚至首相梅杰都出面警告过他不要太激进，为了保住这条流淌着黄金的运输线路，那几个老头儿会不惜采用一切极端手段。

蓁宁心底佩服他的勇气，可也不得不劝他：“这是一个很长的历史问题，慢慢来，你已经做得很好了。”

杜柏钦轻轻地叹了口气：“是我一时心急了。”

两个人在树林里慢慢地走，阔叶林的叶子已经在冬天落尽了，山谷的深处有一层厚厚的腐叶，蓁宁深深地吸了口气，冬日里的空气有树枝的芳香："我会永远想念泛鹿的后山。"

杜柏钦一听到这个又不开心了，他转过脸望着蓁宁，委屈道："你一定要走？"

蓁宁抬头望了望天，忽然说："你知道吗，我的父母本来可以不收养我的。"

父母在埃塞发生意外时，蓁宁只有三岁，年幼时跟父母的记忆已经很模糊了。当时她的父母去世之后，父亲那边没有直系亲属了，妈妈留下的信是让姨母照顾蓁宁，她们年轻时是很亲密的姐妹，可是那时候蓁宁姨父环境不是那么好，蓁宁住了一年多，过得很不开心，那时候她四五岁了，开始有记忆，寄人篱下的感觉尤其强烈。

风家得知消息后，立刻将她接过来直接带回了华国，蓁宁父母跟风父一家是旧识，蓁宁生父跟风仑说过，倘若他探险发生意外，就将幼女托付给老友。

小时候他们四兄妹都太淘气，老闯祸，只是无论是谁带头捣乱，妈妈对她都是和颜悦色的，三个哥哥倒是经常被妈妈的狮吼功吓得面无人色。爸爸小时候把三个哥哥揍得满院子乱窜，却只把她抱到膝头上摸摸她的头发，因为爸爸最疼爱这个小女儿。

杜柏钦听她说起小时候的事情，沉默了好久，有点难过地问："你先回去，我去看你可以吗？"

蓁宁无奈地望了他一眼："柏钦，即使不再记恨，我们也不是适合互相来往的家庭。"

杜柏钦十分坚定："我不在乎，我会去北涧看你。"

两个人往泛鹿大宅走回去，走到山路小径的入口时，蓁宁忽然抬起头，对杜柏钦说了一句："你们联系上平策了吗？"

蓁宁坐在城中的酒店房间里看电视。

当天几乎全墨撒兰的民众都守候在电视机前，等待着中午十二点的电视直播。康铎国际机场今天封闭了一整条跑道，为了迎接前任国王拓摩四世唯一的女儿平策公主今日学成归国。

蓁宁打开电视时，飞机已经降落，一架墨国航空的客机停在跑道尽头，舷梯架好了，下面铺了长长的红毯。

所有人都在屏息等待着。

机舱门终于缓缓打开了。

平策公主殿下步出了飞机舱门，她有一张年轻而皎洁的面容，棕色长发，眉眼长得像她父亲，穿着白色套裙，同色系蕾丝帽子，十八岁的女孩子，却丝毫不怯场。她从舱门走了出来，在舷梯上站定，对着镜头优雅地挥手，然后露出了一个微笑。

就是这一个甜甜的亲切笑容，瞬间虏获了全墨撒兰民众的心。

公主殿下步下舷梯，和前来迎接的官员一一握手，卫队围在舷梯口热烈地鼓掌，仪仗队开始奏乐。

车队从机场开往公主居住的宫殿。

沿途挤满了热情的民众，车队所过之处，都引起了阵阵的欢呼声。

平策公主离开康铎时正逢她父亲拓摩四世去世，墨撒兰国内各种街头小报对于王室内部阴谋的揣测不少，但王室一直没有任何回应。杰弗里亲王入主卡拉宫三年，并没有什么特别大的贡献，加上近期因为频频发表个人政治观点干涉国事，早已引起了一部分民众的不满，所以平策公主的归国，拥有的支持也是显而易见的——没有任何一家媒体能够抵挡得住公主的魅力，所有新闻都在滚动播放平策的新闻，一个年轻、优雅、美丽、学识出众的公主有望继位，几乎是满足了民众对于王室美好生活的幻想。

平策是名正言顺的国王第一顺位继承人，虽然她的叔父现在把持了卡拉宫的内政，但民间呼吁公主继位的呼声也越发高涨。

风熔给蓁宁打电话："看了电视直播了？"

"嗯。"蓁宁心底也为平策高兴，那个当年被她从卡拉宫里救出来，趴在她的肩膀上哭得伤心地问她"我爹地死了吗？"的小女孩，现在已经长大了，成了一个君主的模样。

风熔最近心情也不错："妹妹，这一次你做得很好。"

蓁宁笑了：“谢谢大哥。”

近年来，在墨国内部的各种政治势力风云诡谲，呼吁平策公主回国的声音也不少，但没有一股势力有能力确保公主殿下顺利回国继承王位。直到最近，前来谋求合作的是杜沃尔家族为首的国防部派系的官员，提出的条件很可靠，军方负责公主殿下回国后的安全，直至公主殿下继承王位，而公主殿下作为王室代表，要公开支持政府收复北敕雷。

平策公主一直持观望态度，这些年一直受母系家族和风家的保护，风熔是精明的生意人，平策持有国王印鉴，这就是最有利的条件。

风家要一份杜家珍稀花卉的股权。

蓁宁听到这个条件，忍不住倒吸一口气。杜沃尔家族掌控着墨国百分之八十的花卉和药材种植出口产业，风家若要插一脚，那就是在一条流满黄金的河岸边，轻轻松松地分一杯羹。

谁知风熔笑眯眯地说：“杜柏钦谈平策的事情严谨苛刻，关于这件事情却答应得异常爽快。”

蓁宁纳闷地道：“他疯了吧。”

风熔又说：“他同意将他手里百分之五的股份转移到你名下。妹妹，以后我们都靠你接济了。”

蓁宁急了：“大哥！”

风熔轻声说：“逗你玩的，妈妈不同意。”

蓁宁回过神来，是啊，妈妈永远不会释怀。

风熔问她：“机票订好了？”

蓁宁告诉了他回国的航班号。

风熔答道：“好的，大哥派人去接你。”

康铎城区的风曼酒店停车场。

司机看了一眼后视镜，那个高瘦笔直的身影正大步流星地走进来，司机立刻推开车门跑出来。

杜柏钦从停车场去酒店，只进去了十分钟，出来时神色莫测，手上捏着一张印着酒店标志的白色纸条。

他今天轻车简从地抵达酒店，没想到蓁宁早已离开，只在前台给他留了一张便条。

杜柏钦回到车里，侍卫长伊奢俯身在他的车旁，问：“殿下，去哪儿？”

杜柏钦愣了一下，她不日将离开墨撒兰。由于平策公主回国，他整整忙了一个礼拜没见过她，今天下午有点时间，特地推掉了所有事情，没想到她早跑得无影无踪。思索了两秒，他淡淡地答：“回泛鹿吧。”

杜柏钦在车上查看了她手机的定位系统，看到她离开了康铎市区，前往了干漾行省。

杜柏钦打电话给香嘉上，看看是不是又跟他去鬼混了。

香嘉上被关在了林荫大道，这几日陷入家庭大战，声音有些疲惫：“她不是住在酒店被你的人看得严严实实？”

杜柏钦问：“你没见过她？”

香嘉上答：“没有。”

杜柏钦直接说：“我电话有反监测系统，你现在怎么样？”

香嘉上来了点儿精神：“你勾结了公主，我们家要破产了，我家老大气得跳脚，这两天没空理我。”

杜柏钦说：“香嘉运跟我真没法谈了？”

香嘉上恢复了懒洋洋的语调：“一天数十亿美金的损失，香嘉运一向最爱钱，你这不是要了他的命吗？”

杜柏钦不客气地道：“你能不能收收你那惫懒的样儿？你家老头子一向疼爱你，虽说香嘉运掌了权，你想掌权也不是没有可能。”

香嘉上说：“老头子是老一辈人，一向讲究精忠报国，但他听了老大的花言巧语，以为你要扒了香家的命脉。”

杜柏钦在电话这头笑了：“他说得也没错，我还真是想煎一下，你们富得流油了。”

香嘉上意兴阑珊：“殿下哪里看得上这点小钱？”

杜柏钦没空说话了：“你就在家里待着吧。”

香嘉上无聊到发疯：“柏钦，我是支持你的，你得派军队来解救我！”

杜柏钦直接挂了电话。

杜柏钦又打了一次蓁宁的电话，这一次通了。

蓁宁在电话那头大声地叫：“你没看我留的纸条？”

杜柏钦说：“看到了，你在哪儿？”

她那边风很大，束蓁宁的声音夹杂在呼啸的风声中，几乎是在吼：“我要回国了，过来看看我父母。”

杜柏钦明白了，她的亲生父母葬在墨撒兰，在康铎城郊的干漾行省。

没说两句，电话断了。

大概是信号不好。

杜柏钦打开了车上的地图。康铎市依山傍海，城市往北是较平缓的泛鹿山脉，干漾山是西北走向，离首都较远，有一段未经开发的天然峡谷和险峻山道。

夏季时郁郁葱葱、风光旖旎，是绝美的观景胜地。只是如今是冬天，由于偏远独特的地理位置，干漾山的冬天一直占据着首都大区最低气温点，山道多弯且不平整，也不适宜滑雪，因此除了本地居民，冬天几乎是一片荒无人烟的地方。

也不知道她到底看没看天气预报，就这么孤身一人跑去了。杜柏钦抬头看了一眼泛鹿山脉的尽头，云层一直阴沉沉地压着森林，雪要下来了。

杜柏钦从庄园的前厅走出去，司三服侍他穿上大衣，杜柏钦看了一眼，雪地轮胎已经换上去了，伊奢正在里面领着侍卫检查油箱。

司三说：“还是用您平常的那辆车吧，安全一点。”

杜柏钦摇头：“不够快。”

司三将一个瓶子放进车里：“您的水杯，当心别受冻。”

伊奢站起来，对他点点头，拉开了车门。

杜柏钦坐进驾驶座。

他踩着油门倒车，车子低低地轰鸣一声，飞出车库，转出花园车道，往庄园大门驶去。

伊奢带了一群侍卫开着一辆车跟了上去。

出了庄园，进入市区，鹅毛大雪已经洋洋洒洒地落了下来。杜柏钦手上握着方向盘，穿着防水外套的交通警察提前开始指挥秩序，他耐心地踩下刹车。

这时掸光大楼办公室的电话从侍卫队接了进来。

杜柏钦接了，只听了一句，脸色便再也没法放松起来，他听完了秘书官的汇报，陆续交代了几句，挂了电话，绿灯正好亮起来。

杜柏钦深吸一口气压下了急躁，一脚踩下油门，车辆在路口呼啸而过。

不是什么军机大事，只是首都交通厅往上报备了几起雪灾的事故报告，郊区的雪从今天凌晨就开始下了，造成了一部分的电力中断和人员伤亡，其中就包括了今天中午时分干漾山区侧翻了一辆大巴的事故。

好不容易出了城区，太阳已经开始西斜了，一望无际的城际公路白茫茫一片，路上几乎没有任何的车辆，杜柏钦一路上风驰电掣，溅起片片飞雪。

原本是两个小时能到的干漾行省，即使开到了尽可能快的速度，限于路况太糟糕，还是超出了三个小时。

杜柏钦车开得太快，侍卫的油门都几乎踩到了底，性能极好的越野车一路飞驰，可是转了几个弯道，还是看不见前面的车辆，伊奢只好拨他的电话："殿下，当心安全，我们跟不上您。"

杜柏钦不得不稍微减慢速度。他双眼专注地看着路面，耳边塞着蓝牙耳机："你用定位系统跟上我的车子。"

蓁宁的车停在了半山。

车辆陷在雪地里熄了几次火，然后就再也打不着火了，蓁宁检查了一下，应该是电瓶亏电了。

蓁宁扫了一眼手机，快下午四点了，手机依旧没有信号，山上的云朵灌铅似的灰暗低沉，积雪快要淹到车门边上了。

她中午给父母扫了墓，眼见天气不好，雪又开始下了起来，便赶着下山，没想到这辆租来的两厢轿车还是扛不住这种暴雪天气。蓁宁检查了一下车里的物资，仅剩半袋面包和一瓶水，汽油倒还是充足的。她刚刚给泛鹿打了求助电话，司三说会派人过来，只是雪堵住了山路，行车会很难，不知道来不来得及，如果实在要挺过今晚，有汽油总归是好办一点的。

蓁宁在车辆前后设置了危险警示，将全部的物资都收拢到了驾驶座旁边，然后拉紧了身上的防寒服，蹲在车子的驾驶座上，开始看窗外飞舞的雪花。

比这恶劣得多的天气她都经历过，再不济，这是省际公路，等待一下，总会有车经过。

那辆黑色的越野车从山底的公路上出现时，蓁宁一个激灵，差点跳了起来，迅速推开车门往外一跳，却落入了一个雪坑。

车辆在警示牌前极速刹车，一个高大的男人推开了车门。

蓁宁举起双手呼救的动作顿时定住了。

杜柏钦看见是她，眸中的波动只是一瞬，长腿跨过了深深的积雪，伸手将她从雪地里拉了起来。

蓁宁深一脚浅一脚地被他拽着在雪地里走，口中呵出的气立刻冻成气雾，户外寒风呼啸，杜柏钦开始轻声咳嗽。

他的车一直打着火，暖意扑面而来。杜柏钦拉开车门，手撑在车顶让她上了车，又俯过身替她系好安全带。

蓁宁问："你一个人来的？"

杜柏钦答："侍卫还在后面，你没摔倒受伤吧？"

"没有。"

"那就好，天黑之前我们开出山区，这里太冷了。"

杜柏钦待她坐好，立刻掉头开入了下山的车道。蓁宁在车上，杜柏钦开得慢了一些，饶是如此，车子还是有好几次原地打滑，杜柏钦紧紧地把控着方向盘，万分惊险地开了过去。

蓁宁用他车上的卫星电话打通了伊奢的电话，侍卫的车在山路弯道上遭遇了连环撞车，车道完全被堵住了。

蓁宁心底忽然隐隐不安：“殿下，你不能每次都这样冒险。”

“有你呢。”他一边说话，一边俯身拉开了驾驶座下的一个暗格，取出了两支枪械，熟练地掂了掂，将一把突击步枪递给了她。

蓁宁接过了，单手推上了弹匣，将那支步枪握住，终于觉得放心了一点：“这还差不多。”

车子在干漾山的道路中飞驰，天地之中只有汽车前这两束光线，夕阳照射在山峰上，沿途经过峡谷、峭壁、树林。

杜柏钦脸色渐渐凝重起来，一道又一道的下坡路，他丝毫没有减速的迹象，车子在弯道时几乎是飘出去的。

蓁宁已经发觉不对劲，慢慢地坐直身体，撑着车门看了他一眼，又看了一眼后面。

杜柏钦将电话递给她：“告诉伊奢，我们在A50-54号公路一段，后面有一辆车跟踪，我们车上的巡航系统搜索不到他们的车辆。”

蓁宁观察力敏锐：“这车好像今天我在山上的停车场见过。”

夕阳正缓缓没入山头，黑夜即将来临。

杜柏钦开了大灯，一束灯光照亮路面，雪地上有凌乱的几道车痕。

这时山道两侧都是高耸的树木，仿佛隐藏了无数獠牙的狰狞怪兽，随时都可能扑向他们。

杜柏钦手上握着方向盘，丝毫不受影响，侧过头看了她一眼：“不害怕吧。”

蓁宁伏在椅座上隐蔽，往后看了一眼，隐隐的兴奋：“目测起码有三个人，手里有武器。”

她手上没停，拉了枪栓，子弹上了膛。

杜柏钦赞赏地笑了笑，这会儿了他还有心情跟她说话：“嘉上今天早上是不是给你打过电话，你接了？”

蓁宁不明就里，点了点头。

杜柏钦说：“他被他大哥关了好一阵子，你们那通电话应该是被监听了。”

蓁宁不相信：“是香嘉上？不可能！”

杜柏钦忽然瞥了她一眼，有点不悦地说：“你对他倒维护得很。”

蓁宁翻白眼，都什么时候了，还计较这个。

杜柏钦忽然说：“蓁宁，看着后面。”

前面是一个陡峭的弯道，山路下是深渊，就在转过弯道的一刹那，蓁宁听到了后面传来的声响。

好像过年放鞭炮，又好像石子敲打屋顶的瓦片，沙沙的一阵乱响。

后轮突然剧烈一震，车子顿时失去平衡，失控地往一侧滑，杜柏钦就在这一刻突然踩下刹车，车子轮胎尖锐地摩擦地面，溅起大片雪花，他飞速地打转方向盘，车辆靠着左侧的山壁一路摩擦，一阵雪花碎石乱飞打得窗户噼啪作响，车子在旋转颠簸中减速。

杜柏钦在车辆停下的最后一秒，将车门打开了一道缝隙，他们后侧是坚硬的石壁，一道安全的天然屏障。

如此高速的行驶中的猛烈刹车，让蓁宁身体前倾，几乎要倒在玻璃窗上，身体被安全带勒得发紧。

杜柏钦拎着枪跳下车，头也不回地说了一句：“掩护我。”

他在雪地上一滚，靠着后车厢趴在地上，架稳步枪，屏息等了两秒，等到跟踪的车辆进入了最佳射程，一连串子弹射了出去。

杜柏钦手上所持的反器材狙击枪，数发子弹连环发射，准确地对准了一个点，巨大的威力打爆了车前的防弹玻璃，子弹打中了驾驶座上的男人，车辆瞬间失去了控制，往山涧处狂奔而去，驾驶座的男人脑门上一个血洞，却仍死死地踩住了刹车，车子在山崖边停住了。

后座上黑漆漆的枪口立刻对准了杜柏钦的位置，子弹如疾风骤雨般疯狂扫射过来，一个男人借着这一波火力滚下雪地，一边扫射，一边冲着他们的藏身之处猛扑而来。

蓁宁跟在他身后跳下来时，迎面就是一颗子弹从耳边簌簌擦过，射进了身后的石壁，碎石四溅。

蓁宁瞬间找到了隐蔽点，立即举枪不断射击，凶狠地替他压制住了对面的火力。

男人在雪地上不断翻滚还击，两辆车不过两三米的距离，一旦他接近杜柏钦，那就很危险了。

这是死士式的袭击。

激烈的枪战只持续了不到五分钟。

车上一共四个人。

借着蓁宁强大火力的掩护，杜柏钦射击精准，司机被杜柏钦击毙，突袭而来的男人扑倒在雪地上，副驾驶上的人提着机枪被击毙在车旁，最后一个受伤倒在后座上，随后举枪自杀了。

蓁宁被步枪后坐力震得手腕发麻，跪在雪地上惊魂未定地喘气。

这时天空又下起雨雪，混着小冰雹，噼里啪啦地打在车顶上，杜柏钦捂住了她的眼睛，将她往车上拉。

两个人刚坐到车上，山道上忽然有车灯乱闪，又有人上来了。

蓁宁想去拿枪，但觉得手脚都在发颤，她着急地问："还有别的人吗？"

杜柏钦坐到了驾驶座上，按着胸口，呼吸急促："别怕，是伊奢。"

迎面而来的汽车鸣起了喇叭声，然后是侍卫的呼唤："殿下！"

他的侍卫队追上来了。

伊奢领着人上去迅速地将袭击者检查了一遍，随后侍卫队举着枪，将他们团团围住，护着杜柏钦和蓁宁坐到了后座。

伊奢坐上了驾驶座，重新启动了车子，往山下开去。

车厢内慢慢地恢复了平静，

蓁宁还有些恍惚，她一直被父亲保护得太好，这样惨烈的实战经历很少。杜柏钦坐在她的身旁，掏出手帕给她擦干净了手上的泥和雪。然后安慰地摸了摸她的头："冷吗？"

蓁宁闻言摇摇头，她的神经还处在高度的紧张和亢奋之中，知觉还没有恢复，其实刚才两个人的身上都被雪浸透了。

车子一路飞驰而下。

车厢内的温度渐渐升高，蓁宁冰冻的身体开始慢慢恢复，身上的衣服黏糊糊的，让她觉得不舒服，杜柏钦替她擦干了脸上的雪水之后，就侧过脸去，没有再说活。

蓁宁觉得有些不对劲，低声唤了一句："柏钦？"

他身体紧绷，呼吸很重，听到蓁宁唤他，动了动手臂撑住了身体转过来想要说话，却忽然握拳掩住了唇，轻声咳嗽起来。

蓁宁伸手拧开瓶子，杜柏钦就着她的手喝了口水，艰难地吞了下去，温热的水流缓慢地流进胃道，引起一股灼烧般的痛。肺部近期反反复复地受冻，医生早告知他旧伤发作会是什么后果，看见蓁宁有点儿慌，他费力地压抑住了咳嗽，提前先安抚她："我身体不适，你别担心，我的侍卫会处理。"

蓁宁忽然想起来了："上一次也是这样，在泛鹿，夜里我逃走那一次？"

杜柏钦闭着眼摇了摇头。

蓁宁伸手去摸了摸他的脸颊，却忍不住倒抽了一口气，他整个人的体温仿佛被冰水浸泡过一般寒冷，浑身都在微微颤抖，已经说不出话来。

蓁宁扶住他的肩膀："别硬撑。"

杜柏钦只感觉一个温软的怀抱将他包裹，他的身体僵硬地撑了两秒，随即衰弱无力地倒在了她的身上，任由自己的身体靠在她的肩上。蓁宁低头，看到他脸上的苍白变成了青灰色，唇色泛起了淡淡的绀紫。

杜柏钦被她抱在怀里，忍不住慢慢闭起了眼睛，甚至连那肆虐的疼痛，也渐渐感觉不到了。

蓁宁轻声地唤："柏钦？"

他的意识开始慢慢溃散。

蓁宁声音简短而急促："伊奢，殿下需要医生！"

伊奢临危不乱："束小姐，照顾一下殿下，何医生已经在来的路上了。"

视野渐渐开阔，来时经过的一条山脚下结冰的河流泛着白光，道路慢慢变得平缓，他们已经驶出了山区。康铎郊区的灯火隐隐可见，沿路两侧已经是广袤的田野。

远处的村庄零星的灯火闪烁着。

蓁宁抬起头时看到了道路的尽头，车流一路避让分流，一辆军绿色救护车的顶端红灯闪烁，正一路啸叫而来。

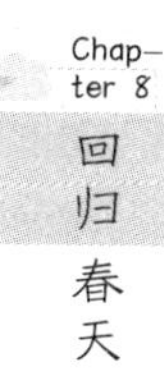

# Chapter 8 回归春天

泛鹿庄园。

整个屋子静悄悄的，连鲁鲁都被拴了起来，司三背着手在庄园内巡查了一番，最后特地进厨房检查了特供的食材。

杜柏钦回来后入院检查，医疗团的负责人何美南联合他的主治医师，跟病人进行了一次非常严肃的谈话。

何美南跟病人谈病情时，这一次话说得很重。

于是从医院回来后，杜柏钦安安静静在庄园里休息了一个礼拜。

他在医院接受治疗的那几天，蓁宁都陪着，只是恰好何美南大发飙的那一天下午，蓁宁没有去医院，因为大哥的秘书亲自来了康铎。

风熔交代得很清楚，杜柏钦的身边现在不安全，风熔让他过来，就是要先接走蓁宁。

护士刚刚给他喷了溶剂喷雾，他闭着眼倚在床头，杜柏钦看见她进来："见到人了？"

蓁宁愣了一下："是你的意思？"

杜柏钦也没否认："这一次连你都牵扯进来了，你先回家去比较安全，等事情过去了，要是想来康铎，我派人去接你。"

蓁宁怔了怔，说了一句："我等你身体好点就走。"

杜柏钦笑了笑："好，等我出院吧。"

蓁宁住在酒店，这几天出门时，出入都有车接，保镖都不再限于影子一般地跟在她后面，而是直接将她团团护住了。她想找香嘉上问问情况，但根本见不到人。今日报纸上的头版头条——墨撒兰国全面禁止了对北敕雷的淡水和食物运输。

报纸上隐隐腥风血雨的气息扑面而来，连一向乐观的康铎市民都开始紧张起来。

杜柏钦昨日已经出院，并未返回泛鹿，而是直接去了掸光。她回家的机票是明天晚上的，蓁宁夜里在酒店的客房里，打开了箱子开始收拾东西，收拾着收拾着，突然把手里的毛衣一扔，扭开门往外走。

保镖守在她的房间门口，蓁宁说："我要出去。"

"束小姐，去哪儿？"

"泛鹿。"

女管家在一楼招呼她，蓁宁打了声招呼，先去了自己的工作室，找到了落在里面的工作笔记本，再回到客厅时，庄园里的用人似乎都被安排下去了，整幢大屋不见人影。

她往楼上走去。

二楼的起居室也没有人，一只大狗安静地坐在杜柏钦的卧房门前。

蓁宁的脚步很轻，鲁鲁却立刻转过了身，认出了是她，摇着尾巴静悄悄地走了过来。

蓁宁轻轻地摸了摸它的耳朵，在走廊上蹲了下来，鲁鲁将头拱进她的怀里，蓁宁抱了抱它毛茸茸的脑袋。每次都是这样，杜柏钦在家休养时，鲁鲁都变得格外的乖巧，有时候用人怕它吵到殿下休息，便把他拴了起来，它在狗舍里也是这样，湿润润的大眼睛一直望着二楼卧室的方向。

蓁宁牵着鲁鲁在起居室的门前探头悄悄地看了一眼，杜柏钦宽敞的卧室里只开了一盏落地灯，司三躬身站在杜柏钦的床前。蓁宁停住了脚步，抱着鲁鲁坐在杜柏钦卧室外的起居室地毯上，她没有再往里走，因为她已经听到了里面传出来的争吵声。

司三的声音被压得很低，但一板一眼的："您也别动气，二殿下也毕业有六七年了，您为国家服务，按照墨撒兰的世家规矩，行省和家族的事情本就应该由二殿下承担起来……"

杜柏钦低咳不断，声音十分严肃："当初我父亲去世之后，母亲反对我进入墨国政界，当时我跟她商议过的结果，你不是一清二楚？"

司三仍旧是那副固执谦恭的语气："我知道夫人要求你不要干涉二殿下和柏钰公主的人生选择，可此一时彼一时。"

杜柏钦沙哑的嗓音泛出了一丝沉沉怒意："什么时候轮到你替我做决定了？"

司三垂着头不再说话了。

杜柏钦沉着脸，话说得很慢，一直不断地喘气，但却压不住怒火翻涌。他是一个情绪很冷静平和的人，至少蓁宁在泛鹿住了那么久，从未见过他对庄园内的用人发脾气，这一次司三还真的是把他惹怒了："泛鹿庄园的事情，什么时候轮到你往巴黎打电话了？你是我的内侍，我把泛鹿交给你看管，你不好好行分内之事，还给我往外惹事！"

司三不知是急还是怒，眼睛发红，这一次也真是打定主意以下犯上了："掸光的日常军务本来就已经足够繁忙，眼下国家还是战备时期，我不告诉夫人，您身体还撑得了多久？"

杜柏钦脸色煞白，侧过身体按住了胸口拼命吸气，喘息仍是渐渐艰难粗重起来，他按着胸口深深地吸口气，喘息着说："我管不住你，你收拾一下，我调你去荫花别院，今晚就走。"

"殿下……"司三愣住了。

下一秒，他扑通一声跪了下去。

杜家的荫花别院，原是老杜沃尔公爵为了妻子和三个孩子修建的度假别墅，可自从杜夫人搬去巴黎后，康铎只有杜家长子留居，杜柏钦平日里公务繁忙，几乎很少去住，跟军机繁忙的泛鹿相比，那边实在是人间胜地。

司家世代食杜沃尔家族的俸禄，司三更是难得地侍奉了两代杜沃尔公爵，为君分忧乃是分内之事，他还远没到能享受的年纪，司三跪在床前，哽咽着说了一句：“属下知错。”

杜柏钦沉默许久，发青的脸色慢慢转回了苍白，终于说了一句：“你起来吧。”

司三低着头不敢动。

杜柏钦语气丝毫不改强硬：“起来。”

司三垂着头没有动，他知道，杜柏钦治军极严，习惯了号令如山，他若是就这样走出这个卧房，那这事就再没有转圜的余地了。

“司先生。”这时房门前有人轻轻地唤了一声。

司三回头，看到一个纤细修长的人影站在房门前：“我有事找殿下。”

蓁宁轻手轻脚地走了进去，站到了司三的身旁：“我来同殿下说。”

司三觑一眼杜柏钦的神色，暗自松了口气，站起来躬身行了个礼，走了出去。

蓁宁站在他的床尾，杜柏钦身上还穿着白衬衣，藏蓝色西裤，领带被解开了，估摸是直接从掸光回来，还没来得及休息就被司三捅出的祸给惹怒了，此时他低垂着眼倚在床上，苍白的脸没有什么表情。

蓁宁说：“我告诉你，我暂时先不回去了。”

杜柏钦沉默了一秒，动了动身子想要坐起来，却突然猛烈地咳嗽起来，他咳得已经伤了肺，一声一声血气弥漫，从裤袋中掏出手帕按住嘴角，咳嗽声变成了闷哑的声音。

蓁宁给他递了温水，他喝了一口止住了咳嗽，靠在床沿，望了她一眼：“为什么？”

蓁宁咬了咬唇：“我不想在你有危险的时候离开你。”

杜柏钦仍在方才的气头上：“我危险不危险，关你什么事？”

蓁宁好声好气地说：“我想留下来看看情况，你要是没有事，我再回去。”

杜柏钦冷着脸道：“我能有什么事？这儿不需要你，你赶紧走。”

蓁宁气得脸都绿了，抬起脚就往门外走，手握住门把的那一霎那，心又有点软了，她忍不住回头："柏钦，我问最后一次，你仍要叫我走？"

杜柏钦半躺在床上，英俊消瘦的脸庞一点表情也没有，他淡淡地说："一辈子留下来，不然你走吧。"

蓁宁眼中涌出泪水："你真是个浑蛋。"

她含着泪往外走。

下一瞬间她忽然被人伸手拽住了胳膊，杜柏钦从床上跳下来奔了过来，手指紧紧地捏住了她的手腕。

蓁宁抬头瞪他，凶巴巴地吼了一句："干吗？"

骤然起身的一瞬间顿时喘得厉害，杜柏钦一时说不出话来。

蓁宁望着他，看着他艰难地压抑着肺部的疼痛，皱着眉头拽着她不放手，两个人瞪着眼互相看了好一会儿，终于等到杜柏钦缓过了一口气，蓁宁低着头要扯开他的手，却怎么掰也掰不开，然后蓁宁听到了他喘着气的声音，低微的，断续的，却带着十分的郑重。

他说："别走，留下来。"

泛鹿庄园一楼的书房。

这几天在泛鹿出入的人，几乎囊括了整个国家最高级别的官员。蓁宁在第一天就看到了现任的墨国空军总司令，然后是国防部副部长、国家调查局的官员，有一天下午，来的是首相梅杰。

杜柏钦坐在书房的沙发上，手上还打着点滴，有时右手不方便，他便用左手在纸上写字，姿势有些不协调，但显出了一种出奇的镇定。他还是不断地咳嗽，话说得不多，语气却十分强硬。

谢梓态度一向严谨恭敬，一次一次领命而去的时候，这个一贯书生气的幕臣，眉目间也带了隐隐的杀伐之气。

他工作时，蓁宁不会进去，有时到点了要让他休息，蓁宁会在门口敲一下门，杜柏钦看见了她，手上还夹着笔，指了指外面的客厅，打了个手势示意她等等。

也看见有律师来过，大约是调查山上的枪击案件。

一天，司三递给她一个黑色的皮套。

蓁宁打开，里面是一支黑色的格洛克手枪，她之前被没收的那支。

司三简单地说："近来局势不太平，殿下交代给您的。"

有一天夜里来了一个客人，穿了一件黑色风衣，宽大的帽子遮住了半边脸，蓁宁正好在客厅，司三上来迎接他，帽子掀开一看，是香嘉上。

香嘉上见到她，嘴角勾起一抹弧度，也没空说话，司三领着他往书房去了。

香嘉上只待了十多分钟，出来时蓁宁正在厨房，客气地问了一句："要不要喝杯茶？"

香嘉上摇摇头："我得走了，下次见面可能得久一点了。"

蓁宁略有惊讶："发生了什么事？"

香嘉上说："你们山上的那个案子，情报局调查出了一些事情，现在家里闹得不行，可能要出事。"

蓁宁看着他难得认真的神色，问："不关你的事吧？"

香嘉上苦笑了一下："我也姓香。"

他将外套穿上，匆匆走了。

深夜的泛鹿庄园一楼依然灯火通明，对北敕雷岛屿的方案即将提交议会复审，整个星期，杜柏钦都在抱病工作，西侧副楼的厨房灯光亦亮得如白昼，食物和咖啡源源不断捧出来，然后被送进一楼的会议厅和书房。

国防办公厅的行政高层已经在此工作了一个礼拜。

两个小时的会议开完，杜柏钦回二楼的休息室躺一会儿，蓁宁走过来，摸了摸正躺在沙发上的人，问了一句："谢梓他们还在不在你面前吸烟？"

杜柏钦闭着眼，无声地笑了一下。

一楼的会议室永远烟雾缭绕，高强度的工作压力之下，整个墨国军政高层的官员都有吸雪茄的风气，杜柏钦每天都被一群老烟枪包围着，这对他的肺部和气管简直就是致命的损伤。蓁宁看不下去了，亲自在一楼书房的隔间布置了一个吸烟室，里面放置了舒适的沙发，上好的进口雪茄、咖啡、茶点一应俱全，这之后，会议桌上的男人们暂时不吸烟了，都兴高采烈地在开会的间隙进小茶厅吸烟休息。

每次开完会，杜柏钦都哀怨地看着一众手下美滋滋地离席。

那个偏厅的门口挂着一个招牌，蓁宁用粉红色的水彩笔写着："Guests only"。

这下书房的会议厅彻底告别了有损健康的二手烟时代。

这已经是墨撒兰封锁了领海、全面禁止对北敕雷岛屿运送物资的第六天。两天前，赖昂武装迫不得已从海上偷运了一批货物，但经过墨撒兰海域时立刻被墨国的军舰拦截了下来。随后，平策公主亲自访问了墨国敕雷渔民聚居区的一间孤儿院，并在当地发表了公开演讲，演讲中对于这个在独立战争中流落在墨国领土外的岛屿表达了极深的关切之情。公主殿下的行程在墨撒兰新闻台全程播出，让这一地区迅速受到了国民的广泛关注，民间呼吁收复北敕雷岛的呼声也越来越高。

平策结束行程回到首都康铎的那天下午，墨国国土安全顾问汤森刚刚从泛鹿离去，谢梓领着助手继续在隔壁办公室整理谈判文件。过了一会儿，杜柏钦的私人关系——北敕雷的陆军司令部上将打来电话，翻译官在办公厅的一侧接电话，笔在纸上飞快地做记录，然后打手势示意秘书官去楼上请殿下下来。

泛鹿半山夜色浓深，从山顶往下看，半山树木掩映之间，一幢大宅灯光闪烁，彻夜不息。墨撒兰收复在殖民统治中被割让多年的北敕雷岛屿的军事行动，同时更是杜柏钦任职期内墨国强硬派一手促成的一场战争——一场铁腕强硬、功勋卓著，并且极具个人英雄主义色彩的一场战役。被历史冠以"回归春天"的一场旷世谈判，悄然拉开了序幕。

杜柏钦的黑色轿车驶入了泛鹿。

蓁宁从楼上下来，正看到司三领着用人给他更衣。看见她，杜柏钦脸上浮现一抹淡淡的笑意："过来。"

蓁宁走上前，仔细地看看他的脸色："今天好吗？"

杜柏钦俯下身浅浅地吻了一下她的脸，随即牵起她的手往外走："很好，宝贝，现在是晚餐时间。"

花房餐厅的灯光昏暗得恰到好处的迷人，银制烛台、花香幽然、美酒醇香、泛鹿庄园内的法式主厨大餐，只是杜柏钦明显胃口欠佳，只喝了一点汤，吃了一点沙拉，主食都没碰多少便搁下了餐具。他喝了半杯酒便被蓁宁制止，后来只坐着陪她说话。

晚餐后蓁宁直接将他拖回卧室。

蓁宁从衣橱给他取家居服，杜柏钦站在浴室的门口："一起？"

蓁宁指了指："去洗澡，然后去床上等我。"

杜柏钦用力地亲了一下她粉嫩可爱的脸颊："遵命，王后殿下。"

蓁宁洗完澡出来，杜柏钦已经倚着床头睡着了。

蓁宁抽去他手中的书，扶着他的身体躺平，杜柏钦的脸埋入枕头中，微微蹙着眉头。

他要支撑如此繁重的工作，旁人或许看不出什么，她却再清楚不过——对于大病初愈的他实在是太不容易了。

杜柏钦半夜醒了过来。

他一动，蓁宁也跟着醒了。

杜柏钦说："我嗓子干，需要喝点水。"

蓁宁迷糊着爬起来："我给你倒。"

蓁宁有着极好的视力，迷蒙中灯都没开，在黑暗中走得又平又稳。

杜柏钦躺在床头，打开昏暗的床头灯，看着蓁宁手上拿着一个玻璃杯走进来，有一瞬间觉得自己仿佛在梦境中。

真是难以想象她真的愿意为了他留在了泛鹿。

第二天早晨两个人一直磨蹭到近十点才下楼。

吃了早餐后杜柏钦进了书房，一直到午后蓁宁才又见到他。早上的公事办完了，他这会儿终于放松了下来。蓁宁轻轻地给他按太阳穴，杜柏钦靠在她的身上眯会儿，忽然听到蓁宁说："咦，你有一根白头发。"

杜柏钦喃喃地说："老了。"

蓁宁低下头仔细看了看他的黑发，发现真的是一根华发："别操心太多了。"

杜柏钦叹息地说了一声："我真该在佛德时就娶你。"

蓁宁怜惜地抚摸他的脸，因为消瘦了一些而更加冷硬的下颌线条，腮边新长出的胡子有一些刺手。

发丝肌肤之间有着令人深深陶醉的暧昧馨息。

这几日天气晴好，白日阳光充足，泛鹿庄园的气温在缓缓回升。

蓁宁下楼来，一楼的走廊里和大厅都静悄悄的。鲁鲁专注地蹲在大厅的楼梯口，尾巴扫着地板，见到她下楼来，立刻吐着舌头欢快地扑了上来。

蓁宁一看到它就乐了，蹲下来抱住了扑上来的大狗："哎哟宝贝，回来啦，好帅呀。"

鲁鲁叫了一声，双爪搭在她的肩上，欢快地叫了两声。今天一早女佣送它去了宠物中心，老伙计修剪了毛发，深棕色的脖子上系了一方白色方巾，上面有一个黑色领结。

蓁宁亲昵地用鼻子蹭了蹭它的头，站起来往餐厅走去。

杜柏钦从一楼的书房走出来，看到她在，走过来亲了亲她的脸颊。

蓁宁看到他的脸色，问道："累了？"

今天早上六点多他被谢梓叫起来，进了书房，早餐、午餐时都没出来。

杜柏钦按了按发疼的额角，嗓子哑得透出疲倦："我喝了太多咖啡。"

蓁宁给他端水果，递了一杯温水。

如今康铎城内也不太平，今春伊始，汽油的价格上调了两次，墨国的富豪陆续举家外出度假，城中的流言渐起，普通民众的生活步调虽仍然正常，但也都关心起政治来。上周四，海军的两艘驱逐舰开进了敕雷海峡，顿时令整个首都的气氛骤然紧张起来。

蓁宁等他吃完了水果，从厨房的罐子里抓了一把坚果：“穿件外套，我们去散散步。”

午后早春的阳光和煦，庄园里通往后山的路上粉色的紫荆落了一地，不管外面如何风雨满城，山中的岁月一如既往的静好。

杜柏钦牵着她的手安安静静地走了一段路，只觉身上的重压慢慢减轻，他深深地吸了口气，空气中有淡淡的花香。

蓁宁侧过头看了看身畔的人，他一只手握住她的手指，一只手插在西裤的口袋里，终于恢复成了闲暇时期的一派闲适优雅。

鲁鲁在他们前面跑，没一会儿就不见了踪影。

过了一会儿鲁鲁又绕回来了，嘴巴里叼着一根长茎花草，摇着尾巴仰着头要给蓁宁。

蓁宁笑眯眯地弯腰接了过来，看了一眼：“是蓝花鼠尾草啊，真漂亮。”

杜柏钦在一旁笑，漫不经心地拍了拍鲁鲁的头，赞赏的语气：“好孩子，懂得讨好妈咪了。”

蓁宁从口袋里给它掏出了一颗榛子：“谢谢宝贝，玩去吧。”

两个人牵着手往山中的小径慢慢地走，沿途落英缤纷，蓁宁由衷地赞叹：“康铎的春天，是真的美。”

杜柏钦伸手拿起了掉在她头发上的粉色花瓣，举到鼻子下嗅了嗅：“十七世纪器真时代的墨国，有一位僧人在春天的觉喜寺写过一首诗，其中有几句叫作：草绿春苔，光照满堂，心碎之人，不居康铎。”

他最后说的是宗密语，蓁宁好一会儿才想明白了，慢慢地品出了滋味来：“那时候的僧侣，真的好会写诗。”

杜柏钦听到后摸了摸她的头发，忽然认真地说：“以后宝宝还是要好好学学宗密语和华文。”

蓁宁翻了个白眼。

渐行渐深，夕阳的光线淡了，山中的雾色升了起来，两个人绕至荒僻的小径，山上气温略低，落叶满径，仍有一些未融化的冰雪，只有几根树枝悄悄探出了嫩绿的新芽。

山上的四季，要比山底下慢一些。

蓁宁离开了青石台阶，走进了密林深处，大树下结满了深绿色的苔藓，地面湿滑，杜柏钦不敢大意，跟在她的身后扶着她，走着走着忽然脚步一滞，退开了几步开始咳嗽。

蓁宁停下脚步。

他在图姆受伤之后，比起蓁宁在墨国第一次见他时，整个人消瘦了许多，一张轮廓分明的脸庞，愈加冷峻迷人。他初任掸光高职时身上带着的锋芒戾气在这几年间似乎渐渐消散，取而代之的是一种难以言表的内蕴风华，如今抱病在身，更是秀气袭人。

蓁宁有一瞬间，忘记了山下的金戈铁马。

待到他终于慢慢地止住了咳嗽。

蓁宁轻声说："回去吧。"

杜柏钦点点头。

侍卫长伊奢等在山口的入口，看到他们回来，迅速挺起脊背，对着杜柏钦飞快地敬了一个军礼。

蓁宁一看，就知道伊奢有公事等着他了："把你带出来那么久，伊奢等着你去工作呢！"

杜柏钦低头亲了亲她的头顶："我晚上要出去，不陪你吃饭了。"

蓁宁无奈地道："去吧！把你还给墨撒兰人民了。"

泛鹿庄园一楼的餐厅，蓁宁在餐桌旁铺餐具，听着坐在身边的人正在打电话。

杜柏钦问道："你怎么样？"

香嘉上还是那副流里流气的样子："我特别伤心，我要跟蓁宁美人儿说话。"

杜柏钦要挂电话："算了。"

香嘉上突然在那端怪叫："柏钦，我家老大要杀我！"

电话里骤然传出一阵电波的嘈杂声。

电话被砸到地上，通话却没有切断，只听到香嘉上在那头抗议地大叫：“喂！香嘉运，你进我房间干吗！”

跟着进来的保镖迅速地把他按在床上。

站在床边的是一个中年男子，五官跟香嘉上有些相似，年纪较长，眼神阴鸷：“都要去坐牢了，还忙着通风报信呢。”

香嘉上眼下处境颇为狼狈，衣衫凌乱地被捆在大床上，声音不改风流倜傥：“大哥，对于你目前最大的敌人，我得帮你探探敌情啊！”

香嘉运继续逼问：“杜柏钦身边的那个女人是什么来头？跟你又有什么关系？”

香嘉上哭天抢地地喊：“哎哟，大哥，你知道康铎好多家报纸都打来电话打听她，都说要送我当家女主播，我都没告诉他们，我凭什么告诉你？”

香嘉运一脚将他踢进角落里，冷冷地道：“那等你想说了再告诉我吧。”

香嘉上翻身回眸一笑：“这么多年来，每一届想要收回那些油田的政党，被你们警告过后都收了手，这次你见他怕了吗？大哥，你跟杜柏钦斗，讨不到什么好处的。”

不提这个还好，一提起此事，香嘉运的脸瞬间扭曲了：“你还敢说！若不是你是非不分把家里的底细全抖给了骆克，我至于现在这么被动吗！杜沃尔找了个借口要断了香家的财路，这对你有什么好处？”

香嘉上扯了扯嘴角：“我这不是为国家做贡献嘛！”

香嘉运气呼呼地说：“假惺惺地搞什么石油战略，他杜柏钦要为国捐躯，自己开飞机去轰炸北敕雷岛不是更好吗？”

香嘉上不服气地道：“你从北敕雷偷了那么多石油卖出去，搁以前那就是叛国罪，都够枪毙你好几回了——”说着，他歪头想了想，“还要连同你几个情妇生出的半打儿子。”

香嘉运气得脸都歪了，回头冲着屋子里的保镖恶狠狠地叫：“给我塞上他的嘴巴！”

“香嘉上真的会去坐牢？”蓁宁手撑在餐桌上，有点焦急地想知道结果。

昨天是二月底的最后一天，干漾山的枪击案件开庭审理，杜柏钦没有出席，一切事宜都交由专业律师团代为处理，出庭的是他的办公厅首席秘书长。香家的人倒是去得齐，据说香氏爵爷、香嘉上的母亲和香嘉运都去了，法庭调查听证和辩论的漫长过程中，香嘉上始终一言不发。

合议庭并未当庭宣判，但香嘉上的命运，基本不会太乐观了。

杜柏钦今天刚刚下班回来，想打电话问一下他的情况，没想到香嘉运已经将他关了起来："香家也不过是替人顶罪，香嘉上手里什么都没有，对于家族唯一的贡献，就是去坐牢了。"

蓁宁追问了一句："这么说真正的指使者仍逍遥法外？"

杜柏钦脸上有点郁郁的："蓁宁，法律就是他们制定的。"

蓁宁有点担忧："那你不是还有危险？"

杜柏钦喝了半杯酒，语气平淡，但说出的话十分惊心："他们一样有危险。"

蓁宁明白这个国家有着根本无法撼动的阶级，杜家也是属于这种利益阶层的一部分，杜柏钦若要真的还手，只怕无论是哪个家族都不敢不忌惮三分。蓁宁不琢磨了，转而又想到了可怜的香嘉上，问了一句："我可否去探视？"

杜柏钦瞪了她一眼。

蓁宁不敢说话了。

这时司三进来问是否要开饭。

杜柏钦点点头应了："先吃饭，你明天是不是准备吃印度菜？"

蓁宁吐了吐舌头没敢说话。她前两天突然十分想吃酸汤火锅，而且还不是一般的想，是吃不到就坐立不安的那种想，司三为了满足她，特地打电话请来了城中最好的华国餐馆的厨师，酸枣和番茄熬出来的汤料味道飘满了整个泛鹿的厨房，惹得好奇的女佣排队来看，结果大厨把一个红红火火的大锅端上桌面后，她忽然又不想吃了。

杜柏钦在餐桌旁脸都黑了。

蓁宁知道他不喜欢女人太骄纵，赶紧夹了一块牛肉埋头猛吃，结果晚上居然吐了。

所以今天晚上蓁宁乖乖地陪他吃了晚餐，后来的几天也暂时不敢再说想吃什么口味特别奇怪的东西了，但她觉得浑身不对劲。周末她找姬悬陪她去城区逛街，第二天杜柏钦早上起来下楼喝咖啡，女佣忽然下来报告说束小姐在浴室里放声大哭。

杜柏钦吓坏了，咖啡杯一搁就往楼上冲。

泛鹿庄园的早晨如常的宁静美好。

蓁宁下楼来，杜柏钦牵着她的手神色十分紧张，司三的声音也有点发抖，站在屋檐下吩咐人安排车子，用人集体向她道喜，每个人都喜气洋洋，好像是他们自己怀孕了似的："束小姐，恭喜，泛鹿很久没有迎来新的Baby了，我们都好期待。"

所有人都是一张笑脸。

只有蓁宁垂头丧气，眼下局势一团糟，怀什么孩子？

车子将他们送到医院，何美南安排产科医生给她做检查，一会儿护士送进报告单，确定是怀孕了，杜柏钦高兴得都有点说不出话来，拿着那张B超单翻来覆去地看，语气大为稀奇："蓁宁，宝宝在哪儿？"

产科主任正要说话，门被推开了，进来的是何美南。

产科主任赶紧上前招呼他："何院长。"

何美南听说蓁宁在这儿，从呼吸科转道进了产科围观，这会儿他一边扯了扯领带，一边拖了把椅子坐下来，问道："情况怎么样？"

杜柏钦将手上的纸张拿给他，何美南接过，随手一翻，忽然停顿，接着手指在单子上点了点，递给了产科主任一个询问的眼神，主任点了点头。

何美南立即挥手，阻止了他说话。

何美南跟他们说："补做了孕前检查，母亲的身体情况还可以，但她有一点点瘦。"

杜柏钦伸手悄悄地牵住了蓁宁的手。

产科主任拍了拍何美南的肩膀，坐到了一边的椅子上写医嘱和药方。

何美南又拿起另外一张，抬头看了一眼杜柏钦，何美南冷着脸时有点可怕，目光沉重，仿佛在看一个晚期病人。

房子中的气压顿时就沉了下来。

何美南转了一下那张报告单："这里有点异常，你看，这里是个长条形，这里有个椭圆形，子宫里有两个点，一般来说，普通胎儿只有一个。"

杜柏钦努力地看着那两个莫名其妙的形状："何美南，什么意思？为什么蓁宁有两个？"

何美南高深莫测地摇了摇头。

杜柏钦如临大敌般看着何院长："喂，何美南——"

蓁宁看不下去了，站起来，从何美南手上把报告单抢了回来："幼稚。"

何美南终于忍不住哈哈大笑起来。

蓁宁白了何美南一眼："我妈妈跟我小姨就是双胞胎。"

杜柏钦看了看何美南，又看了看蓁宁："什么意思？"

这时产科主任走了过来，递给蓁宁一张药方单，笑着说："那是两个发育的孕囊，恭喜，怀的是双胞胎。"

杜柏钦站起来，再内敛镇定的人也控制不住喜悦。

他凑过去捧住蓁宁的脸一阵猛亲。

蓁宁不耐烦地道："放开我！"

何美南也替他高兴："目前一切都好，注意补充营养，怀双胎的孕妇风险都比较大，定期来产检。"

杜柏钦笑吟吟地牵着她的手往外走："美南，周末来泛鹿吃饭。"

两个人走到门口，何美南忽然想起了什么："柏钦。"

杜柏钦放开蓁宁的手："等我一分钟。"

他随着何美南走回办公室，何美南在翻手术室这周的报告："上个礼拜的检查你没有来。"

杜柏钦答："忙，忘记了。"

何美南闲闲地说："如果你想留下孤儿寡母的话，大可不必来。"

杜柏钦难得主动地积极配合：“我让秘书跟那主任联络，这周过来。”

一会儿杜柏钦走出来继续牵着蓁宁的手，腾云驾雾一般离开了医院。

两个人坐在后座，杜柏钦握着她的手，嘴角笑意明显。

蓁宁心情烦躁，看什么都不顺眼：“有什么好笑的。”

杜柏钦声音喜滋滋的：“不知道是两个男孩还是两个女孩儿，还是一个男孩一个女孩儿？”

杜柏钦自顾自地答：“都好，只是当初房子设计时，没想到是两个孩子，现在婴儿房要重新布置了，蓁宁，你是想要我们自己设计，还是找设计师？”

蓁宁不想理他。

杜柏钦又说：“双胞胎，宝贝儿，我们是不是特别厉害？”

蓁宁终于怒了：“闭嘴！”

掸光大楼国防办公室。

关于北敕雷的军事部署和谈判的文件一沓一沓地送呈，国内各党派的意见和争论纷纭，北敕雷岛屿的秘密情报更是一日二十四小时地传来，国防部亟待处理的文件堆成了小山，可是依旧抵挡不住各位军机大臣的八卦热情。

从上个礼拜开始，每天中午休息时，秘书室都会转进陆军总院的内线电话，电话那端是一位温柔和气的女医生。

而办公室里的那个人，不管多么忙碌，哪怕耽误了午餐，都会放下手边的工作接这一通电话。

秘书官一开始面面相觑，然后忍不住私底下互相打探——殿下的新恋情？对象是总院的温柔女医生？

杜柏钦坐在宽大的书桌后，专心致志地在纸上做着笔记，他每天花十五分钟来咨询这位产科专家，蓁宁每天都会出现不同的生理和心理情况，告知医生，然后听取意见和交流对策。

蓁宁确认怀孕后，心情并不是十分开朗，杜柏钦也知道，所以不管多忙，他每日都会抽空陪陪她，有时是一起吃顿晚饭，有时是早上起来说一会儿话，偶尔能准时下班的傍晚，也会陪着她去湖边散步。

他周三去北方出差时，更是不辞劳苦地当夜赶回，一日之间飞了两趟，穿过了大半个国家，从最北部的边界线到首都康铎，凌晨三点从机场回到庄园时，蓁宁已经睡下。

进到卧室里看着蓁宁熟睡的脸庞，皎洁安宁，如月光一般。

他隔着被子摸了摸她仍然平坦的小腹，真难以相信，里面孕育着两个生命。

杜柏钦进衣帽间换了件衣服，将头埋进她的发丝中，这一刻才觉得满身的污浊之气消弭，身体放松，忍不住低低地咳嗽起来。

蓁宁被他吵醒，迷迷糊糊地说：“柏钦？”

杜柏钦手背摸了摸她的脸颊：“没事，睡吧。”

蓁宁抬手拿过杯子：“喝点水。”

不知道什么时候开始，她开始每晚替他在床边备一杯温水。

杜柏钦捧了杯子慢慢地喝。

房中依旧一片漆黑，蓁宁疑惑地问：“现在几点？你怎么回来了？”

杜柏钦柔声说：“还很早，再睡会儿。”

杜柏钦伸手将她抱入怀中，身体放松下来，浑身上下密密麻麻的疲乏终于无可抵挡地袭来。

他拥着她慢慢地闭上了眼。

三月十三日。

墨撒兰传统的春弦节，南部温暖地区的大片繁花盛放，吸引了无数的游客前往观赏。

漫长寒冷的冬季即将过去，哪怕是乍暖还寒的三月，也偶有春光明媚的日子，民众们迫不及待地减去冬衣，踏青赏花。

只是泛鹿庄园依然是一派紧张气氛，蓁宁看到墨国的国土国防和军事机要高层仍然频繁出入泛鹿庄园，这几日整个国防办公厅的高层几乎都在一楼加班。

幸好第二天是周末，一整个周六的天气都是阴天，冷空气在凌晨抵达首都，春雨下得有些冻人。

杜柏钦在角落的沙发上开了一盏小灯看公文，蓁宁坐在正中央看电影——好几年前的欧洲文艺片了，声音开得低了些，一首不知名的钢琴曲反复地响起。

她看电影也不专心，手在椅子上漫不经心地打着拍子。

“You are all I am living for.”

蓁宁幽幽转头：“啊？”

杜柏钦头也不抬地说：“那支曲子的名字。”

蓁宁抿着嘴笑了一下。

女佣端着点心进来，蓁宁怀孕之后口味大变，她以前十分钟爱吃各式海鲜，现在却闻都不能闻到腥味；以前不爱吃巧克力甜食，现在厨房的西点师傅忽然大受赏识，倍感圣恩隆眷，兴致勃勃地每天换着花式给她研发新的甜点。

杜柏钦看了她一眼，她前段时间太瘦，一直处在吃了吐的状态，只要是医生允许，基本不会控制她的饮食。

蓁宁举着勺子挖布丁，转头问：“你要不要？”

杜柏钦摇头。

蓁宁忽然说：“柏钦。”

杜柏钦在灯光之下抬头看她，眼中有温柔的光华流动。

蓁宁说：“这一次你是否会上前线？”

杜柏钦怕她担心，语气很轻松：“局势没那么糟糕。”

蓁宁不放心地道：“你熬了两天的夜了。”

杜柏钦轻声细语地解释：“快结束了，各家牌面上的耐心也差不多到顶了。”

泛鹿庄园的夜。

杜柏钦半倚在沙发上，把玩着她的短发："我退下来之后，你愿不愿意住在康铎？"

蓁宁看了他半晌，忽然放低了声音："听说王室不批准你的婚姻，所以你要退出政界？"

杜柏钦无奈地摇摇头："谁说的？现在我的心思都在北敕雷上。"

蓁宁说："你打算期满后卸任？"

杜柏钦深深地吸了口气："期满后我们再谈。"

蓁宁心底略有不安，她明白执掌掸光大楼对他的重要意义，这一切意味着子承父业，意味着家门荣光。曾经被万人推倒的泛鹿庄园，他几乎是耗尽了半生心血精力令它恢复了昔日的光彩，他怎么能这般轻易放弃？

蓁宁迟疑着说："若是你工作需要，我不妨先离开，你可以过来看我……"

杜柏钦赶紧扶住她："梅杰下一届谋求连任，待到他组阁再说也不迟。"

"你和孩子，谁也不会离开我。"杜柏钦握住她的手，轻声地安慰她，"也不全是，你不妨问问美南。"

第二天何美南过来，查看护士检查的数据，蓁宁过来问他，何美南极有分寸地说了一句："蓁宁，你说他这样的身体，还有没有可能再次负荷连任下一个四年？"

蓁宁眸中有忧色："他肺部的疾病是不是有恶化？"

何美南没当回事："好好休养没大事，他的医疗团队是一流的。"

蓁宁只好对着他笑了笑，她心底明白，现阶段的局势，谈休养是一件多不容易的事情。

外界已经是风声鹤唳。

梅杰内阁和杜柏钦领导的这一代国防部十分强硬，在国会上力排众议，国会通过了方案，政府开始往离敕雷岛屿最近的军事基地增派军队。

谢梓进来报告说："赖昂的粮油已经到了极限，民用石油基本中断，已经动用战略储备，岛上物价飞涨，已经开始宵禁。”

杜柏钦一边握拳低声咳嗽，一边埋头飞快地签署文件：“比我想象中沉得住气。”

谢梓抓紧汇报军情：“北敕雷岛屿上的墨国渔民已经开始举家搬离。”

杜柏钦简短地吩咐：“尽量不波及平民。”

谢梓忧虑地说：“岛上的武装控制了所有码头，对于居住在岛上的平民，撤离也是一项难题。”

杜柏钦思索了一会，轻轻地答了一句：“所以要快。”

蓁宁记得战争的爆发是在下第一场春雨的时候。

那时的墨撒兰已经风雨满城，首都的环境虽然还稳定，但北部靠近北敕雷岛屿的几个城镇已经开始有民众囤积物资，外媒披露康铎不日即将对北敕雷出兵，在周三国防部例行的新闻发布会中，国防大臣的发言人否定了这个说法，声称和谈仍在进行。

这些消息虚虚实实，都是惯常的政治外交手段，赖昂武装和墨撒兰政府军在海峡处发生了一些零星的交火，政府军仍然驻守在武装区之外，第一轮谈判正在启动。

事实上蓁宁从杜柏钦的作息来看，大概能猜出墨国的国防已经进入了战时系统状态。

早晨十点多，杜柏钦从凌晨回来就一直在房间里睡觉。

蓁宁看了看时间，吩咐女佣准备了早餐，走进房间去，看到杜柏钦撑着身子坐了起来，靠着床头歇了会儿，他的呼吸有点喘。

蓁宁摸了摸他的脸：“前方情况怎么样？”

“还算平静。”杜柏钦仍然闭着眼，低声说了一句，“坐到我身边来。”

蓁宁坐在他身前的沙发上，杜柏钦摸着她的肚子，心满意足的样子，浑然不觉自己的口气柔得快要融化：“昨天偷吃冰激凌了，嗯？”

蓁宁在他怀中扑腾了一下：“谁告诉你的？”

杜柏钦赶紧抱住了她：“嘘，乖一点。”

中午杜柏钦起了床，在书房拨电话给风家大少："风先生，令弟往泛鹿庄园打电话的频率，未免太频繁了吧？"

昨天凌晨他一回到泛鹿，司三就跟他说蓁宁下午哭了，然后医生允许她吃了一小盒冰激凌。

风熔总算明白了他的怒气从何而来："唉，回头我管管老三。"

杜柏钦淡淡地说："告诉他我和蓁宁今年会完婚。"

风熔待家人一向敦厚："你给点时间让他接受，你知道他跟蓁宁青梅竹马，又一直存了份心思，这么多年了，真不知道他埋了多深。"

杜柏钦问："他仍不知道蓁宁怀孕？"

风熔应了一声："嗯。"

杜柏钦口气颇不以为然："风家把女孩训练得坚强似铁，全家却惯着一个大男人。"

风熔一时口快："全家他们两个最小，我父亲在世时，妹妹还不是一样被娇宠得不行？"

电话那头突然沉默，空气仿佛被凝固了一般，耳边几乎能听到电磁波的低微震荡声响。

风熔简直要擦汗了。

过了好一会儿，杜柏钦终于说话："风泽在电话里将她骂了一顿，提起了你们的父亲，她难过了一场，今天下午又哭了，我不得不暂时过滤电话了。"

风熔答："实在没办法，也只能这样。"

杜柏钦低声说："抱歉。"

杜柏钦回了房间，窗外雨声淅沥，蓁宁正在沙发上看画册："你看，十六周，他们大约十二厘米长，还是非常小，大小正好可以放在手掌里，他们在妈咪肚子里，会踢腿、打嗝、玩脐带和啃脚趾。"

两个人并着头在房间里开始研究婴儿十八式。

春日宁静的午后，两人在房间中耳鬓厮磨。

杜柏钦第二天夜里下班回来，正式与她商量孔维的事情。

按照杜柏钦的计划，孔维将在北敕雷岛上两军的交火中阵亡，他作为墨国特种兵的服役生涯将彻底结束，风家负责给孔维一份完整的身份证件，然后他就可以永远离开墨国，过全新的生活。

他已经忙成这样，还得分神给她处理私事，蓁宁感动得要哭：“是不是准备开战？”

杜柏钦将食指搭在她的唇上：“嘘，怀孕妇女可以暂时不关心天下事。”

蓁宁眸中有疑惑的光：“你……”

杜柏钦很快答：“我不亲自指挥，放心。”

蓁宁犹疑虑重重：“上一次你还不是……”

杜柏钦手臂收紧：“上一次是意外，不会再有。”

蓁宁眸中有忧愁：“答应我。”

杜柏钦将她的额头按在胸口，轻轻地吻了吻她的发丝，认真地答：“嗯。”

杜柏钦仍持一丝乐观态度：“嗯，派遣军队目前主要是起震慑作用，这周过去之后或许可以上谈判桌。”

蓁宁拉了拉他的衣服：“殿下，请勿在卧室操心国事。”

杜柏钦浅笑着低下头吻住了她。

第二日是周末。

早晨七点多，司三上楼来敲了敲他们的房门，这是很罕见的事情，杜柏钦立刻醒了，抬眼看到床边的手机正在振动。

他起身披衣下楼去了，没过一会儿，又重新上楼，坐在床边望着她。

蓁宁睡得仍然迷迷糊糊的，在黑暗中伸手摸他的脸：“不睡了吗？”

杜柏钦在床边俯身亲了亲她：“蓁宁，我需要返回掸光。”

蓁宁掀开被子要爬起来：“怎么了？”

杜柏钦立刻伸手把她按住：“外面凉，别起来。”

他替她重新把被子盖好了，进了衣帽间换衣服：“公事。”

蓁宁裹了一件他的外套爬起来，她孕中嗜睡，这会儿还没彻底清醒，仍坚持着陪他在房间里收拾衣物。一直都知道他迟早要去，所以一切都提前准备好了，步入式衣帽间放眼望去的一整排衣橱里，色彩分明，左边是素色的黑白灰的衬衫西裤，右边是出席不同场合的各式礼服、常服和作战时的灰绿色飞行服。蓁宁取出他的戎装，深色扣到颈部的立领制式军服，深蓝色墨国春秋季常服，还有领带、军徽、飞行帽、成对的白手套，一件一件地叠整齐。

行李袋打开着，杜柏钦正一件一件地往里面放衣服。

行李很快收好了，蓁宁给他穿上了衬衣，浅蓝色衬衣干净笔挺，金色的衣扣一路严严实实地扣上去，全身上下纹丝不乱的整洁严苛，男人面上渐渐显现出肃杀的坚毅凛冽之气。

杜柏钦俯下脸，深深地吻她。

蓁宁和他一起走出房门：“晚上还会不会回来？”

杜柏钦说：“还不知道。”

蓁宁听他语气不寻常，翻过衣服仔细叮咛了一句：“常用的药放在风衣的口袋里，我交代司三给你的侍卫另外备一份。”

杜柏钦点头：“嗯。”

蓁宁披着外套下楼送他，走到二楼的楼梯处，就看到他的侍卫长伊奢已经候在大厅，蓁宁停住了脚步，杜柏钦伸出手臂，将她紧紧地抱紧，又迅速地放开，大步地往楼下走去。

蓁宁拢紧了身上的外衣，站在一楼的落地窗边，看着侍卫提着他的行李袋。整个侍卫队伍皆面无表情，一行人拥簇着他匆匆往庭院的车子走去。

杜柏钦上了车后，侍卫车队的大灯依次亮了起来，一排黑色的轿车开出了泛鹿庄园，飞速地往山下奔驰而去。

蓁宁在窗边站了好一会儿，再回头，发现整个泛鹿庄园的灯都亮了，楼下的用人全挤在小房间里看电视。

蓁宁扭开了大厅的电视机，跟司三说：“把所有人召到大厅来。”

墨撒兰公共电视台已经停止了正常的节目播送，紧急插播了新闻——今日早晨七点十分，北敕雷赖昂的武装部队在海岸处为了和墨撒兰的巡洋舰抢夺一艘载满物资的渔船，朝着海岸处的几艘军舰发射了数枚炮弹，其中有一枚直接射进了岸边的一处墨国渔民群居的社区学校，造成当时刚刚进入学校的一名老师和十几名孩子当场死亡，另外还有许多人受伤，具体的伤亡数字尚未明确。

整个一楼大厅一片肃静，女佣默不作声地流眼泪，开始祈祷起来。

蓁宁坐在大厅的中央，低声地跟司三吩咐："泛鹿里有家人住在北部的，让他们打个电话回去问一下平安。"

司三点了点头。

事发紧急，杜柏钦要坐镇指挥已经是肯定的了，蓁宁不希望他担心家里："泛鹿要注意加强巡逻，保证整个庄园的安全。"

司三领命下去了。

杜柏钦从泛鹿庄园离去的几个小时后，消息迅速传遍了国内，媒体一直滚动播放满目疮痍的炮弹爆炸现场，墨撒兰国内群情激奋，数千民众走上街头，卡拉宫和市政广场聚集了大批游行者，抗议赖昂恐怖武装的残忍暴行，教堂前铺满了鲜花，教徒跪地为受伤的孩子祈祷。

下午一时二十三分，墨撒兰国防部颁布了第十一号防长令，同时，首相办公厅新闻发言人宣布墨撒兰将不惜一切代价收复北敕雷岛屿，誓将揪出真正的凶手并追究他们的责任，誓将摧毁敌人的非法武装并让他们为暴力袭击付出应偿的代价。晚间的墨撒兰新闻台，首相梅杰在市政大道一号的府邸发表了首相声明，强烈谴责了赖昂武装的无人道主义暴行，并称墨撒兰将团结一致，英勇向前，取得收复失地这一正义的、历史性的胜利。

杜柏钦在掸光大楼往泛鹿庄园打了一个时长约一分钟的电话，连家都没有回，便乘专机直接奔赴了北敕雷军事基地。

Chapter 9

# 天佑我墨撒兰

万里无垠的碧蓝长空。

从飞机上往下看，北部苍凉的城际公路在大地上弯弯曲曲地蔓延，海防沿岸的一些路段全被损毁了，地上的积雪混着黑土显得肮脏，对岸北敕雷岛上被炮弹射中的那一片地区房屋倒塌了一大片，加油站浓烟未散，宽阔的视野中几乎见不到一个活物。墨国海岸这边有政府派出卡车，将岸边需要迁移的渔民一车一车地接往临时的安置点。

视野不远处忽然出现墨撒兰空军的飞机，一架接着一架，轰鸣声在空中轰隆隆地滑过。

远处一条军用跑道长长地漫延在视线的尽头，高耸的雷达塔上士兵的影子一闪而过。

墨国国防部的专机缓缓降落在北敕雷军事基地的跑道上时，北敕雷岛屿上的第一批侦察机已于十分钟前返航。

杜柏钦在飞机上下达了第一道指令，墨撒兰皇家空军派出的航空侦察兵沿着整条北敕雷海防线重新监测了一遍赖昂武装的作战地形。

杜柏钦步出舷梯的时候，结束侦察任务落地的飞官见到他，双眼闪出光芒，立刻在跑道上站定敬礼："首长！"

杜柏钦在机舱前站定了一秒，对着部下点了点头微微示意，他在军中素来以严苛闻名，但这丝毫不妨碍年轻热情的一代对他的崇拜之情。他是墨国空军之光，即使升任撣光大楼已经多年，在军中依然有很高的声望。侍卫队护送着他下了飞机，杜柏钦上前和飞行员握手，陆续有飞官围上前来，银翼的许多子弟都就读于杜家捐助的航天科技学院，很多都毕业成长成了军队中的栋梁之材，对杜柏钦也寄予了很深厚的感情。

这时银翼的机长——时任墨国空军少将的方裕出来替他解了围，一众飞行队员散去休整，杜柏钦由海军准将基斯陪同着直接前往作战指挥中心。

如一杆标枪一般守在总参谋室门口的通信兵，见到来人，瞬间绷直了身体，军靴“嚓”的一声响，敬了一个标准的军礼。

主帅督军，士气大振，指挥中心的负责人迅速汇报了这次侦察的结果。墨国侦察机成功监测到了岛上的指挥通信设备和基本基础设施，包括一个炼油厂和一个电厂，并在返航途中发现了几个地图上没有标志的军事据点。

北敕雷岛事件的第三天。

墨撒兰的空中军事力量终于以闪电之势浮出水面，墨国皇家空军最精锐的银翼部队奉命执行对空任务，零七空中突击师十架战斗机和轰炸机从北敕雷军事基地出发，四分十秒钟之后抵达北敕雷岛的上空，目标是赖昂武装在岛上的军事基地。

航空部队在歼击机的掩护下，轰炸机三队和强击机四队攻击了北敕雷主岛，敌军发射火箭炮还击，有一架战斗机被击中了机翼，在战友的护航下顺利渡过海湾，迫降在了墨国的海岸边。

其他的轰炸机正在陆续返航。

飞机在五分钟之后返航完毕，其中一架Y－15无人巡航机在返航途中被击落，其余均平安着陆。

此时，东方的天空正亮起第一抹薄薄晨曦。

墨国海军开始封锁通往北敕雷海岸的全部航道，巡洋舰守住了海面上的油田钻井，渔民们的船只停在港口，整个北敕雷岛一片寂静。

第二日早晨九点四十分，墨撒兰第二波空袭开始。

这一次银翼的空机飞过去时，陆地上基本不再见武装军队的身影，岛上的赖昂武装部队躲进地下，开始负隅顽抗。

当天夜里有本国居民被敌军绑架的消息传回，杜柏钦迅速召来了随机前来谈判专家，并下令封锁了全部消息。

凌晨四时，会议休息的间隙，众人拼命地吸烟、灌咖啡。

杜柏钦坐在一间临时休息室里，按下隐隐发闷的胸口，肺部吸入了太多污浊的空气，他压抑不住咳嗽了好一阵子，从大衣的口袋摸到药瓶，温水吞了几粒，歇了不到一刻钟，立刻聚起精神，重新坐上了会议桌。

会议室的椭圆形长桌对面挂了一副巨大的军事地图，桌面上是一块巨大的液晶显示屏，连接着首都康铎的掸光大楼总指挥办公室。战争急如星火，座中将领皆是不眠不休，掸光大楼中跟随国防参谋长奔赴前线的一群精兵良将，泛着血丝的眼底都闪着狼一般的精光。

迅雷一般的战势，让所有人的脑部神经都崩到了极点，每一个神经末梢都被注满了紧张和兴奋。

第二日曙光初现的时刻，墨国的地面部队抢占下了岛上的第一片滩涂，杜柏钦指示后续部队立刻跟上，陆地上正面决战将在今日开启。指挥中心发出的目标非常明确——墨撒兰皇家空军联合地面作战部队，在凌晨发动了代号为“斩首”的军事袭击，墨国的海军特种作战部队将在空军战机轰炸的掩护下，从海上和空中大密度地发射巡航弹和精确制导高爆炸弹，誓在二十四小时内抢攻下北敕雷岛。

密集的炮火轰隆隆地响了一个清晨。

天光大亮的时候，下起了淅沥春雨，冲散了海面沿岸的硝烟味。

隔着海岸线的基地，临时作战指挥办公室里，前线的战况情报密密麻麻地传送过来。

值班参谋冲了进来。

一封紧急文件从国家情报局主任詹姆斯办公室直接传送到了杜柏钦的手上。

杜柏钦拆开看了一眼，将它递给了一旁的特种作战司令部准将基斯。

那位蓄着一圈黝黑小胡子的男人接过，看了一眼，而后迅速翻动了几页，突然猛地一拍桌子，石楠木烟斗磕在玻璃桌面上，发出一声巨大的声响，基斯挥舞着手叫了一声："天佑我墨撒兰！"

参谋长联席会议秘书官和首相官邸国家安全顾问赶忙探上头来查看。

墨国情报局于今日早晨八时零九分，截取了岛上敌军对附近公海的一艘渔船发出的信号，经过情报部门的破译和分析，已经探查出情报发出地是岛上武装头目赖昂的躲避地点，北纬三十七度，东经一百二十七度，是位于岛上的一个隐蔽的岩石洞穴。

北敕雷和首都两地的指挥中心迅速调整了作战计划。

上午八时三十五分，参谋长联席会议下令延缓了地面进军。

十五分钟的紧急会议后，各方权衡了北敕雷本土可能的反应。

上午九时整，在请示了首都之后，本次行动的总指挥官杜沃尔殿下下达了最终的指挥命令：将其直接击毙。

一望无际的辽阔海面上，灰蓝色的波涛汹涌翻滚。

螺旋桨的轰鸣声渐渐远去，三架直升机由巡航舰掩护着，已经离本土的海岸线越来越远，遥遥地消失在春潮的浓雾之中。

四十分钟之前，一支装备精良的特种部队在停机仓迅速集结。

这支由最精锐的作战部队挑选出来的二十名士兵组成的神秘之师即将出发，甚至在登上机舱的最后一刻，战士们都还不清楚自己将执行何种作战任务。

北边不远处的海面上，墨国的远洋军舰正将墨国的陆地作战部队送往对岸的滩涂，按照部署，墨国军队的主力将在北翼的岩石登岛。

他的侍卫队中孔维服役的海军特种作战部队，被第二批派往执行驻岛作战任务。

南边浩渺灰蓝的海面上，墨撒兰的白色海军护舰队正在护送墨国岛上当地人的渔船离开。

杜柏钦手夹着烟，另一只手插在军大衣的口袋里，深深地吸了口气。

清新海风带着咸湿的寒意，沁入肺腑的深处。

他忍不住低低地咳嗽起来。

于是将指间夹着的半截雪茄烟扔掉，黑色军靴在岩石上碾灭了那一点星火。

已经将近两天不眠不休了，他眼底充满了淡淡血丝，不得不依靠吸烟提神。

杜柏钦身后不远处，是站得笔直的军服护卫队，如沉默的影子一般。

墨撒兰临时军事基地指挥中心。

穿着海军陆战队战服的基斯咬着烟斗，高大的身躯如一堵移动的墙壁，不停地绕着桌子踱步。

秘书官紧张地不断看表。

几位高级将领围在窗边吸烟。

杜柏钦坐在书桌旁，英俊的侧脸毫无表情，秘书官正在协助他处理公函。

一个小时又二十分钟过去了。

卫星电话在屋内骤然炸响。

一直全神贯注守在一旁的秘书如受惊的兔子般跳起，差点摔翻了椅子。

他迅速接起电话，说了两句，随即恭敬地递给杜柏钦。

杜柏钦接起，听了一句，随即答道：“我是。”

屋内的人屏着气一动不动地站着，桌面上烟灰缸中雪茄烟的烟雾袅袅上升，成了一缕一缕的直线。

杜柏钦蹙眉听了几句，只坚定简短地应了一句：“嗯，干得好。”

他继而问了一句："我军可有伤亡？"

他的神色依旧严肃冷峻，并没有任何冰雪消融的迹象。

杜柏钦声音冷硬如铁："联络地面部队，按既定计划分不同方向追击，十分钟之后同接应上的U18队汇合，突击队即刻返航。"

杜柏钦将电话递给了一旁的士兵，转过身来，屋内数十双眼睛都在望着他。

这位墨国有史以来最年轻的三军总参，这位将墨撒兰的防空力量引领到了一个前所未有的高度的军事天才，同时也因极其严苛的铁腕管理手段一次又一次将自己推往风口浪尖的争议人物，这个为一向憊懒的皇室子弟形象承担了太多捍卫国家尊严和皇室荣光责任的男人，终于抬头望着他的部下，声音低哑，带着一贯的雍容和冷漠："诸位，我们成功了！"

座中一阵狂烈的欢呼传来。

基斯狠狠地喷了一口烟雾。

通信兵接过了杜柏钦的电话，继续记录详细的战况。

杜柏钦低声交代身旁的秘书官："加密传回首都。"

十分钟后，首相梅杰给他打了个卫星电话。

赖昂死亡的消息在岛上迅速传开，地面上北敕雷雇佣的军队很快投降，赖昂的亲信武装开始分崩瓦解地逃离。

墨国的地面军队登上岛屿，迅速占据了海岸边的一间度假别墅作为前线指挥部，与对岸的敕雷军事基地顺利建立了通讯连线。

炊事班在伙房里头敲着盘子唱歌，海军大兵在甲板坪上扔帽子，敕雷军事基地的后方已经陷入了一片欢腾。

随后掸光大楼的国防部发言人发表媒体声明，称此次行动是维护和平与民主的正义之师得了巨大的、令人满意的胜利。

敕雷军事基地的休息室。

将指挥权暂时移交给海军准将基斯，杜柏钦回到了休息室，掩了唇不住地压低声音咳嗽。

侍卫长伊奢轻手轻脚地走了过来：“殿下？”

他撑着桌面站起来，身体轻微打晃，他的手按住桌沿，死死地抠紧，指骨都有些泛白。

伊奢对着伸手的近亲侍卫暗暗看了一眼，侍卫起身，轻手轻脚地走了出去，另外一名侍卫立刻掩上了门。

杜柏钦唇色发青，歇了好一会儿，肺部呼吸引起的剧烈绞痛没有任何好转，他的气息渐渐急促，脸上更是喘息得一片惨白。

他的随行医官被请了进来，看了他一眼，即刻道：“殿下，您需要治疗。”

杜柏钦深深地吸气，强撑着往门外走去。

侍卫护送着他走出休息室的侧门，用车子送他登上了那架送他抵达的空军专机，杜柏钦一踏进飞机的休息舱，侍卫就扶着他躺在沙发上。

医生忙着测他的脉搏心率，转而又调试流氧量的数据。

杜柏钦躺在沙发上，眼中弥漫起黑色的迷雾，机舱顶部的白炽灯光渐渐消散。

总面积达数千平方米的机内空间，配备有高级电子对抗系统，高度保密的防伪系统，脉冲频率无线电通信设备，定向武器雷达，空中加油站，十名高级机师，十九条防窃无范围限制的通信电话……这架墨国国防部的专机，被外界誉为空中的掸光大楼之中，部长级的起居室内可堪奢华——纯皮座椅，舒适恒温，并配备有设施齐全的医疗中心。

可是这一切都已经都没有办法缓解他身体的衰败和不适，四十多个小时不眠不休的高强度精神运转，他的身体负荷已经到了一个极限。

侍卫护卫队黑着脸严严实实地站在主休息舱的门口。

杜柏钦只能半躺着，按着胸口咳得气都快断掉了，医生给他上了监护仪，心率已经超过了一百六十。

何美南的担心终究还是成了现实，他一直受困扰的肺源性的心悸迁延出了更严重的疾病征兆。

医生给他服药后十多分钟，病情得到控制，只是阵阵发作的心前区绞痛仍然无法缓解，杜柏钦的意识一直是清醒的，他竟然能忍住一阵又一阵发作的痛楚，没有昏过去。

躺在氧气面罩下的病人，微闭着眼，脸白如纸，额前的黑发已被冷汗打湿。

房间中一片静默，只剩下监护仪器的声音以及偶尔跳出紊乱可怖的线条。

时间成了一场漫长的煎熬。

过了近一个小时，身上的痛楚减轻，杜柏钦恍恍惚惚地陷入浅浅的昏睡。

门被轻轻地从外面推开。

侍卫长伊奢拿着电话进来，躬身站在他的身前，轻声地唤："殿下？"

杜柏钦睁开眼。

伊奢低声报告："司普约的电话，说是一定要接进来。"

杜柏钦拨开了氧气面罩，撑着坐起身来。

司普约常年在驻防的边境服役，对这一带的地形非常熟悉，按照杜柏钦的指令，司普约将在今日下午负责护送目标人物离开墨撒兰，这时他的电话那头一片嘈杂，有海风呼啸的回响："殿下，我在码头，目标仍在等待，未见有接应船只出现。"

杜柏钦人仍有些混沌，好一会儿才听明白司普约的话，眉头不禁微微地蹙了起来，他抬腕看了看表："等了多久了？"

司普约答："一个小时零九分。"

杜柏钦皱着眉头陷入思索。

司普约在那端请示："殿下，时间上的问题，我必须归队了。"

杜柏钦低咳了几声，声音有些虚喘："你具体位置？"

司普约答："岛上的南角码头，右炮台约二十米处。"

杜柏钦简洁交代："我十分钟后给你回复。"

杜柏钦取了电话拨给风熔。

线路不通。

为了保证孔维的安全，他将知情人和执行任务的人员缩减到了最小的范围，以确保计划的万无一失，没想到还是出了问题。

听着电话里依然的忙音，杜柏钦坐直了身体，召进了门前的侍卫。

他嗓音低沉而锋利："通知司普约，留守职位，直到我抵达。"

一名侍卫领命去打电话。

另外的人依然在他跟前候着："通知岛上的临时指挥中心，二十分钟后调配一辆车来，任务保密。"

杜柏钦喘息渐渐又开始不匀："通知基地，准备直升机，通知雷达导航，我们要即刻起飞。"

当直升机停在北敕雷岛上的一片空地时，从岛上临时指挥中心调度来的一辆车已经在等了。

四名黑衣的高壮男子提着金属保险箱，护送着杜柏钦上了车，侍卫迅速地启动车子。

沿途浪花拍打在岸边，溅起的海水哗啦啦地扑在石子路面上，战火纷飞之中，海鸥的叫声已经远到了天际，岛上的西侧陆陆续续传来巨大的炮击声响和机关枪射击声。

一些零星的收尾战役仍在继续。

按照原定的计划，孔维在司普约的掩护下，在作战前线的混乱中离去，司普约找出一具阵亡士兵的身体换上孔维的衣服，然后带走他的军牌，完成阵亡报告。

杜柏钦在第一次抵达北敕雷岛之时还亲自面见过司普约，这位泛鹿庄园一手培养起来的忠骨卫士，是他在军中埋下的一颗棋子，效力于基斯的手下做一名普通海军陆战队的士兵，某一种程度上甚至是杜柏钦反监视的眼线，杜柏钦亲自给他下了命令，为了保证目标人物的离开，不惜一切代价。

司普约的手法干净利落，一路掩护着孔维朝通往码头的道路奔去。

一切都很顺利，最后一步，面对浩瀚无边的大海，两个人的脚步却不得不停了下来。

侍卫驾驶着军用吉普车在海岸线的公路上狂奔。

灰蓝色的海浪拍打在礁石上，卷起巨大的泡沫飘在车窗上，沿岸的道路破败不堪，路面都是沙石泥土，高速行驶中的车子颠簸得厉害，杜柏钦坐得艰难，手中一方手帕掩在唇边，咳嗽中带出零星的血花。

他肺部的旧伤发作，一直断断续续地咳嗽着，汽车剧烈摇晃震动，他只能用手撑着身体，才能勉强坐直。

车速慢慢地减缓，视线可见的远处，杜柏钦沿着下方扫视了一番，已经敏锐地发现了孔维，穿着船夫的灰布衣衫，正低着头在码头四周踽踽独行，尽可能不引人注目地四处张望。

码头四周有执勤的墨国军队。

孔维按了按怀中的枪，压低了帽檐打量着四周。

等不到风家前来接应的船只，孔维只好自己想办法。这时码头挤满了逃难的船民，一片混乱嘈杂，渔民正奋力地将一个个箱子往船上搬，将一只小船塞得满满当当，没有人会轻易将自己船中的空位让给一个素不相识的男人。风家冒了多大的风险让他撤退，不到万不得已，孔维知道，他不能轻举妄动。

侍卫驾车远远地跟着孔维，将车停在了一个尽可能安全的海堤旁。杜柏钦的车后备有大量现金，不管风家因为什么没有联络上孔维，时间拖延太久恐怕生变，尤其是现在混乱的局势下，只能用非常手段，让他在渔民的船只中获得一个舱位，尽快离开墨国领海，抵达公海海域。

换了便装的侍卫提着箱子下了车，缓缓地在人群中游走，谨慎地四处张望着，然后慢慢接近了孔维。

孔维不消一会儿已经发现了男人的踪影，他迅速认出了那是侍卫长伊奢的手下。

杜柏钦看着两人走近，混在人群中交谈了几句，然后走近码头边的渔船，避开巡逻的士兵，开始寻找可以交易的目标。

两人都不得不加倍小心，在这个骚乱的地方，出现如此大量的现金，甚至可能会引起一场暴动。

杜柏钦站在车旁，从海堤上向下望过去。

这时码头上又有一群撤离海岛的渔民涌过来，人群中有一个男人穿着蓑衣，皮肤黝黑，岛上最寻常的渔民打扮，在经过岸边的渔船时忽然伸手拽住了孔维的胳膊。

海岸边的两个侍卫瞬间绷紧了身体，迅速地伸手握紧怀里的枪。

杜柏钦站直了身体。

幸好下一刻，陌生男人掀开了帽子给孔维看了一眼，孔维看了男人一眼，迅速朝着侍卫比了个手势，三人交谈了几句，然后侍卫走开几步，往岸边打电话。

伊奢接到了电话。

侍卫跟伊奢报告："长官，接应人已经出现，但说有要事需当面跟殿下汇报。"

"来的是谁？"

"风泽先生。"

伊奢的目光请示性地看着杜柏钦。

杜柏钦点了点头："让他过来。"

风泽穿着那身渔民的黑色蓑衣，跟在侍卫的后面，不紧不慢地朝着海堤走了过来，在距离杜柏钦不到十米时，他的手向上抬了一下。

不过是电光石火的一个瞬间。

杜柏钦忽然哑着嗓子喊了一声："趴下！"

身边的两名侍卫瞬间扑过来挡在了他的身前。

伊奢在地上一滚，迅速地拔枪还击。

四周枪声大作，挡在他身前的侍卫身上渗出的血染红了地上的沙子。

杜柏钦吼了一声："留活的！"

他的话音还未落地，一枚子弹在空中划出了一道完美的弧线，准确地射入了袭击者的头颅，脑浆和颅骨在空中碎溅，男人抽搐着身体倒了下去。

司普约趴在炮台前，半眯着眼，吹了吹手上狙击步枪上的灰尘。

这时海岸的巡逻卫队被惊动了，大声地互相吆喝，集结着往岸边冲过来。

杜柏钦目光移动了一下，忽然猛地推开了侍卫，骤然举枪，一梭子打在海堤下，泥浆簌簌飞溅。

孔维正发了疯一般地往堤岸上爬。

他抬起头，看着岸上男人傲然站立，双眸中是狠戾的光，他已经顿悟对方的意思，孔维牙都几乎咬碎，浑身发抖着慢慢往后退，眼睛里都是血一般的泪水。

孔维退了两步，看了海堤上仍在抽搐着的躯体一眼，哀号一声又往前扑去。

杜柏钦又猛地开枪，一排子弹迸发而出，射在他的脚下，急促而暴烈。

孔维看着杜柏钦钢铁一般冷酷的眼神，终于返身，踉跄着往码头下方跑去。

杜柏钦推开侍卫，跳下一陇花圃，拨开了暗杀者脸上覆盖着的泥浆，仔细看了看他的五官，抬手按住了他脑袋上流血的伤口，手下仍有余温，但已经是生命在消逝的躯体了。

风泽身上一袭蓑衣已经残碎，杜柏钦在黄土和泥泞的海堤上扶起了他的头，只来得及替他合上眼睛。

康铎费尔德康沃国际机场。

一架巨大的空中指挥战机，机身被刷成了蓝白两色，尾翼上一枚金色飞鹰图案在阳光下闪闪发亮，国防部的专机正停在停机坪。

杜沃尔殿下今日中午从北敕雷岛返回首都康铎。

随着北敕雷战事的结束，墨撒兰驻军全岛，检阅军队，并在岛上的临时军事指挥中心举行了一个简朴的升旗仪式。

第二日下午三点，墨撒兰的护卫队将岛上遭受袭击的渔民社区小学剩余的三十余名儿童送上了远洋军舰，他们将返回祖国接受各方面的救助和治疗。

孩子们离开的时候，操场旗帜半落，被战火和大炮轰炸过后的校园凋敝不堪。

一边是铁骨铮铮的英勇之师，一边是天真稚嫩的柔弱儿童。

三军肃穆，惊涛拍岸，天地之间一片静默。

孩童清澈的眼中有大颗泪水。

这一个电视转播画面让无数的墨撒兰人为之泪流。

北敕雷岛屿的战役顺利结束，墨撒兰收复了岛上的全部油井，港口恢复交通，赖昂恐怖武装的战俘被关押在了基尔海军基地，墨国的军队仍驻守在海岸线，维持岛上的战后重建秩序。

四月四日，墨撒兰国家广播公司通过MBC的第一频道、第四频道、国会频道、新闻频道以及全球频道向全世界发布了一则纪录片，详细讲述这个古称“夔里”的岛屿的历史，被殖民侵占长达四十多年的漫长历史后又被赖昂武装把控，这个流落在祖国之外的孤岛，如今，是回归的时候了。

四月五日中午十二时，首相梅杰在市政大道一号宣布解除全国紧急状态。

侍卫护送着杜柏钦登上专机返回康铎。

梅杰派了助手等在候机坪，要跟他紧急商谈谈判事宜，杜柏钦自知自己已没有精力处理公事，便交代了提前赶来等候着的谢梓负责接待。

司机送他回泛鹿。

轿车从机场高速下来，沿途的景致越来越熟悉，他正一点一点地靠近泛鹿庄园，那曾经是他从小到大最暖的家园，最安心的休憩港湾，也是他最后的天堂。

他此生再没有比此时更煎熬的时候，哪怕是当年父亲病逝，他半夜扶灵而回，觉得天地一片苍茫，身旁是母亲和年幼的弟妹，纵然心底无比悲痛，但父亲最后的嘱托言犹在耳，他深知重责在身，内心反而充满了浩荡振奋之气。

如今十多年过去，父亲遗愿已成，他却没有一丝一毫的轻松，因为知道或许此后再也没有地方可以休息。

心头绝望烈火烹烧，将他烧成了灰烬。

走时她还替他整衣，温柔嘱咐，握手亲吻，她的手指很暖很软。

回来时整个人却只能一直往无望的深渊坠去。

他二十多岁才真正喜欢一个人，一个单纯明亮的女孩，绕了世界一圈，没想到还能遇到她。

他曾经觉得自己很幸运，蓁宁还怀了他的两个孩子。

他原以为等忙完这一阵子，就可以陪她专心等孩子们出世，可惜哪怕他再怎么同命运苦苦抗争，到最后也不过是一个有着普通血肉之躯的凡人。

车子停到大宅前的花园道，司三领着仆人排成了一排，女仆对着他屈膝行礼，脸上难掩激动的神情。

杜柏钦回到家就进了书房躺着。

司三进来告诉他蓁宁并不知道他提前回来，今日刚好外出，已经通知她了。

杜柏钦声音平静而虚弱："蓁宁回来了，让她进来。"

杜柏钦躺在书房的休息室，军队驻岛后的后续工作，他不过是凭了一口气在撑着，根本没办法合眼，数天数夜，没有一刻是能睡得着的，这会儿躺在书房的休息室也睡不着，呼吸急促，偶尔喘息得心脏惊悸不已，心头一阵一阵烧，胸口恶心，浑身难受，每一寸骨头都在疼痛。

医生被拒之门外，他不愿意见，心里乱，对繁缛的治疗也厌烦。

侍卫遵从了他的命令，将大门把守得严严实实，只让他一个人静会儿。

直到司三进来："殿下？"

杜柏钦身上虚弱乏力，神智却异常清明。

司三躬身禀报："束小姐准备回来了。"

杜柏钦愣了几秒，微闭着眼倚在床头，随手扣着衬衣的扣子，一件灰蓝细格子衬衣穿在他身上空空落落的。

司三温言地劝了一句："您就躺着吧，束小姐也不是外人。"

杜柏钦微闭着眼，扶着床沿摇摇头。

司三只好唤了他的贴身侍卫进来，杜柏钦撑着司三的手臂站了起来，侍卫服侍他穿衣，半跪在身前，替他将一件厚羊绒衫的扣子仔细地扣好，又规矩地行礼出去了。

杜柏钦咳嗽了几声，声音微弱平静："扶我去沙发上坐着，蓁宁回来，让她直接进来。"

司三扶着他慢慢地走，走出休息室，绕过会议厅，走到最后几步，已经没有力气支撑，脚下踉跄了一下，整个人几乎摔倒。

司三跪在他的跟前，等了许久，等到他的咳嗽声缓了下去，气息渐渐平复了，然后替他倒了杯温水放在手边，轻手轻脚地出去了。

杜柏钦合着眼倚在沙发上，恍惚间听到脚步声，然后温软的手抚上他的额头，她身上有好闻的清幽花气，杜柏钦睁开眼，只看到眼前一个模糊的娇俏人影。

蓁宁低下头看了一眼他的脸孔，忍不住深深吸了口气，不过短短一段时间，他瘦得脸颊都苍白凹陷了。

蓁宁担心地道："累了吧？你发烧了。"

杜柏钦抓起她的手吻了吻。

他烧得嘴唇都干燥脱皮，蓁宁替他捧起了手边的一杯温水，杜柏钦就着她的手喝了几口，然后摇了摇头。

蓁宁放不下心来："为什么不让医生进来？"

杜柏钦声音很低微，带了一丝恳求的意味："不急，陪我坐会儿。"

蓁宁看了他一眼，还是顺从地坐在了沙发上，让他的身体舒适一些地倚入她怀中。

"没休息好吧？"

"没关系。"

"你好不好？"

"好。"

杜柏钦又问："宝宝们好不好？"

蓁宁脸上不禁柔和起来，笑了一下道："我按时去做检查了，都好。"

杜柏钦支起身子，小心地摸了摸她的肚子。

他一手撑着沙发的椅背，一手温柔地抚摸她的脸颊，眼底的深重情意，竟然那么明显。

蓁宁心里终于开始觉得隐隐不妥："柏钦……一切顺利吧？"

杜柏钦迟疑了几秒，甚至有些不敢看进她的眼睛深处，只是点了点头，却不再回答她的话，只是俯下头深深地吻住她。

蓁宁几乎快要喘不过气来，杜柏钦紧紧地拥着她，那么用力，那么刻骨，简直是要把她嵌进身体里去。

蓁宁抱着他的肩膀，脊背开始丝丝缕缕地发凉，她终于扶住了身前人的肩膀，定定地看着他的脸，神色镇定得可怕："发生了什么事？"

杜柏钦低着头没有看她。

蓁宁心头升起不祥的预感，缓慢地控制着呼吸的节奏，将身体调整到了舒缓的姿势，沉下的声音非常平和："怎么了？"

杜柏钦终于抬起头看她："在北敕雷岛，出了事故。"

蓁宁追问："发生了什么事？"

杜柏钦瞒无可瞒："风泽出了意外。"

蓁宁瞬间发愣："我三哥？"

杜柏钦眼中已再无其他，只小心翼翼地扶着她的肩膀，怕她伤着自己。

蓁宁几乎是无意识地重复了一句："风泽？我三哥？发生了什么？"

杜柏钦惨白的脸上已经是近乎麻木的平静："他步入阵地，被军方射杀。"

蓁宁敏锐得令人恐惧："军方？谁的军方，你的？"

杜柏钦闭着眼答："是我的侍卫队。"

蓁宁一瞬间感觉眼前有些晃动，手指抓住了他的手臂，几乎将杜柏钦的手臂抓出一道血痕："这么说，你在现场？"

杜柏钦点了点头。

蓁宁大脑已经陷入了停顿和混乱，她语无伦次地说："你的人为什么要杀他？你送他医治没有？他在哪儿？在医院吗？是不是还有救？”

杜柏钦按住她的手：“他死了。”

房间倏然寂静了。

蓁宁整个人呆住了，喃喃地问：“他人在哪儿？”

杜柏钦一直紧紧地按住她的手：“我让人把他的遗体送回了首都，你大哥会过来。”

蓁宁极力试图听明白他的话：“遗体？”

杜柏钦低声地道：“对不起。”

蓁宁忽然狠狠地掀开了他的手，茶几上一组咖啡杯被摔得四分五裂：“你为什么不阻止他们？你在现场还能让你的侍卫队杀了他？”

杜柏钦仓促地回了一句：“事情太突然。”

杜柏钦懊悔地说：“我下了命令，为确保孔维离开，不管任何情况——”

他难以抑制地咳嗽起来，他自己的侍卫死了一个，伊奢现在还在医院里躺着。

但人已经死了，此时说什么都是徒劳，他闭上了嘴。

蓁宁突然站了起来往外走，尖叫一声：“我要去看他！”

她突然喉咙猛地抽搐，身体发软，人瞬间晕了过去。

杜柏钦心头惊跳：“蓁宁！”

他匆忙之间抱住了她，只是手臂完全使不上力气，抱着她跪倒在了地毯上，他终于开口唤人：“来人。”

司三一直守在门外，闻言立刻推门进去，急忙奔过来搀扶。

杜柏钦病中完全没有力气支撑蓁宁日渐沉坠的身子，侍卫进来帮忙把蓁宁抱了起来。

司三扶着他的手臂帮助他坐了起来，他闭着眼难忍痛楚，一直死死地按着胸口低咳着，意识开始散失，最后的一丝清明之中，只记得她身上的香气，在他的怀中消失了。

风熔的车在夜晚开上了泛鹿庄园。

蓁宁在房间里，被一名医生和三位护士紧紧守护着，实际上完全没有必要，因为从下午到现在，除了给她大哥打了一通电话，她已经一动不动地坐了近十个小时。

等到见着了她大哥，她抬起头，眼中的泪水又流了出来。

风熔抱着她下楼，出门前对司三说："我不见杜先生了，蓁宁暂时先随我回去，烦请司先生转告一声。"

泛鹿庄园上下知道出了大事，用人都是低着头专心做事，如履薄冰战战兢兢。

司三也是熬得双眼布满红丝，杜柏钦仍在房中昏睡，自下午在书房昏迷，他在晚上醒来过一次，先问了蓁宁的情况，他本来还不顾医生的劝阻想要上楼陪一下她，偏偏谢梓等人已经在外面等候了大半天。

关于同北敕雷和谈的条款商议实在紧急，谢梓下午在首相官邸开了一下午的会，回来国防部后一些重要批示不得不呈请他裁断，杜柏钦只得撑着病体召见属下开了十几分钟的短会。

医生给他的药加了安定，风熔到达时，他睡下了，这是司三跟医生商量的结果，这时要他看着蓁宁被接走，以他如今的精神状况，实在是太残忍了。

司三将风熔送了出去。

这时女管家从屋子里匆匆忙忙奔出，手上拿了件蓁宁的外套："束小姐，外头雾气大……"

风熔脚步停顿了一下。

女管家将衣服披在了蓁宁身上，将衣角仔细地压好，却忍不住又红了眼眶。

蓁宁一直安安静静地缩在大哥的怀中，眼眸空洞，仿佛什么也看不见。

风熔点头致谢，转身走下了台阶。

风熔只带了一名司机前来，他将蓁宁放入后座，随即上车，轿车缓缓驶出了泛鹿庄园。

司三站在廊下一直看着，庄园的雕花大门打开，轿车驶出花园道，在山道的尽头消失了。

半山上浓雾弥漫，东边的天际闪着阵阵的火花，湿润的春暮雾色遮住了绝美的景致。

看着那辆车消失了许久，他终究无言地垂下眼眸，返身折回了屋中。

车子在康铎的城区中飞速行驶。

夜晚的春雷阵阵。

道路的尽头，乌云密布的空中，一道一道的火蛇擦亮了天际。

由于战事刚刚结束，加上如此糟糕恶劣的天气，首都路上的车辆很少。

车辆驶出了大城区，沿途景致渐渐变化，一路灯光闪烁的高楼大厦被抛在了身后，车子开始进入一个平缓的坡道，沿途的夜色中有乡野的花田和别墅在视线中一闪而过。

天边依然闪耀着一道一道无声的雷光。

这里已经是康铎的近郊。

车子又开了近半个小时，停在了半山腰山谷之中的一片空地上。

此处四野空旷，峡谷尽头有一个水库，是一片荒无人烟的地方。

站在山谷回头望去，康铎城区依然灯火繁华。

城中一个高耸入云的摩天轮伫立在黑云压顶的中心城区，夜色之中闪耀着五彩的光华。

开阔的空地上停着一台白色的依维柯轿车。

远远地看到车辆驶来，直到认清了来人，驾驶座的车门才打开，两个黑衣壮硕的男人跳了下来，是风家的保镖。

风熔在车上对蓁宁说："妹妹，大哥要先走，你怀孕不适合坐长途车，方秘书陪你搭班机回国，机票已经办妥，车子送你们去机场。"

蓁宁仍然一动不动地坐着。

风熔抚摸她的脸颊："大哥下车了，你们从这里转道去机场，只需要二十分钟。"

风熔叮嘱：“好好照顾自己，你二哥在机场等着你，我保证你一下飞机就看到他，好不好？”

蓁宁心头一抖，又开始哭。

由于时间紧迫，风熔拍了拍车前的方秘书，然后推开车门下车。

已经是暮春初夏，夜晚的气温仍然很低，蓁宁裹着毛衣外套，仍然冷得瑟瑟发抖，风熔推开门的一刹那，她看了一眼空地上的长型商务车，骤然明白了一切。

她拉住她大哥说：“三哥在里面是不是？”

风熔扶住她，迟疑着说：“妹妹——”

蓁宁要跟着他推门下车。

风熔不允：“你回去坐着。”

蓁宁执着地掰开他的手，哭着哀求：“让我看看他！”

风熔哪里拗得过她，蓁宁一路跌跌撞撞地跑过去，保镖替她打开了车尾的厢门，整个车厢空旷而冰寒，蓁宁几乎是第一眼就看到了冰棺里躺着的男人。

所有的动作瞬间停止了。

风熔握了握她的手，转头退了出去。

车尾开了一盏小灯，风泽躺在一条干净的毯子上，身上盖着薄薄的被子。

蓁宁跪在他的身旁，掀开了那床被子，看到了一张熟悉的脸庞。

事到如今她反而非常的镇定，轻轻摸了摸他的手，肌肤的触感还是光滑的，只是冰凉而僵硬，蓁宁拉着他的手低低地唤了一句：“三哥——”

蓁宁的手指，小心翼翼地、一寸一寸地抚摸他的脸。

他们把他的脸擦洗得很干净。

他英挺的五官，浓黑的眉毛，总是带着笑意微翘的嘴角……现如今，变成了一片惨白。

蓁宁看到，他右脑的一侧有一个洞，有一小片圆形的头发被灼烧得焦黑，她用手指抚摸他的黑发，他的头皮下还有一片凝固的血迹。

她久久地抚摸着这冰凉的躯体。

这是二十多年来陪她玩耍、陪她长大，无论她闯了什么祸永远疼惜维护她的人，他消失了，冰冷的躯体仍在，灵魂已经上路。

她久久地凝视着青年人的面容，直到外面的世界幻化成了一片无声的寂静。

蓁宁拉开舱门，山谷弥漫着无边无际的黑暗，对危险的灵敏嗅觉令她顿时打了个寒战。

她身前的两名保镖如临大敌地举着枪。

不远处的空地对面，不知何时已经停了两台轿车，站着一行黑压压的人影。

天边的火蛇依然在乌云之间流窜。

司机躬身拉开了后座的车门。

车内有晕黄的光线溢出，伴随着雷电的光线，一个男人的身影在黑暗中显现。

杜柏钦穿着赭红衬衣，深灰色的工整大衣。

和她以往见到的任何一次都一样，硬派、瘦削、英俊无匹。

他一贯苍白冷酷的脸染了深重倦色，神色却很平静，一双眼眸深邃如渊。

他还是那么尊贵的风仪，雍容优雅，带着拒人千里的冷漠。

侍卫躬身扶着他下车。

杜柏钦扶着侍卫的手缓缓站了起来，在夜风中长身玉立的身体，更显瘦削高挑。

他放开了扶持着侍卫的手，一步一步朝着蓁宁走了过来。

蓁宁垂着手，面无表情地一步一步地走向他。

天地之间都凝固在了这片黑暗之中。

雷声终于在乌云之上翻滚，空气柱被烧得白热发光，巨大的雷鸣声在遥远的天际闷声炸响。

峡谷里站满了人，却静得连丝头发落地都能听见。

没有一个人敢出一口大气。

蓁宁比他走得更快，很快就站在他的身前。

杜柏钦喘了口气，身子打晃了一下，却很快闭着眼站定了。

蓁宁垂在身侧的手在身上一滑，下一秒已经抵在了他的胸口。

几乎是在同一瞬间，杜柏钦身后的一排保镖齐齐举枪对准了他们。

风熔急促地叫了一声："蓁宁！"

冰凉的枪管顶在他的胸膛。

杜柏钦的神色非常安详。

蓁宁的手很稳，眼角的泪水却抑制不住地流下来："殿下，我们没有未来了。"

杜柏钦一抬手，将椭圆形的一片小金属挂在了她的胸前。

蓁宁看过无数次挂在他胸前的一小块金属牌，属于他的空军制式的身份牌，上面刻有他姓、名的缩写、服役号、血型和宗教，如果他战死沙场，战友会把它带回故乡。

杜柏钦语调沙哑沉缓："我后半生是属于你的，无论你在世界上任何地方，无论你想过什么样的生活，我都是属于你的，属于你和孩子们。"

他终于抬起手，轻轻地拥住她。

蓁宁闻到他身上淡淡雪茄粗粝爽冽的气息，因为他病中不吸烟，这熟悉的香气已经消弭了许久，这一刻突然袭来，分不清是记忆还是真实，烟草的香气混着淡淡消毒水的气味，是刻入了骨血中的缠绵温度。

因为怀的是双胞胎，她五个月的肚子比一般孕妇的大，穿了件黑色的宽松外套也看得出已经很明显的凸起。

蓁宁轻声慢语，仿佛梦中遇见他一般："你为什么要来？"

枪口依然定定地顶在他的心脏处。

杜柏钦低沉磁性的嗓音："蓁宁，开枪。"

蓁宁炙热的泪水滚落："你为什么要来？"

杜柏钦抱紧了她，感觉到她腹中的隆起，那是他们的血肉。

蓁宁的声音低微如幽灵："你为什么要来？"

杜柏钦声音异常的疲弱：“蓁宁，开枪，不然你回不去。”

枪声在黑暗中惊然响起。

浓黑夜色中，天际一道火花擦过，树枝上的黑影一闪，却是一只猫头鹰扑着翅膀飞走了。

硝烟的气味在风中飘散。

血腥的气味开始慢慢弥漫。

远处的侍卫倏地跪了一地，有惊惧而惨烈的呼声：“殿下！”

一道强烈的闪电划过天际，随后是一个落地霹雷轰然炸响，远处的康铎城闪了一下，然后突然陷入了一片漆黑。

天地再不见一丝星火。

身后的一整座城市，在这一刻都毁灭了。

风熔扑上前来，紧紧地抱住了蓁宁。

蓁宁浑身发软，哭得不能自已。

事到如今已经没有任何退路。

只能带她一起走。

风熔将她抱了起来，保镖赶忙过来接。

怀中骤然空了。

蓁宁离开杜柏钦怀抱的一刹那，侍卫队迅速举枪，手指已经扣住了扳机。

杜柏钦跪在地上，咬着牙冷厉地命令：“放他们走！”

侍卫跪下来扶住了他。

他虚弱地倚着侍卫的手臂，深灰色的大衣，胸口浸染出艳丽的红。

风熔捂着蓁宁的嘴巴，将她迅速拖上了车，保镖迅速启动引擎，车厢内的制冷系统一直嗡嗡作响，伴随着蓁宁的哭泣声，两辆车一前一后地朝着康铎市郊的城际公路狂奔而去。

杜柏钦眼前开始有重叠的光影。

指尖有潮湿的水，分不清是雨滴，还是她的泪水。

她哭得那么让他心疼。

蓁宁其实不爱哭，她甚至比男孩子都要坚强，只有他，一次又一次地让她伤心。

胸口慢慢开始感觉不到痛，而是无穷无尽的虚空。

仿佛整个心脏都被掏空了。

他抬起头，只看到了模糊的影子。

那辆白色的车如幽灵一般渐渐消失在了浓黑的夜色中。

那是一个春日的夜晚。

蓁宁在泪水之中看到了康铎城区的半城灯火，康铎城内树影飘摇，粉白残花落了满地，安静的雷电照亮了天际。

世界上的一对恋人，正在分别。

一切并没有任何不同，世界上每一天，都有相爱的或者不爱的人会分别。

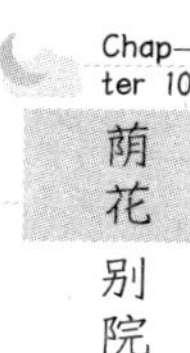

# Chapter 10 荫花别院

焰火在半空中盛放，整个漆黑的海港瞬间被点亮。

人群中爆发出热烈的欢呼。

一辆轿车在康铎城区的长街上疾驰，沿着西岸的海景大道，飞速地将身后的喧闹人群抛在后面，如一支箭一般隐入了墨黑夜色。

车上电台“嘀”的一声报时，晚上十二点整。

今夜的康铎是个不夜之城。

今日是北敕雷岛屿回归墨撒兰的周年庆祝日。

白日里的首都民众走上街头，在圣保罗教堂前摆满了白色的鲜花，举行活动纪念阵亡的士兵。

晚上八点开始，墨撒兰国家电视台在新建成的敕雷海港举办了纪念回归晚会，晚会盛况通过电视台进行现场直播，一直热闹到了夜里十点，首都康铎的公主海港上也举办了精彩的焰火表演。

两年前对北敕雷岛屿的战役胜利后，墨撒兰国家石油公司收复了整个海湾的所有油田，还在临近北敕雷岛的附近海域勘探出了矿床，之后整个国家动用了大量的人力和物力对北敕雷岛进行了基础重建和灾民安抚工作，并在北敕雷岛屿西边较为平缓的地带开发了一段海域，形成了一个优质的经济和旅游合作区域。

整个国家从未有如此团结向上、人民激荡昂扬的时刻，正如首相梅杰所说，这是自墨撒兰独立建国以来最伟大的胜利。

在这一段历史中，铭刻了一个闪耀着熠熠光芒的名字。

许多人记得那一场战役的盛况，“春雷”战役结束一个月之后，胜利归来的军事将领在卡拉宫接受了女王的荣誉奖章，授勋仪式结束后，年轻的女王殿下邀请了墨撒兰的功勋之臣在卡拉宫共进午餐，午宴开始之前，由王室的摄影师拍摄了纪念照片，在第一行的贵宾席中，一整排盛装的王室家族坐得整整齐齐，其中有一个位置是空着的，那是属于柏钦殿下的位置，然而，他没有来。

自那之后，他在他的国家消失了，已经两年。

每一年电视上的影像资料都会无数次地播放他的画面，那是墨撒兰军队成功登岛之后，由银翼护航战机护送着他的专机返回首都康铎时，他步下飞机的画面，那是他最后一次出现在媒体的视线。

镜头下的杜柏钦，依然是冷峻英挺而漠无表情的一张脸庞，只是跟出征时的意气风发相比，完全像是变了一个人，眉宇之间毫无欢容，一直拢着一抹憔悴病色，显得苍白黯淡，他只出现了十多分钟，仅仅跟首相梅杰派来的官员交代了几句，并没有接受任何采访，而后便登车离开了，随后的媒体联合采访，则全部交给了参谋长办公厅秘书官周马克。

首都有媒体揣测他的健康状况恶化。

陆军总院方面并未发布任何消息。

局势稳定的三个月后，在他任职期满之前的一个月，年轻的康铎公爵提前卸任。

原海军总参谋长继任国防参谋长，国防部长潘雷格提拔原杜柏钦的部属谢梓担任国防办公厅主任。

国家又走向了正轨。

两年多了，墨撒兰的媒体失去了一个英俊的头版头条，整整两年，无数的小报记者们二十四小时守在泛鹿庄园门前，这座古老的庄园依旧戒备森严，只是没有人拍到过任何关于他的照片。

狗仔们在泛鹿庄园受挫，并不代表他们毫无收获，首都康铎的世界依旧精彩纷呈，月亮报在今年五月爆出了安德王子在脱衣舞俱乐部招妓的丑闻。

于是媒体又开始盘点这一代王室后代，又一次提及杜柏钦。

他为国建立的显赫功业，他自身感情世界的扑朔迷离，以及他的急流勇退消失无踪，足以构成一个英雄式的传奇。

那一次订婚在公众前露过一次脸之后，只要他每一回出现在报纸版面，都能被疯抢一空。

只是这个传奇不能再为报纸带来销量了。

康铎城内所有的新闻主编都非常的惆怅。

周围的吵闹渐渐消失，沿途草木开始繁茂，远处可见黑色夜空中的点点繁星。

对岸的烟花升起。

那是公主港的焰火庆祝活动进入了高潮。

一周年的庆祝活动举办时，大批的人潮涌向海岸边，甚至有醉酒的游客跳入海中游泳，首都不得不出动了大批警卫维持秩序。

到第二年，旅游局开始规划，将这一场烟火庆祝晚会固定了下来，成立了一个新的旅游项目，又再一次将墨撒兰的旅游事业推向了一个新的高度。

车子已经离开了城区，驶向康铎近郊轻尾平原区的一片乡间别墅区。

这一片区域比邻墨国最大的综合性大学，从近道去墨撒兰国家大学的医学部，只有十分钟的车程。

深夜的巨大树林上方仿佛有妖魅飘过，一幢绿色的哨岗小屋里亮着灯光，谢梓的车经过系统身份识别，又开了一段路，驶进了别墅的开阔前廊。

廊下的灯光未灭，一位穿着灰色宽袍的男人迎上前来：“谢先生。”

谢梓从车中跨出："司先生，柏钦——"

司三压低声音道："殿下睡下了。"

谢梓抬腕看了一眼时间，无奈地说："唉，早知道我提前一点走。"

"谢梓？"一名高挑男子打着呵欠从门内走出。

谢梓深夜见到他，展眉笑了一下："何院长。"

何美南笑了笑："喝一杯？"

司三正召司机过来送何院长，闻言道："我让用人过去收拾一下……"

何美南摆摆手："不用了。"

两个人熟门熟路地往侧厅走去。

何美南站在一整排发亮的酒橱前，淡淡地说："他早说过，你不必年年这个日子都过来。"

谢梓径自取了一支酒："不见见他，我心里不放心。"

何美南拿了两个杯子："他一点儿也不喜欢今天。"

"事实上，有关北敕雷的一切，他都不愿回忆。"

两个人在窗前的桌子边坐下。

这一段时间国防部的工作比较平静，谢梓有一阵子没来荫花别院了："他身体最近怎么样？"

何美南也依旧是淡淡的："医疗团队想再做一次手术，但是他态度可有可无的，况且，没有手术指征。"

何美南接到他侍卫队电话的那一晚，是夜里九点多，他刚刚进家门。

家里一楼的客厅，胸外科主任跟他爸两个人在家里的沙发上喝茶，电视上正播着北敕雷岛收复的新闻，两个人都是部队军区医院出身，对这一场收复战役异常的关注，眼看着银翼的战机飞过敕雷海湾，海岸边的军舰汽笛长鸣，对岸缓缓地升起墨撒兰的君主旗，两个老头激动得拿着手帕直擦眼泪。

这时何美南的电话突然响了起来。

退休的老何院长看着一向稳重早熟的儿子发了疯似的拽着他手下——五十几岁的胸外科主任往外冲。

老院长摇了摇头，往空军医院总值班室打了个电话，没到一刻钟，老院长跟着出门了。

何美南路上都没敢告诉胸外主任是怎么回事儿，直到进了医院发现手术室的病区已经被封锁，何美南再也瞒不住了，把胸外科主任往手术室里一推，站在走廊里给迟迟不到的麻醉科主任打电话，没说两句，何院长暴跳如雷："我告诉你！病人要是死了医院明天就关门！全部人上国防部请罪！"

手术室里护士正给主任穿手术衣，系带子的时候，看到主任握了好几次拳头深呼吸，她进手术室都多少年了，从来没见过大主任上手术前这样。

那颗子弹偏离了心脏一寸，贯穿了胸膜，病人救回了一条命，但术后预期的恢复，漫长而艰难。

两个人对着空旷花园，很快就喝完了大半瓶酒。

何美南微醺，问起私事："你这么晚不回家，太太不追问？"

谢梓沉默，好一会之后才低声说："我们分居快两个月了。"

何美南这时才乐了一下："我一直以为你是老好先生，怎么太太也抱怨你？"

谢梓无奈地苦笑："工作太忙了。"

谢梓也好奇："你为何独身那么多年？"

何美南耸耸肩："独身有什么不好？谈恋爱什么下场，你看看屋里那个。"

两个人又默默吞了一口酒。

何美南怔怔地盯着杯中的液体，黄金一般的液体闪着流光，他忽地一拍桌子，然后掏出手机。

谢梓看着他滑开手机的通讯录，然后找出一个号码，谢梓望了何美南一眼："你跟她是朋友？"

他话中淡淡的敌意。

何美南知道谢梓是杜柏钦一手提拔起来的，对他一向忠心耿耿，只好无奈地说：“算是吧。”

谢梓狠狠地灌了一口酒，口气仍然平平淡淡：“当时要不是殿下护着她，我不会让他们走出墨撒兰。”

何美南有他自己的主意：“唉，你知不知道她接一次柏钦的电话，我治疗效果会好多少？”

谢梓听他这么说，只好看看表：“华国跟康铎有一个小时时差呢，现在都三四点了。”

何美南没当回事：“放心，她三更半夜都不睡觉的。”

谢梓纳闷地问：“为什么？”

何美南摇摇头道：“双胞胎是早产儿，我介绍蔓莎给她认识，蓁宁会向她咨询一些新生儿的问题。”

谢梓好奇地问：“蔓莎是谁？”

“我的新生儿科主任。”何美南慢悠悠地道，“蔓莎说从来没见过那么情绪紧张的妈妈，夜里不睡觉，搬个小凳子坐在床边看孩子还有没有呼吸。”

谢梓听得愣住了，好一会儿才吸了口气：“殿下知道吗？”

何美南拿夹子敲着冰桶：“怎么不知道，你以为他去年要死要活非得上飞机是什么原因？”

这事儿谢梓也听过，那一次何美南和他闹出的动静太大，整个国防部的高层都惊动了。

那时殿下做完手术半年多，想要坐飞机出国，他的医疗团队不允许。

杜柏钦态度强硬，泛鹿的车都驶进康铎国际机场了，何美南赶了过来，他甚至跟军方打了招呼，哪怕派战机升空也要把他的飞机拦截下来。

他是功勋卓越的人，北敕雷刚刚收复不久，政局未定，他的生命对整个国家都至关重要。

何美南作为他的医疗团队负责人，是接了军令状的，他担不起这个责任，墨撒兰不能失去他。

结果杜柏钦的飞机刚在跑道上开始滑行就接到了命令，即刻返航。

何美南气得跳脚，半个康铎机场都封锁了，何美南在塔台上扯着无线电对杜柏钦破口大骂：“你就飞上去，下来时我保证你棺木上覆盖着国旗接受朝野吊唁！”

那一次之后，杜柏钦没有再提过要去华国的事情。

何美南按下了通话键，讯号连接漫长的几秒，空气仿佛凝固，电话果然通了。

何美南轻笑一声，熟稔的语气：“蓁宁美人儿。”

电话那端沉默了会儿，传来柔和的女声：“您好，何院长。”

何美南说：“今儿晚上康铎的烟火很美。”

蓁宁温和地答：“是的，我看到了新闻。”

何美南知道，两个人并不是完全没有联系，杜柏钦给她打过电话，孩子出生时、华国新年、情人节、孩子的生日、蓁宁的生日……

蓁宁大部分时候都会接他的电话，两个人聊一会儿孩子的话题，当然，蓁宁报喜不报忧的情况居多，杜柏钦何尝不知道，但没有能力陪伴，一切都是徒然。

有一次他打电话给她，蓁宁一直不接，杜柏钦担心是不是孩子生病了，后来仔细查了日历，发现那天是华国的清明节假期。

想起她亘古一般沉默的电话，隔着一个安达曼海洋，仿佛无声的对抗。那个下午他把自己关在房间里很久。

何美南握着酒杯摇摇晃晃地问：“孩子们最近好吗？”

“挺好。”蓁宁在那头问，“鲁鲁怎么样了？”

何美南说：“司三告诉你了？”

“嗯。”

鲁鲁受伤的腿上发现了小细胞肿瘤，上个月开始恶化，兽医建议杜柏钦考虑最后阶段让它接受安乐死。

“殿下呢？”

“它是一只很长寿的狗了，他会接受的。”

何美南手指轻轻地捏住了杯子，碎冰传来一阵冰凉："抱歉，我一直没有办法让他去看你，我治不好他。"

电话那头传来压抑的呼吸声，蓁宁没有说话，隔了很久，极轻微的声音才响起："对不起。"

何美南冷笑一声，把电话挂了。

谢梓摇了摇头，又给他斟了一杯酒。

春天的夜色，空气中弥漫着淡淡的花香。

风熔推开了风曼酒店一楼餐厅的门，拍了拍蓁宁的肩膀："听哥哥的话，下次带着孩子一块儿回家。"

蓁宁抬头对风熔笑了笑，没有说话。

孩子出生之后，蓁宁一直带着孩子住在市里，双胞胎一岁多了，她从来没有带孩子回过家，每次回家都是孤身一人。

风熔说："妈妈也不是那么不近人情的人。"

"我不是这个意思，大哥，"她的三哥躺在家族的墓地里不过两年，蓁宁摇了摇头说，"我不想让妈妈伤心。"

风熔看着车库地上的路标，侧了侧身护着蓁宁往里边走去："妈妈昨晚特地来找我说话，让我劝你不要带孩子去，要不你把孩子送回家，让你嫂子带几天？"

蓁宁温和地说："没关系的。"

司三给她打电话时，就问过她能不能回一趟泛鹿，在鲁鲁走的时候，蓁宁答应了，她把这件事告诉大哥，大哥和妈妈是怕她带了孩子去，一切变数太大，万一孩子被杜家留下，怕她承受不了。

蓁宁知道，他不是这样的人。

双胞胎现在还在喝母乳，孩子出生是早产，一岁之前还生了两次大病，蓁宁一直都没有戒奶，医生也说可以喝到两岁左右自然离乳，现在孩子一岁多了，加之夏季气候温暖，蓁宁打算带宝宝们出门。

两个人走到了车旁，风熔从车尾厢里拎出了一个大篮子，塞进了蓁宁的车里。

风熔问："真的不用我安排人陪你去？"

蓁宁摇摇头，朝着他伸出手臂："替我问候妈妈。"

风熔抱了抱她："有什么事给我打电话。"

两兄妹各自上了车，在路口的拐弯处分开，蓁宁一路开回了家，在楼下停好了车，拎着大篮子打开门，阿姨正在客厅看电视。

阿姨见她回来了，起身走过来接过她手上的东西："晚饭吃过了？"

蓁宁点点头说："宝宝睡了？"

阿姨低声说："找了会儿妈妈，哄睡了。"

蓁宁推开门缝看了一眼卧室，灯关了，两头小猪睡得呼呼的，她换好睡衣，洗手，进房间趴在床上亲了亲两个孩子，杰米哼了一声，迷迷糊糊地伸手要摸她的胸部。

夜奶都戒了几个月了，蓁宁伸手把他的小手握住，亲了亲，安抚了会儿，小子又睡着了。

蓁宁走出房间，阿姨正坐在小凳上整理她带回来的那一大篮子，有腊肉、松茸、梨子、成嫂给她包的粽子。

阿姨一边把腊肉收拾好了放冰箱，一边跟蓁宁说话："下午快递送来的签证，我给您收在抽屉里了。"

蓁宁应了一声："行，我让你准备的证件收拾好了？"

"好了！"阿姨乐呵呵地答应了一声，坐在凳上挺直了腰杆，"我看这回谁还敢说我们宝宝没有爸爸！"

蓁宁告诉她孩子爸爸是外国人，两人不合适就没有在一起。保姆照顾孩子久了有了感情，有一次就特别惋惜地跟蓁宁说这么可爱的孩子爸爸怎么不要，蓁宁听到了，马上纠正了她："阿姨，宝宝爸爸当然是爱孩子的，咱们不能这么说，宝宝听到了不好。"

阿姨立刻就明白了，自那之后，再也没有说过这样的话。

阿姨从厨房出来，给蓁宁洗了个梨子："老人还行吧？"

大哥陪师父上省城大医院做膝盖手术，蓁宁下午去看师父了。

"挺好，手术挺顺利。"

“人老了各种毛病就多了，前几天听成成妈妈说，她公公晚饭喝了点酒，就脑中风送医院去了。”

蓁宁放松了身体在沙发上坐了会儿，听阿姨絮絮叨叨地跟她说着小区里各家的琐事，蓁宁其实并不认识成成妈妈。这个房子是好多年前爸爸买的，当时是方便她每次读书从国外飞回来时在市区里住一晚，她工作了之后很少住。一直到从康铎回来待产的那一段时间，才在这儿住下来，那段时间她心情很不好，不出门，住了快一个月，邻居都不知道里面有人。

小区里的保姆阿姨们有一个社交圈子，下午集体带着孩子在楼下的花园里玩耍时，保姆们凑一块儿论一论东家的家长里短，阿姨到蓁宁这里工作没到一个月，就把所有宝宝的家庭都摸熟了。

保姆姓王，当时月嫂离开后，照顾孩子的阿姨很难找，她是一个单亲妈妈，又是双胞胎，又要求住家，孩子又是早产，很难照顾，好多阿姨一听就拒绝了，后来中介给她介绍了王阿姨。

王阿姨老家在沧县，是一位粗嗓门的大姐，做事麻利，丈夫早年来城里务工，她不想留在老家，就一直跟着来做家政，干了快十年了，还自学考了保姆证。

王阿姨有一对双胞胎儿女，在县城的高中读书，也许是缘分吧，当时在家政公司看到蓁宁特别着急，一口就答应了。

后来蓁宁发现她是一个见过世面的阿姨，蓁宁跟孩子说的母语是华文和英文，回头发现阿姨带孩子的时候，也迅速用上了简单的幼儿英语。

一打听，王阿姨的上一任雇主是一个驻华的外资公司代表，以前天天去国际学校接孩子放学呢。

蓁宁心想，失敬了失敬了。

有时下午蓁宁和保姆一块儿带着宝宝下来玩，蓁宁带着宝宝在草地里捉蜗牛，单身妈妈带一对可爱的双胞胎儿子，很是瞩目。

阿姨们很早就问过王阿姨，怎么从来没见过孩子的爸爸，王阿姨一直说孩子的爸爸在国外工作，虽是这样说，也免不了闲言碎语。王阿姨脾气耿直没少为这事儿生气，这一次知道了蓁宁要带她出国，她下午再带着宝宝去小区花园里遛弯，脸上都神气了不少。

飞机开始降落在康铎国际机场的时候，蓁宁把怀里的杰米摇醒了。

降落时耳膜内压让他不舒服了，蓁宁立刻给他吸安抚奶嘴，一直醒着喝奶的瑟瑟推开了奶瓶，扭动着身体凑上来要抢弟弟的奶嘴，蓁宁哎呀了一声，保姆把他抱住了，杰米顿时咯咯地笑了起来。

座椅下方轻微地震动，飞机着陆了。

两个孩子喝了奶，安安静静地坐在妈妈的怀抱里，并排趴在舷窗边上，大眼睛滴溜滴溜地望着舷窗外的飞机。

空乘小姐把宝宝的推车取了下来。

蓁宁让阿姨把瑟瑟放进了推车，自己抱着弟弟。杰米抱着他的玩具小熊，蓁宁跟宝宝说："谢谢空乘姐姐，跟姐姐再见。"

杰米乖巧地挥手。

空乘小姐的眼睛柔成了一汪水。

三个小时的航班，机舱里两个宝宝都没有哭，一看下了飞机还没到，瑟瑟发脾气了，坐在推车里蹬腿，扁了嘴要哭，保姆把他抱起来，蓁宁凑过去要亲他，被他噘着嘴伸手一把薅住了头发。

"杜见贤！"蓁宁疼得叫了一声。

这臭小子"哇"的一声大哭起来。

蓁宁伸手把他拎了过来。

蓁宁把瑟瑟抱在怀里，走到了稍微安静一点的地方，走来走去轻声安抚，过了一会儿保姆带着杰米过来时，哥哥已经安安静静地趴在了妈妈的肩上。

两个男孩子都穿了一模一样的蓝色小上衣，藏蓝色裤子，长得太可爱了，蓁宁和阿姨推着宝宝往出境口走去时，沿途的女性旅客纷纷放慢了脚步，对着一对宝宝露出微笑。

两个人在出境口岸停下来时，蓁宁犯了难，她跟阿姨持的是华国护照，应该走境外旅客通道，可两个孩子是墨撒兰籍，要走本国居民通道。

蓁宁在一旁找到了一位墨撒兰入境管理处的官员。

那位留着小胡子的男士接过她手上的四本护照，看了一会儿，又走过去跟办公室里的官员说了几句话，男士再回来时问了一句：“女士，孩子的父亲呢？”

“他在康铎。”蓁宁镇定自若。

男士将护照递还给了蓁宁：“请另外一位女士走旅客通道，请您陪着孩子，这边请，女士。”

蓁宁叮嘱一句说：“阿姨，你过了海关就站在旁边等我。”

男人接过了阿姨手上的推车，引着蓁宁往窗口走去：“女士，孩子姓氏是杜沃尔，是众所周知的那个杜沃尔吗？”

蓁宁听到了，笑了笑：“你觉得呢？”

双胞胎是34周出生的，破羊水时蓁宁也很慌乱，本来医生希望她能撑到35周。孩子们出生第二天，是柏铮过来的，其实杜柏钦没有要求孩子们一定要入墨籍，只是杜夫人第二次过来看宝宝时，跟蓁宁商量了一下，杜家想在当地给她和宝宝添置产业，还要从墨撒兰调来专门的育婴保姆，蓁宁都拒绝了，最后只商量好了孩子们的身份问题。蓁宁其实对这件事没有特别大的意见，孩子们总归是需要一个户口，征得她的同意之后，杜家很快就送来了孩子们的墨撒兰身份证件。

小胡子男士摇了摇头，幽默地答：“我不敢猜，女士。”

然后两个人都笑了。

早晨十点，蓁宁合上酒店的门时，抬眼看了一眼酒店的走廊。

一整层楼都静悄悄的。

房间内孩子的嬉闹声隐隐传来。

两个宝宝第一次出国住酒店，适应得比蓁宁预计的还要快。进了一个新鲜的环境，两个小子都开心得不行，一大早就在沙发上用力地扭着小胖腿爬上爬下，连妈妈出门都痛快地飞个吻就再也不管她了。

蓁宁下楼取了车，开出了酒店的停车场。康铎市区变化不大，夏季道路两旁的树木郁郁葱葱，早高峰已经过去了，阳光淡淡地照耀在这座淬金之城上。

蓁宁开了导航，沿着公路一路疾驰而去。

开了一段路离开了中心城区，沿途车辆渐渐稀少起来。

蓁宁再拐了一个弯，进入了轻尾平原，远远看到了平原上整片的参天大树，她打开了车窗，阴凉的风吹了进来，路上的私家车不知何时已经消失了，蓁宁知道杜家在这里有一幢度假别墅，但这里离杜柏钦平时工作的市政中心区有一段车程，所以他很少住这里，蓁宁在地图上看了一下，这里离墨撒兰国家大学医学部倒是很近。

在遮天蔽日的大树下开了十分钟，蓁宁终于看到了大门的值勤哨岗，一幢绿色的小房子，主体建筑依旧遥不可见，看来这座宫殿的隐蔽性跟泛鹿庄园也是不相上下。

司三等在了哨岗的入口处。

蓁宁把车停在入口，推开车门走了下来。

司三还是老样子，穿了一件米色的墨撒兰传统长袍，对着她微微鞠躬："束小姐。"

蓁宁冲着他扬扬手。

蓁宁上了司三开来的车，依旧是在阴凉的大树下行驶，转了一个弯，道路旁出现了一条清澈溪流，又开了一段，终于在巨大草坪的尽头见到了建筑的红色屋顶。

车辆渐渐驶近，蓁宁终于看清楚了，这是一幢传统墨撒兰风格的房子，外面的一层完全是空旷的，一整排米白色巨大的柱子支撑起整座建筑，没有墙壁，仅在上方垂落着半卷的青色蔺席用来遮阳，风穿堂而过。

司三带着她往里边走，穿过一个花木扶疏的长廊："本来安排的是明天，可昨晚鲁鲁情况恶化，很痛苦，今早医生已经到了。"

蓁宁只想快点见到鲁鲁，没有心思再打量这座华美绝伦的房子了。

司三拨开白色的纱幔："它已经躺了一天一夜了，医生说止疼让它走，殿下已经同意了。"

司三在走廊上放慢了脚步，对面的窗户帷幔低垂，风吹起来。

蓁宁跟着司三脱了鞋，两个人悄无声息地走进了一个铺着柚木地板的客厅。

蓁宁看到了熟悉的身影。

杜柏钦穿了一件黯蓝色府绸棉衬衣，那衬衣的料子有些发皱，他坐在地毯上，在他身旁的是躺着的鲁鲁，医生正扶着它的前爪，将药物注射进它的身体。

蓁宁的眼泪一下就流下来了。

司三退下去了。

它十二岁了。

在服役期间经历了多次伤病，退役后受到了杜柏钦很好的照顾，可毕竟已经是一只很年长的狗狗了。

鲁鲁已经是濒死的状态，两个爪子搭在杜柏钦的腿上，勉强地想抬头看他，浑浊的眼里流下大颗的泪滴，其实它已经看不见了。

医生说："殿下，您抱抱它。"

杜柏钦伸手把它抱了起来，不断地抚摸着它的脸颊，它在他怀中慢慢地停止了呼吸。

兽医过来，用一块厚厚的蓝布把鲁鲁的身体包了起来，一直等候着的宠物丧葬师把它抱走了。

杜柏钦想站起来，手撑着身体，侍卫立即走上前把他扶了起来。

他转过身，看到了一直静静地站在门口的蓁宁，愣了一下，然后红了眼眶。他仓促地别过脸，迈开腿往走廊外走去。

蓁宁追上他。

杜柏钦被她拽住了。

杜柏钦低着头，感觉她手掌的温度透过衣服渗进他冰凉的身体。

他胳膊僵硬着，一动不动。

蓁宁把他拉回了屋子，两个人坐在窗前的沙发上，杜柏钦在她怀里流眼泪。

蓁宁抬了抬头，看到二楼蓝色的窗户，有一只灰色的鸽子扑棱着翅膀飞走了。

过了好久，身侧的男人动了动。

“孩子们呢？”沙哑的嗓音还有淡淡的鼻音。

“在酒店。”蓁宁推了推他，两个人坐直了身体。

“你知道了？”

“我登记入住的时候，酒店一整层都是空的。”

“听着，柏钦，”蓁宁忽然说，“明天我让孩子们过来看你。”

杜柏钦语气微微激动：“可以吗？”

蓁宁坦然地说：“你是他们的父亲。”

杜柏钦想了想：“我可不可以跟你回酒店？”

“不行。”蓁宁干脆地拒绝，“我本来没这个打算，我今晚得跟他们先说一下。”

杜柏钦愣了一下：“抱歉。”

蓁宁看了一眼他的侧颜，依旧是白皙狭长的内双眼睛，脸孔苍白，她淡淡地说：“何美南跟我抱怨你不听医嘱。”

“我很好。”

杜柏钦驾车把她送到了别墅的门口，低下头，礼节性地亲了亲她的脸颊。

蓁宁上了自己的车，开车走了。

守在门口大树林里的月亮报小报记者没抱任何希望地守了一个多月，他是新入职的菜鸟，前段时间得罪了老板被派来这里喂蚊子，此时他躲在树干后目瞪口呆，哆哆嗦嗦地往办公室打电话，电话一通，也不管接电话的是谁，压着声音吼：“我在荫花宫殿门口，看到了大殿下！和一位女士！”

同事尖叫一声，然后是一阵噼里啪啦的声音，电话掉在桌面上，又被拿了起来，然后是一声大叫：“主编！”

下一刻那个专门折磨他的女魔王的声音冷淡地传了进来：“看清楚了，是不是大殿下？”

小记者顿时慌了手脚：“我没见过大殿下！应该是吧，很高很英俊！”

“拍照片了吗？”

“没、没、没来得及！”

“蠢货！”

“女士呢？年轻的？老的？”

“年轻的！开车走了。”

“车牌号呢？”

“没、没、没记住！”

“你不用回来上班了。”

电梯“叮”的一声，蓁宁出了电梯门，迎面而来的是伊奢。

伊奢看到她，立刻后退，右手按在胸前行了一个标准的王室鞠躬礼：“束小姐。”

蓁宁客气地笑了笑：“侍卫长大人。”

她沿着走廊往自己的房间走去：“昨晚走廊上的人是你的？”

伊奢跟在她的身后，也没有否认：“殿下吩咐了，您跟宝宝的安全是我们的责任。”

蓁宁昨晚就发现了，也没确认，出于谨慎，没敢让孩子们出门。她走到自己的房门前，抬手搓了搓脸，收拾好一路上的低落心情，抬手敲了敲门：“妈妈回来喽！”

王阿姨来应门，手臂上挂着瑟瑟，瑟瑟掰住了蓁宁肩膀，要往外伸脖子：“看看！”

蓁宁说：“妈妈要进屋了。”

瑟瑟摇头：“不要不要不要！”

蓁宁伸手把他接过来挎在腰上，小子拼命掰门，蓁宁只好带着他出来逛逛。

伊奢正站在房门前，看到趴在蓁宁肩上的宝宝，眼睛忽地瞪大了，然后双腿并拢，立刻站直了。

蓁宁说：“这是Arthur。”

伊奢鞠躬，低下头吻了吻他的手背："小殿下。"

瑟瑟也听不明白他说的话，笑嘻嘻地伸手去抓他肩上闪亮亮的肩章。

蓁宁把瑟瑟往伊奢怀里塞："伊奢，你抱一抱他。"

伊奢紧张地摆手往后退："束小姐，这不合规矩。"

蓁宁没当回事儿地说："抱吧，我们华国人不讲究这些，他喜欢你。"

伊奢小心翼翼地接过了瑟瑟。

这混世小魔王，要不是看他跟他弟弟长得一模一样能凑一对吉祥物的分上，蓁宁早就想把他扔大门口了，眼看伊奢抱稳了他，蓁宁扭头就走。

臭小子急了，在伊奢手臂上扑腾："妈妈！"

蓁宁抿着嘴偷乐："你跟叔叔玩吧，妈妈要回去了。"

瑟瑟嗷呜一声，一巴掌拍在了伊奢脸颊上："不要不要不要！"

车子驶进泛鹿庄园的半山弯道。

蓁宁又看到了那面碧蓝的湖水，她坐过的那只小舟还系在湖边，一切仿佛还跟昨天一样。

她第一次来泛鹿，是秋天，山坡上的林木都是绚烂的红色和黄色，这一次，是春天，整个泛鹿庄园是荫翳的、翠绿的、轻盈的。

她静静地望着车窗外出神，两个孩子似乎也感染了妈妈的情绪，杰米歪了歪头，把小脑袋枕在了妈妈的肩膀上。

远远地看到了那幢砖红色的大宅，蓁宁定睛一看，司三换了件新袍子站在屋前，在他身后白色的廊柱下，一整排白衣黑裤的用人站得整整齐齐。

独自立在泛鹿庭院车道前的是一名高个子的男人，穿了一件白色条纹衬衣，外面是灰色的休闲西装外套，笔直脊梁如剑。

杜柏钦几乎要屏住呼吸才能压抑住心脏的激烈悸动。

车子停稳了。

杰米跟他哥哥刚刚在车里打了一架，哭了一场，此时乖乖地趴在妈妈的怀里，大眼睛里还含着泪水，瑟瑟在安全座椅上扭着身体。

车门被人从外面拉开，两个宝宝瞬间安静了。

蓁宁温柔地说："瑟瑟、杰米，这是爸爸。"

杜柏钦脸上神色是镇定的，唇角含着笑，只是脸色有点发白，声音有点发抖："嗨，宝贝儿，我是爸爸。"

两个宝宝盯着他看了好一会儿，瑟瑟忽然对杜柏钦伸出了双手。

杜柏钦把他抱了出来。

蓁宁昨晚已经跟他们说过，他们知道今天要见爸爸，杰米靠在蓁宁怀里，眼里还有泪水，好奇地盯着他的父亲看。

蓁宁让杰米下来自己走。

女佣屈膝行礼，脸上的笑容是止不住的慈爱，眼睛不自觉地盯着蓁宁牵在手里的可爱宝宝。

蓁宁望着她们微笑，隔了两年多不见，泛鹿的用人基本没有什么变化。

杜柏钦领着孩子们进了一楼起居的客厅。

蓁宁愣住了，泛鹿的一楼原本是一个典雅的欧式客厅，留有杜夫人收藏的大量古董家具、瓷器和艺术品，如今已经全部被搬走了，仅留了一张沙发和一个小茶几，整个大厅空旷明亮，落地窗连着窗外的浓绿树荫，所以只挂了一层遮阳的纱帘，地板上光洁干净，沙发前铺了彩色的地垫，有两只儿童木马，角落里还布置了一个小小的滑梯。

蓁宁明白杜柏钦为什么要搬回泛鹿来见孩子了，因为儿童房也是已经设计好的，一模一样的两套粉蓝色小床。

孩子们在这几天一直频繁地更换环境，蓁宁没有让他们玩太久，尽量保持了稳定的作息，在客厅里拆了礼物，中午喝了奶吃了辅食就被蓁宁哄睡了，一直到下午三点多，杜柏钦带他们去花园里玩了会儿。

夜里孩子们陪他们吃了晚餐，八点多，蓁宁给孩子们洗了澡，把他们放在小床上哄睡了。

走出孩子们的房门时，杜柏钦守在门口。

他刚刚洗了澡，穿了件淡粉色的绒线衫，袖子挽到了手肘处，身体消瘦。

一整天围绕着孩子打转，两个人没有单独相处的时光。

蓁宁站在他的身前，目光一直注视着他的胸口。

杜柏钦说："过来。"

他把她拉进了怀里，蓁宁终于伸出手，轻轻地贴在了他的胸口。

杜柏钦立刻握住了她的手。

蓁宁嗓子哽住了："让我看一看。"

杜柏钦声音低柔，手却很坚定地阻止了她："不用。"

两个人站在孩子们的房间门口，杜柏钦靠在墙上，蓁宁在他的怀中，就那样安安静静地依偎着，站了很久很久。

清晨六点多，蓁宁在床上睡得迷迷糊糊。

半梦半醒之间感觉到一个胖屁股坐在她脑袋上，然后小胖手开始揪她头发："妈妈！"

蓁宁想起来了，早上五点多孩子起来喝了奶，蓁宁就把他们放在身边重新睡着了，这会儿只好咕哝着应了一句："宝贝，让妈妈再睡会儿。"

胖屁股拽得更起劲了："妈妈，起来！"

蓁宁哀号一声，拿枕头捂住了自己的脸。

杜柏钦敲门进来。

两个孩子穿了一样的蓝色小睡衣，一个坐在她的头上，一个趴在她的胸口，杜柏钦一时分不清哪个是瑟瑟，哪个是杰米，但他猜蓁宁脑袋上的八成是瑟瑟。

蓁宁头发散乱，两眼呆滞地望着天花板，绝望地问："我的保姆到了吗？"

杜柏钦说："伊奢派人去接了，应该快了。"

蓁宁昨天给王阿姨放了一天假，请了一个华文导游陪着她在康铎城内玩了一天。

杜柏钦又问："我可以带他们出去吗？"

蓁宁把坐在自己头顶上的瑟瑟拖下来递给他："快点。"

杜柏钦抱着孩子们出去了。

蓁宁翻个身，继续睡着了。

再醒来，已经九点多了。蓁宁下楼，看到杜柏钦带着孩子们在花园的草坪上浇水，用人不知从哪儿给他们一人找了一根小水管，两个小朋友正跟着他们的爸爸给刚修剪了枝叶的玫瑰浇水，瑟瑟淘气地伸手去抓水，被喷了一脸的水，他吓了一跳，一屁股坐到了草地上。

杜柏钦放下水管，伸手去牵他起来，回头看杰米也学着他爸爸放下了水管，和他哥哥一样伸手去摸流动的水，小手立刻被溅湿了，杰米皱了皱鼻子，咯咯地笑了起来。

蓁宁端着咖啡杯站在厨房的窗户前，看着两个男孩摇摇摆摆地跟着他们的父亲，在树丛茂密的花园里慢慢地走，越走越远，越走越深。

她静静地望着从她的身体里孕育出来的两只小野兽。

他们被父亲引领着，走进了属于他们的广袤森林。

早上十点，王阿姨进泛鹿庄园来了，蓁宁领着她看孩子的房间，又看了厨房和辅食的食材。阿姨兜了一圈，擦了擦手，在厨房蒸山药，看到蓁宁进来，阿姨犹犹豫豫了一会儿，终于开口："宝宝们还回去吗？"

蓁宁笑了："我们就住一个星期，下个星期就回去了。"

阿姨对自己职业生涯的担心放下了，高高兴兴地道："这房子真漂亮。"

阿姨上班了，蓁宁把孩子们交给了爸爸和保姆，带孩子快两年了，全职妈妈从来没有下班的时刻，这一刻终于觉得能稍微放下心，安安心心地自己待一会儿。

杜柏钦从书房出来，看了看表，已经快十一点了，孩子们早上玩累了，回来喝了奶、吃了水果泥后睡着了，阿姨在客厅里用消毒巾擦孩子们的玩具。

整个泛鹿一楼静悄悄的。

杜柏钦坐到了阿姨的旁边："蓁宁呢？"

王阿姨干活很细致，头也不抬地答："吃了早餐，又回去睡了。"

杜柏钦客客气气地说："宝宝很乖，辛苦你了。"

王阿姨叹了一声，心里挺高兴的："我不辛苦，宝宝妈妈才辛苦，她就是太缺觉了。"

杜柏钦问："阿姨带宝宝们多久了？"

王阿姨看着孩子爸爸是要聊天的意思，一秒钟从专业家政迅速切换成了唠家常大姐："三个月开始就是我带了，当时月嫂要回老家，束小姐着急找保姆，我就去了，一看是早产的双胞胎哟，真是可怜，家里月嫂说，生下来，才那么一点点。"

她拿出一个手掌比画，感慨地道："太小了，养到这么大，不容易。"

杜柏钦一瞬间就感觉鼻腔开始发酸。

阿姨回忆起往事来直摇头："什么事都是找妈妈，我听月嫂说，孩子出生之后的一段时间，被安置在儿科的保温箱，外婆来医院，只看妈妈，不看孩子。"

杜柏钦脸色有些苍白，过了好一会儿才问："蓁宁是不是很难过？"

蓁宁的声音忽然飘了进来："说我什么呢，我听到了。"

王阿姨一转头，看到东家站在楼梯口，鼓了鼓腮帮子不说了。

杜柏钦走过去，摸了摸她的脸："一会儿吃午餐。"

在泛鹿住了三天，何美南带着人上门来了。

他的医生做完检查走了，杜柏钦在房间里休息，何美南在一楼的花厅和蓁宁喝茶。

"你胖了。"

蓁宁嘴角抽搐了一下："柏钦都忍住没说，你闭嘴好吗！"

何美南仔细地看了她一眼，说了一句："你得调理一下身体。"

其实蓁宁也知道，熬夜太多了，身体一直浮肿，没有时间跑步健身，因为要喂奶，阿姨一直让她吃很多催乳的食物，心力交瘁的时候太多，只能靠吃东西撑下去。没当妈妈之前，蓁宁从来不知道自己有那么强大的毅力，好几次孩子在医院里住院，她都感觉自己要崩溃了，但还是硬撑了下来，看着孩子一点一点地好转，一颗心又慢慢地复活过来。幸好孩子一岁多后，生长发育跟上来了，健康也稳定下来了。

蓁宁不再加糖了，喝了半杯清茶，问何美南："他身体恢复得怎么样？"

"之前从来不问，这一次，他跟我说想看到孩子们的大学毕业典礼。"何美南也不敢承诺什么，平平淡淡地说，"有期望，是好事。"

蓁宁点点头，何美南说过，他的团队是一流的。

何美南望着窗外："你们回去了，他还是不住这里为好，泛鹿离医院车程太久，这也是当初我们建议他搬到荫花别院的原因。手术后休养期他有好几次情况严重，从泛鹿去医院，太耽搁时间。"

这时杰米摇摇摆摆地从客厅里走了进来，抱着蓁宁的腿，蓁宁把他拎起来，放在大腿上坐着，没过一会儿杜柏钦抱着瑟瑟进来了。

何美南眼红地说："这也太让人羡慕了。"

蓁宁要回去的前一天，杜柏钦刚好有工作，首相梅杰在去年成功连任之后，委任他担任了国防部的高级顾问，他是掸光高层信赖的核心成员，有重要决策的会议，仍然需要他出席。

夜里他回到家，蓁宁已经把行李收拾得差不多了，两个箱子立在二楼的起居室。

孩子们睡着了，他洗了手换了衣服，进去亲了亲宝宝们。

夜里两个人在二楼婴儿房外面的起居室沙发上坐了会儿，以前他们会待在泛鹿一楼的花园餐厅，两个人窝在一张藤椅上，看着花园里的渺渺雾色，杜柏钦会一直握着她的手，两个人喝点酒，有一搭没一搭地聊天，他的气息一直贴在她的耳后，淡淡的松木雪茄气息，如果那天去了伏空，夹克里还会有飞机机油的味道。

现在宝宝睡着之后，蓁宁不会离他们太远，以防他们突然醒来或者是哭了要找妈妈。

杜柏钦坐在她的身旁，将小半杯酒递给了她。

蓁宁感觉生完孩子之后，跟孩子有关的事情她都很紧张，但其余的情感，似乎都迟钝了，这几天她跟杜柏钦的相处，平缓朴实，什么多余的情绪都没有，就好像一对照顾孩子的搭档。

在离开泛鹿之后的很长一段时间里，她睡着时常常做噩梦，梦到她离开康铎的那一夜，完全看不清楚他的脸，只看到一个模糊的影子跪在地上，梦境里全是血，泼天漫地的血。

从噩梦里醒过来，卧房一片漆黑，两个婴儿在身旁的小床上睡得天真而无忧。她起床，摸摸他们的小手和小脚丫子，确定都是暖和的，才放下心来。

两个孩子不分日夜的情感索求、清白稚嫩的嬉闹、可爱的童言童语，似乎能让人短暂地忘却人生的创伤，可是这当下夜深人静，两个人面面相觑，胸臆之中都弥漫着一股怆然。

杜柏钦望着她，蓁宁知道他要说什么，她摇摇头：“殿下，我们不能假装什么事都没有发生过。”

杜柏钦白皙狭长的眼睫微微垂落，掩住了眼里的难过：“你照顾孩子们太辛苦了，我不能让你一个人承担。”

蓁宁一口气喝干了杯里的酒，难得诉了一回苦：“唉，我现在又丑又胖。”

杜柏钦伸手摸她的头发，把她靠在自己的肩上：“你不丑，也不胖，我更糟糕。”

蓁宁一听这话就受不了了。

杜柏钦把她抱在怀里，蓁宁哭得完全控制不了自己，抽咽着一直混乱地说话，杜柏钦只听到她反反复复地说对不起。

他说什么都没有办法阻止她道歉，只好扶住她的脸颊，吻住了她的唇。

两个人花了好长时间才平静下来。

蓁宁喝了好几杯酒，她从孕期以来从来没碰过酒，更别提喝到现在的微醺了，她喃喃地说："何美南要是同意，你可以随时来看他们。要是身体情况不允许，我送他们过来吧，下次尽量争取待久一点。"

杜柏钦的脸贴在她的耳后，蓁宁又清晰地闻到了他身上的气息，他说："我要你，也要孩子们。"

离开泛鹿的那一天，蓁宁把瑟瑟和杰米抱上车时，两个宝宝都哭了，蓁宁没敢回头。

满城的粉色花朵在枝头落尽，树叶渐渐浓绿起来，不知不觉夜里第一声蝉鸣就响起来了。

夏天真正来了。

蓁宁喜欢家乡的夏天，阳光很好，却不闷热，凉爽宜人。

一路开车从风曼酒店的实验室出发，穿过翠湖北路，向南绕了个弯进入小区，蓁宁减缓车速，在楼下找自己家的停车位，这是老式的小区，没有地库。

蓁宁驶进去的时候看到自己车位旁停了台X5，锃亮漆黑的大车，这车子牌照在小区里似乎没见过，蓁宁多看了一眼。

黑漆漆的大窗，里面什么也看不到。

这时倒车雷达嘀嘀地响起来，蓁宁转头专心看屏幕，停了车熄火拔钥匙下车，推开车门一回头，撞进一个怀抱。

一仰头，看到一张熟悉的脸庞。

男人穿了白衬衣，卡其色休闲西裤，衬衣袖口挽起来，瘦削英气的眉目。

蓁宁望着他。

她在世界上那么多地方见过他，只在这一刻觉得最心安。

一种荒诞的不真实感。

她的眼泪一下控制不住了。

杜柏钦立刻伸手要抱她："对不起，我来得太迟了。"

蓁宁一把推开了他："你来干吗啊？"

他的手掌按住了她的肩，强硬地把她拥在怀里，蓁宁呜咽着说：

“你在这儿根本就不安全，这是普通居民区，根本没有安保措施你知道吗？”

杜柏钦低声温柔地说：“好了，没事，别哭了。”

蓁宁拿手背抹了抹眼泪：“你可千万别让我妈妈看见。”

杜柏钦给她递手帕：“嘘，邻居在看呢。”

蓁宁侧了侧身，看到车位旁的小树丛边几个早上买菜回来的阿姨正伸着脖子探着头，她红着鼻子抽噎：“管他呢，谁爱看谁看！”

杜柏钦说：“我给你买了豆花米线，你想吃吗？”

蓁宁抽噎的声音停了一秒，然后立刻擦干净了鼻子，转过头问：“在哪儿？”

杜柏钦替她拎着豆花米线，两个人往楼道里走：“孩子们呢？”

蓁宁答了一句：“阿姨送去上早教课了。”

早上蓁宁起床，杜柏钦在客厅和孩子们玩卡片认字游戏，等到她吃完了早餐，他站了起来，说：“我想去看看你三哥。”

两个人开了三个小时的车，蓁宁带他去了家族的墓地，那是一处山坳，单独建起来的一座宁静的墓园，山坡上绿草和松柏掩映，三哥被葬在半山一个风景很好的坡地，跟父亲在一起。

远远地看到了墓碑上的雕刻，杜柏钦轻声问了一句：“你家里会介意吗？”

蓁宁愣了几秒，还是告诉了他：“这是家族的墓地，我们一进来家里估计就知道了，若我妈妈不同意，我们根本进不了大门。”

杜柏钦和她一起，把风泽和父亲的石碑擦得干干净净，然后摆上了花束，蓁宁心里很不好受，每年来这个地方，妈妈都流眼泪。

杜柏钦知道她难过，两个人在陵园里并没有说什么话，下山的时候，他一直牵着她的手。

他们当天夜里回到了市区，杜柏钦退了酒店的房间，搬去和她住在了一起。

那一年秋天二哥风桁结婚，杜柏钦送她回北澜古城参加婚礼，蓁宁早早地到了酒店，下车时，身体瞬间定住了，妈妈正站在酒店门前，和婚庆的人员商量调整迎宾红毯上的鲜花布置。

杜柏钦下了车，也不敢走上前来，恭恭敬敬地站在不远处。

风母跟没看见他似的。

蓁宁三步并作两步地走了上去，喊了一声妈妈。

风母应了一声，示意蓁宁跟着她走，母女俩转身走进了酒店大堂，妈妈说："你二嫂在里面补妆，你去看看新娘子。"

蓁宁应了一声。

晚上婚宴结束的时候，桌上有大哥大嫂，蓁宁听到母亲说："你跟宝宝们还住翠湖的那房子？"

蓁宁应了一声。

"妹妹，你带孩子们搬到卫城的房子去住吧，"妈妈搁下筷子，擦手，"你现在住的房子太小了，我们风家不这么招待客人。"

蓁宁愣住了。

大嫂微笑着凑过来，把门卡和钥匙放在她手里："昨天成叔让人去打扫过了。"

除了北涧的老宅，那是家里最好的一幢房子了，原来买来是要给大哥大嫂当婚房的，但大哥喜欢住北涧，那房子就一直空着，这几年南泽湖边的房价飞涨，如今那一带的环境，那可是太美了。

这时亲家的部分亲戚走过来道别，风母站了起来，拢了拢披肩出门送客。

大哥伸手捅了捅她的腰，蓁宁立刻冲着背影喊了一声："谢谢妈妈！"

高耸的桉树树冠张开，挡住了冬日的阳光，远处海埂长堤、蒲草青青，远眺可见草海里的波光点点。

杜柏钦推着孩子们在公园散步。

瑟瑟在推车里坐不住，杜柏钦把他们抱了下来，两个孩子奔向草地，迅速找到了自己的小伙伴。

保姆拿着孩子们的奶瓶、衣服坐到一旁看着孩子，杜柏钦放下心来，随意地在公园的林荫道里转了会儿。

蓁宁这个月开始恢复工作，每周有三天，她会去风曼集团的实验室，蓁宁没有空的时候，由他带孩子们来公园玩。

杜柏钦走了一会儿，站到了小道水杉树旁的一个安静的角落，小道旁的树林空地，立着一架飞机，那是一架重新涂装过的P-40战机外壳，深的迷彩绿，机头的鲨鱼嘴巨齿利牙、血盆大口。

蓁宁陪他去过好多次航空纪念馆，这款二战时期使用的飞机他见过很多次了，机型设计非常硬朗，战机配备的引擎可以爆发出两千匹的马力，在高空中爬升速度惊人。

他在瑞士飞过一次P-51，维护得良好的老式古董机，梅林的发动机和卓越的增压设备，高低空作战能力都很优良，尤其是高空俯冲投弹时，飞得太快了。

杜柏钦站在飞机旁，目光淡淡。

“先生，有火吗？”

杜柏钦闻声转头，看到一个身材瘦小的老太太，银发梳得一丝不苟，穿着一条绿色丝绒裙子，手腕上挂着的一个小包翻得有些乱了。老太太手上拿着一个暗红色的软烟盒，有些羞涩地笑：“年纪大了，记性不好。”

杜柏钦认得那个烟盒，蓁宁告诉过他，那是本地著名的烟草公司，每年缴纳的税利占了全省近三分之一的税收。

杜柏钦弯下腰从身旁的儿童推车里拎起了一个背包，拉开了背包的拉链，掏出了打火机。

他彬彬有礼地偏了偏身子，手举起来低下了头，下一刻，他看到了一双绿色的眼珠子，再仔细看老太太的脸庞，秀丽的轮廓下有隐隐高鼻深目的痕迹。

打火机清脆一声，蓝色的小火苗亮起来，杜柏钦替老太太点着了烟，打火机轻轻一甩合上了，他又站直了身体。

老太太不动声色地看完了一套完整西式绅士的做派，忽然笑了，对着杜柏钦举起烟盒：“来一根？”

杜柏钦眼睛没有离开草地上奔跑着的孩子们，闻言客气地摇了摇头：“我答应妻子戒了。”

“真甜蜜啊！”老太太手夹着烟，放在嘴边吸了一口，享受地微微眯起了眼，“我想她一定是个很好的太太，她不会介意你陪一个失去丈夫的老妻子抽一根。”

杜柏钦想了想，从她的烟盒里抽了一支烟。

老太太一早观察到了他的眼神，几乎是笃定地问了一句：“飞官？”

杜柏钦低头点烟，听到了一愣，点了点头：“曾经是。”

他抽烟的姿势熟练，烟草醇顺的味道吸入肺部，他忍不住偏了偏头，轻声咳嗽起来，缓过来，低声地道：“抱歉。”

奶奶仔细听了听：“身体受过伤吧？”

杜柏钦笑了笑，也没有说话。

老太太指了指那架P-40：“伟大的一段航空史，不是吗？”

杜柏钦站在老太太的旁边，身姿笔直潇洒，靠近女士那一侧的手一直规规矩矩地插在西裤的裤兜，另外一只手垂在身侧夹着烟，只偶尔举起来吸一口，烟雾在他清朗的眉目之间袅袅升起。

他低低地应了一声：“是的，女士。”

树荫中有微风吹过。

-全文完-